U0109305

古典文學研究輯刊

十二編

曾永義 主編

第 17 冊

魏晉南北朝論體文通論（上）

楊朝蕾 著

國家圖書館出版品預行編目資料

魏晉南北朝論體文通論（上）／楊朝蕾 著 -- 初版 -- 新北市：
花木蘭文化出版社，2015〔民 104〕
序 6+ 目 6+220 面；19×26 公分
（古典文學研究輯刊 十二編；第 17 冊）
ISBN 978-986-404-415-3（精裝）
1. 六朝文學 2. 文學評論
820.8   104014988

ISBN-978-986-404-415-3

9 789864 044153

古典文學研究輯刊
十二編　第十七冊　　　　　ISBN：978-986-404-415-3

魏晉南北朝論體文通論（上）

作　　者　楊朝蕾
主　　編　曾永義
總 編 輯　杜潔祥
副總編輯　楊嘉樂
編　　輯　許郁翎
出　　版　花木蘭文化出版社
社　　長　高小娟
聯絡地址　235 新北市中和區中安街七二號十三樓
　　　　　電話：02-2923-1455／傳真：02-2923-1452
網　　址　http://www.huamulan.tw 信箱 hml 810518@gmail.com
印　　刷　普羅文化出版廣告事業
初　　版　2015 年 9 月
全書字數　195199 字
定　　價　十二編 26 冊（精裝）新台幣 48,000 元
版權所有・請勿翻印

魏晉南北朝論體文通論（上）

楊朝蕾　著

作者簡介

楊朝蕾，女，山東青島人。文學博士。貴州師範大學文學院副教授。主要致力於漢唐文學、中國文體學、佛教文學研究。先後發表學術論文 40 餘篇，主持和參與國家社科基金項目 3 項，主持和參與省部級課題 3 項。其性情沉靜，心志單純，既不喜依阿取容，以徇世俗，亦不願庸庸碌碌，隨波逐流。心無旁鶩，專心治學，無戚戚於貧賤、汲汲於富貴之表現，有樂道束脩、博覽精研之追求。根柢無易其故，裁斷必出於己。任紅塵滾滾，繁華滿目，於喧囂之中，獨守靈魂之淨居。立足隨緣隨喜地，展翅無欲無求天。滴水粒米，亦具般若滋味；安步當車，自有從容無限。

提　　要

　　作爲我國古代散文之大宗的論體文，經過先秦的孕育和兩漢的發展之後，在魏晉南北朝時期漸趨繁盛。其時文士受思想解放與多元文化發展態勢的推動，在較普遍而自覺的追求立言不朽風氣的影響下，通過創作子論來勸誡於當世、立名於後世，以達到生命之永恒。論體文堪稱魏晉南北朝的時代脈搏。魏晉南北朝論體文流傳於今的單篇作品近 300 篇，完整的史書之論有 9 部之多。這些論作思慮深湛，文采精拔，不僅是思想史上的珍品，也是文學史上的佳製。鑒於當今學術界對魏晉南北朝論體文文學性研究的欠缺，本書從文本出發，結合文本產生的時代與文化背景，探究魏晉南北朝時期論體文獨特的題材分類、結構類型、言說方式、審美特徵、審智特徵等，透視其時文士的思辨特點、情感特徵與審美品格，在新的理論視野下評價其在文學史上的價值和地位，以塡補文體學在魏晉南北朝論體文研究方面的空白。

2013 年教育部人文社會科學研究青年基金項目
《魏晉南北朝論體文研究》（批准號：13YJC751067）

2012 年貴州師範大學博士科研項目
《魏晉南北朝論體文研究》

序

王　琳

　　楊朝蕾君，山東半島萊西人，生於斯長於斯，受崇尚讀書向學之家風的薰陶，少年時期便對我國古代經史子集諸部類的代表典籍懷有興趣並有所涉獵。取得大學本科文憑後，想繼續讀書，遂考取山東師大中國古代文學專業碩士研究生，2006 年 9 月，負笈省城濟南，從我研習漢魏六朝文學。

　　在碩士學位論文選題階段，一方面，考慮到「論」這種文體在魏晉時期特別興盛，作者如林，佳篇疊現，蔚爲大觀，有關研究成果則較爲薄弱，頗有繼續探討的空間和必要；另一方面，考慮到朝蕾自身的素質和學養，她非常勤奮，心無旁騖，基礎紮實，又善思辨，好玄想，理論思維水平突出，正適於從事在「理」性方面具有優勢的「論」體文章研究，於是將其碩士學位論文題目定爲《魏晉論體文研究》。經過一年多的刻苦鑽研，朝蕾寫出十七萬字的學位論文稿，獲得外審專家和答辯委員的高度評價，成績爲全優。她不改初衷，還想繼續深造，進一步攻讀博士學位；2009 年 5 月，在獲得碩士學位的前夕，以優異成績考取本校博士研究生。

　　由於碩士生期間在論體文的研讀方面打下堅實的基礎，朝蕾在博士學位論文選題階段底氣與信心充足，其基本想法是，繼續進行論體文研究，所探討內容之時段擴大一倍，由原來的魏晉約二百年延展到整個魏晉南北朝的近四百年，進一步增加通論分量、強化理論思辨性，我認同她的想法，遂將題目確定爲《魏晉南北朝論體文研究》。經過兩年的緊張撰寫和修改，2012 年 4 月初，朝蕾的博士學位論文最終以七十三萬字的宏大篇幅定稿，並提交學校進入匿名通訊外審及答辯程序。朝蕾的才華及其敬業精神，在這篇論文中得到很好的發揮和體現，一言以蔽之，她在寫作中沒有絲毫敷衍，確確實實是

盡力了。結果外審及答辯成績皆優，各位專家給予充分的肯定，高度的評價，或有「罕見的出色之作」，「建議推薦申報全國百優博士論文」之類鼓勵和讚揚之語。

2012 年 7 月，朝蕾順利畢業並獲得博士學位後，南下貴陽，正式加盟西南名校貴州師範大學之文學院。作爲新近引進的年輕博士，她在承擔著較多的課務的同時，不忘對自己的博士學位論文進行修改打磨。近期，她來信告知，說經過修訂，打算將博士論文的通論部分先行付梓出版，定名爲《魏晉南北朝論體文通論》，三十五萬字，篇幅大約是她博士學位論文的一半，並囑我寫序。作爲指導教師，我義不容辭。其博士論文的另一部分《魏晉南北朝論體文史論》正在修訂中，擬後出。茲就她的博士論文的整體情況，略述感受。

朝蕾的博士論文始於「緒論」，梳理及論述的問題包括：論體文的界定及其文體特徵，論體文的形成過程，魏晉南北朝論體文研究的歷史與現狀，論文之研究對象、方法與思路。在此基礎上，作者以九章的篇幅，分別圍繞魏晉南北朝論體文這個研究對象，就其興盛原因（第一章）、發展演變（第二、三、四章）、題材類型（第五章）、結構類型（第六章）、言說方式（第七章）、審美特徵（第八章）、審智特徵（第九章）等問題進行了具體細緻的論述。最後爲「結語」，主要就「一代有一代之文學」觀與魏晉南北朝論體文身份之認同，以及魏晉南北朝論體文之現代意義這兩個問題進行了概括論述。綜覽此博士論文，總的感覺是結構宏偉博大，覆蓋內容豐富多樣，論述細緻周全。這是本文顯著的特色，充分體現了作者的學術功力。長達七十餘萬字的篇幅，從直觀上就能給讀者留下宏博印象，但這只是一個工作量的表象而已，其文宏偉博大的實質性表現，在於作者有關章節之設置，所涵蓋問題非常之多，且針對性很強。連上緒論，全文共十章，其中有六章的性質屬於論體通論，涵蓋的大小不等的具體問題上百；有三章屬於歷時性的論體作家作品論，覆蓋的不同層次的作家有七、八十個，容量如此之大，在同類課題研究史上可謂空前。而對有關問題或有關作家的論述則力求做到細緻周全。譬如第一章的內容，作者具體分爲五節論述，首節概說盛況；然後用四節的篇幅論述形成此興盛局面的原因，涉及社會政治、思想文化、文風文體、創作主體等四大方面之具體因素的把握，而在每個方面的把握中又善於仔細辨析不同的層次或類型，梳理詳實，辨析細密，論述周全，令人信服。其他如論述論體文之審美特徵、結構類型等章節，皆具有細緻周全的風采。

　　注重強化論體文之文學性的論述，也是該論文的一大特色。與緣情綺靡、鋪采摛文的詩、賦相比，論在性質上並非純文學之體式，相對而言，其對情采的追趨程度要比詩、賦遜色，總體而言，其表現出來的文學意味也比詩、賦淡薄。因此，某些研究者涉及到論體文，多關注其思想內容的把握和挖掘，而對其文學性的論述則往往是匆匆帶過、語焉不詳。此現象發生在文化史、思想史、史學史、哲學史等研究領域，實屬常態，而發生在文學史、散文史的研究領域則不免覺得有所缺憾。有鑒於此，朝蕾的論文加強了對所涉及作家作品之文學價值的探索，無論重要作家作品，還是一般作家作品，她都注重對其文學性的挖掘分析，像王粲、曹植、阮籍、嵇康、陸機、謝靈運、劉峻等文學家之論，荀悅、干寶、袁宏、范曄、沈約、魏收等史學家之論，慧遠、僧肇、慧皎、顧歡等釋道學者之論，除投入少量筆墨概括其思想內涵外，主要筆墨則用於論辯藝術、語言風格、抒情色彩等文學價值的剖析，非常精彩，使讀者得以領略魏晉南北朝論體文壇鮮活的豐富多樣的藝術風貌，從而在很大程度上彌補了前人研究的缺憾。論文總論部分以三章篇幅論述魏晉南北朝論體文的結構類型、言說方式與審美特徵，在對文本進行條分縷析細緻梳理的基礎上，概括出其共性特徵。如在論述魏晉南北朝論體文審美特徵時，以劉勰提出的「形文」「聲文」「情文」為基準，檢視其在文辭營構、音律協調、情志表現上的特色，從審美的角度突出其多元風采。之後進一步深入分析魏晉南北朝論體文中「理」的審美化存在，為其與詩賦同立於文學之林尋繹理據。

　　重「引」而輕「論」，重文獻徵述而輕理性思辨，是當今古代文學專業碩博士論文存在的主要問題。朝蕾論文在「緒論」中概況其研究方法為，「從文本出發，將宏觀的眼光、思路與對具體文本的細讀感悟相結合，適當借鑒中西方心理學、邏輯學、哲學、歷史學、語言學、文藝學、宗教學、人類學等相關理論，盡可能將史料的鉤稽與對學術文化演變的理論思考及藝術風貌的分析結合起來，在不為學科界限所囿的基礎上，努力於史實的發覆中求得思辯的突破。」其論文確實具有理論思辨性突出的特點。既有對具體問題的考論，如對賈誼《過秦論》的精彩論述，對「設論」文體歸屬的重新界定等，徵之以實，驗之以理，可謂深得魏晉南北朝論體文論辯藝術之精髓，活用於論文中，給人耳目一新的感覺；也有對論體文總體特徵的宏觀把握，論文稱「從文體的角度看，論體文無疑是所有文體中最具審智特徵的，而這也正是

其與詩、賦等文體的本質差別。詩、賦等文體以審美爲主要目的，論則不僅要審美，而且要審智」。以「審智」範疇與「審美」範疇相併列是否得當暫且不論，朝蕾在進行文體研究時，超越文本層面，透過文體的外在形式去探究其所表達的思想的生成軌迹、思辨模式，這種勇於探索的精神本身即值得嘉獎。由其對章節的設置可見其思維過程之層層推進，「理感：審智之起點」，「娛思：審智之內部動因」，「致思理路」，「數理思辨模式」，「審智品格」，標題新穎別致，論述勝義紛披，讀者閱之自知，此處不再贅言。

朝蕾在緒論中斷言，魏晉南北朝時期，「論」是僅次於詩、賦的第三種重要文體，我的印象中這話好像有人提及，但只是一語帶過而已，沒有具體的論證；朝蕾之可貴，在於用七十餘萬字的宏偉篇幅爲她的斷言做了實實在在的注腳，通過系統周全的論證支撐著自己的一家之言。但即便如此，我以爲這樣的斷言還值得商榷。從文學性強弱之角度說，詩、賦自然是兩種最重要的文體，曹丕《典論・論文》、陸機《文賦》，以至沈約《宋書・謝靈運傳論》、劉勰《文心雕龍》、鍾嶸《詩品》、蕭統《文選》皆持這樣的態度；具體到「論」這種文體，在魏晉南北朝時期無疑屬於一種非常重要的文體，但是否可斷定爲詩、賦之外最重要的文體，還值得斟酌。朝蕾斷言「論」是僅次於詩、賦的第三種重要文體，自然也是以其文學性的強弱作爲標準的，但在我看來，魏晉南北朝還有一種頗爲興盛的文體，即書牘文，無論是流傳下來的作品數量，還是其中蘊含的文學意味，似乎皆不在論體文之下，稱其爲僅次於詩、賦的第三種重要文體似乎更合適一些。當然這只是我個人的感受。人們對此類問題的看法，或有不同的角度或不同的眼光，見仁見智，在所難免。若不從文學性強弱之角度，而從政治實用的角度來判斷魏晉南北朝何種文體重要，那有人可能會首選奏議文。此爲題外話，就此打住。

朝蕾寫出高水平的博士論文，來之不易。當今博士生普遍面臨較大的科研壓力或生活壓力，可謂社會上頗爲辛苦的知識群體。朝蕾曾經作爲其中的一員，讀博期間生活中的酸甜苦辣，她自是深有體會的。我作爲指導教師，關於她研習中的勤奮程度也有所瞭解，或出於課堂和課後的學術交流，或來自於其他同專業學生的傳聞。她對於學業的興趣和投入，幾乎到了癡迷的地步。故今天寫這篇序，內心頗多感慨。朝蕾非常喜歡在高校擔任教職，從事學術研究，十年前就向此目標邁進。常言說，機會是留給有準備之人的，朝蕾就屬於這樣的人，讀博期間，除了撰寫出頗爲厚重的學位論文外，還在各

種期刊公開發表學術論文三十多篇，所以取得博士學位隨即就順利應聘到了一個很不錯的高校擔任教職，並在入職的第二年順利評上了副教授，圓了她曾經的「夢」。

　　除了教學科研以外，朝蕾喜歡爬山，練太極拳，以強體固本，這是她所從事學術研究可持續發展的基礎和保障；還擅長辭賦駢文的寫作，去年秋她參與貴州省文化藝術節，為之撰寫《盛覽賦》並有自注，鋪采摛文，讚揚貴州歷史上的文化名人，我先睹為快，感覺非常好，有漢晉辭賦之風韻。我堅信，以她的能力、潛力，再加上毅力，其學術前景定會光明燦爛。

　　朝蕾的第一本專著將要出版，我很高興，回憶往事，略述感言，表示祝賀。是為序。

2014 年 8 月於泉城濟南

目

次

下　冊

導　言

　　作爲我國古代散文之大宗的論體文，經過先秦的孕育和兩漢的發展之後，在魏晉南北朝時期漸趨繁盛。其時文士受思想解放與多元文化發展態勢的推動，在較普遍而自覺的追求立言不朽風氣的影響下，通過創作子論來勸誡當世、立名後世，以達到生命之永恒。然而，魏晉南北朝子書在思想上較少發明，缺乏個性，表現出較明顯的綜合性，而以「研精一理」「鋒穎精密」爲主要特徵的論體文，則更具原創性、時效性與批判性。寫作論體文正是文士與其所處時代的社會、政治、思想、文化現實發生有機聯繫的一種最重要、最有效的方式。因此，論體文堪稱魏晉南北朝的時代脈搏。就體式而言，魏晉南北朝時期論體文是僅次於詩、賦的第三種重要文體。其形式可長可短，可駢可散，其風格可文可質，可繁可簡，無一定之規，更具自由性與靈活性。因此，具備較強獨立思考與邏輯思辨能力的魏晉南北朝文士選擇以「論」這種文體來立言、勸諫和體現自我價值。

　　魏晉南北朝論體文流傳於今的單篇作品近三百篇，完整的史書之論有九部之多。這些論作思慮深湛，文采精拔，不僅是思想史上的珍品，也是文學史上的佳製。鑒於當今學術界對魏晉南北朝論體文文學性研究的欠缺，本書以其時狹義之「論」體文〔註1〕（包括論、辯、難、設論、史論和題目無「論」而實爲「論」者）爲研究對象，將宏觀的眼光、思路與對具體文本的細讀感

─────────────────

〔註 1〕廣義的論體文包括所有用來議事說理或陳述意見的文體。劉勰《文心雕龍・
　　　　論說》稱：「詳觀論體，條流多品：陳政，則與議說合契；釋經，則與傳注參
　　　　體；辨史，則與贊評齊行；銓文，則與敘引共紀。」即謂議、說、傳、注、
　　　　贊、評、敘、引等均屬於論體之「條流」。

悟相結合，適當借鑒中西方心理學、邏輯學、哲學、歷史學、語言學、文藝學等相關理論，在新的理論視野下探究其發展規律，合理評價其創作成就，探尋其在特定時期表現出的獨特的文化品格與學術內涵。在此基礎上，確立魏晉南北朝論體文在中國散文史上的地位，建立具有中國特色的思想闡釋方式的理論支撐點與話語體系的原始生長點，填補文體學在魏晉南北朝論體文研究方面的空白。

20 世紀上半葉，章太炎、劉師培、劉永濟與程千帆等已對魏晉南北朝論體文的價值有所關注。章太炎在著作《訄書》、《國故論衡》、《檢論》中對魏晉之文大加表彰，認為漢文、唐文各有所長，也各有所短，「有其利而無其病者，莫若魏晉」。魏晉之文之所以值得格外推崇，因其長於持論，「持論彷彿晚周」，「可以為百世師」。之後，劉師培對六朝文之精彩有進一步發揮，在其《中國中古文學史講義》、《漢魏六朝專家文研究》、《論文雜記》等著作中對漢魏六朝文學各家多所諮究，分門別類，在申述「魏文與漢文不同者」時，特別指出「論說之文，漸事校練名理」，可謂精闢之論，為後人繼續研究奠定基石。劉永濟在《十四朝文學要略（上古至隋）》中專門論述了魏晉之際論著文之盛況，將其與諸子之文的勃興並論，又與漢儒之論比較，以突出其「事義圓通，鋒穎精密」的特點，並且分析了其興盛的原因，且分類列舉其重要篇目，但所論甚為簡略，未系統展開。其在《文心雕龍校釋》之《論說》篇校釋中，分門別類臚列由魏至梁論體文 165 篇，但未具體論述。程千帆的《閑堂文藪》中收有《漢魏六朝文學散論》三篇，寫於 1946 年，其中「子之餘波與論之傑思」為散論之三，專門分析了魏晉論辯文勃興之因緣，認為與當時之社會環境與學術流變關係綦切，然僅列舉篇目，亦無深入論述。

20 世紀 80 年代至今，魏晉南北朝論體文已引起哲學界與史學界的重視，從思想角度進行闡發的較多且有一定深度。從文學的角度探究其藝術成就的，僅見於幾部文學史的零星闡述。從文體學角度涉及論體文之起源與發展的如陳必祥《古代散文文體概論》，褚斌傑《中國古代文體概論（增訂本）》，李士彪《魏晉南北朝文體學》亦受限於體例與篇幅，未深入探析。與魏晉南北朝論體文相關的博士論文，如蘇州大學 2004 屆古代文學博士渠曉雲的《魏晉散文研究》、復旦大學 2003 屆古代文學博士趙厚均的《兩晉文研究》、蘇州大學 2007 屆古代文學博士劉濤的《南朝散文研究》等，只是將論體文作為魏晉南北朝散文中的一個門類進行簡單論述，未充分突出其文學價值與散文史

地位。南京大學 2007 屆古典文獻學博士王京州的《魏晉南北朝論說文研究》，全篇十萬字左右，將「論」與「說」二體合論，本身即與魏晉南北朝時期「論」與「說」異體的文體觀念相悖，對論體文之文體特徵亦乏深入探析。

　　從文化學、文藝學、文體學等角度對魏晉南北朝論體文進行闡發的單篇論文主要有：彭玉平《漢魏六朝論文主題的歷史演進》結合當時的學術文化發展概括論體文的主題演變軌跡，由兩漢時期「依經立論」到魏晉「張皇老莊」到東晉南朝「競辨佛理」，論述頗為精當；《魏晉清談與論體文之關係》以魏晉玄學發展為背景，揭示清談與論體文在內容、形式及風格的相通之處；《嵇康的論體文與魏晉學術之關係》以嵇康為個案探討其論體文與魏晉學術的關係，揭示其內在的學術內涵與獨特的思辨方式。戴建業《玄學的興盛與論說文的繁榮──正始論說文的文化學闡釋》探究了正始玄學對論體文的影響，闡釋了正始論體文的藝術特徵及成因。普慧《佛教對中古議論文的貢獻和影響》從思辨方式的角度論述佛教對中古議論文的影響與貢獻。孫海洋《〈弘明集〉與魏晉南北朝論辯散文》探析了《弘明集》中僧俗論辯文章與當時的文化衝突之間的關係，分析其風格與其時文壇其他文章風格的不同；《試論先唐論辯散文的體式及其變遷》將議論之文分為論說和論辯二體，分別溯其源流，並勾勒出其體式發展的脈絡。

　　臺灣與魏晉南北朝論體文研究相關的成果甚少，亦無專著。柯慶明的單篇論文《「論」「說」作為文學類型之美感特質的研究》（《遨遊在中古文化的場域》），從中古以至近古的文學理論與傳世名篇著手，分析「論」「說」如何由以「說理」為主之文體成為傳統「美文」之一體。臺灣大學中國文學研究所李錫鎮的《兩漢魏晉論體之形成及演變》，就論體的起源、形成、演變問題加以探討，考察論體在兩漢魏晉時代的發展狀況。政治大學中國文學研究所范瑞珠的《魏晉論辯散文之研究──嵇康為中心的試探》，主要探討嵇康九篇論理文章，概括魏晉二朝論體散文發展之概貌。

　　以上研究不同程度地涉及到對魏晉南北朝論體文文學成就的評價，吉光片羽，給本人頗多啟發，其價值不容忽視。魏晉南北朝論體文長期以來未引起學界足夠重視，究其原因，大致有以下數端：

　　其一，晚清以降，隨著西方「純文學」觀念的引進，在魏晉南北朝時期被視為「經國之大業，不朽之盛事」的「文」變成了「雜文學」，由中心文類轉而為邊緣文類。相較於迅速崛起的小說、戲曲之學，以及可與西方文學觀

念直接對話的詩歌研究，散文研究顯得甚爲落寞。較之秦漢、唐宋散文，魏晉南北朝散文被譴責爲「文不載道」，過於講究聲色藻繪，得「形式主義」之稱，更被冷落。論體文作爲一種表達思想的文體，被視爲哲學、史學之佳構，而忽視其兼及文與學、駢與散、審美與實用的特性，尤其不爲古代文學研究者所青睞。

其二，20 世紀以來研究者對古代散文「文學性」的追問，使「形象性」成爲劃分文學散文的重要標準，如此便把古代大量以「宜理」爲首要特徵的論體文排除於研究視野之外，使之相較於古代散文的其他種類更不被研究者重視。

其三，中國古代文學史的寫作，受古代紀傳體史書和傳統目錄學的影響，大多取作家本位、結合文體的敘述框架，使文體的發展演變成爲文學史中不連貫的片段。文學史家將目光更多地集中於詩賦的評述，而論體文作爲諸多作家創作的重要組成部分，卻在有意無意中被忽略。

其四，魏晉南北朝時期的論體文作者，多兼修儒釋道，融通文史哲，其論作融理性與感性於一體，爲研究者的解讀帶來困難，要求其必須具備廣博的知識面，形成複合型知識結構，才能用多學科相綜合的眼光來研究。在分科越來越細的今天，研究者要具有與之相稱的學術積澱甚難，如此，便使更多研究者避難就易，使那些思慮精湛而文采飛揚的論體文倍受冷落。

其五，當前學界對魏晉南北朝論體文作品尚乏重視，既沒有總集問世，選本中入選的作品亦寥寥，更無專門的注本與選本，如此亦給研究帶來諸多困難。

魏晉南北朝論體文在當時被讀者接受與傳播，時至今日，它們仍具有跨時空的魅力，直接訴諸現代人的審美感受和文學體驗。它們的存在方式不在其物質層面，而在其語言的文本層面。本書從作品解讀和現象分析入手，在文獻考述的基礎上，將魏晉南北論體文置於當時廣闊的社會歷史文化語境中，採用宏觀與微觀結合，史與論結合，歷史文化意識與文學審美意識結合的綜合研究方法，概括其靜態文體特徵，理清其動態發展軌跡，探求其內在的審美趣味與文化涵蘊。在對魏晉南北朝論體文進行的多層面開掘中，由表及裏地深入到人的生存困境的形而上的衝突層面，探求其蘊含的更爲博大也更爲深刻的生存憂慮與人文情懷。囿於個人識見，書中不足之處在所難免，誠望方家不吝賜教。

第一章　魏晉南北朝論體文之繁盛因素

誠如黑格爾所言，「每一門藝術都有它在藝術上達到了完滿發展的繁榮期，前此有一個準備期，後此有一個衰落期。因爲藝術作品全都是精神作品，像自然界產品那樣，不可能一步就達到完美，而是要經過開始、進展、完成和終結，要經過抽芽、開花和枯謝。」〔註1〕作爲一種文體，論體文的發展過程亦如此，經過先秦的孕育、兩漢的發展之後，在魏晉南北朝時期漸趨繁盛〔註2〕。任何一種文體的興盛必然取決於特定的社會政治環境，必然與其時的歷史文化背景相諧和，必然與一定的時代要求相呼應。魏晉南北朝論體文之勃興亦受當時社會政治、思想文化、文風與文體發展的影響，是創作主體主觀選擇的結果。

第一節　盛況概說

一種文體的繁盛，最直接的表現在於社會群體的普遍接受與喜愛風氣的形成。儘管這只是一種普及，而普及與提高之間並無必然的因果聯繫。但毋庸置疑，社會需求能夠刺激文體消費，能夠吸引更多作家將更多精力投入文體創作中，從而促進文體趨向繁榮。

魏晉南北朝論體文之興盛首先表現爲世人對論體文的喜愛與重視。建安時期，誦讀論體文已成爲學童的日課。《三國志·陳思王》載曹植「年十餘歲，

〔註 1〕　〔德〕黑格爾著，朱光潛譯：《美學》第 3 卷上冊，北京：商務印書館，1979年版，第 5 頁。

〔註 2〕　論體文在魏晉南北朝時期的發展演變見拙作《魏晉南北朝論體文史論》，待版。

誦讀詩、論及辭賦數十萬言，善屬文」〔註3〕，曹丕《典論·自敘》自云：「余是以少誦詩論」，皆以「詩論」並稱，在他們看來，「論」與「詩」佔有同等重要的地位，所以以誦讀詩論作爲習文的基本訓練。東晉孫盛在其《魏氏春秋》中稱「康所著諸文論六七萬言，皆爲世所玩詠」〔註4〕，可見世人對嵇康之論的欣賞喜愛之情，而「玩詠」之中亦不乏學習之意。

其次表現爲眾多作家創作了大量優秀的論體文作品。新文體的形成是促進文學繁榮的重要條件，而作家總是在接受新文體時爆發最大創造力，創作更多優秀作品，從而又推動新文體走向成熟與興盛。魏晉南北朝論體文流傳於今的單篇作品就有近三百篇，完整的史書之論有九部，其時論風之盛於此可見一斑。在對魏晉南北朝比較知名的作家的論體文創作進行綜合考察後，我們會發現他們大致可分爲三類：第一類，「以論顯名」者，即論體文創作標誌其一生的文學業績，甚至是以一論而留名青史，如曹冏與李康等；第二類，文名不顯，但論爲大家。這類作家不以詩賦顯名，但其論體文創作卻達到登峰造極之高度，堪稱頂尖高手，如慧遠、僧肇等；第三類是詩賦論兼工，成就相當的作家，如曹植、阮籍、嵇康、陸機等。值得注意的是，有一些詩賦成就卓越的作家卻無論體文作品傳世，如束皙、潘岳、張華、陸雲等，可見能文之士未必擅長作論。曹丕云：「孔融體氣高妙，有過人者，然不能持論，理不勝詞。」〔註5〕吳質云：「若東方朔、枚皋之徒，不能持論，即阮、陳之儔也。」〔註6〕曹丕、吳質已朦朧意識到創作論體文者需要具備某種特殊的素質。

魏晉南北朝論體文的優秀之作爲選本、類書收錄，如梁蕭統編的《文選》是魏晉南北朝時期最重要的選本，選錄先秦至齊梁作品七百餘篇，共六十卷，其中「論」五卷，「設論」一卷，「史論」兩卷，共二十四篇，其中魏晉南北朝時期的作品有十七篇，可見蕭統對論體文，尤其是魏晉南北朝論體文之重視。唐代類書《藝文類聚》、宋代類書《太平御覽》對魏晉南北朝論體文亦多

〔註3〕 〔晉〕陳壽撰，〔宋〕裴松之注：《三國志》，北京：中華書局，1959 年版，第557 頁

〔註4〕 〔晉〕陳壽撰，〔宋〕裴松之注：《三國志》，北京：中華書局，1959 年版，第606 頁。

〔註5〕 〔清〕嚴可均：《全三國文》，《全上古三代秦漢三國六朝文》，北京：中華書局，1958 年版，第 1093 頁上。

〔註6〕 〔清〕嚴可均：《全三國文》，《全上古三代秦漢三國六朝文》，北京：中華書局，1958 年版，第 1221 頁上。

有收錄。裴了野《宋略總論》被唐許嵩《建康實錄》引用，唐趙蕤《長短經》有部分節文，宋李昉《文苑英華》，明傅振商《古論玄箸》、陳繼儒《古論大觀》、周應治《廣廣文選》，梅鼎祚《梁文紀》皆引全文。《三國志》、《晉書》、《宋書》、《南齊書》、《南史》、《北史》等史書中收錄魏晉南北朝論體文作品亦甚多，不少論體文正賴史書收錄而得以流傳千古，未爲泯滅。

　　特別值得一提的是，宋代司馬光在《資治通鑒》中，爲了達到「鑒前世之興衰，考當今之得失，嘉善矜惡，取是捨非」的目的，每逢治亂得失之緊要處都要發論，而且一般都是自己撰論，不輕易採用前人史論。在《資治通鑒》中共有 218 篇史論，除了司馬光自撰的 119 篇外，引用他人史論 99 篇。在這 99 篇史論中，選引的魏晉南北朝史家史論共有 50 篇，其中包括裴子野史論 11 篇，習鑿齒史論 6 篇，陳壽、孫盛史論各 5 篇，沈約史論 4 篇，袁宏、范曄史論各 3 篇，崔鴻史論 2 篇，魚豢、華嶠、傅玄、袁準、徐眾、蕭方等、虞喜、荀崧、干寶、顏之推、蕭子顯史論各 1 篇，由此可以看出司馬光對魏晉南北朝時期史論的看重。〔註7〕

　　又次，表現在論體文的結集上。此處涉及到論體文與子書的關係，魏晉南北朝時期，子論可以相互轉化，很多時候可謂爲子是論的集合，而論是子的分解。子書中的篇章單獨拿出即爲論，單篇論體文結集亦可成子書，在當時文士看來，子論似乎並無明顯界限。魏晉南北朝時期之子論大致可分爲兩類，一類是體系嚴整之論著，如崔寔《政論》、王符《潛夫論》、徐幹《中論》、袁準《袁子正論》、劉廙《政論》、蔣濟《萬機論》、杜恕《體論》等，「純以推極利弊爲主」〔註8〕，皆爲解決社會現實問題、權衡政略治術之利弊而作，自成體系。一類爲結構鬆散之論集，又可分兩類，其一爲圍繞同一主題編撰而成之論集，既有不同著者之論結成的論集，如魏晉南北朝時期對於彼此論難，往往在達到一定規模或意見粗定時，即集錄雙方往復之文，以示總結。嵇康與阮德如關於宅之吉凶的辯論文章，晉代陸侃集爲《攝生論》二卷，何晏、鍾會、王弼等關於聖人情感的有無的爭論論文，也被輯爲《聖人無情》六卷。二書《隋書·經籍志》均曾予著錄。鍾會、傅嘏、李豐、王廣的才性四本之爭，被鍾會合編成《才性四本論》，已失傳。亦有同一作者圍繞同一主

〔註7〕以上統計數據參考馬豔輝：《魏晉南北朝時期史論研究》，北京師範大學博士論文，2008 年，第 228 頁。

〔註8〕劉師培：《中國中古文學史講義》，上海：上海古籍出版社，2000 年版，第 28 頁。

題所作論體文結成的論集，如阮籍《通易論》，據清侯康撰《補三國藝文志》載：「胡一桂曰：阮嗣宗易通論一卷，凡五篇，案百三家阮步兵集載此論僅一篇，幾三千言，未知爲後人合併爲闕佚矣。」〔註9〕《通易論》一卷本入子部，後因殘佚被收爲一篇而入阮籍集。嵇康《養生論》據《隋書·經籍志》載本爲三卷，現於《嵇康集》中僅見其一篇，可見也是在散佚之後，由子而入集的。其二爲內容駁雜、缺乏內在體系之論集。如曹丕之《典論》，就其現存篇名看，並非有體系的論著，只不過是一部論文集而已。其中多篇論文爲鄴下諸子同題共作之產物，曹植亦有佳作，卻只能收入集中。蕭統在編撰《文選》時，將《典論》中的《論文》選入，是將其視爲論文之作的典範，顯然是作爲單篇論文看待，而非從子書中抽出的部分章節。

再次，表現爲論體文文論的空前興盛與論體觀念的逐漸形成。一個時代對於某種文體的重視程度如何，必然要在文論中有所體現。對文體意義上的「論」的認識經歷了漫長時間，是一個逐步深化的過程。

早在西漢時期，淮南王劉安在《淮南子·要略》中已談到「書論」之內容，曰：「夫作爲書論者，所以紀綱道德，經緯人事，上考之天，下揆之地，中通諸理。」〔註10〕「書論」合稱及對其「通諸理」的重視已開曹丕《典論·論文》「書論宜理」之先河。東漢王充已認識到論之「應理」特徵，《論衡·超奇》曰：「論說之出，猶弓矢之發也；論之應理，猶矢之中的。夫射以矢中效巧，論以文墨驗奇。奇巧發於心，其實一也」〔註11〕，雖只是將「論」視爲一種表達方式、或是一種言說活動去探討其該有的表現原則，尚不具文體意味，但對其「應理」特徵的重視無疑具有重要意義。

魏晉南北朝時期，隨著文學的自覺，創作的繁榮，文體學研究進一步深入，文學批評也蔚爲風氣，形成我國文論發展史的第一個高潮。論體文文論的興盛，顯示了論在時人心目中的重要地位。最早將「論」視爲單獨文體、并加以探討的是曹丕，他在《典論·論文》中提出「書論宜理」〔註12〕的觀

〔註9〕二十五史刊行委員會編：《二十五史補編》，北京：中華書局，1955年版，第3166頁。

〔註10〕何寧：《淮南子集釋》，北京：中華書局，1998年版，第1437頁。

〔註11〕〔漢〕王充：《論衡》，上海：上海古籍出版社影印明通津草堂刊本，1990年版，第137頁。

〔註12〕〔清〕嚴可均：《全三國文》，《全上古三代秦漢三國六朝文》，北京：中華書局，1958年版，第1093頁上。

點。之後，西晉陸機在《文賦》中提出「論精微而朗暢」的觀點，東晉李充在《翰林論》中指出：「研核名理而論難生焉。論貴於允理，不求支離。若嵇康之論，成文美矣」〔註13〕。南朝齊梁之際，劉勰在《文心雕龍·論說》中對論體文之文體特徵進行詳細闡釋，有集大成之特點，曰：「論也者，彌綸群言，研精一理者也。」可見魏晉南北朝文士對論體文之認識經歷了逐步深化的過程，對其發生、性質與理想文體進行了探討。關於論之發生，李充指出其在於對名理的探求；關於論之性質，曹丕、陸機、李充、劉勰諸家均認為其以「理」為主要內容；關於論之理想文體則有「宜理」「精微朗暢」「貴於允理，不求支離」「研精一理，鋒穎精密」等見解。另外，徐幹、曹植、吳質、應瑒、闞澤、孫盛等在他們的各類文章中亦不同程度地涉及到對論體文的認識，雖多為隻言片語，但其價值亦不容忽視。東晉慧遠《大智度論鈔序》、僧肇《百論序》、《注維摩詰經序》、支敏度《合維摩詰經序》、《合首楞嚴經記》等釋家的見解更豐富了本時期論體文文論的內容。

　　以上對魏晉南北朝論體文的盛況進行簡單勾勒，意在說明論體文在當時是一種非常重要的文體，眾多作家學「論」、作「論」、評「論」，且對其進行理論研究。在魏晉南北朝時期，就體式而言，論，堪稱僅次於詩、賦的第三種重要文體。

第二節　社會政治因素

　　法國批評家丹納曾謂：「作品的產生取決於時代精神和周圍的風俗」〔註14〕，「要想瞭解一件藝術品，一個藝術家，一群藝術家，必須正確地設想他們所屬的時代的精神和風俗概況。這是藝術品最後的解釋，也是決定一切的基本原因。」〔註15〕因此，要探究魏晉南北朝論體文興盛之因素，先從其時社會政治狀況入手。

〔註13〕〔宋〕李昉：《太平御覽》，北京：中華書局影印宋刻本，1960 年版，第 2578 頁。
〔註14〕〔法〕丹納著，傅雷譯：《藝術哲學》，北京：人民文學出版社，1963 年版，第 32 頁。
〔註15〕〔法〕丹納著，傅雷譯《藝術哲學》，北京：人民文學出版社 1963 年版，第 7 頁。

一、「論無定檢」局面的形成

與大一統的漢帝國不同，延續近四個世紀的魏晉南北朝大部分時間處於分裂狀態，戰亂頻仍，殺伐不斷，社會的動盪變革使士人們體驗著戰爭、災難、死亡，經歷著悲歡離合。其時匹夫抗憤，處士橫議，品核公卿，裁量執政，表現了士人與政權的疏離、個體自我精神的覺醒。在對生的眷戀與對死的恐懼中，他們以苦悶、痛苦、彷徨、矛盾的心態反思、求索、尋覓、叩問，趨向自我生命的閾限。亂世的無序使統治者對精神領域的大一統專制控制相對減輕，對個體思想的鉗制與桎梏相對削弱。隨著舊日傳統之儒學的日漸衰落，其指導政治、安慰人生之功效亦日漸消失。於是，在儒學獨尊局面被打破的同時，刑名、老莊之學以及道佛二教也得以自由發展。曹丕《典論》評價這一時期的社會思潮曰：「桓、靈之際，閹寺專命於上，布衣橫議於下；干祿者殫貨以奉貴，要名者傾身以事勢；位成乎私門，名定乎橫巷。由是戶異議，人殊論；論無常檢，事無定價」〔註16〕。這種時期，舊的權威已衰落，而新的權威尚未確立，一方面固然造成「論無定檢」的思想混亂，另一方面，又使士人們不循前軌，獨標新義。在這種情況下，士人們獲得新的自由與新的需要。馬斯洛認為，要滿足人的基本需要的直接前提，就是需要一個自由、公正的環境。「它們包括言論自由，在無損於他人的前提下的行動自由、表達自由、調查研究和尋求信息的自由、防衛自由，以及集體中的正義、公平、誠實、秩序等等。」〔註17〕環境的自由決定思想的自由、言論的自由，而這一切對於文學創作的重要性是不言而喻的。陳寅恪指出，「政治之紛擾，孰甚於戰國六朝？而學術思想之自由，亦唯戰國六朝為最；漢唐號稱盛世，然學術思想輒統於一尊，其成績未必優於亂世」〔註18〕柳詒徵亦云：「魏、晉以降，易君如舉棋，帝國朝代之號如傳舍然。使人民一仰朝廷君主之所為，其為變易紊亂，蓋不可勝言矣。當時士大夫，於無意中保守此制，以地方紳士，操朝廷用人之權。於是朝代雖更，而社會之勢力仍固定而不為搖動，豈惟可以激揚清濁，抑亦所以抵抗君權也。」〔註19〕正是在這樣一種沒有權威束縛、

〔註16〕〔清〕嚴可均：《全三國文》，《全上古三代秦漢三國六朝文》，北京：中華書局，1958 年版，第 1094 頁上。

〔註17〕〔美〕馬斯洛：《動機與人格》，北京：華夏出版社，1987 年版，第 54 頁。

〔註18〕王焱：《陳寅恪政治史研究發微》，《公共論叢——自由與社群》，上海：三聯書店，1998 年版，第 338 頁。

〔註19〕柳詒徵：《中國文化史（上冊）》，北京：東方出版社，2007 年版，第 385 頁。

沒有皇權欽定的環境下，「獨立之精神，自由之思想」得以蓬勃發展，「與頌功德、講實用的兩漢經學、文藝相區別，一種真正思辯的、理性的『純』哲學產生了；一種真正抒情的、感性的『純』文學產生了」。〔註20〕因其如此，魏晉南北朝文士什麼都敢拿來論一論，大至天地宇宙，小至昆蟲惡鳥，論體文題材呈現出前所未有的豐富多彩，這在漢代是不可想像的，在後世也從不曾逾越過。

隨著思想禁錮的鬆動，論辯風氣逐漸盛行。《世說新語・文學》十九條載：

> 裴散騎娶王太尉女，婚後三日，諸婿大會，當時名士、王裴子弟悉集。郭子玄在坐，挑與裴談。子玄才甚豐贍，始數交，未快；郭陳張甚盛，裴徐理前語，理致甚微，四坐咨嗟稱快，王亦以爲奇，謂諸人曰：「君輩勿爲爾，將受困寡人女婿。」〔註21〕

裴遐娶王衍之女，在新婚三日回門之時即遭到郭象的挑戰，裴遐以其富有理致、邏輯細密之言應戰，使以才華富贍、氣勢宏大著稱的郭象屈服，得到聽眾的稱讚。由此可略窺魏晉南北朝論辯風氣之濃。

對論辯的重視使魏晉南北朝文士常擬之軍事。《世說新語・言語》第七十九條曰：「謝胡兒語庾道季：『諸人莫當就卿談，可堅城壘。』庾曰：『若文度來，我以偏師待之；康伯來，濟河焚舟。』」〔註22〕《文學篇》第二十六條曰：「劉眞長與殷淵源談，劉理如小屈；殷曰：『惡卿不欲作將善雲梯仰攻。』」〔註23〕亦有直接以軍事場面描摹清談攻難者，如管辰《管輅別傳》載諸葛原與管輅共論「聖人著作之原」，又敘「五帝三王受命之符」，曰：

> 輅解景春微旨，遂開張戰地，示以不固，藏匿孤虛，以待來攻。景春奔北，軍師摧衄，自言吾觀卿旌旗，城池已壞也。其欲戰之士，於此鳴鼓角，舉雲梯，弓弩大起，牙旗雨集。然後登城曜威，開門受敵。上論五帝，如江如漢，下論三王，如翩如翰；其英者若春華之俱發，其攻者若秋風之落葉。聽者眩惑，不達其義，言者收聲，

〔註20〕　李澤厚：《美的歷程》，北京：中國社會科學出版社，1984年版，第107頁。
〔註21〕　〔南朝宋〕劉義慶撰，〔梁〕劉孝標注，徐震堮校箋：《世說新語校箋》，北京：中華書局，1984年版，第112-～113頁。
〔註22〕　〔南朝宋〕劉義慶撰，〔梁〕劉孝標注，徐震堮校箋：《世說新語校箋》，北京：中華書局，1984年版，第76頁。
〔註23〕　〔南朝宋〕劉義慶撰，〔梁〕劉孝標注，徐震堮校箋：《世說新語校箋》，北京：中華書局，1984年版，第117頁。

莫不心服，雖白起之坑趙卒，項羽之塞濉水，無以尚之。於時客皆
欲面縛銜璧，求束手於軍鼓之下。輅猶總下山立，未便許之。至明
日，離別之際，然後有腹心始終。一時海內俊士，八九人矣。〔註24〕

此處對諸葛原與管輅之論辯直接以軍事爲喻，精彩絕倫，雖不知其所論內容
如何，但就此描寫仍可領略二者論難之激烈。

佛學論辯之風亦甚盛，牟潤孫在《論儒釋兩家之講經與義疏》一文中指
出：「釋典中之論，及經論之疏，亦多爲問答體，亦由於說法時有問答辯難也」，
「僧徒之辯難，如欲專攻其人，則多在其講經時，就所講者問之，且不限於
都講，聽者皆可問也。故能講之名法師必爲能辯者也」。〔註25〕《世說新語·
文學》四十五條載：

> 于法開始與支公爭名，後情漸歸支，意甚不分，遂遁跡剡下。
> 遣弟子出都，語使過會稽。於時支公正講《小品》。開戒弟子：「道
> 林講，比汝至，當在某品中。」因示語攻難數十番，云：「舊此不可
> 復通。」弟子如言詣支公。正值講，因謹述開意，往反多時，林公
> 遂屈，厲聲曰：「君何足復受人寄載來！」〔註26〕

法開命弟子法威經過事先演練而在支遁講經時與之論難，使其屈，可見佛學
論辯風氣之盛。更有甚者，因辯難而致命，《續高僧傳·善胄傳》載：

> 齊破投陳……行至一寺，聞講涅槃，因入論義。止得三番，高
> 座無解，低頭飲氣。徒眾千餘，停偈講唱。於是扶輿而下，既至房
> 中，奄然而卒。胄時論訖即出，竟不知之。後日更造，乃見造諸喪
> 具。因問其故，乃云：「法師昨爲北僧所難，乃因即致死。」眾不識
> 胄，不之擒捉，聞告自審，退而潛焉。經千數日後，得陳僧將挾，
> 復往他講所，論義者無不致屈，斃者三人。〔註27〕

這是一個極端的例子，因論辯斃命，事或有之，而斃者三人，則爲誇張之辭，
由此亦可見問答辯難才能對法師的重要性，甚至超過生命。《晉書》卷四十九
《阮瞻傳》載：

〔註24〕〔晉〕陳壽撰，〔宋〕裴松之注：《三國志》卷29《方技傳》，北京：中華書局，
　　　　1959 年版，第 817～818 頁。

〔註25〕牟潤孫：《注史齋叢稿》，北京：中華書局，1987 年版，第 264 頁。

〔註26〕〔南朝宋〕劉義慶撰，〔梁〕劉孝標注，徐震堮校箋：《世說新語校箋》，北京：
　　　　中華書局，1984 年版，第 125 頁。

〔註27〕《高僧傳合集》，上海：上海古籍出版社，1991 年版，第 199 頁。

　　（阮）瞻素執無鬼論，物莫能難，每自謂此理足可以辯正幽
明。忽有一客通名詣瞻，寒溫畢，聊談名理。客甚有才辯，瞻與
之言，良久及鬼神之事，反覆甚苦，客遂屈，乃作色曰：「鬼神，
古今聖賢所共傳，君何得獨言無！即僕便是鬼。」於是變爲異形，
須臾消滅。瞻默然，意色大惡。後歲餘，病卒於倉垣，時年三十。
〔註28〕

此文採自《搜神記》卷十六，所言鬼神顯形之事乃小說家虛構之言，不足信，
但由此可見阮瞻所執「無鬼論」在其時無人能難當爲事實，而鬼亦善論名理
則從另一角度反映了其時社會論難之風盛行。

　　論辯之方式分兩種，一種是口談，一種爲筆論。有的文士具有清談才能，
卻並不一定擅長作論，如《世說新語・文學》70 載：

　　樂令善於清言，而不長於手筆。將讓河南尹，請潘岳爲表。潘
云：「可作耳，要當得君意。」樂爲述己所以爲讓，標位二百許語，
潘直取錯綜，便成名筆。時人咸云：「若樂不假潘之文，潘不取樂之
旨，則無以成斯矣。」〔註29〕

樂廣，以清談而著稱於世，《晉書》本傳稱其「性沖約，有遠識，寡嗜欲，與
物無競。尤善談論，每以約言析理，以厭人之心」，然而卻不擅長爲文，當然
更別提作論。又《世說新語・文學》74 曰：

　　江左殷太常父子並能言理，亦有辯訥之異。揚州口談至劇，太
常輒云：「汝更思吾論。」

　　劉孝標注引《中興書》曰：「殷融字洪遠，陳郡人。桓彝有人倫
鑒，見融，甚歎美之，著《象不盡意》《大賢須易論》，理義精微，
談者稱焉。兄子浩，亦能清言，每與浩談，有時而屈。退而著論，
融更居長。」〔註30〕

《南齊書》卷 54《顧歡傳》：

〔註28〕〔唐〕房玄齡等《晉書》卷 49《阮瞻傳》，北京：中華書局，1974 年版，第
　　　　1364 頁。
〔註29〕〔南朝宋〕劉義慶撰，〔梁〕劉孝標注，徐震堮校箋：《世說新語校箋》，北京：
　　　　中華書局，1984 年版，第 137 頁。
〔註30〕〔南朝宋〕劉義慶撰，〔梁〕劉孝標注，徐震堮校箋：《世說新語校箋》，北京：
　　　　中華書局，1984 年版，第 139 頁。

歡口不辯，善於著筆。著《三名論》，甚工，鍾會《四本》之流
也。又注王弼《易》二《繫》，學者傳之。〔註31〕

這幾則資料涉及到文士或長於口談，或長於筆論，二者未兼擅，從創作心理
學的角度看，口談體現出的是由「形之於心」到「形之於口」的過程，作論
則體現出由「形之於心」到「形之於手」的過程，前者是敏銳的思維與伶俐
的口齒相統一，後者則是敏銳的思維與準確的文字相結合，二者終究不同。
當然，在魏晉南北朝時期如何晏、王弼、嵇康等口談與作論兼擅者亦不乏其
人，兩方面是相互促進、相互影響的，如論題存在一致性，論辯技法亦相通，
皆注重言辭聲韻之美等。〔註32〕

爭鳴與對話，是學術思想得以生成的重要方式。《禮記‧中庸》曰：「萬
物並育而不相害，道並行而不相悖。小德川流，大德敦化，此天地之所以為
大也。」〔註33〕對「和而不同」的追求，使魏晉南北朝論體文融彙百家思想，
由各執一端走向百川歸海，彰顯出深刻的人文蘊涵。

二、公共自由空間的開拓

「公共空間」一詞，由德國漢娜‧阿倫特提出，又稱「公共領域」，是與
「私人領域」相區別的領域。漢娜‧阿倫特認為，「只有超越私人領域，將私
人的隱私呈現在眾多的觀看者面前，使一個事物能夠被不同的人從不同的角
度看見，才能達到在絕對的多樣性中看見同一性」〔註34〕，也就是說，只有
置於公共空間中的經驗才能超越私人性。哈貝馬斯在漢娜‧阿倫特的基礎上，
對公共空間進行深入闡釋，認為「所謂『公共領域』，我們首先意指我們的社
會生活的一個領域，在這個領域中，像公共意見這樣的事物能夠形成。公共
領域原則上向所有公民開放。公共領域的一部分由各種對話構成，在這些對
話中，作為私人的人們來到一起，形成了公眾。那時，他們既不是作為商業
或專業人士來處理私人行為，也不是作為合法團體接受國家官僚機構的法律
規章的規約。當他們在非強制的情況下處理普遍利益問題時，公民們作為一

〔註31〕 〔梁〕蕭子顯：《南齊書》卷54《顧歡傳》，北京：中華書局，1972年版，第
935頁。

〔註32〕 關於魏晉清談與論體文創作之關係，可參閱彭玉平：《魏晉清談與論體文之關
係》，《中國社會科學》，2001年第2期，第143～155頁。

〔註33〕 〔宋〕朱熹：《四書章句集注》，北京：中華書局，1983年版，第37頁。

〔註34〕 汪暉、陳燕谷：《文化與公共性》，上海：三聯書店，2005年，第81頁。

個群體來行動；因此，這種行動具有這樣的保障，即他們可以自由地集合和組合，可以自由地表達和公開他們的意見。」〔註35〕也就是說，評論性、公眾性與自由性是公共空間的重要特徵。

哈貝馬斯所言公共空間，指的是音樂廳、博物館、茶室與沙龍等，魏晉南北朝時期雖未生成歐洲式市民社會，但其時文士類群的出現，營構了家中、寺廟、道觀、水濱、林下等公共活動空間，較之東漢的朝廷論辯，空間更廣闊，議題更廣泛，論風更民主、更自由。《世說新語》對此類論辯多有記載，如《文學》第三十一條載「孫安國往殷中軍許共論」〔註36〕，第三十三條載「殷中軍嘗至劉尹所，清言良久」〔註37〕，皆爲在家中進行的論辯活動。第五十五條載在王濛家中舉行的一次論辯彥會：

> 支道林、許、謝盛德，共集王家，謝顧謂諸人：「今日可謂彥會，時既不可留，此集固亦難常，當共言詠，以寫其懷。」許便問主人：「有《莊子》不？」正得《漁父》一篇。謝看題，便各使四坐通。支道林先通，作七百許語，敘致精麗，才藻奇拔，眾咸稱善。於是四坐各言懷畢。謝問曰：「卿等盡不？」皆曰：「今日之言，少不自竭。」謝後粗難，因自敘其意，作萬餘語，才峰秀逸，既自難干，加意氣擬託，蕭然自得，四坐莫不厭心。支謂謝曰：「君一往奔詣，故復自佳耳。」〔註38〕

此等佳會，名士彥集，尋題共言，各暢所懷，其間彌漫者清新自由之空氣。再如《文學篇》第六條載：

> 何晏爲吏部尚書，有位望，時談客盈坐。王弼未弱冠，往見之。晏聞弼名，因條向者勝理語弼曰：「此理僕以爲極，可得復難不？」弼便作難，一坐人便以爲屈。於是弼自爲客主數番，皆一坐所不及。
> 〔註39〕

〔註35〕汪暉、陳燕谷：《文化與公共性》，上海：三聯書店，2005 年，第 125 頁。

〔註36〕〔南朝宋〕劉義慶撰，〔梁〕劉孝標注，徐震堮校箋：《世說新語校箋》，北京：中華書局，1984 年版，第 119 頁。

〔註37〕〔南朝宋〕劉義慶撰，〔梁〕劉孝標注，徐震堮校箋：《世說新語校箋》，北京：中華書局，1984 年版，第 120 頁。

〔註38〕〔南朝宋〕劉義慶撰，〔梁〕劉孝標注，徐震堮校箋：《世說新語校箋》，北京：中華書局，1984 年版，第 129～130 頁。

〔註39〕〔南朝宋〕劉義慶撰，〔梁〕劉孝標注，徐震堮校箋：《世說新語校箋》，北京：中華書局，1984 年版，第 106 頁。

何晏以其吏部尚書之身份，迎接弱冠少年王弼，如果不是出於對「理」之追求，何至於此。在這樣的談座中，無長幼之分，無地位之別，一切皆以「理」勝者為尊，只有這種自由談辯的氛圍才能激發王弼的天才思想。

由以上例子不難看出，家本為私人之空間，卻成為論辯之佳所，其間精闢敘理、雅麗語詞足以令四座厭心，而平等自由之氛圍更令後世豔羨。在寺廟與道觀中進行論辯，則屬公座，較之家中之私座，更具公開性。如支遁在瓦官寺與北來道人辯論《小品》，〔註40〕在會稽西寺，被于法開唆使的弟子辯論擊敗〔註41〕，在白馬寺與馮懷談論《莊子·逍遙遊》〔註42〕，在東安寺攻破王濛宿構的精理〔註43〕等，均屬在寺廟中進行的論辯。《魏書》載北魏孝武帝親至平等寺主持佛學論辯之事曰：「永熙二年，出帝幸平等寺，僧徒講說，敕同軌論難，音韻閒朗，往復可觀，出帝善之。」〔註44〕《周書》載周武帝親至玄都觀法座講說之事曰：「建德元年春正月戊午，帝幸玄都觀，親御法座講說，公卿道俗論難，事畢還宮。」〔註45〕可見其時，寺廟與道觀是論辯之重要場所，帝王亦屈尊而至，親自主持論辯。

水濱林下等自然場所亦為魏晉南北朝文士論辯之佳地，《世說新語·言語》23 條載：

> 諸名士共至洛水戲，還，樂令問王夷甫曰：「今日戲，樂乎？」
> 王曰：「裴僕射善談名理，混混有雅致；張茂先論《史》、《漢》，靡
> 靡可聽；我與王安豐說延陵、子房，亦超超玄著。」〔註46〕

王衍津津樂道於洛水盛會，談玄論史，神與物遊，何其樂哉。

〔註40〕〔南朝宋〕劉義慶撰，〔梁〕劉孝標注，徐震堮校箋：《世說新語校箋》，北京：中華書局，1984 年版，第 119 頁。

〔註41〕〔南朝宋〕劉義慶撰，〔梁〕劉孝標注，徐震堮校箋：《世說新語校箋》，北京：中華書局，1984 年版，第 125 頁。

〔註42〕〔南朝宋〕劉義慶撰，〔梁〕劉孝標注，徐震堮校箋：《世說新語校箋》，北京：中華書局，1984 年版，第 120 頁。

〔註43〕〔南朝宋〕劉義慶撰，〔梁〕劉孝標注，徐震堮校箋：《世說新語校箋》，北京：中華書局，1984 年版，第 124 頁。

〔註44〕〔北齊〕魏收：《魏書》卷 36《李順傳》，北京：中華書局，1974 年版，第 848 頁。

〔註45〕〔唐〕令狐德棻等：《周書》卷 5《武帝紀》，北京：中華書局，1971 年版，第 79 頁。

〔註46〕〔南朝宋〕劉義慶撰，〔梁〕劉孝標注，徐震堮校箋：《世說新語校箋》，北京：中華書局，1984 年版，第 46 頁。

論，是公共空間的個人言說。論家的個人言說只有進入公共空間，才能突出其個人性，產生時代意義與影響。魏晉南北朝時期公共自由空間的開拓為論體文的興盛提供重要的外部條件與契機。因此，論家在展開個人言說時必然受制於時代要求和自身所處的公共空間，必須從其所處的公共空間的需求出發，調整言說之內容與形式，校正言說之思路與取向，優化言說之格調與質量，使自我言說在與公共空間的溝通交流中得到廣泛接受，在對話與碰撞中獲得社會效應。在公共禮法所容許的範圍內，魏晉南北朝文士借助「論」這種文體，參與社會事務，發表思想見解，建立公共價值觀念，抒發個人對社會黑暗、遭際不公的憤恨，充分發揮論體文的批判性與時效性，拓展公共空間。

三、文學集團的興起與統治者的參與

魏晉南北朝時期，文學集團漸次興起。從建安時期的鄴下文人集團到正始年間的竹林七賢，到西晉「二十四友」、東晉桓溫文學集團、南朝劉宋時期的劉義慶文學集團、蕭齊時期竟陵王文學集團、蕭梁時期蕭衍、蕭統文學集團以及蕭綱文學集團等等。儘管這些被後世視為文學集團的集團並非為了純粹的文學目的而聚集在一起，更具有政治性，但他們組織的文學活動對於促進文學創作、更新文學觀念還是起了重要作用。正如《文心雕龍‧時序》所言，「魏武以相王之尊，雅愛詩章；文帝以副君之重，妙善辭賦；陳思以公子之豪，下筆琳瑯：並體貌英逸，故俊才雲蒸」〔註47〕。集團組織者具有較高的政治地位，他們的倡導與身體力行有效地調動集團成員的創作熱情，形成濃厚的創作風氣。

就論體文的創作而言，文學集團內部往往採用同題共作的方式，使集團成員針對同一論題各抒己見。如建安鄴下文士集團同題共作之風盛行，既有角度不同而主題相似者，如曹丕、曹植、丁儀同作《周成漢昭論》，丕文從君主著筆，認為周成王「體上聖之休氣，稟賢妣之貽誨，周召為保傳，呂尚為太師」，而漢昭帝則「保無仁孝之質，佐無隆平之治」〔註48〕，褒成王而貶漢昭。植文係從大臣著筆，認為周公「以天下初定，武王既終，而成王尚幼，

〔註47〕范文瀾：《文心雕龍注》，北京：人民文學出版社，1958年版，第673頁。
〔註48〕〔清〕嚴可均：《全三國文》，《全上古三代秦漢三國六朝文》，北京：中華書局，1958年版，第1091頁上。

未能定南面之事。是以推以忠誠，稱制假號」，至於昭帝，「所以不疑於霍光，亦緣武帝有遺詔於光。使光若周公，踐天子之位，行周公之事，吾恐叛者非徒二弟，疑者非徒召公也」〔註49〕，說來頭頭是道。二者文章實各有千秋，皆爲論點鮮明的史論。也有觀點不同，各持己見的，如阮瑀、應瑒同作《文質論》，二者針鋒相對，一主文，一尚質，互不相讓，實際上卻是在辯論。再如東吳孫和，赤烏五年（242年）被立爲太子，其時，闞澤爲太傅，薛綜爲少傅，蔡穎、張純、封俌、嚴維等爲侍從，形成太子賓客集團。《三國志・孫和傳》載：「（和）常言當世士人宜講修術學，校習射御，以周世務，而但交遊博弈以妨事業，非進取之謂。後臺寮侍宴，言及博弈，以爲妨事費日而無益於用，勞精損思而終無所成，非所以進德脩業，積累功緒者也。且志士愛日惜力，君子慕其大者，高山景行，恥非其次。夫以天地長久，而人居其間，有白駒過隙之喻，年齒一暮，榮華不再。凡所患者，在於人情所不能絕，誠能絕無益之欲以奉德義之途，棄不急之務以修功業之基，其於名行，豈不善哉？夫人情猶不能無嬉娛，嬉娛之好，亦在於飲宴、琴書、射御之間，何必博弈，然後爲歡。乃命侍坐者八人，各著論以矯之。於是中庶子韋曜退而論奏，和以示賓客。時蔡穎好弈，直事在署者頗斅焉，故以此諷之。」〔註50〕由此可知，《博弈論》爲八人同題之作，僅韋昭一家爲《文選》收錄〔註51〕。

除了同題共作，集團內部成員之間亦可針對同一論題進行論辯。竟陵王蕭子良，「少有清尚，禮才好士，居不疑之地，傾意賓客，天才才學皆遊集焉」〔註52〕，他召集諸多才學之士到自己門下，組織開展文學活動。范縝曾預其列，《梁書・儒林・范縝傳》載：

> 初，縝在齊世，嘗侍竟陵王子良。子良精信釋教，而縝盛稱無佛。子良問曰：「君不信因果，世間何得有富貴，何得有賤貧？」縝答曰：「人之生譬如一樹花，同發一枝，俱開一蒂，隨風而墮，自有

〔註49〕〔清〕嚴可均：《全三國文》，《全上古三代秦漢三國六朝文》，北京：中華書局，1958年版，第1149頁。

〔註50〕〔晉〕陳壽撰，〔宋〕裴松之注：《三國志》卷59《孫和傳》，北京：中華書局，1959年版，第1368～1369頁。

〔註51〕姚振宗案：《孫和傳》所載知《博弈論》有八篇，傳所云云似即韋昭論次之文八篇之敘言，與《文選》所錄止韋昭一家，時闞澤、薛綜、張純、對僕、嚴維、吾粲、顧譚等，皆爲和侍從，意此數人皆有所作。

〔註52〕〔梁〕蕭子顯：《南齊書》卷40《蕭子良傳》，北京：中華書局，1972年版，第694頁。

拂簾幌墜於茵席之上，自有關籬牆落於糞溷之側。墜茵席者，殿下
是也；落糞溷者，下官是也。貴賤雖復殊途，因果竟在何處？」子
良不能屈，深怪之。縝退論其理，著《神滅論》曰……此論出，朝
野諠譁，子良集僧難之而不能屈。〔註53〕

當年蕭子良集眾僧與范縝辯論的場面何其壯觀，正因其有能夠包容不同意見
的胸懷，才成就了范縝堅持己見的學術獨立品格。

　　文學集團之間則更多學術論爭，在辯難往復中集思廣益、兼收並蓄，促
進學術思想的發展。桓溫集團與司馬昱集團為東晉中期兩大文學集團，桓溫
幕下群才薈萃，據唐余知古《渚宮舊事》卷5載：「溫在鎮三十年，參佐習鑿
齒、袁宏、謝安、王坦之、孫盛、孟嘉、王珣、羅友、郗超、伏滔、謝奕、
顧愷之、王子猷、謝元（玄）、羅含、范汪、郝隆、車允（胤）、韓康等，皆
海內奇士，伏其知人。」〔註54〕胡大雷《中古文學集團》以此稱之為「桓溫
文學集團」〔註55〕。司馬昱府中亦人才濟濟，郗愔、郗曇、高崧、王坦之、
荀羨、范汪、劉惔、張憑、殷浩、劉惔、王濛、韓伯等〔註56〕，皆為其時玄
壇之翹楚。兩集團之間時常發生論爭，《世說新語·文學》載：

　　孫安國往殷中軍許共論，往反精苦，客主無間。左右進食，冷
而復煖者數四。彼我奮擲麈尾，悉脫落滿餐飯中，賓主遂至莫忘食。

〔註53〕　〔唐〕姚思廉：《梁書》卷48《儒林·范縝傳》，北京：中華書局，1973年版，
　　　　　第665～670頁。
〔註54〕　〔唐〕余知古：《渚宮舊事》，北京：中華書局，1985年版，第54頁。
〔註55〕　胡大雷：《中古文學集團》，桂林：廣西師範大學出版社，1996年，第89頁。
〔註56〕　《晉書》對此有大量記載。如《郗愔傳》：「簡文帝輔政，與尚書僕射江虨等
　　　　　薦愔……於是徵為光祿大夫，加散騎常侍。」《郗曇傳》：「簡文帝為撫軍，引
　　　　　為司馬。」《高崧傳》：「簡文帝輔政，引為撫軍司馬。」《王坦之傳》：「簡文
　　　　　帝為撫軍將軍，辟為掾。累遷參軍、從事中郎，仍為司馬，加散騎常侍。」
　　　　　同卷《荀羨傳》：「羨有儀操風望，雅為簡文帝所重」、「殷浩以羨在事有能名，
　　　　　故居以重任。」《范汪傳》：「時簡文帝作相，甚相親昵，除都督徐兗青冀四州
　　　　　揚州之晉陵諸軍事、安北將軍、徐兗二州刺史、假節。《劉惔傳》：「簡文帝初
　　　　　作相，與王濛並為談客，俱蒙上賓禮。」《張憑傳》：「（惔）召與同載，遂言
　　　　　之於簡文帝。帝召與語，歎曰：『張憑勃窣為理窟。』官至吏部郎、御史中丞。」
　　　　　《韓伯傳》：「簡文帝居藩，引為談客，自司徒左西屬轉撫掾中書郎、散騎常
　　　　　侍、豫章太守，入為侍中。」《謝尚傳》：「遷會稽王友，入補給事黃門侍郎。」
　　　　　同卷《謝萬傳》：「簡文帝作相，聞其名，召為撫軍從事中郎。」《江灌傳》：「簡
　　　　　文帝引為撫軍從事中郎。」《王濛傳》：「及簡文帝輔政，益貴幸之，與劉惔號
　　　　　為入室之賓。轉司徒左長史。」濛子王修「起家著作郎、琅邪王文學」。

殷乃語孫曰：「卿莫作強口馬，我當穿卿鼻！」孫曰：「卿不見決鼻牛，人當穿卿頰。」〔註57〕

《晉書·孫盛傳》載，孫盛「善言名理，與殷浩齊名」，二者來自不同文學集團，且玄談水平相當，其論辯之精彩使賓主「至莫忘食」，在勝負難分之際不惜進行人身攻擊，其緊張氣氛可想而知。

除了口頭論辯，兩文學集團成員之間亦以論體文進行思想學術之交鋒。《晉書·韓伯傳》載王坦之曾著《公謙論》，袁宏作論以難之，韓康伯「覽而美其辭旨，以為是非既辯，誰與正之，遂作《辯謙》以折中」〔註58〕。《世說新語·文學》91條載：「謝萬作《八賢論》，與孫興公往反，小有利鈍。」〔註59〕《世說新語·言語》載：「王中郎令伏玄度、習鑿齒論青、楚人物，臨成以示韓康伯，康伯都無言。王曰：『何故不言？』韓曰：『無可無不可。』」〔註60〕不同集團的學術紛爭，一方面表現出堅守所學，敢於爭鳴的精神，另一方面又在論爭交流中激發思維之火花，博取對方之長，使己融洽而無所偏滯，從而促進學術思想之發展與論體文之興盛。

由君主親自主持的學術論辯在魏晉南北朝時期亦屢見史冊。《宋書·顏延之傳》載：

雁門人周續之隱居廬山，儒學著稱，永初中，徵詣京師，開館以居之。高祖親幸，朝彥畢至，延之官列猶卑，引升上席。上使問續之三義，續之雅仗辭辯，延之每折以簡要。既連挫續之，上又使還自敷釋，言約理暢，莫不稱善。〔註61〕

此乃由宋武帝劉裕親自參加並擔任主持的儒學論辯，論者為周續之與顏延之。談座之上，一方自標新理，以為談端，對方即就此理，尋隙攻難，論辯之一來一往，稱作一番。《南史·儒林傳·戚袞》載：

〔註57〕 〔南朝宋〕劉義慶撰，〔梁〕劉孝標注，徐震堮校箋：《世說新語校箋》，北京：中華書局，1984年版，第119頁。

〔註58〕 〔唐〕房玄齡等：《晉書》卷75《韓伯傳》，北京：中華書局，1974年版，第1993頁。

〔註59〕 〔南朝宋〕劉義慶撰，〔梁〕劉孝標注，徐震堮校箋：《世說新語校箋》，北京：中華書局，1984年版，第145頁。

〔註60〕 〔南朝宋〕劉義慶撰，〔梁〕劉孝標注，徐震堮校箋：《世說新語校箋》，北京：中華書局，1984年版，第72～73頁。

〔註61〕 〔梁〕沈約：《宋書》卷73《顏延之傳》，北京：中華書局，1974年版，第1892頁。

> 簡文在東宮，召衮講論。又嘗置宴集玄儒之士，先命道學互相
> 質難，次令中庶子徐摛馳騁大義，間以劇談。摛辭辯從橫，難以答
> 抗，諸儒懾氣。時衮說朝聘義，摛與往復，衮精彩自若，領答如流，
> 簡文深加歎賞。〔註62〕

這是一場由簡文帝蕭綱主持的論辯，其內容雖無記載，但由玄儒之士參加，
大致可推出是一場有關玄學與儒學的論戰。《南史‧隱逸列傳‧馬樞》載：

> （馬樞）六歲，能誦《孝經》《論語》《老子》。及長，博極經史，
> 尤善佛經及《周易》《老子》義。梁邵陵王綸爲南徐州刺史，素聞其
> 名，引爲學士。綸時自講《大品經》，令樞講《維摩》《老子》《周易》，
> 同日發題，道俗聽者二千人。王欲極觀優劣，乃謂眾曰：「與馬學士
> 論義，必使屈服，不得空立客主。」於是數家學者，各起問端。樞
> 乃依次剖判，開其宗旨，然後枝分派別，轉變無窮，論者拱默聽受
> 而已，綸甚嘉之。〔註63〕

這場論辯由梁邵陵王蕭綸主持，其擅長講論，自講《大品經》，馬樞講《維摩
經》、《老子》和《周易》，內容涉及玄佛，聽眾達兩千人，規模宏大，且自由
發問，馬樞應付裕如，充分展現出淵博之學識與論辯之高才。

　　北朝君主參與的論辯則少了民主自由之氣氛，較多專制干涉之意圖。《周
書》載：「戊辰，帝御大德殿，集百僚、道士、沙門等討論釋老義。」〔註64〕
又載：「十二月癸巳，集群臣及沙門道士等，帝升高座，辨釋三教先後，以儒
教爲先，道教爲次，佛教爲後。」〔註65〕周武帝所組織的三教論辯是其廢佛
之舉的前兆，對宗教的干涉表現了他爭儒家正統、行夷夏之辯的心理。

　　不管是文學集團的論爭，還是統治者的直接參與，其作用都具有兩面性，
一則能夠有效調動麾下成員的創作積極性，促進文學風氣的興盛。一則又因其
政治權力的隱性介入而不同程度地影響參與者的創作心態與審美趣味，使之具
有唯上化與趨同性，使文學作品的批判性被削弱，作家的創作個性被弱化。

〔註62〕　〔唐〕李延壽：《南史》卷71《儒林‧戚袞傳》，北京：中華書局，1975年版，
　　　　　第1748頁。
〔註63〕　〔唐〕李延壽：《南史》卷76《隱逸‧馬樞傳》，北京：中華書局，1975年版，
　　　　　第1907頁。
〔註64〕　〔唐〕令狐德棻等：《周書》卷5《武帝紀》，北京：中華書局，1971年版，
　　　　　第76頁。
〔註65〕　〔唐〕令狐德棻等：《周書》卷5《武帝紀》，北京：中華書局，1971年版，
　　　　　第83頁。

第三節　思想文化因素

　　魏晉南北朝論體文之興盛，既受當時社會政治因素的影響，又是特定的思想文化演變的產物。魏晉南北朝時期，多元文化之交融與學術風氣之嬗變使其時文士超越儒家思想之局限，打破權威崇拜之禁錮，士林煥發出蓬勃生機。

一、多元文化之交融

　　漢武帝時代定儒術於一尊後，儒家學說成為帝國的統治思想，在詮釋體系中日益神聖化、經典化。隨著繁瑣注經風氣的興起，儒生們為利祿所誘，往往拘守繁瑣章句，儒學的理性精神被讖緯迷信所替代，失去兼收並蓄之氣魄與同化調節之能力，逐漸流於荒唐虛妄。正如《顏氏家訓‧勉學》所言：「學之興廢，隨世輕重。漢時賢俊，皆以一經弘聖人之道，上明天時，下該人事，用此致卿相者多矣。末俗已來不復爾，空守章句，但誦師言，施之世務，殆無一可。故士大夫子弟，皆以博涉為貴，不肯專儒。」〔註 66〕東漢後期，在日益嚴重的政治危機面前，儒家學說缺乏緩解這種危機的實踐功效，逐漸導致了人們對它的信仰危機。漢魏之際，在大一統政權業已崩潰的形勢下，人們紛紛到諸子學說中去尋求救世良方與安身立命的精神支撐，於是，道、名、法、兵、縱橫等各家思想應運而起，乘勢復興，思想界呈現出自春秋戰國以來又一次極其活躍的局面。

　　舊學之中最先受到重視的是名法家思想，其時思想界彌漫著「師商、韓而上法術，竟以儒家為迂闊，不周世用」〔註 67〕的風氣，曹操與諸葛亮是其重要代表。陳壽評曹操「攬申、商之法術」〔註 68〕，《晉書‧傅玄傳》引傅玄《舉清遠疏》云：「近者魏武好法術，而天下貴刑名」〔註 69〕，皆注意到曹操的名法思想。曹操提出「夫治定之化，以禮為首。撥亂之政，以刑為先」〔註

〔註66〕王利器：《顏氏家訓集解》，北京：中華書局，1993 年版，第 176 頁。

〔註67〕〔晉〕陳壽撰，〔宋〕裴松之注：《三國志》卷16《杜恕傳》，北京：中華書局，1959 年版，第 502 頁。

〔註68〕〔晉〕陳壽撰，〔宋〕裴松之注：《三國志》卷1《武帝紀》，北京：中華書局，1959 年版，第 55 頁。

〔註69〕〔唐〕房玄齡等：《晉書》卷47《傅玄傳》，北京：中華書局，1974 年版，第 1317～1318 頁。

〔註70〕〔晉〕陳壽撰，〔宋〕裴松之注：《三國志》卷24《高柔傳》，北京：中華書局，1959 年版，第 683～684 頁。

70）的觀點，在求賢令中強調「治平尚德行，有事尚功能」〔註71〕，皆為其名法思想的體現。明末清初思想家王夫之在《讀通鑑論·三國》中肯定曹操「嚴椒房之禁，削掃除之權」〔註72〕，「任法課能，矯之以趨於刑名，而漢末之風暫息者數十年」〔註73〕。諸葛亮以法家思想治蜀，功績卓越，丞相長史張裔常稱亮曰：「公賞不遺遠，罰不阿近，爵不可以無功取，刑不可以貴勢免，此賢愚之所以僉忘其身者也」〔註74〕。陳壽校《諸葛亮集》時亦肯定其以法治理蜀漢之功：「（亮）科教嚴明，賞罰必信，無惡不懲，無善不顯，至於吏不容奸，人懷自厲，道不拾遺，強不侵弱，風化肅然也。」〔註75〕

　　在思想活躍的氣氛中，廣大士人深切感受到漢末魏晉政權更迭過程中對政敵之血腥屠戮的殘酷性，為了擺脫災禍，安身立命，便轉向崇尚虛無、逍遙避世。曹魏正始年間，以道家思想為主體、調和儒道的玄學漸趨興盛，一直綿延至東晉末期。南朝時玄談之風的隆盛程度雖遜於魏晉，但老莊思想仍被文人士大夫所普遍浸染。玄學作為文人士大夫逃避現實的理論工具，固然產生了消極作用，但對於衝破漢儒讖緯神學和繁瑣章句之學，促進思想的解放也起了積極作用。其倡導對個體人格獨立與自由的追求，反對人性的束縛與異化，重視心靈的超越與解放，都促進了其時文士自我意識之覺醒。而玄談的自由辯論方式、崇尚抽象思維的風氣與崇本息末、以簡馭繁的玄學思辨策略則在一定程度上提高了其時文士的理論思辨水平。只有在那個時代才會出現脣槍舌劍中呈現的魏晉風流，文士們才能享受到「中世紀所能得到的最大學術自由」〔註76〕，才能在辯論中體驗到等級差異消失後人格上的平等權利。

　　道教，作為中國本土宗教，在東漢末年逐漸形成，歷經魏晉南北朝由民間道團逐漸上陞為官方宗教。湯一介先生指出：「道教和其他宗教派別相比，

〔註71〕〔晉〕陳壽撰，〔宋〕裴松之注：《三國志》卷1《武帝紀》注引《魏書》，北京：中華書局，1959年版，第24頁。
〔註72〕〔清〕王夫之：《讀通鑑論》，北京：中華書局，1975年版，第261頁。
〔註73〕〔清〕王夫之：《讀通鑑論》，北京：中華書局，1975年版，第274頁。
〔註74〕〔宋〕司馬光：《資治通鑑》卷72《魏紀四》，北京：中華書局，1956年版，第2299頁。
〔註75〕〔晉〕陳壽撰，〔宋〕裴松之注：《三國志》卷35《諸葛亮傳》，北京：中華書局，1959年版，第930頁。
〔註76〕王曉毅：《中國文化的清流》，北京：中國社會科學出版社，1991年版，第101頁。

從一開始就有十分顯著的特點：其一是，其他宗教大都要解釋『人死後如何』的問題，而道教所要求解決的卻是人如何不死（長生不死）；其二是，道教一開始就有十分強烈干預政治的願望」〔註77〕。就前者而言，道教通過導引行氣、服食金丹、形神修煉等方式達到養生長壽之目的。就後者而言，既爲下層民眾反抗統治者的思想武器，又成爲帝王加強統治的宗教手段，如《魏書·釋老志》載，北魏太武帝拓跋燾「重逢天師」，尊崇道士寇謙之，曾「親至道壇，受符籙」。此後北魏每個皇帝即位，均須親詣道壇，接受道教的法籙，《隋書·經籍志》載：「後周承魏，崇奉道法，每帝受籙，如魏之舊。」〔註78〕

佛教的興盛也是魏晉南北朝思想文化領域中引人注目的現象。佛教以其生死輪迴、善惡果報、超脫現實的說教適應處於亂世中的各個階層人們的精神需要，所以雖自漢代就傳入中國，但眞正流行是在兩晉南北朝時期。飽受戰亂、瘟疫、饑荒等禍殃的人們，信佛是其尋求安慰的重要途徑，而現實生活中太多的不平等現象，使他們找不到眞正的出路，只能將希望寄託在因果報應上，希冀在來世升入極樂世界。正如劉宋何尚之所言：「五胡亂華以來，生民塗炭，冤橫死亡者不可勝數，其中誤獲蘇息，必釋教是賴。」〔註79〕至於上層統治階級推崇佛教，除希望得到佛陀的蔭庇，解脫對動蕩不寧之現實的恐懼外，也有以此爲工具麻痺人們的抗爭意識、維護其統治的政治意圖。漢譯佛經的繁榮、玄佛合流與名僧高僧的湧現爲魏晉南北朝思想界吹進清新之風。

在魏晉南北朝多元文化交融中，儒家思想雖失去獨尊地位，卻並不意味著它被人遺忘或拋棄。由其維繫綱常倫理教化之性質所決定，儒學不僅在十六國北朝時期學術地位不斷上陸，在魏晉南朝，其在社會思想及政治領域仍然佔有重要地位，就連崇尚刑名之學的曹操，雖有時敢於公然發表背離儒家傳統的言論，但爲了壓制打擊政敵，他還要借助維護儒家禮法之名定其罪、誅其身。後來的司馬氏父子亦倡言「以孝治天下」，假竊禮法以售其奸。他們的這種虛偽行徑，對某些士人更加鄙薄儒學起了激化作用，如阮籍、嵇康公

〔註77〕湯一介：《魏晉南北朝時期的道教》，西安：陝西師範大學出版社，1988年版，第89頁。

〔註78〕〔唐〕魏徵、令狐德棻：《隋書》卷35《經籍四》，北京：中華書局，1973年版，第1094頁。

〔註79〕《弘明集》卷11《何令尚之答宋文皇帝贊佛教事》，《弘明集·廣弘明集》，上海：上海古籍出版社影印宋磧砂版大藏經，1991年版，第71頁。

然蔑視禮法，提出「越名教而任自然」的口號。佛、道兩教在與儒學論爭過程中，努力吸取其理論與自身教義相融合，道教理論家葛洪提倡儒道兼修，其《抱朴子內篇‧塞難》曰：「道者，萬殊之源也；儒者，大淳之流也」〔註80〕，同書《明本》曰「道者，儒之本也；儒者，道之末也」〔註81〕，《對俗》又宣稱：「欲求仙者，要當以忠孝、和順、仁信為本。若德行不修，而但務方術，皆不得長生也」〔註82〕。寇謙之則曰：「諸欲奉道不可不勤，事師不可不敬，事親不可不孝，事君不可不忠」〔註83〕，又曰：「臣忠子孝夫信婦貞兄敬弟順，內無二心，便可為善得種民矣」〔註84〕，將儒家的倫理綱常納於道教理論體系中。佛教亦如此，梁代釋僧順《析三破論》稱：「釋氏之訓，父慈子孝，兄愛弟敬，夫和妻柔，備有六睦之美」。同時，儒家亦受佛教之影響，馬宗霍《中國經學史》稱，「敷坐說法，本彼宗風，從而傚之，又有升座說經之例。初憑口耳之傳，繼有竹帛之著。而義疏成矣」，皮錫瑞《經學歷史》亦稱：「漢學重在明經，唐學重在疏注；當漢已在，唐學未來，絕續之交，諸儒倡為義疏之學，有功於後世甚大」〔註85〕，皆可見儒家義疏之學實受佛教之沾溉。

　　社會思想多元化的發展，使魏晉南北朝文士之文化結構發生較大改觀。諸多文士儒道兼修，學識淵博。如何晏、王弼雖為玄學家，卻是儒玄並綜，史載何晏「少以才秀知名，好老莊言，作《道德論》及諸文賦著述凡數十篇」〔註86〕，王弼「好論儒道，辭才逸辯，注《易》及《老子》。」〔註87〕從其著作看，何晏除《老子道德論》外，尚有《論語集解》、《孝經注》、《魏晉諡議》、《樂懸》、《官族傳》、《何晏集》等著作，王弼除《老子注》、《老子微旨略例》外，尚有《周易注》、《周易略例》、《周易大衍論》、《論語釋疑》等著作。臺

〔註80〕　王明：《抱朴子內篇校釋》，北京：中華書局，1980年版，第138頁。

〔註81〕　王明：《抱朴子內篇校釋》，北京：中華書局，1980年版，第184頁。

〔註82〕　王明：《抱朴子內篇校釋》，北京：中華書局，1980年版，第53頁。

〔註83〕　〔南朝宋〕陸修靜：《正一法文天使教戒科經》，《道藏（第18冊）》，天津、上海、北京：天津古籍、上海書店、文物出版社，1988年版，第232頁。

〔註84〕　〔南朝宋〕陸修靜：《正一法文天使教戒科經》，《道藏（第18冊）》，天津、上海、北京：天津古籍、上海書店、文物出版社，1988年版，第237頁。

〔註85〕　皮錫瑞：《經學歷史》，北京：中華書局，2004年版，第130頁。

〔註86〕　〔晉〕陳壽撰，〔宋〕裴松之注：《三國志》卷9，北京：中華書局，1959年版，第292頁。

〔註87〕　〔晉〕陳壽撰，〔宋〕裴松之注：《三國志》卷28《鍾會傳》，北京：中華書局，1959年版，第795頁。

灣學者徐芹庭研究何晏之《易》學，評之曰：「其《易》解既挹取先儒之解說，又從而以《老》、《莊》玄言會通之，且能以《易》學大義，會通於經學，是則仍有其價值焉。」〔註88〕林麗眞論王弼之《易》學曰：「王弼的《周易注》，既未叛離儒門，亦非獨宗《老氏》，而是採取調和折中的立場，將儒道雜糅；本乎《老子》之形上學以求《易》道之本原，又採取儒家之道德論以資於人事之訓誡，縱有獨發議論之處，也不出此範圍。」〔註89〕再如鍾會，「雅好書籍，涉歷眾書，特好《易》、《老子》。」〔註90〕《三國志・魏書》卷28《鍾會傳》注引其母傳曰：「夫人性矜嚴，明於教訓，會雖童稚，勤見規誨。年四歲授《孝經》，七歲誦《論語》，八歲誦《詩》，十歲誦《尚書》，十一誦《易》，十二誦《春秋左氏傳》、《國語》，十三誦《周禮》、《禮記》，十四誦《成侯易記》，十五使入太學，問四方奇文異訓。」〔註91〕由此可見，精鍊名理的鍾會自幼受學非寡。釋家、道教亦多通才，如慧遠「少爲諸生，博綜六經，尤善《莊》、《老》」〔註92〕，僧肇「家貧以傭書爲業，遂因繕寫，乃歷觀經史，備盡墳籍」〔註93〕，道恒「篤好經典，學兼宵夜」〔註94〕，葛洪「年十六，始讀《孝經》、《論語》、《詩》、《易》……自正經諸史百家之言，下至短雜文章，近萬卷」〔註95〕，顧歡「八歲，誦《孝經》、《詩》、《論》。及長，篤志好學」〔註96〕，諸如此類，不勝枚舉。

　　文化結構的提升拓展了魏晉南北朝文士的眼界，刺激原本凝固和定型的

〔註88〕徐芹庭：《魏晉七家易學之研究》，臺北：成文出版社，1977年版，第289頁。

〔註89〕林麗眞：《王弼及其易學》，《臺大文史叢刊》之四十七，1977年版，第196頁。

〔註90〕〔晉〕陳壽撰，〔宋〕裴松之注：《三國志》卷28《鍾會傳》，北京：中華書局，1959年版，第785～786頁。

〔註91〕〔晉〕陳壽撰，〔宋〕裴松之注：《三國志》28《鍾會傳》，北京：中華書局，1959年版，第785頁。

〔註92〕〔梁〕慧皎撰，湯用彤校注：《高僧傳》，北京：中華書局，1992年版，第211頁。

〔註93〕〔梁〕慧皎撰，湯用彤校注：《高僧傳》，北京：中華書局，1992年版，第249頁。

〔註94〕〔梁〕慧皎撰，湯用彤校注：《高僧傳》，北京：中華書局，1992年版，第246頁。

〔註95〕楊明照：《抱朴子外篇校箋（下）》，北京：中華書局，1997年版，第655頁。

〔註96〕〔梁〕蕭子顯：《南齊書》卷54《顧歡傳》，北京：中華書局，1972年版，第928頁。

思想世界，使之發生新變，從而產生新的見解。葛兆光先生指出：「佛教帶來的異域新知識和道家復活的本土舊資源，使中古知識世界不能僅僅『在傳統內變』，也開始了『在傳統外變』。佛教和道教在外在世界、內在心靈、幽冥世界、社會人倫各方面，都擴充和挑戰了原來簡明而單純的儒家知識世界。」〔註97〕《高僧傳》卷一《康僧會傳》載：

> 至孫皓卽政，法令苛虐，廢棄淫祀，乃及佛寺，並欲毀壞。……皓大集朝賢，以馬車迎會。會既坐，皓問曰：「佛教所明，善惡報應，何者是耶？」會對曰：「夫明主以孝慈訓世，則赤烏翔而老人見；仁德育物，則醴泉涌而嘉苗出。善既有瑞，惡亦如之。故爲惡於隱，鬼得而誅之；爲惡於顯，人得而誅之。《易》稱：『積善餘慶。』《詩》詠：『求福不回。』雖儒典之格言，即佛教之明訓。」皓曰：「若然，則周孔已明，何用佛教。」會曰：「周孔所言，略示近迹，至於釋教，則備極幽微。故行惡則有地獄長苦，修善則有天宮永樂。舉茲以明勸沮，不亦大哉。」皓當時無以折其言。〔註98〕

面對孫皓的責難，康僧會指出佛教既與儒學有相通之處，皆強調積善，又有超越儒學之處，儒家所言，只是「近迹」，而佛教所言則達「幽微」之境，突出其三世報應學說具有的宗教救贖功能，爲儒家所重視的現世之外，提供了可以得到報應的來世。東晉高僧慧遠曾著《報應論》與《三報論》，針對當時人疑善惡無見驗的問題進行深入闡述，亦強調「佛教深玄，微言難辯，苟未統夫指歸，亦焉能暢其幽致」。

與佛教情況類似，道教亦曾遭遇「若周孔不知，則不可爲聖。若知而不學，則是無仙道也」的責難，葛洪《抱朴子內篇·釋滯》載：

> 或曰：「果其仙道可求得者，五經何以不載，周孔何以不言，聖人何以不度世，上智何以不長存？若周孔不知，則不可爲聖。若知而不學，則是無仙道也。」抱朴子答曰：「人生星宿，各有所值，既詳之於別篇矣。子可謂戴盆以仰望，不睹七曜之炳粲；暫引領於大川，不知重淵之奇怪也。夫五經所不載者無限矣，周孔所不言者不

〔註97〕 葛兆光：《「周孔何以不言」——中古佛教、道教對儒家知識世界的擴充與挑戰》，《史學月刊》，2011 年第 1 期，第 20 頁。

〔註98〕 〔梁〕慧皎撰，湯用彤校注：《高僧傳》，北京：中華書局，1992 年版，第 16 ～17 頁。

少矣。……天地至大，舉目所見，猶不能了，況於玄之又玄，妙之
極妙者乎？」〔註99〕

以儒家之認識爲評價世界萬事萬物之標準，在葛洪看來無異於「戴盆以仰望，
不睹七曜之炳粲」，儒家是無法抵達「玄之又玄，妙之極妙」的境界的。道教
亦強調在儒家認識之外存在更廣闊的天地，如其著名的三十六洞天，十大洞
天說，構建了迥異於人間的神秘幽深的神仙世界。

　　魏晉南北朝多元文化的交融刺激著士人超越儒家思想之局限，接受更多
資源，拓展眼界，從而使其打破權威崇拜的禁錮，破除經典對思維的限制，
學界煥發出蓬勃生機，形成各抒己見、論辯蜂起之新風。

二、學術風氣之嬗變

（一）疑經思潮興起

　　自漢武帝聽從董仲舒「罷黜百家，獨尊儒術」的建議，經學就成爲官方
正統意識形態。學術具有延續性，經學並未因東漢滅亡而銷聲匿跡，魏晉南
北朝時期雖爲經學中衰、分立時代，但如《隋書·儒林傳》所言，「儒之爲教
大矣，其利物博矣！篤父子，正君臣，尚忠節，重仁義，貴廉讓，賤貪鄙，
開政化之本源，鑿生民之耳目，百王損益，一以貫之。雖世或污隆，而斯文
不墜，經邦致治，非一時也。」〔註100〕《隋書·經籍志》所著錄「凡六藝經
緯六百二十七部，五千三百七十一卷。通計亡書，合九百五十部，七千二百
九十卷」〔註101〕，張鵬一《隋志補》又增出九十二部，其中大部分成於魏晉
南北朝人之手。皮錫瑞指出，「世傳十三經主注，除孝經爲唐明皇御注外，漢
人與魏、晉人各居其半」〔註102〕今十三經注疏，採自魏晉南北朝文士所作注
疏者有王弼《周易注》、何晏《論語集解》、杜預《左傳集解》、范甯《穀梁注》、
郭璞《爾雅注》，《尚書孔安國傳》乃魏晉人僞託，《尚書僞古文》亦爲魏晉人
編撰，由此可見魏晉南北朝士人對經學的貢獻。

〔註99〕王明：《抱朴子內篇校釋》卷 8，北京：中華書局，1986 年版，第 153～154
　　　　頁。

〔註100〕〔唐〕魏徵、令狐德棻：《隋書》卷 75《儒林傳》，北京：中華書局，1973
　　　　　年版，第 1705 頁。

〔註101〕〔唐〕魏徵、令狐德棻：《隋書》卷 32《經籍志》，北京：中華書局，1973
　　　　　年版，第 947 頁。

〔註102〕皮錫瑞：《經學歷史》，北京：中華書局，2004 年版，第 112 頁。

　　魏晉南北朝文士雖未棄經學於不顧，但其注經釋經方式與漢代經師及傳統儒生有異。《隋志·經部總論》對此有簡要論述，曰：

　　　　至後漢好圖讖，晉世重玄言，穿鑿妄作，日以滋生。先王正典，雜之以妖妄。大雅之論，汩之以放誕。陵夷至於近代，去正轉疎，無復師資之法。學不心解，專以浮華相尚，豫造雜難，擬爲讎對，遂有芟角、反對、互從等諸翻競之說。馳騁煩言，以紊彝敍，譊譊成俗，而不知變，此學者之蔽也。〔註103〕

此處以儒學正統之眼光批判了魏晉南北朝治經之風尚，稱其爲「妖妄」、「放誕」、「浮華」，但並沒有否定其對「先王正典」、「大雅之論」的重視。換言之，批判的不過是魏晉南北朝文士一改漢代注經重師法、家法之傳承，以己意注經，注重義理之闡發，注經而不受縛於經，而這正是魏晉南北朝經注價值之所在。湯用彤指出「漢人所習曰章句，魏晉所尚者曰『通』。章句多隨文節說，通者會通其義而不以辭害意」〔註104〕對「通」之崇尚，使魏晉南北朝時期出現大量融彙眾家的集解體與注疏體經注，唐代陸德明在《經典釋文序錄》中稱：「魏吏部尙書何晏集孔安國、包咸、周氏、馬融、鄭玄、陳群、王肅、周生烈之說，並下己意爲《集解》，正始中上之，盛行於世，今以爲主。」〔註105〕《論語》有魏何晏《論語集解》、晉孫綽《集解論語》、晉江熙《集解論語》等，《易》則有《周易馬、鄭、二王四家集解》等，《尙書》有李顒注《集解尙書》等，《詩》有顧歡等撰《毛詩集解敍義》等，《春秋》則有杜預撰《春秋左氏經傳集解》、孔衍集解《春秋公羊傳》、范甯集解《春秋穀梁傳》等。

　　理性意識的萌生與思辨能力的增強使魏晉南北朝文士不再爲經義束縛，打破漢儒發言屬論不詭於聖人的思維定式，融入注者的獨立思考，疑經思潮勃然興起。《三國志·魏書》卷四《高貴鄉公紀》記載了高貴鄉公與庾峻的對話，高貴鄉公質疑《尙書》所載堯舜不可動搖的神聖性，文曰：

　　　　次及四嶽舉鯀，帝又問曰：「夫大人者，與天地合其德，與日月合其明，思無不周，明無不照，今王肅云『堯意不能明鯀，是以試用。』如此，聖人之明有所未盡邪？」峻對曰：「雖聖人之弘，猶有

〔註103〕〔唐〕魏徵、令狐德棻：《隋書》卷32《經籍志一》，北京：中華書局，1973年版，第948頁。

〔註104〕湯用彤：《言意之辨》，上海：上海古籍出版社，2001年版，第27頁。

〔註105〕〔唐〕陸德明撰，吳承仕疏證：《經典釋文序錄疏證》，北京：中華書局，2008年版，第125頁。

所未盡，故禹曰『知人則哲，惟帝難之。』然卒能改授聖賢，緝熙庶績，亦所以成聖也。」帝曰：「夫有始有卒，其唯聖人。若不能始，何以爲聖？其言『惟帝難之』，然卒能改授，蓋謂知人，聖人所難，非不盡之言也。經云：『知人則哲，能官人。』若堯疑鯀，試之九年，官人失敘，何得謂之聖哲？」峻對曰：「臣竊觀經傳，聖人行事不能無失，是以堯失之四凶，周公失之二叔，仲尼失之宰予。」帝曰：「堯之任鯀，九載無成，汩陳五行，民用昏墊。至於仲尼失之宰予，言行之間，輕重不同也。至於周公、管、蔡之事，亦《尚書》所載，皆博士所當通也。」峻對曰：「此皆先賢所疑，非臣寡見所能究論。」〔註106〕

高貴鄉公以堯之任鯀，九年無成爲例來批駁禹所言「知人則哲」，設一二難論式，要麼堯非聖哲，要麼禹言爲非，使庾峻無法回答，只能承認「非臣寡見所能究論」。再如：

次及「有鯀在下曰虞舜」，帝問曰：「當堯之時，洪水爲害，四凶在朝，宜速登賢聖濟斯民之時也。舜年在旣立，聖德光明，而久不進用，何也？」峻對曰：「堯咨嗟求賢，欲遜己位，嶽曰：『否德忝帝位』，堯復使嶽揚舉仄陋，然後薦舜。薦舜之本，實由於堯，此蓋聖人欲盡眾心也。」帝曰：「堯既聞舜而不登用，又時忠臣亦不進達，乃使嶽揚仄陋而後薦舉，非急於用聖恤民之謂也。」峻對曰：「非臣愚見所能逮及。」〔註107〕

針對舜處其下，而堯久不用的事實，高貴鄉公又設一二難論式，是堯沒有用人唯才之眼光還是缺乏恤民急困之胸懷，不管是缺少哪方面，都證明其非聖賢。對堯舜聖賢身份的質疑，表現了高貴鄉公多疑好問的論辯精神，這種理性精神預示了疑經思潮的萌動。

《詩》三百篇被漢儒視爲「諫書」〔註108〕，《毛詩序》曰：「至於王道衰、禮義廢、政教失、國異政、家殊俗，而變風變雅作矣。」鄭康成《詩譜序》將治世之詩稱爲「正」詩，將亂世之詩稱爲「變」詩，「正」詩以頌美爲主，

〔註106〕〔晉〕陳壽撰，〔宋〕裴松之注：《三國志》卷4《高貴鄉公紀》，北京：中華書局，1959年版，第137頁。

〔註107〕〔晉〕陳壽撰，〔宋〕裴松之注：《三國志》卷4《高貴鄉公紀》，北京：中華書局，1959年版，第137～138頁。

〔註108〕《漢書‧儒林傳》引王式之語云：「臣以三百五篇諫，是以亡諫書。」

而「變」詩則多為諷刺。漢人奉其為真理，而魏晉南北朝文士則對其產生懷疑，《晉書》卷五十《庾峻傳》載：「武帝踐阼，……帝講詩，中庶子何劭論風雅正變之義，峻起難往反，四坐莫能屈之。」〔註109〕《北堂書鈔》卷五十八引臧榮緒《晉書》亦載：「峻起難往反，深有理致，四坐辯質，俱無能屈。」庾峻所論之內容無法得見，但其「深有理致」已初露以理論詩之端倪。擺脫盲目推崇而代之以理性分析，是魏晉南北朝文士走出經學崇拜藩籬之標誌。

由《隋書・經籍志》著錄魏晉南北朝時人所著關於經學駁問論難體的作品亦可想見其時疑經思潮之盛：鄭玄、王肅及孔晁：《尚書義問》；王粲：《尚書釋問》；王肅：《毛詩義駁》、《毛詩問難》；劉楨：《毛詩義問》；王基：《毛詩答聞駁譜》；劉璠：《毛詩箋傳是非》；王朗：《春秋左傳釋駁》；荀爽問徐欽答：《春秋公羊傳問答》；韓益：《三傳論》；鍾會：《周易盡神論》一卷、《周易無互體論》三卷；范順問劉毅答：《尚書王氏傳問》《尚書義》；韋昭、朱育：《毛詩答難問》；孫毓：《毛詩異同評》；陳統：《難孫氏毛詩評》；楊乂：《毛詩辨異》；范堅：《春秋釋難》；孫毓：《春秋左氏傳賈服異同略》；庾翼問、王衍期答：《春秋公羊傳論》。這些書大多已經亡佚，但從其題目「論」「駁」、「問」、「難」、「是非」、「異同評」等可見其具有駁難辨正之意，而論之為體，同樣也是為了「辨正然否」，從這個意義上看，二者是相通的。

疑經思潮一方面使魏晉南北朝士人擺脫經之束縛，卻又為其學術追求提供論資；另一方面則使其理性思辨能力提高，在「辨正然否」的基礎上對真「理」進行闡發與創新。

（二）辨史意識萌發

魏晉南北朝史學已擺脫儒家經學之籠罩，從《六藝》中的「春秋門」中獨立出來，體制日趨完備，規模日益增大。其時史學之盛，由《隋書・經籍志》史部可見一斑。《隋志》在其十三類八九百部史學著作中，除了極少數古史與漢人著作外，絕大部分是魏晉南北朝人的作品，其卷數比經部多一倍以上。不僅先秦兩漢無以駕之，隋唐明清亦瞠乎其後，惟兩宋可與其相擬，而並稱為史學的黃金時代。

隨著理性意識的增強，在史學著作中出現辨史之作，以譙周《古史考》

〔註109〕〔唐〕房玄齡等：《晉書》卷 50《庾峻傳》，北京：中華書局，1974 年版，第1392 頁。

較有代表性。《三國志‧譙周傳》稱其「耽古篤學……研精六經，尤善書札，頗曉天文，而不以留意；諸子文章非心所存，不悉徧視也。」〔註110〕其人「性推誠不飾，無造次辯論之才，然潛識內敏」，可見其經學造詣甚深。《晉書‧司馬彪傳》載：「初，譙周以司馬遷《史記》書周秦以上，或採俗語百家之言，不專據正經，周於是作《古史考》二十五篇，皆憑舊典，以糾遷之謬誤。〔註111〕《史通‧古今正史》亦載：「晉散騎常侍巴西譙周，以遷書周、秦以上，或採家人諸子，不專據正經，於是作《古史考》二十五篇，皆憑舊典以糾其謬，今則與《史記》並行於代焉。」〔註112〕譙周所作《古史考》入《隋書‧經籍志》「正史」類，章宗源對其體例與正史不同進行質疑，《古史考輯本序》曰：「《史通》外篇稱《古史考》與《史記》並行於代，觀知幾所言，雖與《史記》並論，證以史考之名，檢其佚篇，體例實異正史，《唐志》列於雜史者是也。」〔註113〕姚振宗對這個問題進行解答，《隋書經籍志考證》曰：「隋唐人以此為考史之書，故附《史記》以行；《隋志》亦從而錄於眾家注義之後。《史通》所言，即指此。」也就是說，《古史考》是一部考史之作，「是史學脫離經學邁向獨立歷程中，所出現的一本系統的史學評論著作」〔註114〕。

從《古史考》之佚文可以看出其內容並非專為考《史記》之作〔註115〕，作為經學家的譙周在利用經學材料考史的過程中，雖然無法擺脫經學的影響，但其卻超越了過去解經而不可論經的經學傳統，以理性思辨精神對其進行史學批判。如針對《史記‧田敬仲完世家》所載，田常後宮以百數，使賓客舍人出入後宮者不禁，「及田常卒，有七十餘男」。《古史考》從知人論世的角度進行批駁，曰：「按《春秋》，陳恒為人，雖志大，負殺君之名，至於行

〔註110〕〔晉〕陳壽撰，〔宋〕裴松之注：《三國志》卷 42《譙周傳》，北京：中華書局，1959 年版，第 1027 頁。

〔註111〕〔唐〕房玄齡等：《晉書》卷 82《司馬彪傳》，北京：中華書局，1974 年版，第 2142 頁。

〔註112〕〔唐〕劉知幾著，〔清〕浦起龍通釋：《史通通釋》，上海：上海古籍出版社，2009 年版，第 313 頁。

〔註113〕〔清〕姚振宗：《隋書經籍志考證》。《二十五史補編》，北京：中華書局，1955 年版，第 5232 頁。

〔註114〕逯耀東：《經史分途與史學評論的萌芽》，《魏晉史學的思想與社會基礎》，北京：中華書局，2006 年版，第 189 頁。

〔註115〕可參閱黃懷信：《譙周與〈古史考〉》，《古籍整理研究學刊》，2001 年第 5 期，第 21～24 頁。

事小脩整，故能自保，固非苟爲禽獸之行。夫成事在德，雖有姦子七十，衹以長亂，事豈然哉？」〔註116〕言其非實，合情合理。

　　除了對史事的考證外，《古史考》亦對《史記》之史論有所辯駁。如《史記・平原君虞卿列傳》史論曰：「平原君，翩翩濁世之佳公子也，然未睹大體。鄙語曰：『利令智昏』。平原君貪馮亭邪說，使趙陷長平四十餘萬眾，邯鄲幾亡。」《古史考》批駁曰：「長平之陷，乃趙王信間易將之咎，何怨平原受馮亭哉？」〔註117〕僅以一語而恰中肯綮。《史記・魏世家》太史公論贊曰：「說者皆曰魏以不用信陵君故，國削弱至於亡，余以爲不然。天方令秦平海內，其業未成，魏雖得阿衡之佐，曷益乎？」司馬遷以「天命」觀看待魏國滅亡這一史實，譙周則不認可，《索隱》引其論曰：「以予所聞，所謂天之亡者，有賢而不用也，如用之，何有亡哉？使紂用三仁，周不能王，況秦虎狼乎？」〔註118〕在譙周看來，有賢而不用才是亡國之根本，表現了其進步的歷史觀。

　　譙周在《古史考》中表現出來的史學理性實證品格對後世、尤其是其弟子陳壽產生深遠影響，從《三國志》中可以看出來。這種歷史理性的增強使魏晉南北朝文士能夠宏觀考察歷史，衡量人在歷史中的位置與作用，鑒古以論今。

（三）諸子學復興

　　程千帆先生在其《漢魏六朝文學散論》之三《子之餘波與論之傑思》中論述了「八代子書之衰落」，指出「此博明萬事之子所以日就衰微，而適辯一理之論反得漸趨發展也」。〔註119〕此後學界對漢魏六朝子書多持衰落觀點，更有甚者，將論體文的勃興歸因於子書的衰落。〔註120〕其實不然，魏晉南北朝

〔註116〕〔漢〕司馬遷：《史記》卷46《田敬仲完世家》，北京：中華書局，1959年版，第1885頁。

〔註117〕〔漢〕司馬遷：《史記》卷76《平原君虞卿列傳》，北京：中華書局，1959年版，第2376頁。

〔註118〕〔漢〕司馬遷：《史記》卷44《魏世家》，北京：中華書局，1959年版，第1864頁。

〔註119〕程千帆：《閒堂文藪》，濟南：齊魯書社，1984年，第169頁。

〔註120〕王京州：《子與論的邊界與代興》指出：「子書的衰落，孕育著論體文的產生；論體文的勃興，得緣於子書的衰歇。二者之間的因承和嬗變，正根源於漢代與漢魏之際這兩次重大的學術轉折。」《燕趙學術》，2007年秋之卷，第142頁。

時期，隨著自我意識的覺醒、多元文化的發展與書寫條件的改善，子與論這兩種議理性文體並非彼衰而此興，實呈並駕齊驅之態勢。

諸子學在先秦軸心期的興盛之後，再度復興，又一次煥發出蓬勃生機。《蘇子》的作者，東晉時蘇彥曾對當時子書寫作情況進行評價，曰：「孟軻之徒，溷淆其間。世人見其才易登，其意易過，於是家著一書，人書一法。雅人君子，投筆硯而高視。」〔註121〕「家著一書，人書一法」意即人人皆作子書，可見其時著書風氣之盛。其時目錄學家亦將魏晉子書與周代子書相提並論，西晉荀勗《中經新簿》乙部著錄有古諸子書、近世諸子書，齊王儉《七志》二曰諸子志，著錄今古諸子書，由此可見子書在其時的繁榮態勢。據粗略統計，《隋書‧經籍志》子部共著錄魏晉南北朝子書「儒家類」35部，「道家類」24部，「法家類」6部，「名家類」7部，「雜家類」25部，「農家類」9部，其他類暫且不計，僅這些就有 106 部之多。另外，據有關資料補出《隋書‧經籍志》未著錄的子書39部〔註122〕。

流傳至今保存較完整的魏晉南北朝子書有：徐幹《中論》、荀悅《申鑒》、劉劭《人物志》、葛洪《抱朴子》、賈思勰《齊民要術》、蕭繹《金樓子》、劉晝《劉子》顏之推《顏氏家訓》等，部分篇章流傳至今的有仲長統《昌言》、曹丕《典論》、蔣濟《萬機論》、桓範《世要論》、杜篤《體論》、傅玄《傅子》、

〔註121〕〔清〕嚴可均：《全晉文》卷138，《全上古三代秦漢三國六朝文》，北京：中華書局，1958年版，第2256頁。

〔註122〕《隋書‧經籍志》未著錄的魏晉南北朝子書：《釋問》七篇，陳述撰；《恪論》十五篇，呂稚撰；《辨說》一卷，吳韋昭撰；《玄言新記》二卷，魏王弼撰；《劉氏正論》五卷，魏劉劭撰；《誓論》五卷，吳張儼撰；《新議》八篇，吳薛瑩撰；《矯非論》三十篇，范慎撰；《私載》一卷，吳薛綜撰；《姚氏新書》二卷，吳姚信撰；《孫炎書》十餘篇，魏孫炎撰；《治論》二十篇，魏王昶撰；《王粲書》數十篇，漢魏之際王粲撰；《要言》，張茂撰；《曹義書》三篇，魏曹義撰；《道論》二十篇，魏鍾會撰；《續尸子》九篇，佚名；《辨道》三十卷，晉華譚撰；《新機》，陸喜撰；《索子》二十卷，晉索靖撰；《要覽》一卷，晉陸機撰；《黃容家訓》，黃容撰；《明氏家訓》一卷，前燕明岌撰；《顏氏家訓》，北齊顏之推撰；《古今善言》三十卷，宋范泰撰；《竹譜》一卷，戴凱之撰；《補闕子》十卷，蕭繹撰。《聖賢雜語》，南齊劉善明撰；《要雅》五卷，梁劉杳撰；《教誡》二十餘篇，北魏刁雍撰；《家誨》二十篇，北魏甄琛撰；《家誡》，北魏張烈撰；《石子》十卷，北齊石曜撰；《古今略記》二十卷，北齊李公緒撰；《鑒誡》二十四篇，北齊王紘撰；《金箱壁言》，北齊劉晝撰；《諫苑》四十一卷，北周樂運撰；《政訓》二十卷，周隋辛德源撰；《內訓》二十卷，周隋辛德源撰。

苻朗《苻子》等，其中不乏精彩之作，由此亦可見當時子書之盛況。另外，後世編著的類書對魏晉南北朝子書亦多引錄，如初唐魏徵編《群書治要》子類典中，採擷魏晉時期的子書著述達十二部之多，包括仲長統《昌言》、荀悅《申鑒》、徐幹《中論》、曹丕《典論》、劉廙《政論》、蔣濟《萬機論》、桓範《政要論》、杜篤《體論》、陸景《典語》、傅玄《傅子》、袁準《正書》、葛洪《抱朴子》，採擷西漢子書六部，包括陸賈《新語》、賈誼《新書》、劉安《淮南子》、《桓寬《鹽鐵論》、劉向《新序》《說苑》，東漢子書三部，包括桓譚《新論》、王符《潛夫論》、崔寔《政論》，由此亦可見其時子書之盛。

　　與詩賦抒一時一地之情懷不同，子書的寫作凝聚了作者的生命精華，是「一部個人的歷史，是個人最全面的『自我表述』」〔註123〕。魏晉南北朝文士隨著自我意識的覺醒，產生強烈的自我表述的需求，「子書被視為代表了一個士人對他所處的社會發表的全面看法，從政治、道德直到文化；而且，這些個人看法旨在達到『中』、『正』、『典』的效果，為子孫後代所尊重和效法」〔註124〕。與子書的第一個興盛期春秋戰國的著述相比，魏晉南北朝子書在思想上較少發明，缺乏個性，而表現出較明顯的博取融綜傾向。北齊顏之推在《顏氏家訓・序致》中指出：「魏、晉已來，所著諸子，理重事複，遞相模斅，猶屋下架屋，床上施床耳。」〔註125〕晚清劉熙載《藝概・文概》云：「周秦間諸子之文，雖純駁不同，皆有個自家在內。後世為文者，於彼於此，左顧右盼，以求當眾人之意，宜亦諸子所深恥與！」〔註126〕魏晉南北朝子學諸流派中「雜家」尤為興盛。其他學派的著述除主導傾嚮之畛域尚存外，對許多問題的關注及論述，則往往形成諸家相互滲透吸納通融，你中有我或我中有你的局面。劉劭《人物志》是魏晉南北朝子書中頗具時代特色且個性鮮明的著作，《四庫全書總目》子部雜家類《人物志》提要云：「其書主於論辨人才，以外見之符，驗內藏之器，分別流品，研析疑似，故《隋志》以下皆著錄於名家。然所言究悉物情，而精覈近理，

<hr>

〔註123〕田曉菲：《諸子的黃昏：中國中古時代的子書》，《中國文化》第27期，第66頁。

〔註124〕田曉菲：《諸子的黃昏：中國中古時代的子書》，《中國文化》第27期，第65～66頁。

〔註125〕王利器：《顏氏家訓集解》，北京：中華書局，1993年版，第1頁。

〔註126〕〔清〕劉熙載著，袁津琥校注：《藝概注稿》，北京：中華書局，2009年版，第52頁。

視尹文之說兼陳黃、老、申、韓，公孫龍之說惟析堅白同異者，迴乎不同。蓋其學雖近乎名家，其理則弗乖於儒者也。」〔註127〕也就是說，《人物志》主於論辯人才，與先秦時《尹文子》、《公孫龍子》等名家著作迴然不同，其內容兼融儒、道、法、墨等家的思想，故《四庫全書總目》將其列入雜家。至於其他著述，在這方面則表現的更爲明顯，呈現出「讕言兼存，瑣語必錄，類聚而求，亦充箱照軫」〔註128〕之發展趨勢。

較之子書的博取融綜，魏晉南北朝論體文繼續發揮其「師心獨見」、「研精一理」之特色，與子書分道揚鑣。劉勰批評「曹植《辨道》，體同書抄」〔註129〕。明張溥認爲：「曹氏父子，詞壇虎步，論文有餘，言理不足。嗣宗視之，猶輕塵之於泰岱」〔註130〕。對不能嫻熟地運用名學知識於論體文寫作中的曹植進行批評，認爲其在抄書，而缺乏鋒穎精密的論辯。而此時期的子書著述卻正沿著「抄書」的方向發展，如此，亦可見子論發展態勢之異殊。

（四）文集繁榮

《隋書‧經籍志》集部分楚辭、別集、總集三類，凡五百五十四部六千六百二十二卷，通計亡佚爲一千一百四十六部一萬三千三百九十卷。此中，《楚辭》類作品僅十部二十九卷，通計亡佚不過十一部四十卷。總集有一百七部二千二百一十三卷，通計亡佚爲二百四十九部五千二百二十四卷。其餘皆爲別集，共四百三十七部四千三百八十一卷，通計亡佚則達八百八十六部八千一百二十六卷。清姚振宗《隋書經籍志考證》指出《隋書‧經籍志》別集「實在著錄四百三十三家，附注梁有四百六十九家，綜九百二家九百二部，又後集、外集、別集等二十二部。通計九百二十三部。」在這九百餘部個人專集中，先秦兩漢作品只占十分之一左右，其餘皆爲魏晉以後之人所著。魏晉南北朝論家幾乎人人有專集傳世，其作品或存或亡，或多或寡，但其時文風之盛由此可以想見。蕭繹在《金樓子‧立言》中指出：「諸子興於戰國，文集盛於兩漢，至家家有制，人人有集。」「人人有集」雖有誇張，但亦可見魏晉南北朝別集之盛。章學誠《文史通義‧詩教篇》云：「子史衰而文集之體盛，著

〔註127〕《欽定四庫全書總目》，北京：中華書局，1997 年版，第 1569 頁。
〔註128〕范文瀾：《文心雕龍注》，北京：人民文學出版社，1958 年版，第 308 頁。
〔註129〕范文瀾：《文心雕龍注》，北京：人民文學出版社，1958 年，第 328 頁。
〔註130〕〔明〕張溥著，殷孟倫注：《漢魏六朝百三家集題辭注》，北京：人民文學出版社 1960 年版，第 89 頁。

作衰而辭章之學興。」〔註131〕隨著作品創作數量與種類的增加，有意結集成為必然趨勢。明胡應麟《詩藪》雜編卷二解釋說：「西漢前無集名，文人或爲史，或爲子，或爲經，或詩賦各專所業終身。至東京而銘、頌、疏、記之類，文章流派漸廣，四者不足概之，故集之名始著。」〔註132〕也就是說，文類的增加使原有的「經」、「史」、「子」、「詩賦」無法籠括，所以以「集」之名概括之。

程千帆先生指出：「求周秦、西漢之論辯於子書，求東京以降之論辯於文集」。〔註133〕東漢時期論體文就被收入別集中，《後漢書·列女·曹世叔妻傳》載，世叔妻班昭「所著賦、頌、銘、誄、問、注、哀辭、書、論、上疏、遺令，凡十六篇」，班昭死後，「子婦丁氏爲撰集之，又作《大家贊》焉」〔註134〕。魏晉南北朝文士別集收錄其論作更爲普遍，如：

>　《後漢書·孔融傳》云：「魏文帝深好融文辭，每歎曰：『楊、班儔也。』募天下有上融文章者，輒賞以金帛。所著詩、頌、碑文、論議、六言、策文、表、檄、教令、書記凡二十五篇。」〔註135〕

>　《三國志·曹植傳》載：「（魏明帝）景初中詔曰：『陳思王昔雖有過失，既克己慎行，以補前闕，且自少至終，篇籍不離於手，誠難能也。其收黃初中諸奏植罪狀，公卿已下議尚書、秘書、中書三府、大鴻臚者皆削除之。撰錄植前後所著賦、頌、詩、銘、雜論凡百餘篇，副藏內外。」〔註136〕

>　《三國志·薛綜傳》稱其「凡所著詩、賦、難、論數萬言，名曰《私載》」。〔註137〕

〔註131〕〔清〕章學誠著，葉瑛校注：《文史通義校注》，北京：中華書局，1985年版，第61頁。

〔註132〕〔明〕胡應麟：《詩藪》，北京：中華書局，1962年版，第258頁。

〔註133〕程千帆：《閒堂文藪》，濟南：齊魯書社，1984年第169頁。

〔註134〕〔南朝宋〕范曄：《後漢書》卷84《曹世叔妻傳》，北京：中華書局，1965年版，第2792頁。

〔註135〕〔南朝宋〕范曄：《後漢書》卷70《孔融傳》，北京：中華書局，1965年版，第2279頁。

〔註136〕〔晉〕陳壽撰，〔宋〕裴松之注：《三國志》卷19《曹植傳》，北京：中華書局，1959年版，第576頁。

〔註137〕〔晉〕陳壽撰，〔宋〕裴松之注：《三國志》卷53《薛綜傳》，北京：中華書局，1959年版，第1254頁。

也有別集所不錄的論作，即所謂可成「一家之言」而獨立存世，如阮籍《通易論》，據清侯康撰《補三國藝文志》載：「胡一桂曰：阮嗣宗易通論一卷，凡五篇，案百三家阮步兵集載此論僅一篇，幾三千言，未知爲後人合併爲闕佚矣。」〔註138〕《通易論》一卷本入子部，後因殘佚被收爲一篇而入阮籍集。嵇康《養生論》據《隋書·經籍志》子部載其爲三卷，現在在《嵇康集》中僅見其一篇，可見也是在散佚之後，由子而入集的。

　　值得注意的是在《隋書·經籍志》子部還著錄圍繞同一論題結成的論集，其作者並非一人。如梁有《聖人無情論》六卷，亡，不著撰人。《三國志·鍾會傳》裴注引《王弼別傳》曰：「何晏以爲聖人無喜怒哀樂，其論甚精，鍾會等述之。弼與不同，以爲聖人茂於人者神明也，同於人者五情也，神明茂故能體沖和以通無，五情同故不能無哀樂以應物，然則聖人之情，應物而無累於物者也。今以其無累，便謂不復應物，失之多矣。」〔註139〕《中庸章句》曰：「喜怒哀樂，情也。」姚振宗指出：「《聖人無喜怒哀樂論》似即此《聖人無情論》也，大抵始於何晏，而鍾會等述之，王弼非之，其後尙論者又演益之，爲六卷。」〔註140〕也就是說，《聖人無情論》極有可能收錄了與「聖人有無情」相關的不同著者所寫的論體文，所以未著撰者。再如，梁有《老子雜論》一卷，何王等注，亡。可見此書著者不僅何晏王弼二人，《三國志·荀彧傳》注引《荀氏家傳》曰：「紹子融，字伯雅，與王弼、鍾會俱知名……與弼、會論易、老義，傳於世。」〔註141〕《世說新語·文學篇》注引《晉諸公贊》曰：「自魏太常夏侯玄、步兵校尉阮籍等皆著《道德論》。」〔註142〕荀融、夏侯玄、阮籍等人之作或亦在是書。梁曠撰《南華論》二十五卷，似乎亦是集魏晉以來論《莊子》之作成一書，如阮籍《達莊論》、李充《釋莊論》、王坦之《廢莊論》等。再如顧歡《夷夏論》一卷，《南齊書·高逸·顧歡傳》載：

〔註138〕〔清〕侯康：《補三國藝文志》。《二十五史補編》，北京：中華書局，1955 年版，第 3166 頁。

〔註139〕〔晉〕陳壽撰，〔宋〕裴松之注：《三國志》卷 28《鍾會傳》，北京：中華書局，1959 年版，第 795 頁。

〔註140〕〔清〕姚振宗：《隋書經籍志考證》。《二十五史補編》，北京：中華書局，1955 年版，第 5484 頁。

〔註141〕〔晉〕陳壽撰，〔宋〕裴松之注：《三國志》卷 10《荀彧傳》，北京：中華書局，1959 年版，第 316 頁。

〔註142〕〔南朝宋〕劉義慶撰，〔梁〕劉孝標注，徐震堮校箋：《世說新語校箋》，北京：中華書局，1984 年版，第 108 頁。

「佛道二家，立教既異，學者互相非毀。歡著《夷夏論》……歡雖同二法，而意黨道教。宋司徒袁粲託爲道人通公駁之……歡答曰……明僧紹又作《正二教論》……吳興孟景翼爲道士……造《正一論》……司徒從事中郎張融作《門律》……以示太子僕射周顒。顒難之……歡口不辯，善於著筆。」〔註143〕「論」曰：「顧歡論夷夏，優老而劣釋」〔註144〕，此處所言諸人之夷夏論，似乎皆編入顧歡《夷夏論》中。梁有《原天論》一卷、《定天論》三卷，皆不著撰者，似乎皆爲泛論天體，非別立一說，自名一家者。這些由不同著者圍繞同一主題而創作的單篇論作共同結成的論集何以入子部，而不入集部呢？

這個問題頗爲複雜。《隋書·經籍志》「集部」「總集類」收錄作品以「論」命題者有：摯虞撰《文章流別志·論》二卷，李充撰《翰林論》三卷，《論集》七十三卷，《雜論》十卷，晉宋岱撰《明眞論》一卷，《東西晉興亡論》一卷，《陶神論》五卷，《正流論》一卷。《文章流別志·論》屬於從收錄多種文體的總集《文章流別集》中分離出來的單行本，《隋書·經籍志》載《文章流別集》條下注云：「梁六十卷，志兩卷，論兩卷。」也就是說，在梁代，《文章流別集》裏還包含《文章流別志·論》，後來才單獨刊行。《翰林論》的情形與此相類，亦爲收錄多種文體的總集，共 54 卷，至唐初僅存 3 卷，只是錄其評論。其餘幾部均屬僅收論之一體的總集，據姚振宗考證，《論集》、《雜論》疑與子部雜家重複互見，《正流論》則與史部簿錄家重出，宋岱《明眞論》疑爲《無鬼論》之異名，《陶神論》爲陳代釋靈裕撰，已亡〔註145〕，如此也就難以看出這些論集的特點。

關於文集之興，姚振宗《隋書經籍志考證》曰：「《四庫提要》言劉向袞《楚辭》，爲總集之祖，而不言別集始於何人。以余考之，亦始於劉中壘也。中壘《詩賦略》五篇，皆諸家賦集、詩歌集，固別集之權輿。」〔註146〕《詩賦略》爲劉向父子所編《七略》之一，包括屈原賦、陸賈賦、孫卿賦、雜賦、

〔註143〕〔梁〕蕭子顯：《南齊書》卷 54《高逸·顧歡傳》，北京：中華書局，1972年版，第 931～935 頁。

〔註144〕〔梁〕蕭子顯：《南齊書》卷 54《高逸·顧歡傳》，北京：中華書局，1972年版，第 946 頁。

〔註145〕〔清〕姚振宗：《隋書經籍志考證》，《二十五史補編》，北京：中華書局，1955年版，第 5894 頁。

〔註146〕〔清〕姚振宗：《隋書經籍志考證》，《二十五史補編》，北京：中華書局，1955年版，第 5667 頁。

歌詩五類，其體例爲僅收錄作家之詩賦，其餘作品則依其性質置於其他分類中，如賈誼之賦七篇置於《詩賦略》，《賈誼》五十八篇則置於《諸子略‧儒家》類。由此可見其時個人文集尚未興起，而子書成一家之言具有獨立地位。至劉宋時王儉編撰《七志》，將《詩賦略》改爲《文翰志》，阮孝緒《七錄序》指出：「王（儉）以詩賦之名，不兼餘制，故改爲《文翰》。」《隋書‧經籍志》稱《七志》「三曰《文翰志》，紀詩賦」，也就是說《文翰志》以詩賦爲主，亦兼及其他文體，所以不再以《詩賦略》命名。阮孝緒編撰《七錄》，「竊以頃世文詞，總謂之集。變『翰』爲『集』，於名尤顯。故序《文集錄》爲內篇第四」，因此將《文翰志》改爲《文集錄》。隨著名稱的改變，收錄詩文的範圍亦隨之拓展，但詩賦的主導地位似乎仍未變，而其文學特徵亦影響到文集內收錄的其他文體。如卞蘭《讚述太子賦並上賦表》讚美曹丕「所作《典論》及諸賦、頌，逸句爛然，沉思泉湧，華藻雲浮」。張可禮先生曾經論述子與集分流之原因，曰：「先秦的子書，單就集某一子的著作言論來看，已具備了後來別集的性質，可能因其內容多爲政論、哲理，同後來的集部大都以詩文爲主有區別，所以一般把子、集分爲兩部」。﹝註147﹞張先生著眼於子與集在內容方面的差異，其對辭采的重視程度，即文學性方面亦不同。毋庸置疑，魏晉南北朝子書很多寫得文采斐然，近人劉咸炘先生云：「後世諸子之書，理不能過乎周、秦，徒能引申比喻，衍而長之耳，《淮南》之於《呂覽》，蓋已非倫，然詞雖勝，理猶有所得。王符、崔寔、仲長統、傅玄語多相襲，至於葛洪，而詞勝極矣。陸機之子書不傳於今，以臆度之，亦必辭勝可知也。文士長於記誦衍說而短於獨見深識，此雜家之所以漸流爲文集也。」﹝註148﹞正因子書內容駁雜、辭勝識淺而漸流爲文集。

如此就不難理解，上文所言《聖人無情論》、《南華論》、《老子雜論》、《夷夏論》、《定天論》、《原天論》入子部，而不入集部，正因爲這些論著屬於思辨性強、具有較高思想境界的作品，強調的是其思想性，而非文學性。從此角度言，那些收入個人文集的論作，則一方面因其數量有限，無法獨立支撐起一家之言，另一方面，則受時風影響，表現出文采特徵。如嵇康《養生論》即爲蕭統《文選》收錄，成爲論體文之典範。

﹝註147﹞張可禮：《別集述論》，《山東大學學報（哲社版）》，2004年第6期，第14頁。
﹝註148﹞劉咸炘：《劉咸炘學術論集（子學編）》，桂林：廣西師範大學出版社，2007年版，第459頁。

第四節　文風與文體因素

一、尚文風氣的盛行與辨體意識的自覺

漢代取士，率先經術，《漢書・儒林傳・贊》曰：「自武帝立五經博士，開弟子員，設科射策，勸以官祿，訖於元始，百有餘年，傳業者浸盛，支葉蕃滋。一經說至百餘萬言，大師眾至千餘人，蓋祿利之路然也」〔註149〕，為飛黃騰達於利祿之途，漢代文士多將精力投於儒家經典之詮釋，甚至皓首窮經。兩漢的人物選拔標準是德才兼備而又以德為主，東漢光武帝《四科取士詔》云：「方今選舉，賢佞朱紫錯用。丞相故事，四科取士：一曰德行高妙，志節清白；二曰學通行修，經中博士；三曰明達法令，足以決疑，能案章覆問，文中御史；四曰剛毅多略，遭事不惑，明足以決，才任三輔令，皆有孝悌廉公之行。」〔註150〕這大概是漢朝用人制度中一以貫之的政策。唐長孺論述道：「東漢的選舉科目在原則上本分操行與才能二類：孝廉和秀才，即是一重操行，一重才能。及左雄為尚書，規定舉孝廉者，儒生試經學，文吏試箋奏，似有重視才能、忽視操行的嫌疑。然而事實上士人出身的途徑另外有三公及地方長官的辟舉，並不受這種限制。當時批評人物的重心實在於操行。」〔註151〕此為確論。

隨著漢末天下大亂，文教淪胥，群雄逐鹿，當時社會之用人制度發生了重大轉向。由重德變為重才，最為明顯的例證是曹操分別於建安十五年春、建安十九年冬、建安二十二年秋發佈三個求才令，明確其唯才是舉的用人政策。即使是「負汙辱之名，見笑之行，或不仁不孝而有治國用兵之術」，便可起用為將守，還明確宣佈要「各舉所知，勿有所遺」〔註152〕。這種用人制度一改東漢用人重德之舊例，在一定程度上打破了禁錮人們思想的儒學傳統。原來社會的德才評定體系中，話語權在社會上層，實際上把處在社會底層的人才拒之門外。曹操的求才三令，實為其大政方針的核心所在，其意義並非

〔註149〕〔漢〕班固：《漢書》卷八十八《儒林傳》，北京：中華書局，1964年版，第3620頁。

〔註150〕〔清〕嚴可均：《全後漢文》卷2，《全上古三代秦漢三國六朝文》，北京：中華書局，1958年版，第483頁上。

〔註151〕唐長孺：《魏晉南北朝史論》，北京：三聯書社，1955年，第301頁。

〔註152〕〔晉〕陳壽撰，〔宋〕裴松之注：《三國志》，北京：中華書局，1959年版，第49頁。

局限在求才上。此三令之發佈，適應了當時社會發展的需求，也使當時的社會由此進入一個重才、求才的時代。

漢魏之際由重經向尚文風氣之轉變，可見統治者的喜好與倡導對思想文化領域產生重要影響。《宋書‧臧燾傳論》云：「自魏氏膺命，主愛雕蟲，家棄章句，人重異術」〔註153〕。劉勰《文心雕龍‧時序》云：「自獻帝播遷，文學蓬轉，建安之末，區宇方輯。魏武以相王之尊，雅愛詩章；文帝以副君之重，妙善辭賦；陳思以公子之豪，下筆琳瑯；並體貌英逸，故俊才雲蒸。」〔註154〕鍾嶸《詩品》云：「降及建安，曹公父子，篤好斯文；平原兄弟，鬱為文棟；劉楨、王粲，為其羽翼。次有攀龍託鳳，自致於屬車者，蓋將百計。彬彬之盛，大備於時矣。」〔註155〕在這種重文風氣下，出身寒門的文士能夠憑文才出人頭地。《三國志‧王粲傳》載：「始文帝為五官將，及平原侯植皆好文學。粲與北海徐幹字偉長，廣陵陳琳字孔璋，陳留阮瑀字元瑜，汝南應瑒字德璉，東平劉楨字公幹並見友善」。〔註156〕《三國志‧吳質傳》載：「吳質，濟陰人，以文才為文帝所善，官至振威將軍，假節都督河北諸軍事，封列侯」。〔註157〕可見，出於對文學的共同愛好，王粲、徐幹、陳琳、阮瑀、應瑒、劉楨、吳質等人以其突出的文學才華而得以善處於丕植二兄弟間。這種尚文風氣彌漫了整個魏晉南北朝時期，其時文士普遍以能文相標榜，在史書人物傳記中隨處可見「善屬文」之評價。南朝時甚至出現裴子野《雕蟲論序》中所言的「每有禎祥，及幸宴集，輒陳詩展義，且以命朝臣，其戎士武夫，則託請不暇，困於課限，或買以應詔」的現象。正如李諤在《上書正文體》中所批判的「世俗以此相高，朝廷據茲擢士。祿利之路既開，愛尚之情愈篤。於是閭里童昏，貴遊總卯，未窺六甲，先制五言」〔註158〕。而其時個人文集之繁榮亦可在《隋書‧經籍志‧集部》中歎為觀止。

〔註153〕〔梁〕沈約：《宋書》卷55《臧燾傳》，北京：中華書局，1974年版，第1552頁。

〔註154〕范文瀾：《文心雕龍注》，北京：人民文學出版社，1958年版，第673頁。

〔註155〕〔梁〕鍾嶸著，曹旭集注：《詩品集注（增訂本）》，上海：上海古籍出版社，2011年版，第20頁。

〔註156〕〔晉〕陳壽撰，〔宋〕裴松之注：《三國志》卷21《王粲傳》，北京：中華書局，1959年版，第599頁。

〔註157〕〔晉〕陳壽撰，〔宋〕裴松之注：《三國志》卷21《吳質傳》，北京：中華書局，1959年版，第607頁。

〔註158〕〔唐〕李延壽：《北史》卷77《李諤傳》北京：中華書局，1974年版，第2614頁。

隨著人物評價標準由漢代的重德輕才轉爲重才輕德，與此相適應的是其文學批評標準也轉爲重視對作家作品才情的評價，而較少道德方面的論斷。曹丕《典論·論文》稱「文以氣爲主，氣之清濁有體，不可力強而致。譬諸音樂，曲度雖均，節奏同檢，至於引氣不齊，巧拙有素，雖在父兄，不能以移子弟。」〔註159〕既然重視的是作家的天才，那麼評價作家作品亦必轉爲天才或才情標準。與曹丕有太子之爭的曹植的批評觀，儘管在某些方面與曹丕觀點不同，但在以才情評人論文方面卻與之相通。其《與楊德祖書》云：「蓋有南威之容，乃可以論於淑媛；有龍淵之利，乃可以議於割斷。劉季緒才不逮於作者，而好詆呵文章，掎摭利病。」〔註160〕雖討論的是批評家的問題，但也是針對作家作品而發的批評論，重視批評家的「才」也就等同於重視批評對象的「才」。

尚文風氣的盛行促使魏晉南北朝文士對文學功能有了進一步認識。漢代人論文，受政教功利思想的束縛，片面強調諷諭教化作用，更加關注文章於政治何用、於道德何用、於人格養成何用等問題。如漢儒注詩，曰「經夫婦，成孝敬，厚人倫，美教化，移風俗」，曰「主文譎諫」；王逸序騷，曰「上以諷諫，下以自慰」；班固論賦，曰「或以抒下情而通諷喻，或以宣上德而盡忠孝」，曰「潤色鴻業」；揚雄評賦曰「詩人之賦麗以則，辭人之賦麗以淫」等，諸如此類，不一而足。魏晉南北朝文士雖仍重視文章的實際功用，但價值觀的多元化，使其未爲政教功利思想所囿，充分發掘文學的抒情功能，創作大量吟詠性情、寫景詠物的作品，並將抒情視作文學評價的重要標準。曹植《前錄自序》表白自己「雅好慷慨」之作；陸機《文賦》強烈反對爲文「言寡情而鮮愛，辭浮漂而不歸」；陸雲《與兄平原書》中稱讚的是「流深情至言」的篇章；鍾嶸《詩品》提倡「吟詠性情」，蕭子顯《南齊書·文學傳論》批評「典正可採，酷不入情」；蕭繹《金樓子·立言》論文、筆之分，提出「吟詠風謠，流連哀思者，謂之文」。

對文學審美特徵的重視與對華美之文的崇尚使辭采、偶對、用典、聲韻等藝術技巧日益成熟，故《文心雕龍·麗辭》有「魏晉群才，析句彌密，聯

〔註159〕〔清〕嚴可均：《全三國文》卷8，《全上古三代秦漢三國六朝文》，北京：中華書局，1958年版，第1098頁上。

〔註160〕〔清〕嚴可均：《全三國文》卷30，《全上古三代秦漢三國六朝文》，北京：中華書局，1958年版，第1140頁上。

字合趣，剖毫析釐」〔註161〕之評。南北朝人繼承並發展了魏晉的文學精神，在理論上和實踐上更加重視文學本身的審美特徵，在重視抒情性的同時，愈益刻意追求語言技巧，而尤以南朝後期爲盛。辨體意識的自覺使魏晉南北朝文士由關注文章與社會的關係轉向關注文章自身。曹丕在《典論・論文》中首次從評價文體的角度提出：「夫文本同而末異，蓋奏議宜雅，書論宜理，銘誄尚實，詩賦欲麗。此四科不同，故能之者偏也，唯通才能備其體」〔註162〕的觀點，以確切精鍊的語言概括當時流行的主要文章類型的整體特徵。其後陸機《文賦》稱「詩緣情而綺靡，賦體物而瀏亮。碑披文以相質，誄纏綿而悽愴。銘博約而溫潤，箴頓挫而清壯。頌優游以彬蔚，論精微而朗暢。奏平徹以閑雅，說煒曄而譎誑」〔註163〕，劉勰《文心雕龍》「論文敘筆」二十篇，對更多文體的特徵進行凝練概括與細緻分析。他們皆著眼於文體本身所具有的不同特徵，更突出其審美價值。

魏晉南北朝論體文的發展既植根於這種尚文氛圍中，便不可避免地留下時代的印跡。在語言形式方面，隨著詩賦理論中追求華美思想的初見端倪，論體文的文采亦得到肯定。晉陸機稱「論精微而朗暢」，〔註164〕優秀的論體文應呈現給讀者或深刻明白、情理通暢，或縱橫捭闔、鋒穎畢露的整體感。不惟如此，陸機還謂裴頠《貴無論》、《崇有論》二論「文辭精富」〔註165〕，稱讚其形式美。劉勰云「精理爲文，秀氣成采。鑒懸日月，辭富山海」〔註166〕，葛洪亦云：「清音貴於雅韻克諧，著作珍乎判微析理。故八音形器異而鍾律同，黼黻文物殊而五色均；徒閒澀有主賓，妍蚩有步驟，是則總章無常曲，大庖無定味」〔註167〕，不管風格如何迥乎異趣，凡「思理既佳，又指味辭致亦快」〔註168〕的作品視爲上乘佳作。可見，推重文采已成爲當時部分文人的共識，

〔註161〕范文瀾：《文心雕龍注》，北京：人民文學出版社，1958年版，第588頁。
〔註162〕〔清〕嚴可均：《全三國文》卷8，《全上古三代秦漢三國六朝文》，北京：中華書局，1958年版，第1098頁上。
〔註163〕〔晉〕陸機著，張少康集釋：《文賦集釋》，北京：人民文學出版社，2002年版，第99頁。
〔註164〕〔晉〕陸機著，張少康集釋：《文賦集釋》，北京：人民文學出版社，2002年版，第99頁。
〔註165〕陸機《惠帝起居注》。〔南朝宋〕劉義慶撰，〔梁〕劉孝標注，徐震堮校箋：《世說新語校箋》，北京：中華書局1984年版，第109頁注引。
〔註166〕范文瀾：《文心雕龍注》，北京：人民文學出版社，1958年版，第17頁。
〔註167〕〔晉〕葛洪：《抱朴子》，上海：上海古籍出版社，1990年版，第299頁。
〔註168〕〔清〕嚴可均：《全晉文》，《全上古三代秦漢三國六朝文》，北京：中華書局，1958年版，第1816頁上。

而論體文之所以能夠成爲文學作品，文采又是其不可或缺的條件之一，因爲惟其如此，才能凸顯其審美價值和文學特質。其他諸如慧遠、僧肇、道恒等佛家之論亦文質兼備，慧遠於《大智論鈔序》中提出「若以文應質，則疑者眾；以質應文，則悅者寡……簡繁理穢，以詳其中，令質文有體，義無所越」〔註 169〕的觀點，強調文質相輔相成，僧肇則在《維摩詰經序》中稱《維摩詰經》「其文約而詣，其旨婉而彰，微遠之言，於茲顯然」〔註 170〕，在《百論序》中稱其「理致淵玄，統群籍之要；文義婉約，窮製作之美」〔註 171〕，都表達了對文章文藻的重視。他們的論體文創作正體現了其文學思想，表現出全新的格調。

二、論體獨立地位的獲得與其自身之優勢

早在東漢時期，王充在其《論衡·佚文》提出「五文」之說：「文人宜遵五經六藝爲文，諸子傳書爲文，造論著說爲文，上書奏記爲文，文德之操爲文。立五文在世，皆當賢也。造論著說之文，尤宜勞焉」〔註 172〕，從才學與德操兩方面對士人文化修養進行強調，其中核心內容爲「造論著說之文」，「發胸中之思，論世俗之事」，「頌上恢國」。《論衡·書虛》稱諸子之文「多欲立奇造異，作驚目之論，以駭世俗之人；爲譎詭之書，以著殊異之名」〔註 173〕。但值得注意的是，王充所言的「論」並不具有文體意義，而是針對「述」與「作」提出來的。《論衡·對作》曰：「非作也，亦非述也，論也。論者，述之次也。《五經》之興，可謂作矣。《太史公書》、劉子政序、班叔皮傳，可謂述矣。桓君山《新論》、鄒伯奇《檢論》可謂論矣。」〔註 174〕在王充看來，創造前所未有者爲「作」，乃聖人所爲，其次爲「述」，乃賢者所爲，而《論衡》

〔註 169〕〔梁〕釋僧祐撰，蘇晉仁、蕭鍊子點校：《出三藏記集》，北京：中華書局，1995 年版，第 391 頁。
〔註 170〕〔梁〕釋僧祐撰，蘇晉仁、蕭鍊子點校：《出三藏記集》，北京：中華書局，1995 年版，第 310 頁。
〔註 171〕〔梁〕釋僧祐撰，蘇晉仁、蕭鍊子點校：《出三藏記集》，北京：中華書局，1995 年版，第 402 頁。
〔註 172〕〔漢〕王充著，黃暉校釋：《論衡校釋》，北京：中華書局，1990 年版，第 867 頁。
〔註 173〕〔漢〕王充著，黃暉校釋：《論衡校釋》，北京：中華書局，1990 年版，第 167 頁。
〔註 174〕〔漢〕王充著，黃暉校釋：《論衡校釋》，北京：中華書局，1990 年版，第 1180 頁。

是「述」之次，只能爲「論」。「論」不同於「述」之處在於其訂眞僞，辨實虛，有獨立之見，就此而言，反而與「作」有相通之處。由此可見，「論」與「作」「述」同爲著述的行爲，而非文體。

到了建安時期，曹丕在《典論‧論文》及與吳質等友人的書信中沿著辨析文體和評價作家作品兩個方向闡發了一些頗具時代特色的主張，提出「夫文本同而末異，蓋奏議宜雅，書論宜理，銘誄尚實，詩賦欲麗」〔註175〕的觀點，將論體文與詩賦等最具文學價值的文體相提並論，肯定了論體文的文學性，突出其言理的特徵，爲其在文學領域內開闢了一席之地，成爲其走向獨立的先導和標誌。然而，在曹丕文中，子與論常常相互關聯，相互纏繞。他甚爲稱賞徐幹，在《又與吳質書》中指出：「而偉長……著《中論》二十餘篇，成一家之言，辭義典雅，足傳於後，此子爲不朽矣。德璉常斐然有述作之意，其才學足以著書，美志不遂，良可痛惜。」〔註176〕在《典論‧論文》中指出：「融等已逝，唯幹著論，成一家言。」〔註177〕對照看來，所謂「著書」，其實正是「著論」，只是其篇數眾多，能「成一家之言」而已。桓範的《世要論‧序作》以專論的形式集中對論體文展開討論，曰：「夫著作書論者，乃欲闡弘大道，述明聖教，推演事義，盡極情類，記是貶非，以爲法式。當時可行，後世可修。且古者富貴而名賤廢滅，不可勝記，唯篇論俶儻之人，爲不朽耳」，〔註178〕從創作子論傳世以達到生命永恒的角度立論。這都顯示了曹丕與其同代人，對於「論」的重視與對於所謂「著書」的瞭解。至西晉陸機《文賦》則將子排除在論述範圍之外，稱「論精微而朗暢」，爲論體文創作提出新的要求，就其內容看，其理精微，就其表達看，其辭朗暢。東晉葛洪《抱朴子外篇‧百家》則又將子論並稱：「子書披引玄曠，眇邈泓窈。總不測之源，揚無遺之流。變化不繫於規矩之方圓，旁通不淪於違正之邪徑。風格高嚴，重刃難盡。是偏嗜酸甜者，莫能賞其味也；用思有限者，不得辯其神也。……狹

〔註175〕〔清〕嚴可均：《全三國文》，《全上古三代秦漢三國六朝文》，北京：中華書局，1958 年版，第 1098 頁上。

〔註176〕〔清〕嚴可均：《全三國文》，《全上古三代秦漢三國六朝文》，北京：中華書局，1958 年版，第 1089 頁下。

〔註177〕〔清〕嚴可均：《全三國文》，《全上古三代秦漢三國六朝文》，北京：中華書局，1958 年版，第 1098 頁上。

〔註178〕〔清〕嚴可均：《全三國文》，《全上古三代秦漢三國六朝文》，北京：中華書局，1958 年版，第 1263 頁下。

見之徒⋯⋯惑詩賦瑣碎之文，忽子論深美之言」〔註179〕，反面立論，突出子論「深美」之共性。到劉勰《文心雕龍》方將「諸子」與「論說」各列一章，分別進行論述，認爲「博明萬事爲子，適辨一理爲論」〔註180〕。

　　魏晉南北朝文士之所以要選擇論這種文體來立言、勸諫和體現自我價值，與這一文體本身具備的特點及其發展狀況密切相關。文體也滲透著生命意識，也像人體一樣具有生氣和活力。文體形式中蘊含著豐富的內容和意義，較之其他文體，論體文在表達思想方面具有自身優勢。

　　從個人言說的角度看，詩，句式整齊，言辭優美，韻律限定，短小而活潑，講究韻味與意境，卻並不適宜於進行嚴密的思想表達。賦這種體裁，其特點是以鋪陳誇張的手法詠物敘事，並略寓規勸諷諫之意，在表達思想上受到很大的限制。論則不同，章太炎指出：「論者，平抑臧否之作，人之思想，愈演愈深，非論不足以發表其思想，故貴乎精微朗暢也。」〔註181〕論體文是最適宜表達思想的文體，因此，具備了獨立思考能力並受過嚴格邏輯思維訓練的魏晉南北朝文士對這種文體情有獨鍾。

　　同爲「立言」的文體，論體文與子書相比，雖缺乏其深美富博之內容與百科全書似的開放結構，當然此只是指單篇論體文，因爲論體文集實不比子書遜色。然而，當著述者缺乏深度的本體論和生命意識的體驗時，其精神驅動力難以充溢爲體大思精的巨構，而社會生活中的許多事情，非要用學術的方式長篇大論才能深入探討，論，這種自由靈活的文體便發揮其長處，可以隨時隨地發表見解。因此，較之子書的自成體系與鴻篇巨製，論體文更加自由靈活，具有時效性與批判性。內容的豐富與表現手法的多樣，使魏晉南北朝論體文比子書具有更高自由度。不管是出身世族抑或是寒素，不管是言志抒懷抑或是刺世泄憤，不管是思想深刻抑或是觀點淺顯，所思所感所見所說，皆可入論。宇宙之大，鳥蟲之微，理論之玄，史實之豐，世態百相，人生感悟，皆可入題的取材思路爲作論者表達自我思想準備了充足的言說材料。即使對同樣的人事，因立論角度不同而觀點各異，眞正達到言說的自由。然而，魏晉南北朝終究爲亂世，政權的頻繁交替，世風的每況愈下，士無特操，民

〔註179〕 楊明照：《抱朴子外篇校釋（下）》，北京：中華書局，1991年版，第442～444頁。

〔註180〕 范文瀾：《文心雕龍注》，北京：人民文學出版社，1958年版，第310頁。

〔註181〕 章太炎：《國學講演錄》，上海：華東師範大學出版社，1995年版，第256頁。

風澆薄，作論者要發表見解，必然有肯定，有否定，有讚美，有鞭撻，有愛，有憎，於是，論體文的批判性得到充分體現，甚至可以說此乃論體文之本質特徵。為達到批判社會、療救世風的目的，作論者採用靈活的表現手法，通過反語、象徵、隱喻、對比、用典等手段，使其想表達而又為文禁所限制的批判性思想委婉含蓄地傳達給讀者。既使批判對象的惡行暴露無遺，又使自己免遭現實的麻煩，使讀者在會心一笑中心領意會。由於論體文要迅速接收並反映時代狀況，作出政治、歷史、倫理道德等方面的審美評價與判斷，其寫作又存在潛在風險，尤其在刺激到統治者痛處時，甚至會遭到殺身之禍。如「龍性誰能馴」之嵇康，對真的執著，對假的厭惡，其九篇論體文正是其明辨是非、鞭撻假醜的宣言，怎能不讓那些以假面目向人的人膽戰心驚，誠如張采所言：「周公攝政，管蔡流言；司馬執權，淮南三叛。其事正對。叔夜盛稱管蔡，所以譏切司馬也。安得不被禍耶？」〔註182〕正因為有了嵇康這樣對真執著追求的人，才將論體文犀利的批判鋒芒發揮出來，只有將批判的矛頭對準社會與人生的「痼疾」，才能使腐朽虛偽的東西被破除，新的、真的思想才能堅不可摧，發論者才能獲得言說的自由。從此角度言，犀利的批判鋒芒是論體文家獲得言說自由的重要武器。

儘管在魏晉南北朝時期出現多部私家所立之史書，但不揚美不抑惡、忠於史實之要求使史家不能自由發揮，即使要闡述自己的觀點與思想，也受制於歷史語境，因此他們多採用微言大義的春秋筆法，寓個人見解於歷史敘事中。較之史書之敘事，論體文更強調議論，更具個人性，因此古代史書在正文敘寫人物生平事蹟後，著史者常常就其人其事發表個人見解，也就是史論。這部分可以借題發揮，超越「實錄」要求，既可評點人物事蹟，亦可借古抒懷，言古論今，將著史者的胸襟懷抱融於其中。在表達上則可散可駢，恣意使才，淋漓盡致地發揮自己的文采。魏晉南北朝時期，史論已逐漸演化成一種獨立文體，從《文選》之收錄即可見蕭統對史論作為個人話語「事出於沉思，義歸乎翰藻」特點的重視。

魏晉南北朝時期，注體文亦甚為發達，經注、史注、子注、集注蓬勃發展，蔚為大觀。劉勰論述「注」與「論」之關係曰：「若夫注釋為詞，解散論體，雜文雖異，總會是同」〔註183〕。在他看來，注與論有相通之處，注為論

〔註182〕戴明揚：《嵇康集校注》，北京：人民文學出版社，1962年版，第248頁。
〔註183〕范文瀾：《文心雕龍注》，北京：人民文學出版社，1958年版，第328頁。

之解散，反之，論則為注體之集中。《世說新語‧文學》第 7 條載：「何平叔注《老子》始成，詣王輔嗣，見王注精奇，迺神伏，曰：『若斯人，可與論天人之際矣！』因以所注為《道》、《德》二論」。〔註184〕第 10 條亦載：「何晏注《老子》未畢，見王弼自說注《老子》旨，何意多所短，不復得作聲，但應諾諾，遂不復注，因作《道德論》。」〔註185〕何晏將自己所注之《老子》改成《道德論》，可見「注」與「論」二體關係之密切。《文心雕龍‧指瑕》又曰：「若夫注解為書，所以明正事理。」〔註186〕而論為「研精一理」，「辨正然否」，也就是說注與論在明正事理方面是相似的，二者在言理要求方面也是相似的，《文心雕龍‧定勢》曰：「史論序注，則師範於覈要」〔註187〕，都以覈要為準則。當然，二者之區別是顯而易見的。較之注之「散」，論更具整體性。注要受制於注釋之對象，自身之體系亦融於注釋對象中，而論更具自由性，自成體系。因此，作論更注重對原創思想的闡發，而作注則要借題發揮，使自己的見解建立在對注釋對象闡發的基礎上。

與詔令、奏議、書牘等應用文體相比，論體文的受眾更為廣泛。詔令、奏議、書牘等文體，不管是上行，還是下行，抑或是平行，都有特定的受眾，其言說內容、行文風格必然受制於預期讀者的接受水平。論體文則是作者闡釋思想、釋憤抒情的成果，依靠其題材的豐富與手法的多樣，以及本質上的批判性與時效性，可以自由發表言論，抒發情感，表達見解。其言說更容易引起同時人的共鳴，甚至可以穿越亙古長空，針對某個問題與古人對話、論辯，因此其傳播更廣泛，流傳更長遠。魏晉南北朝某些論體文甚至在社會上產生轟動效應，論家以其具有前瞻性的言論啓蒙民眾，引導他們走出精神困境，為其指出正確方向。嵇康之「論」名在入洛之初便已傳開，東晉孫盛在其《魏氏春秋》中稱「康所著諸文論六七萬言，皆為世所玩詠」孫綽《嵇中散傳》稱：「嵇康作《養生論》，入洛，京師謂之神人。向子期難之，不得屈。」〔註188〕嵇康《養生論》一出，即在社會上引起極大反響，其在論中借言神仙縱出自然，而養生

〔註184〕〔南朝宋〕劉義慶撰，〔梁〕劉孝標注，徐震堮校箋：《世說新語校箋》，北京：中華書局，1984 年版，第 107 頁。

〔註185〕〔南朝宋〕劉義慶撰，〔梁〕劉孝標注，徐震堮校箋：《世說新語校箋》，北京：中華書局，1984 年版，第 108 頁。

〔註186〕范文瀾：《文心雕龍注》，北京：人民文學出版社，1958 年版，第 638 頁。

〔註187〕范文瀾：《文心雕龍注》，北京：人民文學出版社，1958 年版，第 530 頁。

〔註188〕〔梁〕蕭統撰，〔唐〕李善注：《文選》，北京：中華書局，1977 年版，第 303 頁。

可學，來表達對「清虛靜泰，少私寡欲」精神境界的追求，對當時社會上那些沉迷於聲色享樂中的人無疑於當頭棒喝。《世說新語・文學》載：「王丞相過江左，止道聲無哀樂、養生、言盡意三理而已。然宛轉關生，無所不入。」〔註189〕可見嵇康之養生思想流傳之久遠，到東晉時仍作爲王導等清談家之談資。再如魯褒《錢神論》寫成之後，在當時即傳播開來，「蓋疾時者共傳其論」〔註190〕，對「疾時」的共鳴使《錢神論》爲廣大讀者所喜愛。因「錢能通神」現象的普泛化，對後世的影響更大，唐以後，承《錢神論》之餘緒，以雜文、詩賦、小說、戲劇等諷刺金錢者甚眾，直至今日讀來，仍無隔代之覺。

第五節　創作主體因素

魏晉南北朝時期，論體文之所以能夠蓬勃興起，固然與上文所言的社會政治因素、思想文化因素與文風文體因素密切相關，那些僅爲外部因素，皆需通過創作主體才能起作用。所以，作家的自身素質、創作動機、創作欲望才是其興盛之內因。錢穀融指出：「一個作家總是從他的內在要求出發來進行創作的，他的創作衝動首先總是來自社會現實在他內心所激起的感情的波瀾上。這種感情的波瀾不但激動著他，逼迫著他，使他不能不提起筆來，而且他的作品的傾向，就決定於這種感情的波瀾是朝哪個方向奔湧的；他的作品的音調和力量，就決定於這種感情的波瀾具有怎樣的氣勢和多大的規模」〔註191〕因此，從分析創作主體的角度來探究魏晉南北朝論體文興盛之原因是有必要，也是有意義的。

一、創作主體之類型

（一）就其社會身份論

魏晉南北朝論家，就其社會身份而言，上自帝王、宗室、貴戚、大臣，下至隱士、佛徒、道士，甚至童孺，所在皆有。帝王如晉明帝司馬紹，《晉書》卷六本紀載，其年方數歲即以對答「長安與日孰遠」著稱，在東宮時亦特雅

〔註189〕〔南朝宋〕劉義慶撰，〔梁〕劉孝標注，徐震堮校箋：《世說新語校箋》，北京：中華書局，1984 年版，第 114 頁。
〔註190〕〔唐〕房玄齡等：《晉書》，北京：中華書局，1974 年版，第 2438 頁。
〔註191〕錢穀融：《論「文學是人學」》，北京：人民文學出版社，1981 年版，第 90 頁。

愛談士，故「當時名臣，自王導、庾亮、溫嶠、桓彝、阮放等咸見親待。嘗論聖人眞假之意，導等不能屈」〔註192〕。其論雖佚，但顧名思義，應該屬於人物品藻之類。梁代三位君主均有論作傳世，蕭衍有《天象論》，蕭綱有《勸醫論》，蕭繹有《鄭眾論》、《全德志論》、《論詩》。宗室如魏曹植有論數篇傳世，曹冏《六代論》是正始論壇之奇文。晉扶風王司馬駿，《晉書》卷 38 本傳載其「少好學，能著論，與荀顗論仁孝先後，文有可稱」〔註193〕。貴戚如何晏，爲曹操之養子兼女婿，有《道德論》等傳世。由於魏晉南北朝作論之風盛行於士族社會，故凡著論者大都身居文武官職。如三國之孔融、應瑒、鍾會、嵇康、阮籍等，西晉之陸機、裴頠、顧榮、紀瞻等，東晉之謝萬、孫盛、王坦之、韓伯、伏滔、習鑿齒等，南朝之沈約、江淹、何承天等，北朝之魏收、崔浩等。隱士當以皇甫謐、周續之等爲代表，佛徒更是不乏其人，如支遁、慧遠、僧肇、道恒、道琳等，道士則有葛洪、顧歡等。童孺亦有十二歲作《賢全論》的王修，《晉書》載其「年十二，作《賢全論》。濛以示劉惔日：『敬仁此論，便足以參微言』。」〔註194〕

（二）就其出身背景論

大致而言，魏晉南北朝論家中的帝王、宗室、貴戚、大臣均出身官宦士族，佛徒、道士多與執政者有密切往來。但就其出身背景論，又有不同。既有出身於名門望族者，如出自琅琊臨沂的王衍、王導、王敦、王羲之；出自太原晉陽的王濟、王湛、王承、王述、王濛、王坦之；出自河東聞喜的裴徽、裴楷、裴頠、裴遐；出自潁川潁陰的荀粲、荀融、荀顗；出自潁川長社的鍾毓、鍾會；出自潁川鄢陵的庾亮；出自河內溫縣的司馬晉室；出自陳郡陽夏的謝鯤、謝安、謝萬、謝朗；出自陳郡長平的殷浩、殷仲堪；出自吳郡吳縣的顧榮、張憑、陸機等等，他們的家世，若非累世官宦，就是歷代書香。至如嵇康、孫盛，史傳云其「早孤居貧」，韓伯「少亦貧簍」，魯襃、劉寔、習鑿齒「世爲鄉豪」，亦非望族之後。其他，向秀、伏滔等，其父祖官階均小，雖非屬小姓，亦屬寒素。

〔註192〕〔唐〕房玄齡等：《晉書》卷 6《明帝紀》，北京：中華書局，1974 年版，第159 頁。

〔註193〕〔唐〕房玄齡等：《晉書》卷 38《扶風王駿》，北京：中華書局，1974 年版，第 1125 頁。

〔註194〕〔唐〕房玄齡等：《晉書》卷 93《王濛傳》，北京：中華書局，1974 年版，第2419 頁。

（三）就其品行才學論

由於魏晉南北朝論體文的創作主體遍及整個士族社會，參與者眾多，身份不一，背景各異，其品行才學自然也有各種類型。就品行言，既有任誕不羈、無視禮法者，如阮籍、胡毋輔之等，亦有雅好玄虛、不務世務者，如王弼、王衍、許詢等；既有高才薄行、輕巧機變者，如鍾會、李豐、吳質等，亦有早年放縱，晚節乃修者，如王濛「少時放縱不羈，不爲鄉曲所齒，晚節始克己勵行，有風流美譽，虛己應物，恕而後行，莫不敬愛焉」〔註195〕，亦有達治好正，砥節礪行者，如傅嘏「既達治好正，而有清理識要」〔註196〕，王坦之「有風格，尤非時俗放蕩、不敦儒教，頗尚刑名學，著《廢莊論》」〔註197〕等。凡此即見魏晉南北朝論家之品行爲人，實具各式類型。

就才學觀之，魏晉南北朝論家中具文才、武功、政略者不乏其人。如《晉書》稱孫綽「少以文才垂稱，於時文士，綽爲其冠」〔註198〕，習鑿齒「博學洽聞，以文筆著稱，……善尺牘論議」〔註199〕，伏滔「有才學，少知名……專掌國史」〔註200〕，謝萬「工言論，善屬文」〔註201〕，豈非以文才著稱？再如鍾會、王敦之思謀反叛逆，桓溫、桓玄北伐中原，雖未成功，豈不以武功顯赫一時？再如何晏之任魏之尚書，傅咸稱其「以選舉，內外之眾職各得其才，粲然之美於斯可觀」〔註202〕；王導之輔晉元、明、成三朝，史載其興學校、立史官、攬民心，而特贊其「朝野傾心，號爲仲父」〔註203〕，庾亮之爲

〔註195〕〔唐〕房玄齡等：《晉書》卷93《王濛傳》，北京：中華書局，1974年版，第2418頁。

〔註196〕〔晉〕陳壽撰，〔宋〕裴松之注：《三國志》卷21《傅嘏傳》注引《傅子》，北京：中華書局，1959年版，第628頁。

〔註197〕〔唐〕房玄齡等：《晉書》卷75《王坦之傳》，北京：中華書局，1974年版，第1965頁。

〔註198〕〔唐〕房玄齡等：《晉書》卷56《孫綽傳》，北京：中華書局，1974年版，第1547頁。

〔註199〕〔唐〕房玄齡等：《晉書》卷82《習鑿齒傳》，北京：中華書局，1974年版，第2152頁。

〔註200〕〔唐〕房玄齡等：《晉書》卷92《伏滔傳》，北京：中華書局，1974年版，第2399頁。

〔註201〕〔唐〕房玄齡等：《晉書》卷79《謝萬傳》，北京：中華書局，1974年版，第2086頁。

〔註202〕〔唐〕房玄齡等：《晉書》卷47《傅咸傳》，北京：中華書局，1974年版，第1328頁。

〔註203〕〔唐〕房玄齡等：《晉書》卷65《王導傳》，北京：中華書局，1974年版，第1746頁。

曾中書令，史云其「動由禮節」，「任法裁物」，並特稱其「閨門之內，不肅而成」〔註204〕，豈非皆善於處理政事？就學術修養而言，魏晉南北朝論家擅長治經、著史、作文者自不必多言，其在天文、曆法、音樂、書法、雕塑等方面亦取得令人矚目之成就。

二、創作主體之創作動機

在具備了獨立思考的能力和受到嚴格的邏輯思維訓練之後，魏晉南北朝文士具備了創作論體文的內在素質。然而，要以極大的熱情去創作這種思辨性極強的文章，還需要一股內在動力，即創作動機。「創作動機是推動作家真正進入藝術創作過程的內在需要或心理驅動力。在創作過程中，動機執行著激發構思、推動傳達、引導整個創作活動朝著一定目標進行的重要功能。」〔註205〕文學創作是一種艱苦的行為活動，因而創作動機的產生和作家某種強烈的內在需要分不開。

實用理性是中國思想的特色，秉承漢人重功利的文藝思想，魏晉南北朝文士對論體文的諷諫、教化作用予以高度評價。《三國志》載：「（孫）權嘗問（闞澤）：『書傳篇賦，何者為美？』澤欲諷喻以明治亂，因對賈誼《過秦論》最善。」〔註206〕闞名的《中論序》則指出《中論》的創作緣起也出於教化的目的，他說：「（徐幹）見辭人美麗之文並時而作，曾無闡弘大義、敷散道教，上求聖人之中，下救流俗之昏者，故廢詩、賦、頌、銘、贊之文，著《中論》之書二十篇。其所甄紀邁君昔志，蓋百之一也」〔註207〕。正是出於濃重的現實關懷，魏晉南北朝文士欲拯救社會現實災難，欲探究政略治術，他們才以極大的熱情創作論體文。

在魏晉南北朝文人看來，創作論體文以傳世可以達到生命的永恆。曹丕在《典論・論文》中指出：「蓋文章，經國之大業，不朽之盛事。年壽有時而

〔註204〕〔唐〕房玄齡等：《晉書》卷73《庾亮傳》，北京：中華書局，1974年版，第1915頁。

〔註205〕錢穀融、魯樞元：《文學心理學》，上海：華東師範大學出版社，2003年版，第142頁。

〔註206〕〔晉〕陳壽撰，〔宋〕裴松之注：《三國志》，北京：中華書局，1959年版，第1249頁。

〔註207〕〔漢〕徐幹撰《中論》，上海：上海古籍出版社，1990年版，影印江安傅氏雙鑒樓藏明刊本，第3頁。

盡，樂榮止乎其身，二者必至之常期，未若文章之無窮。是以古之作者，寄身於翰墨，見意於篇籍，不假良史之辭，不託飛馳之勢，而聲名自傳於後。」〔註208〕在他看來，「三不朽」中，唯有立言是切實可行的。此處的「文章」顯然不是指辭賦，而是指子與論這種最具實用性、且能「成一家之言」的文體。而「立言」之「言」，雖也包括文學在內，但主要是指關於政治、道德方面的言辭。因此「立言不朽」，並非以文學作品本身去揚名不朽，而是借文中所「言」的政治倫理思想及社會事功的價值，以著述的方式達到「不朽」的目的。曹丕在《與王朗書》中云：「生有七尺之形，死唯一棺之土，唯立德揚名，可以不朽，其次莫如著篇籍。」「論撰所著《典論》、詩賦，蓋百餘篇，集諸儒於肅城門內，講論大義，侃侃無倦」〔註209〕，而且「以素書所著《典論》及詩賦餉孫權，又以紙寫一通於張昭。」〔註210〕可見，曹丕對《典論》的重視，而曹丕的兒子曹叡則詔三公，稱「先帝昔著《典論》，不朽之格言，其刊石立於廟門之外及太學，與石經並，以永示來世」〔註211〕。在蕭統看來，《典論》中的《論文》堪稱論文之作的典範，將其收入《文選》。實際上，就《典論》現存篇名看，並非有體系的哲學論著，只不過是一部論文集而已。曹丕在《又與吳質書》中讚揚徐幹撰就子書，可謂不朽，云：「偉長獨懷文抱質，恬淡寡欲，有箕山之志，可謂彬彬君子者矣。著《中論》二十餘篇，成一家之言，辭義典雅，足傳於後，此子為不朽矣。」〔註212〕在《典論・論文》中又一次盛讚徐幹著《中論》而得以不朽，曰：「融等已逝，唯幹著論，成一家言。」陳衍《石遺室論文・三》就此指出：「惟好名之心，至丕而極。觀於『文章經國』數語，可謂沉痛樸至，未經人道者矣。」〔註213〕錢穆先生《讀〈文選〉》一文認為，魏文帝曹丕「心中所追向，亦仍以古人著書成一家言者為其最高

〔註208〕〔清〕嚴可均：《全三國文》，《全上古三代秦漢三國六朝文》，北京：中華書局，1958 年版，第 1098 頁上。
〔註209〕〔晉〕陳壽撰，〔宋〕裴松之注：《三國志》卷 2《文帝紀》，北京：中華書局1959 年版，第 88 頁。
〔註210〕〔晉〕陳壽撰，〔宋〕裴松之注：《三國志》卷 2《文帝紀》，北京：中華書局1959 年版，第 89 頁。
〔註211〕〔晉〕陳壽撰，〔宋〕裴松之注：《三國志》卷 4《三少帝紀》，北京：中華書局，1959 年版，第 118 頁。
〔註212〕〔清〕嚴可均：《全三國文》，《全上古三代秦漢三國六朝文》，北京：中華書局，1958 年版，第 1089 頁下。
〔註213〕王水照：《歷代文話》第七冊，上海：復旦大學出版社，2007 年版，第 6721 頁。

之準則」。〔註214〕稍早的章太炎先生也曾指出，漢晉諸子比之於周秦諸子，「說理固不逮，文筆亦較遜矣。然魏文帝論文，不數宴遊之作，而獨稱徐幹爲不朽者，蓋猶視著作之文尊於獨行者也。」〔註215〕由此可見，論體文與子書一樣同爲立言不朽之重要文體。

與曹丕同時代的桓範，在其《世要論・序作》中亦持「立言不朽觀」，曰：「夫著作書論者，乃欲闡弘大道，述明聖教，推演事義，盡極情類，記是貶非，以爲法式。當時可行，後世可修。且古者富貴而名賤廢滅，不可勝記，唯篇論俶儻之人，爲不朽耳。」〔註216〕至晉代，這一觀念仍爲人稱道，《晉書・王隱傳》載王隱與祖納云：「蓋古人遭時，則以功達其道；不遇，則以言達其才，故否泰不窮也……君少長五都，遊宦四方，華夷成敗皆在耳目，何不述而裁之！應仲遠作《風俗通》，崔子眞作《政論》，蔡伯喈作《勸學篇》，史游作《急就章》，猶行於世，便爲沒而不朽。當其同時，人豈少哉？而了無聞，皆由無所述作也。故君子疾沒世而無聞。」〔註217〕魏晉南北朝時期，還有一些論作，屬於創作者仕途受挫後的泄憤之作，如《三國志・顧雍傳附顧譚傳》記載，「譚坐徙交州，幽而發憤，著《新言》二十篇。」〔註218〕其內在的深層次原因，仍主要來自立言不朽之觀念的自覺。

出於這種立名於後世與勸誡於當世的功利性目的，魏晉南北朝文士產生了強烈的創作動機，「使作家的內在蘊藉和奔突的熱情找到傾泄的渠道，使原先焦躁不安的盲目驅力變爲明確而堅定的意圖，並把現實生活中獲得的有用材料和藝術發現貫穿起來，使文學創造由意圖變爲行動。」〔註219〕值得注意的是，「創作上的豐富性動機，還表現在作家爲了自我的實現而進行艱巨的創造」〔註220〕。可見，魏晉南北朝文士創作論體文還出於一種實現自

〔註214〕錢穆：《中國學術思想史論叢（三）》，合肥：安徽教育出版社，2004 年版，第 99 頁。

〔註215〕章太炎：《國學講演錄》，上海：華東師範大學出版社，1995 年版，第 236 頁。

〔註216〕〔清〕嚴可均：《全三國文》，《全上古三代秦漢三國六朝文》，北京：中華書局，1958 年版，第 1263 頁下。

〔註217〕〔唐〕房玄齡等：《晉書》卷 82《王隱傳》，北京：中華書局，1974 年版，第 2142 頁。

〔註218〕〔晉〕陳壽撰，〔宋〕裴松之注：《三國志》卷 52《顧譚傳》，北京：中華書局，1959 年版，第 1230 頁。

〔註219〕童慶炳：《文學理論教程》，北京：高等教育出版社，1992 年版，第 122 頁。

〔註220〕錢穀融、魯樞元：《文學心理學》，上海：華東師範大學出版社，2003 年版，第 145 頁。

我價值的需要。美國著名人本主義心理學家馬斯洛認爲這種需要「就是指使他的潛在能力得以實現的趨勢。這種趨勢可以說成是希望自己越來越成爲所期望的人物，完成與自己的能力相稱的一切事情」〔註221〕。錢穆先生指出：「清談可以言玄遠，不及時事，並見思理，徵才情，正與詩文辭采，同爲當時門第中人求自表現之工具。」〔註222〕所言雖爲清談，移之作論亦甚得當。「論」壇巨子嵇康「所著諸文論六七萬言，皆爲世所玩詠」〔註223〕「作《養生論》，入洛，京師謂之神人。向子期難之，不得屈」〔註224〕，可見，論體文創作爲嵇康贏得盛譽，而其評論亦有決定論作及其作者地位的作用。如《世說新語・文學》載，「鍾會撰《四本論》始畢，甚欲使嵇公一見，置懷中，既定，畏其難，懷不敢出，於戶外遙擲，便回急走」〔註225〕，儘管鍾會在之前遭嵇康之冷待，在論成後仍希望得到嵇康的肯定，因畏其難而不得不遙擲。時至兩晉，論體文創作亦爲體現文士價值、獲得世人尊重的一種方式。《世說新語・文學》載，支遁見王逸少而遭到「不與交言」的冷落，「後正值王當行，車已在門，支語王曰：『君未可去，貧道與君小語。』因論《莊子・逍遙遊》。支作數千言，才藻新奇，花爛映發。王遂披襟解帶，流連不能已。」〔註226〕支遁憑一篇論而令王逸少刮目相看，實現了自我價值。《晉書・王修傳》載 12 歲的王修已憑藉其《賢全論》贏得了其父王濛以及劉惔「足以參微言」〔註227〕的高度評價。可見在當時論體文之創作確實能爲文士贏得世人的尊重。

〔註221〕〔美〕馬斯洛：《人的潛能和價值》，北京：華夏出版社，1987 年版，第 168 頁。

〔註222〕錢穆：《中國學術思想史論叢（三）》，合肥：安徽教育出版社，2004 年，第 174 頁。

〔註223〕〔晉〕陳壽撰，〔宋〕裴松之注：《三國志》，北京：中華書局，1959 年版，第 606 頁。

〔註224〕顏延年《五君詠》李善注引孫綽《嵇中散傳》。〔梁〕蕭統撰，〔唐〕李善注：《文選》，北京：中華書局，1977 年版，第 303 頁。

〔註225〕〔南朝宋〕劉義慶撰，〔梁〕劉孝標注，徐震堮校箋：《世說新語校箋》，北京：中華書局，1984 年版，第 106 頁。

〔註226〕〔南朝宋〕劉義慶撰，〔梁〕劉孝標注，徐震堮校箋：《世說新語校箋》，北京：中華書局，1984 年版，第 121 頁。

〔註227〕〔唐〕房玄齡等：《晉書》，北京：中華書局，1974 年版，第 2419 頁。

三、創作主體之心理特徵

（一）獨立的人格

　　所謂「人格」，是指「整體性地呈現於生活中的眞實的自我，它包括了外在的氣質、風度、容止、行爲和內在的哲學——美學理想、精神境界、倫理觀念，以及人生各階段與人格各層面的心靈趨向與衝突」〔註228〕。對作家而言，人格不僅呈現於現實生活，亦表現於文學作品。而論是一種公共空間的個人言說，更容易表體現論家之人格特徵。

　　春秋戰國時期，多元化的政治格局與諸侯之間激烈的競爭使其時士人有著鮮明的獨立性與主體意識。他們可以自由選擇君主，《論語・泰伯》曰：「危邦不入，亂邦不居。天下有道則見，無道則隱。邦有道，貧且賤焉，恥也；邦無道，富且貴焉，恥也」〔註229〕，強調士人對君主的選擇，當君主無道時，士人可以歸隱。《孟子・萬章下》曰：「士之託於諸侯，非禮也」〔註230〕，強調的是士人保持人格的獨立性，不能爲諸侯豢養。士人憑藉其文化知識與聰明才智在諸侯爭霸、列國競雄中發揮重要作用，正如王充《論衡・效力篇》所言：「六國之時，賢才之臣，入楚楚重，出齊齊輕，爲趙趙完，畔魏魏傷。」〔註231〕於是，禮賢下士成爲一時風尙。在這種風氣下，士人對自身價值有更充分的認識，他們以王者之師〔註232〕自居，希望向上規範君主，向下教化百姓，以此來實現自己的社會價值。他們在君主面前從不卑躬屈膝，甚至認爲自己的價值高於君主，以顏斶〔註233〕爲代表的、敢於與君主據理力爭的士人

〔註228〕李建中：《魏晉文學與魏晉人格》，漢口：湖北教育出版社，1998 年版，第 3 頁。

〔註229〕〔宋〕朱熹：《四書章句集注》，北京：中華書局，1983 年版，第 106 頁。

〔註230〕〔宋〕朱熹：《四書章句集注》，北京：中華書局，1983 年版，第 321 頁。

〔註231〕黃暉：《論衡校釋》，北京：中華書局，1990 年版，第 586 頁。

〔註232〕《孟子・萬章下》載孟子曰：「天子不召師，而況諸侯乎？」《荀子・王制》載荀子告誡君主曰：「故人君者，欲安，則莫若平政愛民矣；欲榮，則莫若隆禮敬士矣；欲立功名，則莫若尙賢使能矣。」《墨子・錄士》曰：「入國而不存其士，則亡國矣。……緩賢忘士而能以其國存者，未曾有也。」

〔註233〕《戰國策・齊策四》載：「齊宣王見顏斶曰：『斶前！』斶亦曰：『王前！』宣王不悅。左右曰：『王，人君也；斶，人臣也；王曰斶前，斶亦曰王前，可乎？』斶對曰：『夫斶前爲慕勢，王前爲趨士；與使斶爲慕勢，不如使王爲趨士。』王忿然作色曰：『王者貴乎？士貴乎？』對曰：『士貴耳，王者不貴！』王曰：『有說乎？』斶曰：『有昔者秦攻齊，令曰：有敢去柳下季壟五十步而樵採者，死不赦！令曰：有能得齊王頭者，封萬户侯，賜金千鎰！由是觀之，生王之頭，曾不若死士之壟也。』宣王默然不悅。」

當不在少數。正是在這種獨立人格支撐下，先秦士人著書立說、聚徒講學，傳承文化，又在改造社會基礎上，追問自然宇宙、社會人生之價值本原。

隨著秦漢大一統局面的形成，士人不必再擇木而棲，於是出現分化，有的在「徵辟察舉」制度下走向仕途，成爲統治者的工具，有的皓首窮經，將畢生精力獻於注經，有的成爲文章辭賦之士，被統治者以「倡優蓄之」。只有極少數「鴻儒」、「通儒」繼承先秦士人的獨立精神，通過著書立說力圖規範社會，卻勢單力薄，難以扭轉世風。對權勢的依附，對經典的尊崇，使漢代士人在傳統的道統、學統與政統三位一體的框架內掙扎。

魏晉南北朝時期，士人自我意識的覺醒對其人格發展起到調節作用，「人的自覺成爲魏晉思想的獨特精神，而對人格作本體建構，正是魏晉玄學的主要成就」〔註234〕。建安士人在很長時期面對的是多個政治集團形同棋峙的局面，他們要乘時而動，建功立業，只能擇主而事，忠貞不二的觀念在當時已被打破。如王粲初依劉表，後投曹操，阮瑀託疾拒爲曹洪掌書記，卻棄杖而起應曹操之征，更有如陳琳者，先依何進，何進敗，則投袁紹，袁紹敗，則投曹操。顏之推謂其「陳孔璋居袁裁書，則呼操爲豺狼；在魏製檄，則目紹爲虵虺。在時君所命，不得自專，然亦文人之巨患也。」〔註235〕張溥謂陳琳替袁紹草檄，詆操。歸操，移書東吳，又盛稱曹操之美，「無異劇秦美新。文人何常，唯所用之，茂惡爾矛，夷懌相酬，固恒態也」〔註236〕。然而，陳琳卻不以爲恥，自有理由，《應譏》曰：「世治，責人以禮；世亂，則考人以功，斯各一時之宜」，「是以達人君子，必相時以立功，必揆宜以處事」。〔註237〕這種論調似乎道出建安時期很多文士的心聲。正是這種擇主而事的主動性使建安士人能夠保持獨立人格，在其論體文中表現出積極進取與崇尚通脫的精神狀態。他們雖不能如先秦士人那樣去規範君主、以帝王師自居，卻也在力爭擺脫漢代文士的俳優身份。在高平陵之變發生後，在司馬氏集團的殘酷鎮壓下，天下名士減半，凡不依附者無不處於惶惶驚懼中，士人救世精神大大削弱而自救意識空前膨脹。在無心兼濟天下時，隨著清談與玄學的興起，他

〔註234〕李澤厚：《中國古代思想史論》，北京：人民出版社，1985 年版，第 191 頁。

〔註235〕王利器：《顏氏家訓集解》卷四，北京：中華書局，1992 年版，第 258 頁。

〔註236〕〔明〕張溥著，殷孟倫注：《漢魏六朝百三名家集題辭注》，北京：人民文學出版社，1960 年版，第 75 頁。

〔註237〕〔清〕嚴可均：《全後漢文》卷 92，《全上古三代秦漢三國六朝文》，北京：中華書局，1958 年版，第 972 頁上。

們返歸內心，「貴無輕有」、「崇本息末」，成為精神上的貴族。嵇康宣言「越名教而任自然」，阮籍聲稱「禮法豈為吾輩設耶」。他們以遺世獨立之姿態拒絕與司馬氏合作，在自滿自足、無求於外中使自己的人格精神得以昇華。西晉寒素之士的崛起，在對現實進行清醒的反思、批判與對政治、權勢的疏離中保持了自己的獨立人格。東晉、南北朝門閥世族興盛，國家意識淡薄，家族意識強化，士人更是對皇權沒有依附。

　　與先秦士人的獨立人格相比，魏晉南北朝士人參與政治、改造社會的「救世」使命感逐漸淡薄，但關注一己心靈之寧靜的「自救」成為他們的自覺追求。正是在這種情況下，魏晉南北朝論體文體現出論家獨立自足的精神世界，屬於一種高度個人化的心靈言說，充滿強健的內在生命力。作為獨立的個體，由於作者個性特徵、生活經歷的不同，其文章又往往會帶上濃重的主觀色彩。當文士與權勢者合作，甚至諂事之，或者自己也成為一名權勢者時，他們必定會失去獨立的人格，必定會缺乏一種高遠的志氣和一種凜然不阿於世的峻節，其情懷必定趨向於狹隘，其作品必定缺乏峻潔的品格。因此，創作出優秀論作的論家，無不保持著與政治權力的適度疏離，在擁有獨立人格的前提下，才能擁有言論的自主權，才能師心遣論，任性逞才。

（二）攻擊性氣質

　　康羅·洛倫茲在《攻擊與人性》一書中，假設在外星球上有一個絕對公正的觀察者，借助放大鏡檢視著地球上人類的行為，又假設這位觀察者是個純理性的產物，自己完全沒有本能衝動，也不知道一般的本能衝動，尤其是攻擊性衝動會怎麼犯錯誤，於是那位觀察者面對人類歷史，可能完全迷失。只有一個共同點可權作起因，那就是「人類的天性」。「不講理，而且無理性可言的人類天性使得兩個種族互相競爭，雖然沒有經濟上的需要迫使他們如此做。」這種天生「誘使兩個政治團體或宗教相互激烈地攻擊對方，而且它促使亞歷山大和拿破崙犧牲數萬條生命，企圖收攬全世界在他的政治之下。」這種天性還使我們如此習慣於把殺人者、攻擊者當作偉人來崇拜，「以至於大部分人不能認清人類歷史上群眾性的廝殺、鬥毆行為事實上是多麼的卑鄙、愚蠢和不理想。」〔註238〕

〔註238〕〔奧地利〕康羅·洛倫茲：《攻擊與人性》，北京：作家出版社，1987年版，第246～247頁。

　　康羅・洛倫茲著眼於人類的最有破壞性的暴行，根據他的理論邏輯，我們可以發現，進行論辯實際上也可以看作是人類攻擊本能的一種表現方式或是其轉化。攻擊本能以言論的精神方式替代行動的物質方式。在這種替代中，論辯者能夠獲得極大的快感，因爲這種精神性攻擊的覆蓋面比具體的行爲攻擊覆蓋面要大得多，它不受時空的局限，甚至可以放眼千古，橫掃六合。如借史發論，指點江山，揮斥方遒，在談古論今中獲取心靈的愉悅。「論辯雖是言語現象，但從博弈論的角度看，論辯同樣是一個博弈（game）：參與人有兩個或兩個以上，他們有各自的目標：戰勝對方贏得勝利。爲了實現這個目標，論辯方使用的策略是，尋找擊敗對方觀點的理由，以及尋找辯護自己觀點的理由。」〔註239〕論辯博弈是「零和博弈」，任何一個論辯其可能的結果是：或者一方勝利、一方失敗，或者平局。論辯是一個認知主體努力用言語改變其他認知主體的命題態度的過程。論辯領域實際上是各類智慧和見解相互搏殺的戰場，能否取勝，智慧和見解本身固然重要，但見解是否尖銳、明快，是否有排他性和獨創性將對整個論辯產生決定作用。

　　魏晉南北朝論體文不少作品可以看作論辯記錄，針對同一題材，文士們各持己見，針鋒相對，有的一來一往，只一回合，有的卻反覆論難，多個回合，還有的是多人參與，互相辨駁，頗有點「眞理不辨不明」的意味。創作者需要具有攻擊性氣質，否則，即使其具備較高的修養、學識，也很難創作出傑出的論體文作品。因爲，攻擊性衝動能激發創作者的全部活力，使其在創作中達到生命的巔峰。嵇康的論體文中蘊含的巨大的熱情、嚴密的邏輯、透徹的分析、犀利的文風，不正是由於其內心深處的攻擊欲望所點燃的嗎？論體文雖然不是戰鬥的檄文，但那種鞭闢入裏、針針見血的論體文佳作所具有的戰鬥力不亞於匕首和投槍，不由人不拍案叫好。

　　如果從效果出發，論體文創作者可分爲兩類：一類是破壞性攻擊，重在駁論；一類是建設性攻擊，重在立論。前者的貢獻在於破壞了其時最迫切需要破壞的，摧毀某種傳統，打破某種偶像和與其相應的思想上觀念上的陳規舊律。在他們的論作中充滿激烈爭辯的富有論戰性的文字。後者則重在建設，在提出自己的觀點時已經相當於抗衡，用一種新的見解與已有的觀念抗衡。雖沒有破壞性論爭中的對抗性與劇烈衝突，但其獨特的聲音具有競爭性自立的作用。

〔註239〕潘天群：《論辯博弈與不一致性意見的消除》，《哲學研究》，2007 年第 12 期，
　　　　第 102 頁。

　　當然，即使是優秀的論作，其作者也會清醒地認識到自己作品的缺陷，如立論未必精當，舉例未必確切，論證未必嚴密。但倘若他這樣一味地反省，論作也許就無法完成。儘管論體文創作是一種理性的行為，但是十足的理性，反而會阻礙其創作。因此，創作者身上的那種攻擊性本能減少了其反省的遲疑，加劇了其義無反顧的勇氣，促使其寫下了富有論戰性的文字。

（三）開闊的格局

　　所謂「格局」，是從皮亞傑認識論中借用的概念。一個人的知覺有很大的選擇性和伸縮性，它受著某種力量的指導和制約，這種制約力量就是格局。其先於具體的知覺過程而存在，指導和誘發每一次具體的知覺活動，見其所見而棄其所棄。中國古代文論中涉及格局的概念頗多，所謂「識」、「器」、「量」、「襟抱」等術語都與此有關，所謂「有第一等襟抱、第一等學識，斯有第一等真詩」〔註240〕，所謂「一丘一壑，自須其人胸次有之，但筆間那可得？」〔註241〕所謂「詩之基，其人之胸襟是也。有胸襟，然後能載其性情、智慧、聰明、才辨以出，隨遇發生，隨生即盛。」〔註242〕胸中格局之大小，取決於兩個方面：

　　其一，合理的知識結構與多元文化經驗心智。

　　所謂合理的知識結構，就是說既掌握精深的專門知識，又有廣博的知識面，具有合理優化的知識體系。魏晉南北朝論體文創作者之博學多聞，見諸史籍。如嵇康「博覽無不該通」〔註243〕，阮籍「博覽群籍」〔註244〕，裴頠「弘雅有遠識，博學稽古，自少知名」〔註245〕，孫綽「博學善屬文」〔註246〕，習

〔註240〕〔清〕沈德潛：《說詩晬語》卷上。孫之梅、周芳：《原詩、說詩晬語》，南京：鳳凰出版社，2010 年版，第 82 頁。

〔註241〕轉引自《中國美學史資料選編》下卷，北京：中華書局，1981 年版，第 43 頁。

〔註242〕〔清〕葉燮：《原詩》內篇下。孫之梅、周芳：《原詩、說詩晬語》，南京：鳳凰出版社，2010 年版，第 21 頁。

〔註243〕〔唐〕房玄齡等：《晉書》卷 49《嵇康傳》，北京：中華書局，1974 年版，第 1369 頁。

〔註244〕〔唐〕房玄齡等：《晉書》卷 49《阮籍傳》，北京：中華書局，1974 年版，第 1359 頁。

〔註245〕〔唐〕房玄齡等：《晉書》卷 35《裴頠傳》，北京：中華書局，1974 年版，第 1041 頁。

〔註246〕〔唐〕房玄齡等：《晉書》卷 56《孫綽傳》，北京：中華書局，1974 年版，第 1544 頁。

鑿齒「博學洽聞，以文筆著稱」〔註247〕，孫盛「博學，善言名理」〔註248〕，桓玄「博綜藝術，善屬文」〔註249〕，慧遠「弱而好書，……博綜六經，尤善《莊》、《老》」〔註250〕，諸如此類，不勝枚舉。從魏晉南北朝論家之著述情況，亦可見其才學淵博，據《隋書・經籍志》載，何晏除《道德論》外，尚有《論語集解》、《孝經注》、《魏晉謚議》、《樂懸》、《官族傳》、《何晏集》等著作。王弼之著述亦甚豐，除《周易略例》、《老子微旨略例》、《周易大衍論》外，尚有《老子注》、《周易注》、《論語釋疑》等，儒玄並綜。

　　魏晉南北朝多元文化的交融對其時文士產生深遠影響，最主要的就是促使其多元文化經驗心智的形成。不同文化之間的溝通與碰撞有助於產生新的理論與學說。《世說新語・文學》載：

> 《莊子・逍遙篇》，舊是難處，諸名賢所可鑽味，而不能拔理於郭、向之外。支道林在白馬寺中，將馮太常共語，因及《逍遙》。支卓然標新理於二家之表，立異義於眾賢之外，皆是諸名賢尋味之所不得。後遂用支理。〔註251〕

支遁之所以能「卓然標新理於二家之表」，當是其以佛釋玄從而產生新的見解。而慧遠作論則受到毗曇學的影響，僧肇之論則顯然受到大乘空宗思想的沾溉，二者之論堪稱中印文化交融下結出的論體奇葩。由此可見，多元文化經驗心智的形成對論體文創作具有重要意義。

　　其二，創作者所處時代先進的觀念和學術思潮對其產生的影響。

　　優秀的論體文創作者不僅要具備廣博的學識，還要能融化時代所給予的全部精神營養。某一時代的先進學術思潮和新觀念是人類精神文明突進的表徵，它們的出現，使人們能夠突破原有的視界，進入新的未知領域，它們提供的思維方式使人們能夠重新來打量一個熟視無睹的世界，並有新的發現。

〔註247〕〔唐〕房玄齡等：《晉書》卷82《習鑿齒傳》，北京：中華書局，1974年版，第2152頁。

〔註248〕〔唐〕房玄齡等：《晉書》卷82《孫盛傳》，北京：中華書局，1974年版，第2147頁。

〔註249〕〔唐〕房玄齡等：《晉書》卷99《桓玄傳》，北京：中華書局，1974年版，第2585頁。

〔註250〕〔梁〕慧皎撰，湯用彤校注：《高僧傳》卷6《慧遠傳》，北京：中華書局，1992年版，第211頁。

〔註251〕〔南朝宋〕劉義慶撰，〔梁〕劉孝標注，徐震堮校箋：《世說新語校箋》，北京：中華書局，1984年版，第119～120頁。

面對新的學術思潮，論體文創作者必然要檢視其已有的思想，調整其學識結構，補充新的思想和材料，重塑其格局。阮籍早年以儒學爲宗，其《樂論》之思想未跳出儒家論樂之窠臼，突出「樂」的自然功能與社會功能，主張以「樂」感化人的心靈，達到風俗齊一的社會效果。其生活後期在目睹司馬氏打著名教的幌子行篡權之實後，認清「禮法之士都以勸進爲忠，禪讓爲禮，攀鱗附翼爲智」〔註252〕的醜惡嘴臉，其論則表現了道家批判現實、抒發憤懣之特徵，在《達莊論》中，以恢誕調侃的方式，借闡發《莊子》來表達自己的哲學思想，「敍無爲之貴」〔註253〕。阮籍論體文前後思想內容與行文風格所發生的變化，正是其自覺接受社會思潮影響的結果。

當我們把「論」看成是人類主要精神活動的產物時，其最根本的要求就是看其能否開拓和豐富人類的精神生活，舒展人類的心靈。錢穆先生指出：「故中國文學之成家，不僅在其文學之技巧與風格，而更要者，在此作家個人之生活陶冶與心情感映。作家不因其作品而偉大，乃是作品因於此作家而崇高也。」又說：「欲成一理想的文學家，則必具備有一種對人生眞理之探求與實踐之最高心情與最高修養。抑不僅於此而已，欲成爲一理想的大文學家，則必於生活陶冶與人格修養上，有終始一致，前後一貫，珠聯璧合，無懈可擊，無疵可指之一境，然後乃始得成爲一大家。」〔註254〕魏晉南北朝優秀的論家正是以其淵博之學識創作出精彩之論作，又以其論作提升自己人生之境界，拓展接受者之精神生活。

（四）求異思維

魏晉南北朝優秀論家除了具備上述幾種心理特徵外，其思維方式則以求異爲特徵。所謂求異思維，是指「從已知信息中沿多條方向推測、探索、想像、假設、構思，然後產生出不同於傳統思路的新信息。」〔註255〕求異思維是人類思維活動的高級形式，美國心理學家吉爾福特指出，創造性求異思維有三種特性，即多端性，獨特性和變通性。多端性是就其廣度而言，獨特性

〔註252〕〔明〕張燮《增定阮步兵集序》。陳伯君：《阮籍集校注》，北京：中華書局，1987年版，第413頁。

〔註253〕〔唐〕房玄齡等：《晉書》，北京：中華書局，1974年版，第1361頁。

〔註254〕錢穆：《中國文化與中國文學》。錢穆：《中國文學論叢》，東大圖書公司，2006年版，第39～40頁。

〔註255〕黎山：《文藝創作心理學》，武漢：長江文藝出版社，1988年版，第133頁。

是就其深度而言，變通性是就其靈活度而言。這三種特性息息相關。流暢是基礎，變通是關鍵，獨特是精華。求異思維的核心本質是創造，即超越已知領域向未知地帶掘進。其特有品質是變革變化求異求新。魏晉南北朝論家的求異思維主要體現在：

其一，質疑舊說。人的思維往往具有惰性，很多學說流傳久遠而成不刊之論，就是因為「習慣成自然」，思維定式使人們認為理所應當。求異思維就要超越這種慣常惰性，而對舊說進行質疑，在此基礎上提出新見。如夏侯玄《樂毅論》開篇即云：「世人多以樂毅不時拔莒、即墨為劣，是以敘而論之」，明確其觀點與世人不同，是一篇翻案文章，新見迭出。

其二，批判俗見。社會上針對某一問題往往會有一些流行的看法，代表的是時人的普遍觀點，雖然有其合理性，但也不能排除從眾跟風心理導致的盲目信崇，從而失去理性審視與反思。求異思維就要打破這種亦步亦趨，人云亦云，揭露出其不合理之處，提出自己的見解。曹植《辨道論》對其時社會流行的修道成仙之說進行了批判，直接指出神仙之書、道家之言所講傳說上為辰尾宿等數種說法，「其為虛妄甚矣哉」。又在《貪惡鳥論》中對當時流行的伯勞鳥的世俗迷信觀點也進行批判，明確指出：「此好事者附名為之說，令俗人惡之，而今普傳惡之，斯實否也。」

其三，超越常念。社會在進步，觀念在更新，世人卻往往囿於常念，缺乏創新。求異思維要超越這種常念，指出其不合時宜處。嵇康在《養生論》中就世人在認識事物中存在的問題加以批評，指出「馳騁常人之域，故有一切之壽，仰觀俯察，莫不皆然，以多自證，以同自慰，謂天地之理，盡此而已矣。縱聞養生之事，則斷以己見，謂之不然」〔註256〕。也就是說，世人往往因完全信奉常論，並以此作為推斷事物的唯一依據，因此阻礙了對至理的接受。

其四，建構新論。以上三種都是先破後立，還有一種就是發前人所未發，直接建構新論。魏晉南北朝時期頗多具有原創思想的哲學大家，他們在論作中提出新的學說，如何晏提出了「以無為本」的哲學命題，進行了有無之辨與理想人格之辨，大體勾勒出貴無論的思想輪廓，嵇康、王弼、裴頠等人以標新立異的精神、離經叛道的勇氣，打破固有之見解，獨創新見，創造了屬於自己的輝煌。

〔註256〕嵇康：《養生論》。戴明揚：《嵇康集校注》，北京：人民文學出版社，1962 年版，第 153 頁。

第二章　魏晉南北朝論體文之題材類型

　　關於論體文之分類，前人多有論述，劉勰《文心雕龍·論說》稱：「詳觀論體，條流多品：陳政，則與議說合契；釋經，則與傳注參體；辨史，則與贊評齊行；銓文，則與序引共紀。」〔註1〕可見其將論按題材分為陳政之論、釋經之論、辯史之論與銓文之論。蕭統《文選》則將論分為三：設論居首，史論次之，論又次之。其分類標準顯然不夠統一，設論乃就其問答形式言，史論是就其題材內容言，論實際上可綜合前二者。明代徐師曾「兼二子之說，廣未盡之例，列為八品：一曰理論，二曰政論，三曰經論，四曰史論（有評議、述贊二體），五曰文論，六曰諷論，七曰寓論，八曰設論」〔註2〕，其分類標準亦不統一，前五者按題材分，後三者則是按形式分。今人劉永濟則按題材將魏晉南北論體文分為八類：臧否人物、商榷禮制、駁難刑法、闡明樂理、品評文藝、箴貶時俗、研討天文、辨析玄理，又稱「辨析玄理之論，尤為繁博。綜其大體，固不出聃周之指歸」，因此析其枝條，分為窮有無、辨力命、論養生、評出處、研易象數類，「或敵我往復，而精義泉湧，或數家同作，而妙緒紛披。雖勝劣不同，妍媸互見，而窮理致之玄微，極思辨之精妙」。又將佛理之論分為較三教之異同優劣、究形神之生滅變遷、辨果報之有無虛實等〔註3〕。其分類周密而詳盡，卻也因其依題材臨時立類，而使分類蔓延雜亂，史論、政論等眾多論作沒有被其納入分類之中。

〔註1〕　范文瀾：《文心雕龍注》，北京：人民文學出版社，1958年版，第326頁。
〔註2〕　〔明〕徐師曾：《文體明辨序說》。《文體明辨序說·文章辨體序說》，北京：人民文學出版社，1962年版，第131頁。
〔註3〕　劉永濟：《十四朝文學要略》，哈爾濱：黑龍江人民出版社，1984年版，第148～155頁。

魏晉南北朝論體文的題材類型甚爲豐富，涉及的範圍廣泛，很難將其囊括無遺。在前人分類的基礎上，本文將其分爲「理」論、史論、政論、文藝論、雜論五大類，結合其時的社會文化思潮，擇其要而論之，以考察其題材類型之風貌。

第一節　三大思潮之興起與「理」論之鼎盛

魏晉南北朝時期，名理、玄理、佛理三大思潮〔註4〕的興起提高了其時文士的抽象思辨能力，使他們以極大熱情創作了大量以名理、玄理、佛理爲題材的「理」論文。劉師培在其《論古今學風變遷與政俗之關係》一文中指出：「兩晉六朝之學，不滯於拘墟，宅心高遠，崇尚自然，獨標遠致，學貴自得。……故一時學士大夫，其自視既高，超然有出塵之想，不爲浮榮所束，不爲塵網所攖，由放曠而爲高尚，由厭世而爲樂天。朝士既倡其風，民間浸成俗尚。雖曰無益於治國，然學風之善猶有數端，何則？以高隱爲貴，則躁進之風衰；以相忘爲高，則猜忌之心泯；以清言相尚，則塵俗之念不生；以遊覽歌詠相矜，則貪殘之風自革，故託身雖鄙，立志則高。被以一言，則魏晉六朝之學不域於卑近者也，魏晉六朝之臣不染於污時者也。」〔註5〕較之前代與後世，魏晉南北朝名理之論、玄理之論與佛理之論以其形而上之思成爲時代的代表文體。因其具體論題牽涉甚廣，無法一一涉及，故只擇其要而論之。

一、名理學之興起與名理論之主要論題

名理學是「以討論有關才性問題和鑒識人物的抽象標準、原則問題爲主要內容的一種學說」〔註6〕，其興起是源於魏武名法之治的政治需要，「是由兩漢經學發展到魏晉玄學的一個過渡階段和中介環節，也是漢魏之際的學風、談風由漢末魏初的清議轉化爲曹魏正始前後的清談的一個重要分界線」〔註7〕。

〔註4〕此處「三大思潮」的說法採用田文棠先生之說，參閱其著作《魏晉三大思潮論稿》，西安：陝西人民出版社，1988年版。
〔註5〕劉師培：《論古今學風變遷與政俗之關係》，《劉師培全集（第三冊）》，北京：中央黨校出版社，1997年版，第331頁。
〔註6〕田文棠：《魏晉三大思潮論稿》，西安：陝西人民出版社，1988年版，第10頁。
〔註7〕田文棠：《魏晉三大思潮論稿》，西安：陝西人民出版社，1988年版，第10頁。

才性四本是魏晉南北朝名理論的重要論題，其重心在於針對人物「才」與「性」之關係而發。《三國志・傅嘏傳》注引《傅子》曰：「嘏既達治好正，而有清理識要，好論才性，原本精微，鮮能及之。司隸校尉鍾會年甚少，嘏以明智交會」〔註8〕，又曰：「嘏常論《才性同異》，鍾會集而論之。」〔註9〕《世說新語・文學》第五條稱鍾會云：「鍾會撰《四本論》始畢，甚欲使嵇公一見。」〔註10〕可見，才性論為傅嘏等文士反覆討論的問題。關於其內容，《世說新語・文學》第五條注引《魏志》曰：

> 會論才性同異，傳於世。四本者，言才性同、才性異、才性合、才性離也。尚書傅嘏論同，中書令李豐論異，侍郎鍾會論合，屯騎校尉王廣論離，文多不載。〔註11〕

有關此論的詳細內容已不可得知，但《藝文類聚》卷21載有袁準《才性論》，可作參考，其文曰：

> 凡萬物之生於天地之間，有美有惡。物何故美？清氣之所生也。物何故惡？濁氣之所施也……曲直者，木之性也；曲者中鉤，直者中繩，輪桷之材也。賢不肖者，人之性也；賢者為師，不肖者為資，師資之材也。然則性言其質，才名其用明矣。〔註12〕

袁準視賢愚美惡為人之本性，視「才」為本性之外在表現，「性」為「質」，而「才」為「用」，二者互為表裏，可共濟同合。盧毓稱此說「才所以為善也，故大才成大善，小才成小善」〔註13〕，似乎持「才性同」或「才性合」之說。

才性四本論不僅在當時廣為流傳，至東晉、南朝仍為極重要論題，為論家所重視。《世說新語・文學》第三十四條曰：「殷中軍雖思慮通長，然於才

〔註8〕　〔晉〕陳壽撰，〔宋〕裴松之注：《三國志》卷21《傅嘏傳》，北京：中華書局，1959年版，第628頁。

〔註9〕　〔晉〕陳壽撰，〔宋〕裴松之注：《三國志》卷21《傅嘏傳》，北京：中華書局，1959年版，第627頁。

〔註10〕　〔南朝宋〕劉義慶撰，〔梁〕劉孝標注，徐震堮校箋：《世說新語校箋》，北京：中華書局，1984年版，第106頁。

〔註11〕　〔南朝宋〕劉義慶撰，〔梁〕劉孝標注，徐震堮校箋：《世說新語校箋》，北京：中華書局，1984年版，第106頁。

〔註12〕　〔唐〕歐陽詢撰，汪紹楹校：《藝文類聚》卷21《人部五・性命》，上海：上海古籍出版社，1999年版，第386頁。

〔註13〕　〔晉〕陳壽撰，〔宋〕裴松之注：《三國志》卷22《盧毓傳》，，北京：中華書局，1959年版，第652頁。

性偏精，忽言及『四本』，便若湯池鐵城，無可攻之勢。」〔註14〕《世說新語・文學》第六十條曰：「殷仲堪精覈玄論，人謂莫不研究，殷乃歎曰：『使我解四本，談不翅爾。』」〔註15〕《晉書・阮裕傳》稱阮裕與謝萬，云：「裕雖不博學，論難甚精。嘗問謝萬云：『未見《四本論》，君試爲言之。』萬敘說既畢，裕以傅嘏爲長，於是構辭數百言，精義入微，聞者皆嗟味之。」〔註16〕殷浩與謝萬精通「才性四本論」，被推爲「論」壇翹首，而殷仲堪、阮裕則因不通此論而引以爲憾企羨之。可見其時論家對此論的重視程度。時至南朝，此論題仍甚爲流行，《南齊書・王僧虔傳》引其《誡子書》曰：「才性四本、聲無哀樂，皆言家口實，如客至之有設也。」〔註17〕《南史・隱逸・顧歡傳》亦載：「會稽孔珪嘗登嶺尋歡，共談《四本》，歡曰：『蘭石危而密，宣國安而疏，士季似而非，公深謬而是。』」〔註18〕

　　儘管「才性四本論」之原貌已無法得見，但根據今人陳寅恪、唐長孺等人的研究，可以發現此題的產生，實與政治舉措有關，是從實際政治出發，又歸到實際政治的論題。他們認爲「四本論」之所以成爲魏初傅、李、鍾、王等人的談辯重心，乃與實際的選舉制度有關。〔註19〕但從論體文發展演變的角度看，在人物品鑒之風演變過程中，「才性四本論」是由東漢品藻人倫重實才、實德、實功，轉變爲魏晉南北朝時期重人物清韻風格，品鑒方法則由臧否高下到名理玄虛，實際上標明魏晉南北朝文士理性思辨能力的增強。

二、玄學之勃興與玄理論之主要論題

　　玄學思潮貫穿整個魏晉南北朝，具有劃時代的意義。湯用彤先生稱，「夫

〔註14〕〔南朝宋〕劉義慶撰，〔梁〕劉孝標注，徐震堮校箋：《世說新語校箋》，北京：中華書局，1984年版，第120頁。

〔註15〕〔南朝宋〕劉義慶撰，〔梁〕劉孝標注，徐震堮校箋：《世說新語校箋》，北京：中華書局，1984年版，第132頁。

〔註16〕〔唐〕房玄齡等：《晉書》卷49《阮裕傳》，北京：中華書局，1974年版，第1368頁。

〔註17〕〔梁〕蕭子顯：《南齊書》卷33《王僧虔傳》，北京：中華書局，1972年版，第598頁。

〔註18〕〔唐〕李延壽：《南史》卷75《隱逸・顧歡傳》，北京：中華書局，1975年版，第1875頁。

〔註19〕可參閱陳寅恪：《書〈世說新語〉文學類鍾會撰四本論始畢條後》，載《金明館叢稿初編》。唐長孺：《魏晉才性論的政治意義》，載《魏晉南北朝史論叢》。

玄學者，謂玄遠之學。學貴玄遠，則略於具體事物而究心抽象原理。論大道則不拘於構成質料，而進探本體存在。論人事則輕忽有形之粗迹，而專期神理之妙用。」〔註20〕可見，玄學在理論形體、概念範疇、思維方法等方面均不同於經學，更注重對玄遠之理的探求。因此，玄理論成為魏晉南北朝論體文中最具特色的部分。在玄風盛行之時，論體文之題材更為寬泛。「辨析玄理之論，尤為繁博。綜其大體，固不出耼、周之指歸。」〔註21〕就玄理論而言，其論題集中在「三玄」及與其相關的內容上。所謂「三玄」，北齊顏之推《顏氏家訓·勉學》稱：「洎於梁世，茲風復闡。《莊》、《老》、《周易》，總謂三玄。」〔註22〕也就是說，《老子》、《莊子》和《周易》三書合稱為「三玄」。

（一）「易」理之論

　　如上文所論，學術具有傳承性，兩漢學術重心以「經學」為主，魏晉南北朝承其遺緒，治經者甚夥。五經之中，最能發人深思，復待闡發玄理者，首推《周易》。因為其「經」「傳」中蘊藏著不少值得深思細究的「玄理」。其時文士，好《易》、能《易》、說《易》者不勝枚舉。就其論《易》著述而言，可謂蔚為大觀，見諸史籍記載者如：

　　　　鍾會：《周易盡神論》一卷（《通志略》卷39）、《周易無互體論》
　　　　　　三卷

　　　　王弼：《周易窮微論》（《通志略》卷39）

　　　　阮籍：《通易論》（《阮籍集》、《全三國文》卷45）

　　　　張璠：《周易略論》（《通志略》卷39）

　　　　樂肇：《周易象論》三卷（《隋志》卷32）

　　　　鄒湛：《統略論》（《通志略》卷39）

　　　　楊乂：《周易卦序論》二卷（《隋志》卷32）

　　　　應貞：《明易論》（《玉海》卷36、《新唐書·藝文志》卷56）

　　　　阮渾、阮咸：《周易難答論》（《玉海》卷36、《通志略》卷63）

〔註20〕湯用彤：《魏晉玄學論稿》，北京：中華書局，1957年版，第26頁。

〔註21〕劉永濟：《十四朝文學要略》，哈爾濱：黑龍江人民出版社，1984年版，第150頁。

〔註22〕王利器：《顏氏家訓集解》，北京：中華書局，1993年版，第187頁。

何襄城：《六象論》（《玉海》卷36）

蕭乂：《四象論》（《玉海》卷36）

宣舒通：《知來藏往論》（《玉海》卷36）

阮渾：《周易論》二卷

宋岱：《周易論》一卷

《周易雜論》十四卷

周顒：《周易論》十卷

范氏：《周易論》四卷

阮籍：《通易論》

嵇康：《周易言不盡意論》

荀顗：《難鍾會易無互體論》

孫盛：《易象妙於見形論》

殷浩：《難孫盛易象妙於見形論》

紀瞻：《易太極論》

顧榮：《易太極論》

庾闡：《蓍龜論》

以上著作多散佚，就其題目與殘文而言則可見其論題之豐富，或持漢《易》舊說，頗擅占驗卦變；或持疑辨精神，兼綜象數與義理；或獨發新義，廓清象占，直探《易》玄。論者甚眾而立場不同，論辯之風自然盛行，下文只擇其主要論題而述之。

《新唐書・藝文志》著錄有「王弼《大衍論》三卷」，此書已佚。何劭《王弼傳》載：「弼注《易》，潁川人荀融難弼大衍義。弼答其意，白書以戲之。」〔註23〕「大衍」一詞出自《易・繫辭上傳》，韓康伯《繫辭傳注》於「大衍之數五十，其用四十有九」文下引有王弼之語，曰：「演天地之數，所賴者五十也。其用四十有九，則其一不用也。不用而用以之通；非數而數以之成，斯《易》之太極也。四十有九，數之極也。夫無不可以無明，必因於有，故常

〔註23〕〔晉〕陳壽撰，〔宋〕裴松之注：《三國志》卷28《鍾會傳》，北京：中華書局，1959年版，第795頁。

於有物之極而必明其所由之宗也。」〔註24〕由此或叵大致推論王弼《大衍論》之要，亦可見其與漢代諸家解「大衍」義〔註25〕之不同，正在於「扭轉此質實之心靈而爲虛靈之玄思，扭轉圖畫式的氣化宇宙論而爲純玄理之形上學」〔註26〕。王弼一掃漢人繁亂支離之天道觀，以形而上之理解大衍義，標誌著漢魏學術思想之一大轉捩。

　　《易・繫辭上傳》曰：「易有太極，是生兩儀」，西晉顧榮與紀瞻共論「易太極」，《晉書・紀瞻傳》載：「太安中，（紀瞻）棄官歸家，……召拜尚書郎，與榮同赴洛，在途共論『易太極』。」〔註27〕顧榮崇老，以《老子》語：「有物混成，先天地生」解《易》之「太極」，曰：「王氏云：『太極天地』，愚謂未當。夫兩儀之謂，以體爲稱，則是天地；以氣爲名，則名陰陽。今若謂太極爲天地，則是天地自生，無生天地者也。《老子》又云：『天地所以能長且久者，以其不自生，故能長久。』『一生二，二生三，三生萬物』，以資始沖氣以爲和。原元氣之本，求天地之根，恐宜以此爲準也。」〔註28〕紀瞻則宗儒，認爲「太極」乃「極盡」之稱，理極無復外形者，即爲天地，曰：「老氏先天之言，此蓋虛誕之說，非《易》者之意也。亦謂吾子神通體解，所不應疑。意者直謂太極極盡之稱，言其理極，無復外形；外形既極，而生兩儀。王氏指向可謂近之。」〔註29〕二者之別，判然若揭，可見其時關於易太極之理解各有所宗。

　　易象之論原爲兩漢象數學的重心，魏晉南北朝對易之「互體」、「卦象」亦多論辯。《三國志・鍾會傳》載：

〔註24〕韓康伯：《周易・繫辭傳注》，《十三經注疏》本。
〔註25〕據宋代吳仁傑《易圖說》統計，漢代解「大衍」義主要有：「大衍之數五十，京房云：五十者，十日十二辰二十八宿也；其一不用者，天之生氣也。馬融云：北辰兩儀日月四時五行十二月二十四氣，北辰居位不動也。荀爽云：卦各有六爻，六八四十八，加乾坤二用，乾初九勿用也。鄭康成云：天地之數五十有五，以五行氣通，凡五行減五，大衍又減一也。姚信、董遇云：天地之數五十五，其六以象六畫之數，故減之而用四十九也。」（《通志堂經解》第三冊，大通書局影印，卷三，總第1484頁）。
〔註26〕牟宗三：《才性與玄理》，桂林：廣西師範大學出版社，2006年版，第114頁。
〔註27〕〔唐〕房玄齡等：《晉書》卷68《紀瞻傳》，北京：中華書局，1974年版，第1819頁。
〔註28〕〔唐〕房玄齡等：《晉書》卷68《紀瞻傳》，北京：中華書局，1974年版，第1819～1820頁。
〔註29〕〔唐〕房玄齡等：《晉書》卷68《紀瞻傳》，北京：中華書局，1974年版，第1820頁。

　　　　鍾會，字士季，潁川長社人，太傅繇小子也。……及壯，有才
　　數技藝，而博學，精練名理，　　　常論《易》無互體、才性同異。
　　〔註30〕

《三國志·荀彧傳》注引《晉陽秋》曰：

　　　　荀顗……嘗難鍾會「易無互體」，見稱於世。〔註31〕

又，《晉書·荀顗傳》載：

　　　　荀顗，字景倩，潁川人，魏太尉彧之第六子也。……博學洽聞，
　　理思周密，……難鍾會「易無互體」。〔註32〕

由這三則資料，可以得知「易無互體」為其時重要論題，荀顗對鍾會之《易無
互體論》有所論難。所謂「互體」，屈萬里先生對此有所解釋，曰：「易辭非據
象而作，先秦及漢初易家，亦不據象以釋卦爻辭。故無互體及卦變之說。互體
卦變者，皆所以濟象數之窮也。孟喜始以象釋易辭，京房承其緒餘，因時以象
數說易。然本卦之象，不足以濟其說也，乃求之互體；互體仍不足以濟也，遂
更求諸爻變。周易之學，自是而愈紛矣。」〔註33〕又曰：「互體之說，濫觴於
左傳，而成於京房。其說初不過以二至四爻，三至五爻各互一三畫之卦耳。鄭
文以後，已漸繁賾。下逮虞翻，類例滋紛。既以二至四爻三至五爻互三畫之卦
二。」〔註34〕也就是說，「互體」是漢代易學家為濟卦象之窮而衍生出的一種
說法，使一卦可衍出無數卦體，卦象繁複。鍾會著《周易無互體論》為《隋書·
經籍志》著錄，三卷，已亡佚，顧名思義，當為對漢代易之「互體論」進行批
駁。荀顗對鍾會的論難，亦不可見，但據何劭《荀粲傳》所云「粲諸兄並以儒
術論議」〔註35〕，可能依循漢儒之象數舊路批駁鍾會之說。

　　「易象妙於見形論」為東晉時期的重要論題，《世說新語·文學》56條載：

　　　　殷中軍、孫安國、王、謝能言諸賢，悉在會稽王許，殷與孫共
　　論《易》象，妙於見形，孫語道合，意氣干雲，一坐咸不安孫理，

〔註30〕〔晉〕陳壽撰，〔宋〕裴松之注：《三國志》卷28《鍾會傳》，北京：中華書局，
　　　　1959年版，第784～795頁。
〔註31〕〔晉〕陳壽撰，〔宋〕裴松之注：《三國志》卷10《荀彧傳》，北京：中華書局，
　　　　1959年版，第319頁。
〔註32〕〔唐〕房玄齡等：《晉書》卷39《荀顗傳》，北京：中華書局，1974年版，第
　　　　1150頁。
〔註33〕萬里：《先秦漢魏易例述評》，臺灣：學生書局，1985年版，第98頁。
〔註34〕屈萬里：《先秦漢魏易例述評》，臺灣：學生書局，1985年版，第127頁。
〔註35〕〔晉〕陳壽撰，〔宋〕裴松之注：《三國志》卷10《荀彧傳》，北京：中華書局，
　　　　1959年版，第319頁。

而辭不能屈。會稽王慨然歎曰：「使眞長來，故應有以制彼！」即迎眞長，孫意已不如。眞長既至，先令孫自敍本理，孫粗說己語，亦覺殊不及向。劉便作二百許語，辭難簡切，孫理遂屈。一坐同時拊掌而笑，稱美良久。〔註36〕

此乃發生在會稽王司馬昱家中的論辯，孫盛之論，略見劉孝標注：

> 其論略曰：「聖人知觀器不足以達變，故表圓應於著龜；圓應不可爲典要，故寄妙迹於六爻。六爻周流，唯化所適。故雖一畫而吉凶並彰，微一則失之矣。擬器託象而慶咎交著，繫器則失之矣。故設八卦者，蓋緣化之影迹也。天下者，寄見之一形也。圓影備未備之象，一形兼未形之形。故盡二儀之道，不與乾坤齊妙；風雨之變，不與巽坎同體矣。」〔註37〕

孫盛此論，似乎與漢儒卦氣卦變之說緊密相關，主「觀器不如著龜，著龜不然六爻」說，因六爻周流，唯化所適，通過爻與爻之間的變化預測人事之吉凶。在《三國志・鍾會傳》注中載其對王弼《易注》的評價：「至於六爻變化，群象所效，日時歲月，五氣相推，弼皆擯落，多所不關，雖有可觀者焉，恐將泥夫大道。」〔註38〕似乎對王弼擯落象數的新《易》做法不以爲然。因此，他與殷浩、王恬等人共論「易象妙於見形」所產生爭辯，當代表漢《易》傳統下的數術《易》學與王弼影響下的義理《易》學之間的歧異。殷浩、劉恢之論已佚，但其時論辯之激烈由此可見。

（二）「老莊」之論

　　魏晉南北朝時期，《老》、《莊》二書是其時文士所酷愛的寶典。綜觀其時史傳，通《老》能《莊》者，俯拾皆是。如：

> 何晏：「少以才秀知名，好《老》《莊》言，作《道德論》及諸文賦著述凡數十篇。」〔註39〕

〔註36〕　〔南朝宋〕劉義慶撰，〔梁〕劉孝標注，徐震堮校箋：《世說新語校箋》，北京：中華書局，1984 年版，第 130 頁。

〔註37〕　〔南朝宋〕劉義慶撰，〔梁〕劉孝標注，徐震堮校箋：《世說新語校箋》，北京：中華書局，1984 年版，第 130 頁。

〔註38〕　〔晉〕陳壽撰，〔宋〕裴松之注：《三國志》卷 28《鍾會傳》，北京：中華書局，1959 年版，第 796 頁。

〔註39〕　〔晉〕陳壽撰，〔宋〕裴松之注：《三國志》卷 9《何晏傳》，北京：中華書局，1959 年版，第 292 頁。

　　裴徽：「才理清明，能釋玄虛，每論《易》及《老》《莊》之道，
　　　　　未嘗不注精於嚴瞿之徒也。」〔註40〕

　　嵇康：「好言《老》《莊》，而尚奇任俠。」〔註41〕「託好《莊》
　　　　　《老》，賤物貴身，志在守樸，養素全眞。」〔註42〕

　　阮籍：「博覽群籍，尤好《莊》《老》。」〔註43〕

　　向秀：「雅好《老》《莊》之學。」〔註44〕

　　盧諶：「清敏有理思，好《老》《莊》，善屬文。」〔註45〕

　　山濤：「性好《莊》《老》，每隱身自晦。」〔註46〕

諸如此類，不勝枚舉。出於對《老》《莊》之學的酷愛，針對書中要義，互抒己見，彼此攻難的情形極爲常見，表現在論體文創作中，則出現大量以《老》《莊》要旨爲論題的文章，如：阮籍《達莊論》、《通老論》、何晏《道德論》《無名論》《無爲論》、夏侯玄《本無論》、支遁《逍遙論》、裴頠《崇有論》《貴無論》、王坦之《廢莊論》、戴逵《放達爲非道論》、孫綽《喻道論》、李充《釋莊論》、江淳《通道崇檢論》等。

　　《老子》四十章稱「天地萬物生於有，有生於無」，受老子「本無」「自然」思想的影響，魏晉南北朝時期「貴無論」成爲玄學的重要論題。何晏與王弼成爲「貴無」玄學的創始人。何晏在其《道論》中論「無」曰：「有之爲有，恃無以生。事之爲事，恃無以成」，《無名論》曰：「天地萬物皆以無爲本，無也者，開物成務，無往而不存者也」，皆強調「無所有」的重要。王弼的「貴

〔註40〕　〔晉〕陳壽撰，〔宋〕裴松之注：《三國志》卷29《管輅傳》，北京：中華書局，1959年版，第819頁。

〔註41〕　〔晉〕陳壽撰，〔宋〕裴松之注：《三國志》卷21《嵇康傳》，北京：中華書局，1959年版，第605頁。

〔註42〕　嵇康：《幽憤詩》。〔唐〕房玄齡等：《晉書》卷49《嵇康傳》，北京：中華書局，1974年版，第1372頁。

〔註43〕　〔唐〕房玄齡等：《晉書》卷49《阮籍傳》，北京：中華書局，1974年版，第1359頁。

〔註44〕　〔唐〕房玄齡等：《晉書》卷49《向秀傳》，北京：中華書局，1974年版，第1374頁。

〔註45〕　〔唐〕房玄齡等：《晉書》卷44《盧諶傳》，北京：中華書局，1974年版，第1259頁。

〔註46〕　〔唐〕房玄齡等：《晉書》卷43《山濤傳》，北京：中華書局，1974年版，第1223頁。

無論」主要採用辨名析理的方法對「無」進行闡釋，《老子指略》曰：「無形無名者，萬物之宗也。不溫不涼，不宮不商。聽之不可得而聞，視之不可得而彰，體之不可得而知，味之不可得而嘗。故其爲物也則混成，爲象也則無形，爲音也則希聲，爲味也則無呈。故能爲品物之宗主，苞通天地，靡使不經也」〔註47〕。「無」即「道」，是萬物生成之根本。〔註48〕

正始之後，放曠之風盛行。衍至西晉，裴頠「深患時俗放蕩，不尊儒術，何晏、阮籍素有高名於世，口談浮虛，不遵禮法，尸祿耽寵，仕不事事；至王衍之徒，聲譽太盛，位高勢重，不以物務自嬰，遂相放效，風教陵遲，乃著崇有之論以釋其蔽」〔註49〕。《崇有論》直接針對「貴無論」而發，開宗明義曰：「夫總混群本，宗極之道也。方以族異，庶類之品也。形象著分，有生之體也。化感錯綜，理迹之原也。」〔註50〕也就是說群體之本身即「有」，乃本體，而非「無」。文章對「貴無論」產生的根源與危害進行揭示，指出「賤有則必外形，外形則必遺制，遺制則必忽防，忽防則必忘禮。禮制弗存，則無以爲政矣」，強調禮制對社會的規範約束作用，而貴無賤有則使人們遺棄禮制，導致社會風俗敗壞。〔註51〕

「逍遙論」是魏晉南北朝文士頗爲熱衷的論題，《世說新語・文學》第32條載：

> 《莊子・逍遙篇》，舊是難處，諸名賢所可鑽味，而不能拔理於郭、嚮之外。支道林在白馬寺中，將馮太常共語，因及「逍遙」。支卓然標新理於二家之表，立異義於眾賢之外，皆是諸名賢尋味之所不得。後遂用支理。〔註52〕

《世說新語・文學》第36條載：

> 支語王曰：「君未可去，貧道與君小語。」因論《莊子・逍遙遊》。

〔註47〕〔三國魏〕王弼著，樓宇烈校釋：《王弼集校釋》，北京：中華書局，1980年版，第195頁。

〔註48〕有關「貴無論」玄學思想的具體論述，可參閱王曉毅《中國文化的清流》、余敦康《魏晉玄學史》。

〔註49〕〔唐〕房玄齡等：《晉書》卷35《裴頠傳》，北京：中華書局，1974年版，第1044頁。

〔註50〕〔唐〕房玄齡等：《晉書》卷35《裴頠傳》，北京：中華書局，1974年版，第1044頁。

〔註51〕有關「崇有論」之思想可參閱余敦康《魏晉玄學史》相關論述。

〔註52〕〔南朝宋〕劉義慶撰，〔梁〕劉孝標注，徐震堮校箋：《世說新語校箋》，北京：中華書局，1984年版，第119～120頁。

支作數千言，才藻新奇，花爛映發。王遂披襟解帶，留連不能已。
〔註53〕

支遁之《逍遙論》有數千言，今所見僅賴劉孝標注《世說新語》存數十言。時人稱許其標新立異，在向、郭之上，並因此而令王羲之刮目相看。他認爲「逍遙者，明至人之心」，「苟非至足，豈所以逍遙乎？」在「逍遙」中融入般若品格，而使其塑造的「至人」「乘天正而高興，遊無窮於放浪。物物而不物於物，則遙然不我得；玄感不爲，不疾而速，則逍然靡不適」〔註54〕，達到眞正的「逍遙」境界。

（三）「三理」之論

《世說新語・文學》21條載：「王丞相過江左，止道『聲無哀樂』、『養生』、『言盡意』三理而已。然宛轉關生，無所不入。」〔註55〕此處「三理」指嵇康《聲無哀樂論》、《養生論》與歐陽建《言盡意論》，這三個論題到東晉時期仍爲玄學家津津樂道。

《聲無哀樂論》是嵇康的代表論作之一，被南朝王僧虔在《誡子書》中稱爲「言家口實」〔註56〕。其論長五千六百餘字，以「秦客」與「東野主人」圍繞「聲有無哀樂」的問題往復論辯結構全篇，二者或引經據典，或遠譬近喻，彼此攻難，共計八番。秦客固守古義，堅持傳統的「聲有哀樂說」，而東野主人則運用控名責實的方法，認爲「聲無哀樂」，聲音之本體實與「玄化之政及太和之氣道通爲一」，體現了嵇康理性分析與邏輯推論能力之強。湯用彤先生在《言意之辨》中指出：「夫聲無哀樂，故由之而『歡戚具見』，亦猶之乎道體超象，而萬象由之並存。於是乃由聲音而推及萬物之本性。故八音無情，純出於律品之節奏，而自然運行，亦全如音樂之和諧……嵇氏蓋託始於名學而終歸於道家。」〔註57〕所言甚是。

〔註53〕〔南朝宋〕劉義慶撰，〔梁〕劉孝標注，徐震堮校箋：《世說新語校箋》，北京：中華書局，1984年版，第121頁。

〔註54〕〔南朝宋〕劉義慶撰，〔梁〕劉孝標注，徐震堮校箋：《世說新語校箋》，北京：中華書局，1984年版，第120頁。

〔註55〕〔南朝宋〕劉義慶撰，〔梁〕劉孝標注，徐震堮校箋：《世說新語校箋》，北京：中華書局，1984年版，第114頁。

〔註56〕〔梁〕蕭子顯：《南齊書》卷33《王僧虔傳》，北京：中華書局，1972年版，第598頁。

〔註57〕湯用彤：《魏晉玄學論稿》，北京：生活・讀書・新知三聯書店，2009年版，第31頁。

養生問題是魏晉南北朝玄學重要論題，現存論作有嵇康與向秀的《養生論》、《難養生論》及《答難養生論》。其論辯重心在養生方法，嵇康《養生論》不是辯論神仙之有無，而是強調延年益壽之方法，即心理上要清虛靜泰，少私寡欲，絕名位，去憂慮，又守之以一，養之以和，不為外物累心，生理上則要捐棄厚食美味，注重服藥保養，顯然受道家養生思想的影響。晉代葛洪對其養生思想進一步進行論述，作《養生論》，強調薄名利、噤聲色、廉財貨、損滋味、除佞妄、去沮嫉的重要。向秀在《難養生論》中對嵇康的見解提出質疑，認為人受形於造化，含五行而生，有「智」與「情」，「且夫嗜欲、好榮惡辱、好逸惡勞，皆生於自然。……夫人含五行而生，口思五味，目思五色，感而思室，饑而求食，自然之理也，但當節之以禮耳。」採儒家之「節養」思想以釋道家「順性自然」之說。嵇康在《答難養生論》中反駁向秀的問難，在此基礎上提出養生之「五難」，強調「滅名利」「除喜怒」「去聲色」「絕滋味」「斂精神」，五者合用，方能達到養生之目的。

《宅無吉凶攝生論》、《難宅無吉凶攝生論》、《答難宅無吉凶攝生論》是嵇康與阮德如之間進行的論難，與養生之道亦有關聯。阮德如認為養生之道「必先知災疾之所自來，然後其至可防也」，「壽強者，專氣致柔，少私寡欲，直行性情之所宜，而合於養生之正度，求之於懷抱之內，而得之矣」，重實而反虛。嵇康不同意其見解，認為「全生不盡此耳」，認為除了阮氏所言專氣致柔、少私寡欲外，卜宅安居亦重要，主張內外並重，實虛兼修。論辯的焦點在阮氏只倡攝生，而反卜宅，嵇康則兩者兼重。二者反覆論難，或重申己說，或直指對方矛盾之處，或為對方的論難而自我辯解，皆條分縷析，甚有理據。

漢魏之際，由於章句訓詁的繁瑣及陰陽象數的迷信，已遭通人反對或懷疑，而求原理、尚簡化的思想作風漸成學術之主。因此雅好《易》、《老》、《莊》之玄理玄學的人愈來愈多，《易》、《莊》上論及「言」、「象」、「意」的關係問題，便在治學要求崇簡尚理的風潮下成為魏晉談辯的一大主題。就現存史料看，與此論題有關的文章有嵇康《周易言不盡意論》（王應麟《玉海》卷 36 著錄）、歐陽建《言盡意論》、張韓《不用舌論》、王導《言盡意論》（《世說新語·文學》第 21 條）、庾闡《蓍龜論》、殷融《象不盡意論》等，其中尤以歐陽建《言盡意論》更為有名。其文為《藝文類聚》卷十九所載引，以對難的方式寫出，雷同君子代表時人觀點，違眾先生代表歐陽建的意見。他認為「欲辨其實，則殊其名；欲宣其志，則立其稱。名逐物而遷，言因理而變」，「言」

與「意」密不可分，邏輯論辯性甚強，在當時眾人傾注於「言不盡意」與「得意忘言」之時，卻爲師心獨見之論。張韓《不用舌論》主張多言每遭禍，慎言寡語可延年，將言意之辨與養生之理合論。庾闡的《蓍龜論》則視蓍龜爲「尋數」或「啓兆」的工具，「神通之主，自有妙會，不由形器。尋理之器，或因他方，不繫蓍龜」，反駁其時將蓍龜視爲神物的看法。

總之，魏晉南北朝玄理論之論題廣泛，非本篇所能囊羅，故只擇其要而談之，以探視在玄風影響下其時文士理性思辨能力增強，所關注問題範圍擴大，及其探求哲理的熱忱與以思辨爲樂的論風。

三、佛法之東來與佛理論之主要論題

關於佛法東來之具體時間，眾說紛紜，實難確定，但毋庸置疑的是在東晉南北朝時期已蔚爲大國，高僧輩出，沙門日眾，對論體文之影響，自是不小。僧伽與名士互相論難，拓展了論體文之題材，增強了文士之思辨能力。與佛學有關的論題甚廣，現只擇其要而論之。

（一）形神論

形神生滅、靈魂存廢的問題，在佛法東傳之前，國人鮮有論及。儒家主張「未能事人，焉能事鬼？不知生，焉知死？」道家持生死齊觀，而陰陽方士的神怪仙道、長生不老之說又與此題無關。直到佛家六道輪迴之說傳來，國人才注意這一問題。於是牟子啓其先，慧遠繼其後，到南朝而大盛。有關此題的論作多收於《弘明集》中，有牟子《理惑論》、慧遠《形盡神不滅論》、宗炳《明佛論》、何承天《達性論》、羅含《神不滅論》、顏延之《釋何衡陽達性論》、鄭道子《神不滅論》、慧琳《白黑論》、范縝《神滅論》、蕭琛、曹思文《難神滅論》、沈約《形神論》《神不滅論》《難范縝神滅論》、梁武帝《敕答臣下神滅論》等，可謂論著浩瀚，論又生論，而滅與不滅，各有論據，未得定見。

載於《弘明集》卷一的《牟子理惑論》之12、13章以問答的方式涉及形神問題，是現存文獻中最早的關於「形神生滅」問題的記載。牟子以比喻論證形神之關係曰：「身譬如五穀之根葉，魂神如五穀之種實，根葉生必當死，種實豈有終亡？得道身滅耳。」〔註58〕將人之形體比喻爲根葉，終有朽爛之

〔註58〕　〔梁〕僧祐、〔唐〕道宣：《弘明集‧廣弘明集》，上海：上海古籍出版社，1991年版，第3頁。

日，而魂神則如種實，可代代相傳。桓譚《新論・形神》云：「草木五穀，以陰陽氣生於土，及其長大成實，實復入土，而後能生。猶人與禽獸昆蟲，皆以雄雌交接相生，生之有長，長之有老，老之有死，若四時之代謝矣。」〔註59〕二者相較，則不難發現桓譚以草木五穀喻生命乃自然過程，形神終會滅亡，而牟子則以此喻神之不滅。

　　晉宋之際的形神之爭甚爲激烈，《正誣論》作者已佚，今人考其創作時間爲東晉中前期〔註60〕，其中亦涉及形神問題，主要是從道教方面尋找理據，以證明神之不滅。羅含《更生論》則依據儒家經典《周易》指出神之不可滅，鄭道子《神不滅論》自設賓主，以問難形式結構全文，認爲形神異本，「一形之用，猶以本末爲興廢，況神爲生本，其源至妙，豈得與七尺同枯，戶牖俱盡者哉？推此理也，則神之不滅，居可知矣。」〔註61〕神爲形本，形爲神用，神自然永存不滅。東晉高僧慧遠《形盡神不滅論》是其《沙門不敬王者論》的第五篇，針對當時人的論難進行答疑。持「神滅論」的問方，其理論基礎本於《莊子》「氣化論」的宇宙觀，認爲「稟氣極於一生，生盡則消液而同無。神雖妙物，故是陰陽之所化耳。既化而爲生，又化而爲死；既聚而爲始，又散而爲終。因此而推，因知神形俱化，原無異統；精麁一氣，始終同宅……形離則神散而罔寄，木朽則火寂而靡託，理之然矣。」〔註62〕神與形相合時，猶火之在木，反之，形離神散，如木朽火寂，故形滅則神滅。慧遠則重新界定「神」之內涵，指出「神者何邪？精極而爲靈者也。精極則非卦象之所圖，故聖人以妙物而爲言。雖有上智猶不能定其體狀，窮其幽致，而談者以常識生疑，多同自亂，其爲誣也，亦已深矣。」在他看來，「神」是「精極爲靈者」，乃指超越人之感性、知性、理性之上的靈魂，故不可與「形」之粗同其生滅。因此，「神也者，圓應無生，妙盡無名，感物而動，假數而行。感物而非物，故物化而不滅。假數而非數，故數盡而不窮」，強調其「不滅」之本質。

　　劉宋時期，何承天與顏延之之間的論爭亦涉及形神關係，有過多次書信

〔註59〕〔梁〕僧祐、〔唐〕道宣：《弘明集・廣弘明集》，上海：上海古籍出版社，1991年版，第30頁。

〔註60〕可參閱李小榮：《變文講唱與華梵宗教藝術》，上海：上海三聯書店，2002年版，第6～9頁。

〔註61〕〔梁〕僧祐、〔唐〕道宣：《弘明集・廣弘明集》，上海：上海古籍出版社，1991年版，第29頁上。

〔註62〕〔梁〕僧祐、〔唐〕道宣：《弘明集・廣弘明集》，上海：上海古籍出版社，1991年版，第32頁。

往返，但其觀點與論證藝術並未有新的突破，如何承天《達性論》所言，「至於生必有死，形斃神散，猶春榮秋落，四時代換，奚有於更受形哉？」〔註63〕正是從上文所引桓譚《新論·形神》之比喻轉化而來。能夠代表其時形神論最高水平的是宗炳《明佛論》，其文末曰：「昔遠和尚澄業廬山，余往憩五旬，高潔貞厲，理學精妙，固遠流也……凡若斯論，亦和尚據經之旨云爾。」〔註64〕明言其觀點承自慧遠，如其從形神緣會的角度證明神之不滅，所舉事例即源自慧遠，「然群生之神，其極雖齊，而隨緣遷流，成粗妙之識，而與本不滅矣。今雖舜生於瞽，舜之神也，必非瞽之所生，則商均之神，又非舜之所育。生育之前，素有粗妙矣。既本立於未生之先，則知不滅於既死之後矣。」〔註65〕瞽生舜，舜生商均，因秉承神識之不同，而有賢愚之區別，其立論之基在於有預設之前提，即形神來源不一。

晉宋之際形神之論除以上諸篇外，還有竺僧敷的《神無形論》，《高僧傳》載其針對當時異學之徒「咸謂心神有形，但妙於萬物，隨其能言，互相摧壓」的狀況，乃著斯論，「以有形便有數，有數便有盡，神既無盡，故知無形矣」〔註66〕。支曇諦曾寫過《神本論》〔註67〕，庾仲初作《神不更受形論》〔註68〕，劉宋時期釋僧含作《神不滅論》，與任城彭丞《無三世論》相抗衡〔註69〕。可見其時形神之爭甚爲激烈，持神不滅方占上風。

齊梁時期，皇帝直接干涉教內與教外義理之爭，在神滅不滅的論爭中，范縝以其一人之力，力敵齊竟陵王蕭子良集團與梁武帝君臣，顯示出非凡的戰鬥力。范縝之《神滅論》以問答方式結構全篇，認爲「形者神之質，神者

〔註63〕 〔梁〕僧祐、〔唐〕道宣：《弘明集·廣弘明集》，上海：上海古籍出版社，1991年版，第 22 頁。

〔註64〕 〔梁〕僧祐、〔唐〕道宣：《弘明集·廣弘明集》，上海：上海古籍出版社，1991年版，第 16 頁。

〔註65〕 〔梁〕僧祐、〔唐〕道宣：《弘明集·廣弘明集》，上海：上海古籍出版社，1991年版，第 10 頁。

〔註66〕 〔梁〕慧皎撰，湯用彤校注：《高僧傳》，北京：中華書局，1992 年版，第 197頁。

〔註67〕 〔梁〕釋僧祐撰，蘇晉仁、蕭錬子點校：《出三藏記集》，北京：中華書局，1995 年版，第 443 頁。

〔註68〕 〔梁〕釋僧祐撰，蘇晉仁、蕭錬子點校：《出三藏記集》，北京：中華書局，1995 年版，第 444 頁。

〔註69〕 〔梁〕慧皎撰，湯用彤校注：《高僧傳》，北京：中華書局，1992 年版，第 276頁。

形之用，是則形稱其質，神言其用，形之與神，不得相異」，即形神相即，形質神用。又稱「神之於質，猶利之於刃，形之於用，猶刃之於利。利之名非刃也，刃之名非利也。然而捨利無刃，捨刃無利，未聞刃沒而利存，豈容形亡而神在？」以刃利之關係喻形神之體一名殊之關係，較之前人的薪火之喻更具說服力。范縝的《神滅論》遭到眾人猛烈攻擊，較有代表性的論文有沈約《論形神》、《神不滅論》與《難范縝〈神滅論〉》，皆收錄於《廣弘明集》中。其中《難范縝〈神滅論〉》更為重要，蜂屋邦夫指出，沈約的批判最具詭辯性，表面上看起來很有分析性，而實際上完全是語言遊戲，沒有任何的現實性〔註70〕。沈約批判了范縝形神相即的觀點，指出刀利之喻不能用來比喻形神關係，《難范縝〈神滅論〉》曰「又一刀之質，分為二刀，形已分矣，而各有其利。今取一牛之身，而剖之為兩，則飲齕之生即謝，任重之用不分。又何得以刀之為利譬形之與神耶？」〔註71〕其言甚有理，范縝在與蕭琛等人的論辯中即將刀利之喻改為刃利之喻。蕭琛在《難〈神滅論〉》一文中亦反駁刃利之喻比形神關係，曰：「夫刃之有利，砥礪之功，故能水截蛟螭，陸斷兕虎。若窮利盡用，必摧其鋒鍔，化成鈍刃。如此則利滅而刃存，即是神亡而形在。何云捨利無刃，名殊而體一耶？刃利既不俱滅，形神則不共亡，雖能近取譬，理實乖矣。」〔註72〕以偷換概念的方式將范縝「形質神用」之「形」換為「神亡而形在」之「形」，前者乃生命之「形」，後者則變為死亡之「形」。曹思文《難范中書〈神滅論〉》亦批判了范縝神滅論，指出「形非即神也，神非即形也，是合而為用者也，而合非即矣」，也就是說形與神相合，「神之與形，有分有合，合則共為一體，分則形亡而神逝也」，並引莊子化蝶之喻以證之，「斯其寐也魂交，故神遊於胡蝶，即形與神分也」。范縝採用以子之矛攻子之盾的方式進行反駁，指出莊子夢蝶不過是「明結想霄，坐周天海，神昏於內，妄見異物」，其批判甚為有力。曹思文在收到范縝《答神滅論》之後給梁武帝上書曰：「始得范縝《答神滅論》，猶執先迷，思文試料其理致，衝其四證，謹冒奏聞。但思文情識愚淺，無以折其鋒銳。仰塵聖鑒，伏追震悚。」

〔註70〕　〔日〕蜂屋邦夫著，雋雪豔、陳捷等譯：《道家思想與佛教》，瀋陽：遼寧教育出版社，2000 年版，第 337 頁。

〔註71〕　〔梁〕僧祐、〔唐〕道宣：《弘明集‧廣弘明集》，上海：上海古籍出版社，1991年版，第 263 頁。

〔註72〕　〔梁〕僧祐、〔唐〕道宣：《弘明集‧廣弘明集》，上海：上海古籍出版社，1991年版，第 56 頁中。

〔註73〕承認自己難敵范縝之辯才，請梁武帝以皇家權威令其折服。武帝在《敕答臣下神滅論》中稱：「縝既背經以起義，乖理以致談，滅聖難以聖責，乖理難以理詰，如此則言語之論，略可成息」〔註74〕，指出范縝之論背經去聖，違背儒家教義，以政治之權勢干涉學術之論爭，其現實目的不言自明。之後范縝沒有再反駁，神滅不滅的問題終梁之世都未解決。

北朝形神之爭無甚新意，在甄鸞《笑道論》、道安《二教論》中有所涉及。《笑道論》針對道教經典《度人本行經》之《有無生成品》所言「眾生神識，本來自有，非道生者」進行批駁：「道既生萬物，神識豈非物乎？又不可也。」〔註75〕指出其自相矛盾處，道既生萬物，則神亦爲物之一種，其又言神識自有，非道所生，則前後矛盾。《二教論》開篇《歸宗顯本第一》即對形神問題進行論述，曰：「無生無始，物之性也；有化有生，人之聚也。聚雖一體，而形神兩異；散雖質別，而心數弗亡。故救形之教，教稱爲外，濟神之典，典號爲內」〔註76〕，強調精神之不滅。在《詰驗形神第四》中指出儒家經典「此言神矣，而未辨練神，練神者，閉情開照，期神曠劫，幽靈不亡，積習成聖，階十地而逾明，邁九宅而高蹈」〔註77〕，有意將儒家所言「神」與佛教之「練神」相區別，突出佛教神不滅之觀點。就內容而言，亦無新意。

總而言之，魏晉南北朝時期的形神之爭甚爲激烈，但對形與神之內涵外延均缺乏界定，其論辯方法多用比喻，故邏輯推理過程缺乏嚴密性，難免存在漏洞。因此，論辯雙方互不相服，最終並未達成一致意見。

（二）報應論

天道有無、果報隱現問題極易困惑人，善有善報，惡有惡報似乎總是人

〔註73〕〔梁〕僧祐、〔唐〕道宣：《弘明集・廣弘明集》，上海：上海古籍出版社，1991年版，第60頁上。

〔註74〕〔梁〕僧祐、〔唐〕道宣：《弘明集・廣弘明集》，上海：上海古籍出版社，1991年版，第60頁上。

〔註75〕〔梁〕僧祐、〔唐〕道宣：《弘明集・廣弘明集》，上海：上海古籍出版社，1991年版，第151頁中。

〔註76〕〔梁〕僧祐、〔唐〕道宣：《弘明集・廣弘明集》，上海：上海古籍出版社，1991年版，第142頁。

〔註77〕〔梁〕僧祐、〔唐〕道宣：《弘明集・廣弘明集》，上海：上海古籍出版社，1991年版，第144頁。

的一廂情願與自我安慰，故司馬遷慨歎「儻所謂天道，是邪非邪」〔註78〕。隨著佛法東來，因果報應說逐漸流行，在東晉南北朝時期創作的論體文中多有反映。戴逵《釋疑論》、周續之《難釋疑論》、釋慧遠《明報應論》《三報論》、何承天《釋〈均善論〉》、宗炳《明佛論》等，俱為一時之名論。

東晉高僧釋慧遠的《明報應論》與《三報論》均為《弘明集》所收錄。《明報應論》以書信的形式對桓玄提出的有關業報輪迴的疑問進行解答，認為「夫事起必由於心，報應必由於事，是故自報以觀事，而事可變；舉事以責心，而心可反。推此而言，則知聖人因其迷滯，以明報應之對，不就其迷滯以為報應之對也」〔註79〕。也就是說，報應之根源在於「心」，貴在「責心」，聖人以報應之理使世人棄其迷滯。《三報論》是「因俗人疑善惡無現驗而作」，其時戴逵有感於自己一生的艱難遭際而對因果報應論產生疑惑，作《釋疑論》，周續之作《難釋疑論》與其辯論，戴逵又作《釋疑論答周居士難》，慧遠針對他們的論辯寫作《三報論》，提出「現報」「生報」「後報」之說，將善惡報應推到了前生與後世，使之無法在現世進行驗證。〔註80〕

劉宋時期發生了圍繞慧琳《白黑論》的論爭，參與者有何承天、宗炳、顏延之等，使報應問題與形神問題相糾結，形神問題前文已論，此處只言其報應之爭。慧琳在《白黑論》中對佛教的因果報應之說進行批判，認為其虛妄不實，只會「弗救交敝之氓，永開利競之俗」。何承天作《釋〈均善論〉》，進一步宣揚慧琳的觀點，宗炳的《明佛論》旨在證明神之不滅，亦涉及因果報應問題，援引天人感應說加以證明，認為「今所以殺人而死，傷人而刑，及為縲絏之罪者，及今則無罪，與今有罪而同然者，皆由冥緣前遘而人理後發矣」〔註81〕，將現實生活中所犯的罪歸結為宿世所造的業，並非沒有遭受報應。

北朝釋道安《二教論》亦涉及因果報應，曰：「經曰：業有三報，一者現報，二者生報，三者後報」，承慧遠《明報應論》、《三報論》而來，實無什麼創見。

〔註78〕〔漢〕司馬遷：《史記》卷61《伯夷列傳》，北京：中華書局，1959年版，第2125頁。

〔註79〕〔梁〕僧祐、〔唐〕道宣：《弘明集·廣弘明集》，上海：上海古籍出版社，1991年版，第34頁。

〔註80〕具體論述可參閱李小榮：《〈弘明集〉〈廣弘明集〉述論稿》，成都：巴蜀書社，2005年版，第409～431頁。

〔註81〕〔梁〕僧祐、〔唐〕道宣：《弘明集·廣弘明集》，上海：上海古籍出版社，1991年版，第11頁。

由以上論述可以看出，東晉南北朝時期，佛教之報應論爭持續不斷，在其時影響甚大。

（三）夷夏論

夷夏關係之論爭，由來已久。春秋時期，夷狄交侵，民族關係甚爲複雜。孔子提出「裔不謀夏，夷不亂華」〔註82〕之原則，意在確立夷夏之防。兩晉時期，隨著佛教作爲異質文化的傳入，在動蕩的政局中，民族矛盾變得尤爲複雜，夷夏問題因此更爲引人注目。《牟子理惑論》第 14 篇即涉及夷夏之論，牟子以仲尼、孟軻、大禹等出於蠻夷而回擊責難者「用夏變夷」之說，論證有理有據。西晉時期，江統曾作《徙戎論》，對匈奴等外族入侵之野心進行深入剖析，批判的矛頭直指劉淵等人，稱其「性氣貪婪，兇悍不仁，四夷之中，戎狄爲甚，弱則畏服，強則侵叛。」可見其時對西戎等亂華行徑的深惡痛絕。作於東晉中期的佚名之作《正誣論》涉及道教從夷夏觀方面對佛教的攻擊，稱：「有異人者誣佛曰：尹文子有神通者，愍彼胡狄。胡狄父子聚麀，貪婪忍害，昧利無恥，侵害不厭，屠裂群生，不可遜讓。」〔註83〕持以夏變夷觀，對佛教進行貶低，實際上隱含了對胡人貪婪兇殘的仇恨。

南朝劉宋時期道士顧歡撰《夷夏論》，其主旨在於道先佛後，以民族文化爲本位，對佛教進行批判，並將夷夏之服飾、行爲、語言、禮儀、文化制度、民族性格等方面進行比較，以此達到尊華詆夷的目的。此論一出，即遭到佛教方面的反駁，袁粲撰《託爲道人通公駁顧歡〈夷夏論〉》，對三教持「發軫既殊，其歸亦異」的觀點，以此反駁顧歡「道則佛也，佛則道也」的說法。顧歡又作《答袁粲駁夷夏論》一文，進一步闡釋自己的主張，稱「道教執本以領末，佛教救末以存本」、「神仙有死，權變之說」，批駁佛教以夷變夏缺乏合理性。明僧紹《正二教論》、謝鎮之《與顧道士析〈夷夏論〉》《重與顧道士書》、朱昭之《難〈夷夏論〉》、朱廣之《疑〈夷夏論〉咨顧道士》、釋慧通《駁顧道士〈夷夏論〉》、釋僧愍《戎華論折顧道士〈夷夏論〉》等，均爲圍繞顧歡《夷夏論》而進行批判的論作，可見其時夷夏之爭的激烈。

南齊時期，圍繞《三破論》，又掀起夷夏之爭的新高潮。其文已佚，在劉

〔註82〕《左傳·定公十年》。〔清〕阮元：《十三經注疏》，北京：中華書局，1980 年版，第 2148 頁。

〔註83〕〔梁〕僧祐、〔唐〕道宣：《弘明集·廣弘明集》，上海：上海古籍出版社，1991 年版，第 7 頁。

勰《滅惑論》與釋僧順《析〈三破論〉》中有部分引文。其主要觀點在於批判佛教的危害，稱其為「三破」，即入國而破國，入家而破家，入身而破身。釋玄光《辯惑論》、劉勰《滅惑論》、釋僧順《析〈三破論〉》，均對《三破論》進行反駁。釋玄光在《辯惑論》中將道教的社會危害歸納為「五逆」「六極」，對其進行猛烈抨擊。劉勰《滅惑論》則以說理見長，採用總分結構，稱《三破論》「義證庸近，辭體鄙陋」，「委巷陋說，誠不足辯」，之後分別對其「入國而破國」「入家而破家」「入身而破身」之說一一批駁，以雄辯取勝。釋僧順《析〈三破論〉》，摘錄《三破論》中的要點19條，逐條指正，力證道優而佛劣。

北朝甄鸞《笑道論》與釋道安《二教論》亦涉及夷夏之爭，皆對道教進行批判。《笑道論》力證道教「化胡說」之荒謬、神仙之虛妄、道經之偽作，《二教論》則採用釜底抽薪之法，否認道教的宗教地位，力批其虛妄與荒謬。二者皆極力維護佛教的合法性與優越性。

（四）沙門不敬王者論

沙門不敬王者，源出印度。原始佛教視富貴如浮雲，目權位如糞土，追求了斷生死的個人解脫。中國自西周以來，「普天之下，莫非王土；率土之濱，莫非王臣」的尊君觀念，早已深值人心。是否一旦落髮出家即可不必禮敬王者，「沙門應否敬王者」遂成為其時文士反覆攻難、討論不休的一大論題。東晉一代最著名的論爭有庾冰與何充、桓玄與王謐、桓玄與慧遠兩兩間的辯難，前兩次未有論體文作品，僅以書、詔、表的方式進行，故不贅言。第三次論爭，慧遠創作《沙門不敬王者論》，將佛教徒分為「在家」與「出家」，「在家奉法，則是順化之民，情未變俗，跡同方內，故有天屬之愛，奉主之禮」，「出家則是方外之賓，跡絕於物……凡在出家，皆遯世以求其志，變俗以達其道。變俗，則服章不得與世典同禮；遯世，則宜高尚其跡」〔註84〕，因此，沙門不能禮敬王者。

除了以上論題外，魏晉南北朝時期的佛理之論還涉及到沙門祖服、沙門孝道等問題，已非玄奧性之哲理問題，爭論之焦點集中在禮制問題上，所有論爭似乎皆是佛家取勝。

〔註84〕〔梁〕僧祐、〔唐〕道宣：《弘明集・廣弘明集》，上海：上海古籍出版社，1991年版，第31頁。

第二節　史學之興盛與史論之發達

　　明人沈國元曾極爲稱道史書論贊的重要性，在其《二十一史論贊》中寫道：「自記載興而編年易事，詞勝而道法衰，讀史者病之。若採微文以存大義，則論贊其居要著，猶《易》之《象》而《詩》之《緯》也。讀史而捨論贊，其道無由己。蓋無有一物不可識，則無一物非吾之識，而後可以語義疏也。」〔註 85〕沈氏以《易》之《象》、《詩》之《緯》來比史書之論贊，說明其重要地位，強調的是論贊之傳道明識之功能。魏晉南北朝史學的興盛促進史論的發達，史家在歷史敘事過程中對其人其事進行評價，闡釋其理性認識，借古以鑒今，史論之題材內容甚爲豐富。

一、史學的獨立與著史風氣的興盛

　　魏晉南北朝時期，史學逐漸擺脫經學的束縛而獲得獨立地位。首先，在目錄學分類中獨立成類。《漢書·藝文志》中尚將史依附於經部，如將《國語》、《戰國策》、《太史公書》等史書歸於《春秋》經下。西晉荀勖在其《中經新簿》中將史學著作歸爲獨立的四部之丙部，東晉李充則將其置於乙部，至《隋書·經籍志》則改乙部爲史部。其演變過程及緣由，前人論之已詳，此處不再贅述。

　　其次，經與史分離，史與經並稱。在《三國志》中已出現「經史」並稱，《蜀志·尹默傳》稱：「益部多貴今文而不崇章句，默知其不博，乃遠游荊州，從司馬德操、宋仲子等受古學。皆通諸經史，又專精於《左氏春秋》，自劉歆條例，鄭眾、賈逵父子、陳元、（方）服虔注說，咸略誦述，不復按本。」〔註 86〕在唐修《晉書》中「經史」一詞更是常見，如鄭沖「耽玩經史」，〔註 87〕馮紞「少博涉經史」，〔註 88〕唐彬「晚乃敦悅經史」，〔註 89〕盧欽「篤志經史」，

〔註 85〕〔明〕沈國元：《二十一史論贊》，明崇禎十年（1637）大來堂刻本。

〔註 86〕〔晉〕陳壽撰，〔宋〕裴松之注：《三國志》卷 42《尹默傳》，北京：中華書局，1959 年版，第 1026 頁。

〔註 87〕〔唐〕房玄齡等：《晉書》卷 33《鄭沖傳》，北京：中華書局，1974 年版，第 991 頁。

〔註 88〕〔唐〕房玄齡等：《晉書》卷 39《馮紞傳》，北京：中華書局，1974 年版，第 1162 頁。

〔註 89〕〔唐〕房玄齡等：《晉書》卷 42《唐彬傳》，北京：中華書局，1974 年版，第 1217 頁。

〔註90〕索靖「該博經史」，〔註91〕邵續「博覽經史」，〔註92〕王珣「經史明徹」，〔註93〕等等，諸如此類，不勝枚舉。至南朝，傅亮「博涉經史，尤善文詞」。〔註94〕范曄「博涉經史，善爲文章」，〔註95〕皆標誌著其時經史之分途。南朝宋文帝於元嘉年間設立儒、玄、史、文「四學」〔註96〕，使史學擺脫經學而成爲一個獨立的門類。

再次，士人對史學甚爲重視。從上文所引魏晉南北朝士人對經史的博覽研讀，可以看出他們對史學的重視，其時，讀史似乎成爲許多人的興趣所在，如張裔「博涉《史》、《漢》」，〔註97〕孟光「銳意三史」，〔註98〕留贊「好讀兵書及三史」〔註99〕等。孫權曾勸呂蒙、蔣欽「宜學問以自開益」，談到自己的讀書體會時言：「至統事以來，省三史、諸家兵書，自以爲大有所益」。〔註100〕又讓孫登「讀《漢書》，習知近代之事」。〔註101〕在社會動亂之時，從歷史中總結成敗的經驗教訓成爲士人讀史的直接目的。換言之，即以史鑒今。

在這種情況下，史學走向繁盛乃學術發展的必然之勢。《漢書・藝文志》

〔註90〕〔唐〕房玄齡等：《晉書》卷44《盧欽傳》，北京：中華書局，1974年版，第1255頁。

〔註91〕〔唐〕房玄齡等：《晉書》卷60《索靖傳》，北京：中華書局，1974年版，第1648頁。

〔註92〕〔唐〕房玄齡等：《晉書》卷63《邵續傳》，北京：中華書局，1974年版，第1703頁。

〔註93〕〔唐〕房玄齡等：《晉書》卷65《王珣傳》，北京：中華書局，1974年版，第1757頁。

〔註94〕〔梁〕沈約：《宋書》卷43《傅亮傳》，北京：中華書局，1974年版，第1336頁。

〔註95〕〔梁〕沈約：《宋書》卷69《范曄傳》，北京：中華書局，1974年版，第1819頁。

〔註96〕〔梁〕沈約：《宋書》卷93《隱逸・雷次宗傳》，北京：中華書局，1974年版，第2294頁。

〔註97〕〔晉〕陳壽撰，〔宋〕裴松之注：《三國志》卷41《張裔傳》，北京：中華書局，1959年版，第1011頁。

〔註98〕〔晉〕陳壽撰，〔宋〕裴松之注：《三國志》卷42《孟光傳》，北京：中華書局，1959年版，第1023頁。

〔註99〕〔晉〕陳壽撰，〔宋〕裴松之注：《三國志》卷64《孫峻傳》，北京：中華書局，1959年版，第1445頁。

〔註100〕〔晉〕陳壽撰，〔宋〕裴松之注：《三國志》卷54《呂蒙傳》，北京：中華書局，1959年版，第1274～1275頁。

〔註101〕〔晉〕陳壽撰，〔宋〕裴松之注：《三國志》卷59《孫登傳》，北京：中華書局，1959年版，第1363頁。

中春秋類著錄西漢人歷史著述 6 種 343 篇,《隋書‧經籍志》則著錄六朝時期史籍 874 部 16558 卷,分別占全部圖書種類和卷帙的五分之一與四分之一。新的史學著作形式的出現,使治史範圍更加廣泛。《隋書‧經籍志》將史學著作分爲十三類:正史、古史、雜史、霸史、起居注、舊事、職官、儀注、刑法、雜傳、地理、譜系、簿錄。雖然有的沿襲前代史學傳統,但多數是在魏晉南北朝時期發展形成的。

其時,私家撰史風盛,士人對著史滿懷熱忱,表現出卓越的史學才華。金毓黻先生指出:「自馬、班二氏出,已大暢私家修史之風,迨魏晉南北朝,以迄唐初,而私家修史尤盛,大別言之,可分五類:其一爲後漢史,其二爲三國史,其三爲晉史,其四爲十六國史,其五爲南北朝史」〔註 102〕,並概括私家修史如此多的原因爲經學衰、君相好、學者修墜、諸國相競四點。魏晉南北朝史家,陳壽、范曄、沈約爲其佼佼者,司馬彪、華嶠、袁宏、習鑿齒、干寶、臧榮緒、崔鴻、裴子野等抑其次也,其餘史家之著作多散佚。如此龐大的史家群體,使魏晉南北朝史學取得輝煌成就。

史官的設置亦推動了史學的發展。在魏明帝太和年間始置專職史官,《晉書》卷 24《職官志》載:「著作郎,周左史之任也。漢東京圖籍在東觀,故使名儒著作東觀,有其名,尚未有官。魏明帝太和中,詔置著作郎,於此始有其官,隸中書省。」〔註 103〕唐杜佑《通典‧職官》亦載:「魏明帝太和中,始置著作郎官,隸中書省,專掌國史。」〔註 104〕著作郎的主要職責就是撰修國史,《晉書‧職官志》載:「著作郎一人,謂之大著作郎,專掌史任。」〔註 105〕《宋書‧百官志下》亦載:「著作郎謂之大著作,專掌史任。」〔註 106〕史載,史學家華嶠、伏滔、孫盛、虞預、陳壽、謝沈等皆任過著作郎,在其任職期間撰修史書。也就是說,私家修史與擔任史官並不矛盾,較之唐代官修史書更能體現出史學家的個人風格與才華。

〔註 102〕 金毓黻:《中國史學史》,北京:商務印書館,1999 年版,第 67～98 頁。

〔註 103〕 〔唐〕房玄齡等:《晉書》卷 24《職官志》,北京:中華書局,1974 年版,第 735 頁。

〔註 104〕 〔唐〕杜佑:《通典》卷 26《職官八》,北京:中華書局,1988 年版,第 736 頁。

〔註 105〕 〔唐〕房玄齡等:《晉書》卷 24《職官志》,北京:中華書局,1974 年版,第 735 頁。

〔註 106〕 〔梁〕沈約:《宋書》卷 40《百官下》,北京:中華書局,1973 年版,第 1246 頁。

二、對史論的重視與史論的發達

　　魏晉南北朝編年體史書中以荀悅《漢紀》、袁宏《後漢紀》爲代表，紀傳體史書則以《三國志》、《後漢書》、《宋書》、《南齊書》、《魏書》等爲代表，其史論之多、篇幅之大前所未有。另外，干寶《晉紀》、孫盛《晉陽秋》、習鑿齒《漢晉春秋》、張璠《後漢紀》、華嶠《後漢書》、裴子野《宋略》、何之元《梁典》的某些史論也得以保存下來。單篇的史論，如曹冏《六代論》、伏滔《正淮論》、習鑿齒《晉承漢統論》等，皆有其創作的現實政治目的。

　　對史論的重視還表現在對史論的評價上。魏晉南北朝時期，評價一部史書是否爲「良史」，依然沿襲漢代「其文直，其事核，不虛美，不隱惡」〔註107〕的標準。西晉華嶠評價班馬曰：「司馬遷、班固父子，其言史官載籍之作，大義粲然著矣。議者咸稱二子有良史之才。遷文直而事核，固文贍而事詳。若固之序事，不激詭，不抑抗，贍而不穢，詳而有體，使讀之者亹亹而不猒，信哉其能成名也。」〔註108〕華嶠的《後漢書》被稱爲「文質事核，有遷固之規，實錄之風」，〔註109〕陳壽所撰《三國志》亦得到「善敘事，有良史之才」〔註110〕的讚譽。自南朝起，士人日益重視史論的價值，范曄《獄中與諸甥姪書》稱「詳觀古今著述及評論，殆少可意者」，又認爲《後漢書》中某些史論「筆勢縱放，實天下之奇作。其中合者，往往不減《過秦》篇」。很顯然，較之前代對史書的評價，范曄更注重其史論之優劣。其後，何法盛《晉書》評干寶《晉紀》曰：「（干寶）撰《晉紀》，起宣帝、迄愍帝五十三年，評論切中，咸稱善之。」〔註111〕沈約《宋書·王韶之傳》評王韶之《晉安帝陽秋》曰：「善敘事，辭論可觀，爲後代佳史」〔註112〕。褚淵評臧榮緒《晉書》曰：「贊論雖

〔註107〕〔漢〕班固：《漢書》卷 62《司馬遷傳》，北京：中華書局，1962 年版，第 2738 頁。

〔註108〕《後漢書》卷四十下《班彪傳》「論曰」。據李賢注，「此已上略華嶠之辭」。

〔註109〕〔唐〕房玄齡等：《晉書》卷 44《華嶠傳》，北京：中華書局，1974 年版，第 1246 頁。

〔註110〕〔唐〕房玄齡等：《晉書》卷 82《陳壽傳》，北京：中華書局，1974 年版，第 2137 頁。

〔註111〕〔梁〕蕭統編，〔唐〕李善注：《文選》，北京：中華書局，1977 年版，第 687 頁。

〔註112〕〔梁〕沈約：《宋書》卷 60《王韶之傳》，北京：中華書局，1973 年版，第 1625 頁。

無逸才，亦足彌綸一代」〔註113〕。齊永明末年，裴子野刪沈約所撰《宋書》
爲《宋略》，「其敘事評論多善，約見而歎曰：『吾弗逮也。』蘭陵蕭琛、北地
傅昭、汝南周舍咸稱重之。」〔註114〕「蘭陵蕭琛言其評論可與《過秦》、《王
命》分路揚鑣。」〔註115〕這些都表現了時人對史論的重視。

　　史論是史學家「成一家之言」的重要內容，對史論的重視實質上是對評
價歷史話語權的重視。《文選》中設《史論》一目，雖然主要是從文學的角度
考慮，但亦可見其時史論在人們心目中的地位與重視程度。史論單行本的出
現，表明史論的流傳與接受。《隋書・經籍志》史部既有范曄《後漢書》，又
有《後漢書贊論》四卷。隋代魏澹著《魏書》，除十二紀、七十八傳外，還「別
爲史論及例一卷。」。

三、史論的多種存在形態

　　明人吳納在《文章辨體序說》中將「論」分爲八品，其《序題》則曰：
　　　　梁《昭明文選》所載，論有二體：一曰史論，乃史臣於傳末作
　　論議，以斷其人之善惡，若司馬遷之論項籍、商鞅是也；二曰論，
　　則學士大夫議論古今時世人物，或評經史之言，正其訛謬，如賈生
　　之論秦過，江統之議徙戎，柳子厚之論守道、守官是也。〔註116〕
由吳氏之言可知，其所言「論」亦爲史論之一類，即不附於史傳之後的單
篇史論。今人亦有類似分類：「一是於紀傳體和編年體史書之篇末或篇中隨
事就人而發的史論，二是脫離記事的史書單獨成篇和單獨成書的史論。相
對來說，前者多於後者，原因可能在於前者史論形式較爲靈活，作者可以
自由發表見解，判斷是非。」〔註117〕魏晉南北朝史論的存在形態主要有以
下幾種：

〔註113〕〔梁〕蕭子顯：《南齊書》卷54《臧榮緒傳》，北京：中華書局，1972年版，
　　　　第936頁。
〔註114〕〔唐〕姚思廉：《梁書》卷30《裴子野傳》，北京：中華書局，1973年版，第
　　　　442頁。
〔註115〕〔唐〕李延壽：《南史》卷33《裴子野傳》，北京：中華書局，1975年版，第
　　　　866頁。
〔註116〕〔明〕吳納：《文章辨體序說》，北京：人民文學出版社，1998年版，第43
　　　　頁。
〔註117〕宋志英：《晉代史論探析》，《南開學報（哲社版）》，2001年第3期。

（一）史書之論

1. 紀傳體史書之論

　　紀傳體史書之論在篇前或傳末篇尾，篇前的稱爲序論，篇末的稱傳論，其創始者爲司馬遷。《史通・論贊》曰：「司馬遷始限以篇終，各書一論。必理有非要，則強生其文，史論之煩，實萌於此。」〔註118〕《史記》在人物傳後的「太史公曰」充溢著著者的血氣菁華，體現其博大精深的史學思想，是其「成一家之言」的重要內容。《史記》史論內容豐富，既包括史家對歷史事件的議論，又包括對歷史人物的評價與個人見解。主觀論斷與客觀敘述，是文學創作與史學寫作的重要區別，二者在《史記》中相得益彰，並存於一卷之中，凸顯中國傳統史學的特殊風格。後世史家遵循《史記》開創的發論形式，形成紀傳體史書之論固定的寫作形式，使史家在客觀敘述歷史事實後有一個抒發己見的機會與空間，也使史書浸染上個人的獨特風格。班固《漢書》之史論稱「贊曰」，但實際上並非所有傳主均得讚頌，亦不乏批評之語。陳壽《三國志》將其改爲沒有褒貶色彩的「評曰」，王隱《晉書》稱爲「議曰」，謝承《後漢書》曰「詮」，何法盛曰「述」，至南北朝時期，范曄《後漢書》爲「論曰」，《宋書》、《南齊書》、《梁書》、《陳書》、《魏書》中則成爲「史臣曰」，唐代以後官修史書亦由此沿襲。

2. 編年體史書之論

　　先秦典籍常在敘述一段歷史事實，或講罷一則寓言故事後，作者以「君子曰」的方式發表自己的見解，從而將歷史經驗與現實生活聯繫起來，使之成爲一種道德規範或行爲準則。其中，又以《春秋左氏傳》具有代表性。《左傳》「文公二年」條下孔《疏》曰：「傳有評論，皆託君子。」《史通・論贊》亦曰：「《春秋左氏傳》每有發論，假君子以稱之。」〔註119〕《春秋》二傳中，除了《左傳》的「君子曰」外，其他二傳則以「公羊子」「穀梁子」的形式發論。值得注意的是，此不僅爲稱呼之別，亦有內容之異。《左傳》的「君子曰」乃「以史傳經」，即不虛託空言，所發議論是以歷史事實爲依據的。《公羊》《穀梁》乃「以義傳經」，即解析經典的微言大義，以孔子代表歷史發言。除了《左

〔註118〕〔唐〕劉知幾著，〔清〕浦起龍通釋：《史通通釋》，上海：上海古籍出版社，2009 年版，第 75 頁。

〔註119〕〔唐〕劉知幾著，〔清〕浦起龍通釋：《史通通釋》，上海：上海古籍出版社，2009 年版，第 75 頁。

傳》，先秦典籍《國語》《晏子春秋》中亦有「君子曰」的論斷形式。如《國語・晉語》中有「君子曰：善處父子之間矣。」「君子曰：善深謀也。」「君子曰：善以勸德。」「君子曰：勇以知禮也。」等。《晏子春秋》中亦有「君子曰」，可見，「君子曰」可能是古史寫作的一種形式，以此發表對歷史事件或歷史人物的評價。

在魏晉南北朝編年體史書中，史家常在某條史事敘述完後發表自己的論斷，這種史論的位置在篇中，其淵源於《左傳》中的「君子曰」。只不過，多以著者曰的方式出現，而不再沿襲「君子」之稱。如荀悅《漢紀》中有「荀悅曰」，孫盛《魏氏春秋》和《晉陽秋》中有「孫盛曰」，徐廣《晉紀》中有「徐廣曰」，袁宏《後漢紀》中有「袁宏曰」，習鑿齒《漢晉春秋》中有「習鑿齒曰」，皇甫謐《帝王世紀》中有「玄晏先生曰」。其他佚書中的史論佚文，也偶有遺存。如劉知幾曾說：「習鑿齒時有可觀」，可知習鑿齒《漢晉春秋》中之史論很有成就。

3. 雜傳之論

在上文所述《隋志・史部》著錄的 13 類史著分類中，最足以表現魏晉南北朝史學特色的是雜傳，《隋志》中共著錄雜傳類著作 217 部，1286 卷。就卷帙而言，沒有正史、儀注、地理類多，但就其部數而言，則為最多，占《隋志》所著錄的 817 部書中的 30.6%，尚且不計《隋志》沒有著錄，而在《三國志》裴注、《世說新語》劉注等書中引用的。魏晉南北朝雜傳內容複雜，有郡書、家史、類傳、別傳、僧道、志異等。就目前留存情況看，不能說其如紀傳體史書那樣，傳後有論，但有些雜傳中確實是有傳論的。晉皇甫謐著《高士傳》六卷，「探古今八代之士，身不屈於王公，名不耗於終始，自堯至魏凡九十餘人，雖執節若夷齊，去就若兩龔，皆不錄也」。〔註120〕其《焦先論》存於《三國志・管寧傳》裴注中，評價隱士焦先的高尚品行，稱其為「自羲皇已來，一人而已矣」。其《列女傳》亦有《龐娥親論》，以「玄晏先生以為」引出。由此似乎可以推知，皇甫謐所著的雜傳中還是很注重對人物的評價的，其論應該比較多，可惜留存下來的太少。《梁書・元帝紀》載梁元帝著《全德志》一卷，《南史》本紀稱為《古今全德志》，《隋志》著錄在雜傳類，據《金樓子・著書篇》錄其自序與論，似乎亦可證雜傳有論之說不為謬，只是不見

〔註120〕《隋書經籍志考證》。《二十五史補編》，北京：中華書局，1955 年版，第 5348頁。

得所有的雜傳一定有論。保留完整的釋慧皎的《高僧傳》十四卷，其十例曰「譯經」、「義解」、「神異」、「習禪」、「明律」、「遺身」、「誦經」、「興福」、「經師」、「唱導」，亦各有論。

4. 霸史、雜史之論

　　《隋志》著錄霸史 27 部，335 卷，完整留存下來的是《華陽國志》，常璩撰。《隋志》著錄雜史 72 部，917 卷，晉皇甫謐撰《帝王世紀》，現存有《漢高祖紀論》與《光武紀論》。《拾遺記》為前秦方士王嘉撰，因戰亂而散佚，由蕭綺「刪其繁紊，紀其實美」，「編言貫物，使宛然成章」，並「序而錄言」。所謂「錄」，亦為「論」，是蕭綺在王嘉原文後寫的評論，共三十七則，對原文進行補正、辯難與評價。

（二）史論專著

　　魏晉南北朝時期出現諸多史論專著，有專論人物者，如《隋志・名家類》載錄曹丕之《士操》、盧毓之《九州人士論》、劉劭《人物志》等，山濤呈奏甄拔人物的《山公啓事》〔註121〕、陸喜《西州清論》〔註122〕、康法暢《人物論》〔註123〕等皆為此類著作。亦有歷史評論專書，如何琦《論三國志》九卷〔註124〕，徐眾《三國評》，王濤〔註125〕《三國志序評》三卷等，雖已亡佚，但據裴松之注《三國志》之引文可以看出其為對三國歷史人物的專論。史論專著的出現，標誌著史論已擺脫史傳之束縛，獲得獨立之地位。魏晉南北朝史論專著對後世影響深遠，唐宋時期此類歷史評論專

〔註121〕　《晉書・山濤傳》云：「濤再居選職十有餘年，每一官缺，輒啓擬數人，詔旨有所向，然後顯奏，隨帝意所欲為先。……所奏甄拔人物，各為題目，時稱《山公啓事》。」

〔註122〕　《晉書・陸喜傳》：「（喜）少有聲名，好學有才思。吳平，又作《西州清論》傳於世，借稱諸葛孔明以行其書也。」

〔註123〕　《世說新語・文學》三十注引康法暢《人物論》曰：「法深學義淵博，名聲蚤著，鴻道法師也。」《世說新語・言語》五二注：「法暢氏族所出未詳。法暢著《人物論》，自敘其美云：『悟銳有神，才辭通辯。』」按，《高僧傳・康僧淵傳》云：「晉成之世，與康法暢、支愍度等俱過江。暢亦有才思，善為往復，著《人物始義論》等。」

〔註124〕　《晉書・孝友傳》載：「何琦，字萬倫，盧江灊人。司空充之從兄也。好古博學，居於宣城陽谷縣。……琦善養性，以述作為事，著三國評論，凡所撰錄百許篇，皆行於世，年八十二卒。」

〔註125〕　《晉書・王鑒傳》：「（鑒）弟濤字茂略有才筆，歷著作郎，無錫令，卒。」《唐書・藝文志・雜史類》：「王濤《三國志序評》三卷。」

書數量增多，如唐虞世南《帝王略論》、朱敬則《十代興亡論》，宋代胡寅《讀史管見》，李燾《六朝通鑑博議》，明清之際王夫之《讀通鑑論》、《宋論》等，均為史論專著。

（三）史鈔之論

在《三國志》裴松之注所引的魏晉史學著作中，有孫盛的《異同評》，此書在《隋書‧經籍志》中不見著錄。嚴可均輯《全晉文》引作《魏氏春秋評》或《魏氏春秋異同評》。在《三國志》裴注中還有孫盛《評》與《孫盛曰》不同稱呼的著作。前人多認為此為孫盛另一本書《異同雜語》的不同稱呼，逯耀東先生在其《裴松之與魏晉史學評論》一文中列舉諸說並進行考辨，認為「只稱孫盛《雜語》，所記載的是歷史事實。《孫盛曰》則是對歷史事件或歷史人物的評論。至於孫盛的《異同評》、或《評》，卻是對歷史材料的考辨，以及對歷史著作的評論，則屬於史學評論的部分」。〔註126〕又提出假設「如果《三國志注》所引的三種不同的名稱，同屬於孫盛《魏氏春秋異同雜語》這本著作，那麼這本著作同時包括了歷史的敘述、歷史事件與歷史人物的評價，以及對歷史著作的評論三個不同部分。這類抄錄舊史並且表示個人意見的著作，是魏晉時期一種流行的歷史寫作形式。」〔註127〕在史鈔中，史是抄前人的史書，論則是抄者針對史實所發的議論，因此，《異同評》、《孫盛評》、《孫盛曰》皆為孫盛創作的史論。

史鈔類著作在魏晉南北朝時期錄於雜史中，《隋書‧經籍志‧雜史‧小序》指出：「自後漢已來，學者多鈔撮舊史，自為一書。」〔註128〕除了上文所言孫盛之書外，尚有吳張溫的《三史略》三十卷，晉葛洪的《漢書鈔》三十卷，梁張緬的《後漢略》三十五卷、《晉書鈔》三十卷，等等。這些史鈔已經亡佚，其史論情況亦無法得知。但在史鈔中發論亦為史論的存在形態，這種史論是從抄錄史書開始，經過對史料的考辨而形成的，故列出。

〔註126〕逯耀東：《魏晉史學的思想與社會基礎》，北京：中華書局，2006 年版，第 320～321 頁。

〔註127〕逯耀東：《魏晉史學的思想與社會基礎》，北京：中華書局，2006 年版，第 321 頁。

〔註128〕〔唐〕魏徵：《隋書》卷 33《經籍志》，北京：中華書局，1973 年版，第 962 頁。

（四）史注之論

《文心雕龍・論說》曰：「注釋爲詞，解散論體。」〔註129〕在劉勰看來，注釋與論體關係密切，實際上表現了六朝注釋的新特點，即由章句之注轉爲義理之注。注經雖不能論經，但卻可以在注中發表自己的意見。如王弼注《周易》而作《周易略例》，就被劉勰稱爲「師心獨見，鋒穎精密，蓋人倫之英也。」〔註130〕魏晉以後，隨著史學脫離經學而獨立，史學的注釋應運而生，「《史記》、《漢書》，師法相傳，並有解釋」〔註131〕。史注之興盛從《漢書》的注釋可以看出，《史通・古今正史》稱，「始自漢末，迄乎陳世，爲其注解者凡二十五家，至於專門受業，遂與五經相亞」〔註132〕。其又受經學注釋的影響，以訓解爲主，《史通・補注》曰，「裴、李、應、晉，訓解《三史》，開導後學，發明先義，古今傳授，是曰儒宗」。儘管是訓解，仍不必如解經那般受束縛，依然可以對史書的得失進行論斷與駁議。如《隋書・經籍志》載晉安北將軍劉寶撰《漢書駁議》二卷。裴松之的《三國志注》中的自注以「臣松之案」與「臣松之以爲」的方式出現，前者主要對引用的材料進行考辨，後者則是其對史事的議論、對歷史人物的評價，這一類注釋雖在整部《三國志注》中所佔比例甚小，卻是其精旨深義所在。

（五）單篇史論

魏晉南北朝時期單篇史論甚多，如劉永濟所言，「魏晉之際，世極亂離，學靡宗主，俗好臧否，人競脣舌，而論著之風，鬱然興起，於是周成漢昭之優劣，共論於廟堂，聖人喜怒之有無，競辨於閒燕。文帝兄弟倡其始，鍾傅王何繼其蹤。迨風會既成，論題彌廣。」〔註133〕有論史事者，如曹冏《六代論》、陸機《辯亡論》《五等論》等，有論人物者，如孔融《周武王漢高祖論》、曹丕、曹植、丁儀同題共作《周成漢昭論》、高貴鄉公《顏子論》、夏侯玄《樂毅論》、何晏《韓白論》《白起論》《許巢論》、嵇康《管蔡論》、鍾會《太極東堂夏少康漢高祖論》等。

〔註129〕范文瀾：《文心雕龍注》，北京：人民文學出版社，1958年版，第328頁。

〔註130〕范文瀾：《文心雕龍注》，北京：人民文學出版社，1958年版，第327頁。

〔註131〕〔唐〕魏徵、令狐德棻：《隋書》，北京：中華書局，1973年版，第957頁。

〔註132〕〔唐〕劉知幾著，〔清〕浦起龍通釋：《史通通釋》，上海：上海古籍出版社，2009年版，第314頁。

〔註133〕劉永濟：《文心雕龍校釋》，臺北：正中書局印行，1948年版，第65頁。

四、豐富的史論題材

魏晉南北朝史論題材豐富，史學界對此有較多關注，此處限於篇幅，不能一一論說，只擇其幾個主要方面進行分析。

（一）興亡之論

魏晉南北朝是亂世，王朝的頻繁更迭，使興亡問題成爲君主與史家共同關注的焦點。這一時期的史論涉及興亡問題的甚多，單篇論文如曹冏《六代論》、陸機《辯亡論》，前者作爲曹魏之宗室，「觀五代之存亡，而不用其長策；覩前車之傾覆，而不改其轍迹。子弟王空虛之地，君有不使之民；宗室竄于閭閻，不聞邦國之政；權均匹夫，勢齊凡庶；內無深根不拔之固，外無磐石宗盟之助，非所以安社稷、爲萬世之業也」〔註134〕，將曹魏政權與夏商周秦漢五代進行對比，提出救危亡之計在於加強封建親親之道，固本強宗。後者作爲吳之遺民，「辯吳之所以亡」，其中洋溢著作爲功臣後裔的自豪感，在對吳之亡深感惋惜的同時，將其因歸結爲「吳之興也，參而由焉，孫卿所謂『合其參』者也；及其亡也，恃險而已，又孫卿所謂『捨其參』者也。夫四州之氓，非無眾也；大江之南，非乏俊也。山川之險，易守也；勁利之器，易用也；先政之業，易循也。功不興而禍遘者，何哉？所以用之者失也。」〔註135〕也就是說，在天時、地利與人和三者皆具備的情況下，因爲統治者自身問題而導致國破家亡。

東晉干寶在《晉紀》中首創史書末的「總論」體例，擺脫就事論事或寓論斷於敘事中的史論方式，縱論一代之興亡盛衰，在更廣闊的歷史視野下表達自己的歷史觀。他認爲西晉敗亡之原因，上在於「樹立失權，託付非才，四維不張，而苟且之政多」，下在於「毀譽亂於善惡之實，情慝奔於貨欲之途」「朝寡純德之士，鄉乏不二之老。風俗淫僻，恥尙失所」，特別強調世態風教，認爲「民情風教，國家安危之本」，重視民心對於鞏固統治的作用，認爲「基廣則難傾，根深則難拔」。梁代裴子野在《宋略·總論》中探討宋代之成敗得失，強調人才任使同劉宋興衰之間的關係，認爲「周漢靈長，如彼難拔，近代脆促，若此易崩，非天時，亦人事也」。陳代何之元在《梁典·總論》中指

〔註134〕〔清〕嚴可均：《全三國文》卷 20，《全上古三代秦漢三國六朝文》，北京：中華書局，1958 年版，第 1162 頁。

〔註135〕〔清〕嚴可均：《全晉文》卷 98，《全上古三代秦漢三國六朝文》，北京：中華書局，1958 年版，第 2024 頁。

出梁亡的原因在於「罔恤民之不存，而憂士之不祿」，「爲君者甚多，爲民者甚少」，於是，「君臣之義薄，狡惡之萌興，上下遞增，甚於仇敵」，最後必然導致「民不堪命，轟然土崩」，強調民眾在皇朝興衰中的重要作用，反映其深厚的民本思想。

在留存下來的完整的史書之論中，亦甚爲重視對興亡問題的探討。范曄在《後漢書》史論中縱論東漢之興亡，認爲「中興之業，誠艱難也」〔註136〕，然光武帝「廣求民瘼，觀納風謠。故能內外匪懈，百姓寬息。自臨宰邦邑者，竟能其官」，關注民生，整頓風俗，注重儒術，「干戈稍戢，專事經學，自是其風世篤焉。其服儒衣，稱先王，遊庠序，聚橫塾者，蓋布之於邦域矣。……所談者仁義，所傳者聖法也。故人識君臣父子之綱，家知違邪歸正之路」〔註137〕。沈約在《宋書・鄧琬傳》史論中對劉裕禪代成功進行論述，認爲「夫勝敗之數，實由眾心，社廟尊嚴，民情所係，安以義動，猶或稱難，況長戟指關，志在陵暴者乎」〔註138〕，明確指出民心決定勝敗，突出武力與道義之關係。蕭子顯在《南齊書・高帝本紀》史論中認爲劉宋因暴失德而導致滅亡，曰：「及蒼梧暴虐，釁結朝野，百姓懍懍，命懸朝夕。權道既行，兼濟天下。元功振主，利器難以假人，群才戮力，實懷尺寸之望。豈其天厭水行，固已人希木德。歸功與能，事極乎此。」〔註139〕諸如此類，不勝枚舉。

魏晉南北朝史家在對皇朝興衰成敗規律的探究中，不管是縱論一代之興亡，抑或是僅論一朝之得失，不管是評論開國之君的爲政之道，抑或是總結敗亡之主的歷史教訓，皆強調民心對鞏固統治的重要性，表現出鮮明的民本思想。他們借論興亡而警當世，借探討歷代興國安邦之理，尋求可資借鑒的長治久安之策，其用世之心顯而易見，表現出歷史意識與憂患意識相結合的特點。

（二）制度之論

分封制與郡縣制是古代社會的兩種地方行政體制，西周實行分封制，秦

〔註136〕〔南朝宋〕范曄：《後漢書》，北京：中華書局，1965 年版，第 697 頁。

〔註137〕〔南朝宋〕范曄：《後漢書》卷 79《儒林列傳》，北京：中華書局，1965 年版，第 2588～2589 頁。

〔註138〕〔梁〕沈約：《宋書》卷 84《鄧琬傳》，北京：中華書局，1973 年版，第 2163 頁。

〔註139〕〔梁〕蕭子顯：《南齊書》卷 2《高帝紀》，北京：中華書局，1972 年版，第 39 頁。

統一後實行郡縣制，之後分封制與郡縣制之爭經久不息，成爲魏晉南北朝史論的重要論題。

三國魏之宗室曹冏有感於其時「封建侯王，皆使寄地空名，而無其實。王國使有老兵百餘人，以衛其國。雖有王侯之號，而乃儕爲匹夫」之狀況，作《六代論》，上書爲分封制辯護，指出「內無深根不拔之固，外無磐石宗盟之助，非所以安社稷爲萬世之業也。且今之州牧郡守，古之方伯諸侯，皆跨有千里之土，兼軍武之任，或比國數人，或兄弟並據。而宗室子弟，曾無一人間廁其間，與相維持，非所以彊幹弱枝，備萬一之虞也」〔註140〕，然曹冏之論並未引起足夠重視，高平陵之變，曹爽集團被司馬懿一網打盡，而曹氏宗室諸王公全無實權，無力救助，曹冏之語不幸爲讖。西晉陸機作《五等論》爲司馬氏建五等爵尋找理論依據，認爲分封制能夠「使萬國相維，以成磐石之固；宗庶雜居，而定維城之業」〔註141〕。五等封侯，在魏晉易代過程中起了重要作用，然而卻也爲諸王爭奪皇權埋下禍根，成爲「八王之亂」的直接源頭。

魏晉南北朝史書之論中亦涉及到分封與郡縣之爭，陳壽在《三國志·武文世王公傳》史論中指出魏之分封有其名而無其實，曰「魏氏王公，既徒有國土之名，而無社稷之實，又禁防壅隔，同於囹圄；位號靡定，大小歲易；骨肉之恩乖，常棣之義廢。爲法之弊，一至於此乎！」〔註142〕在他看來，這種有名無實的分封弊端甚大。東晉孫盛亦批判了魏之封建，曰：「異哉，魏氏之封建也！不度先王之典，不思藩屏之術，違敦睦之風，背維城之義。……魏氏諸侯，陋同匹夫，雖懲七國，矯枉過也」，在他看來，「五等之制，萬世不易之典」〔註143〕，魏之滅亡乃由於「彫剪枝幹，委權異族，勢同瘣木，危若巢幕，不嗣忽諸，非天喪也」〔註144〕。袁宏《後漢紀》卷7《光武皇帝紀》史論比較五等制與郡縣制之優劣曰：「五等之治，歷載彌長，君臣世及，莫有

〔註140〕〔清〕嚴可均：《全三國文》卷20，《全上古三代秦漢三國六朝文》，北京：中華書局，1958年版，第1162頁。

〔註141〕〔梁〕蕭統編，〔唐〕李善注：《文選》，北京：中華書局，1977年版，第742頁。

〔註142〕〔晉〕陳壽撰，〔宋〕裴松之注：《三國志》卷20，《武文世王公傳》，北京：中華書局，1959年版，第591頁。

〔註143〕〔晉〕陳壽撰，〔宋〕裴松之注：《三國志》卷19，《任城陳蕭王傳》，北京：中華書局，1959年版，第576～577頁。

〔註144〕〔晉〕陳壽撰，〔宋〕裴松之注：《三國志》卷19，《任城陳蕭王傳》，北京：中華書局，1959年版，第577頁。

遷去。雖元首不康，諸侯不爲失政；一國不治，天下不爲之亂。故時有革代之變，而無土崩之勢。郡縣之立，禍亂實多。君無常君之民，尊卑迭而無別，去來似於過客。人務一時之功，家有苟且之計。機務充於王府，權重並於京師。一人休明，則王政略班海內；元首昏闇，則匹夫擬議神器。是以閨闥不淨，四海爲之鼎沸；天網一弛，六合爲之窮兵」〔註145〕，對分封制的贊成顯而易見。南朝蕭子顯《南齊書‧武十七王傳》後論指出齊代帝王子弟的處境，「行事執其權，典籤掣其肘，苟利之義未申，專違之咎已及。處地雖重，行己莫由，威不在身，恩未接下，倉卒一朝，艱難總集，望其釋位扶危，不可得矣」〔註146〕，主張增強分封子弟的勢力。

　　北朝李公緒作《五等論》，主張封建與郡縣並用，認爲夏商周之分封與秦漢之郡縣各得其宜，皆「其勢然也」，而當下「時移勢異，萬國雖賢，不可復建」，頗具歷史進化思想。因此，「擇宜於今者而用之耳，竊謂宜如漢初置郡國，度其強弱遠近領之，以牧伯節之以綱紀」，要想既使「子弟之力足爲扞屏」，又讓朝廷「威制其越逸」〔註147〕，就需要發揮封建制與郡縣制之長，使之並行不悖。

　　就總體而言，魏晉南北朝史家多主張分封制，或主張分封與郡縣共存，皆受制於其生活的社會與時代。但毋庸置疑，郡縣制更有利於加強君主專制的中央集權統治，因此，分封制已非政治制度之主流。唐代柳宗元作《封建論》，對「封建」與郡縣的得失進行深入分析，認爲「封建，非聖人之意」〔註148〕。李百藥《封建論》則指出：「得失成敗，各有由焉。而著述之家，多守常轍，莫不情忘今古，理蔽澆淳，欲以百王之季，行三代之法，天下五服之內，盡封諸侯，王畿千里之間，俱爲坼地。是則以結繩之化行虞、夏之朝，用象刑之典治劉、曹之末，紀綱弛紊，斷可知焉。」〔註149〕也就是說，國祚之長短與實行的是分封制還是郡縣制關係不大，如柳宗元在《封建論》中所

〔註145〕〔晉〕袁宏撰，張烈點校：《後漢紀》，北京：中華書局，2002年版，第125頁。

〔註146〕〔梁〕蕭子顯：《南齊書》卷40《武十七王傳》，北京：中華書局，1972年版，第715頁。

〔註147〕〔宋〕李昉等：《文苑英華》卷741《五等論》，北京：中華書局，1966年版，第3867頁。

〔註148〕參見瞿林東：《柳宗元史論的理論價值和歷史地位》，載瞿林東《唐代史學論稿》，北京師範大學出版社，1989年版。

〔註149〕〔宋〕李昉等：《文苑英華》卷741《五等論》，北京：中華書局，1966年版，第3865頁。另外，可參見《資治通鑑》卷193「唐太宗貞觀五年」，卷195「唐太宗貞觀十三年」，吳兢《貞觀政要‧封建》。

言秦「有理人之制，而不委郡邑，是矣；有理人之臣，而不使守宰，是矣。郡邑不得正其制，守宰不得行其理，酷刑苦役，而萬人側目。失在於政，不在於制」〔註150〕。較之魏晉南北朝史家，唐人之論顯然更客觀，也更深刻。

（三）人物之論

魏晉南北朝時期談論人物之習甚盛，史論中的人物論極多。既有人物論之專著，亦不乏單篇論文，而史著中的人物類傳之論更是不勝其數。茲僅就各類人物優劣論、各期人物優劣論、各地風土人物論、聖賢高士論與品鑒方法論略作論述。

魏晉南北朝文士喜對古代才德相當、遭遇類似或功過近同者作優劣之辯、異同之爭，他們辯帝王之優劣，如曹丕、曹植、丁儀同作《周成漢昭論》，同論周成漢昭之優劣，丁儀乃就兩君知人之明為說，認為漢昭遠勝周成；曹植則就兩相聖德不同立論，認為周公之聖，所作所為，遠非賢者所能測度，因此成王之疑周公，實不可與漢昭之信霍光相提並論，因而斷言漢昭勝周成；曹丕從二君成長背景出發，認為周成王成長條件優越，卻有誤信讒謗之咎，漢昭成長條件差劣，卻有揭發詐書之明，可見漢昭之明遠非周成可及。由此可見，丁儀、曹植、曹丕三者因身份各異，立論角度亦不同，故文章各有千秋，均極富辯說性。亦有文士熱衷於比較功臣將相之優劣，如何晏作《韓白論》，反駁當時談士多以白起為勝之見解，認為就「才」論，韓信乃奇之又奇者，白起不過介乎奇與不奇之間而已；就「德」論，韓信帶兵多以智勝，罕見廝殺，白起卻詐坑趙卒四十萬，實為酷暴之尤。再如嵇康作《管蔡論》、費禕作《甲乙論》、張徵作《諸葛亮司馬懿論》等，皆為功臣將相之比較論。文士優劣論亦為其時文士熱衷之論題，如張輔作《名士優劣論》，針對其時人論司馬遷班固才之優劣多以班固為勝的看法，提出自己的見解，獨以司馬遷為勝。另據《晉書·范粲傳》附《子喬傳》載：「光祿大夫李詮嘗論楊雄才學優於劉向，喬以為向定一代之書，正群籍之篇，使雄當之，故非所長，遂著《劉揚優劣論》。」〔註151〕范喬所作《劉揚優劣論》已佚，但據題目可知當為比較劉向與揚雄才學優劣的論作。

〔註150〕〔唐〕柳宗元：《柳宗元集（第一冊）》，北京：中華書局，1979年版，第73頁。

〔註151〕〔唐〕房玄齡等：《晉書》卷94《范粲傳》，北京：中華書局，1974年版，第2432頁。

除了比較近似的人物類型優劣之論，亦有對時代背景相同者進行優劣之比較的。如《太平御覽》卷445引《魏氏春秋》載：「胡綜論吳朝俊士：英才卓越，超踰倫疋，則諸葛恪。清識知機，達究幽微，則顧譚。淑辯宏達，言能釋結，則謝景。究學甄微，游夏同科，則范慎、羊衜。恪才而疏，譚精而俱，景辯而校。後恪譚果以彊吳，人論綜言而有徵。」〔註152〕胡綜對吳朝俊士進行一一評價，而劉惔、謝尚則共論中朝文士，顏含辯江左群士之優劣，皆可見其時對一期一代人物進行綜合評價之興趣。史著中的類傳之論亦屬對同時期同類型人物進行的評論，因其屬於同類，而歸爲「類傳」。

對各地人物高下進行的評論在魏晉南北朝人物論中亦不乏其例，如陳群與孔融的《汝潁人物論》，將汝南郡的士人與潁川郡的士人進行比較。伏滔與習鑿齒的《青楚人物論》，共論青州與楚地人物之優劣。伏滔以青州爲優，習鑿齒以楚地爲勝，各以古今人物之實例爲據。伏滔所舉青州名士達六十一人之多，習鑿齒所舉楚地人物亦不在少。魏晉南北朝文士在以地域之別論人物優劣時，常兼談各地之風土人情與物產，如何晏有《冀州論》、《九州論》，盧毓亦有《冀州論》等，均屬此類論作。

在對歷史人物優劣高下品鑒的同時，聖賢高士等理想人物之風範問題亦爲魏晉南北朝文士所關注。正始時期，何晏與王弼曾針對聖人有情無情的問題進行論難。《三國志·鍾會傳》注引何劭《王弼傳》載：「何晏以爲聖人無喜怒哀樂，其論甚精，鍾會等述之。弼與之不同，以爲聖人茂於人者神明也，同於人者五情也。神明茂故能體沖和以通無，五情同故不能無哀樂以應物。然則聖人之情，應物而無累於物者也。今以其無累，便謂不復應物，失之多矣。」〔註153〕在王弼看來，聖人具備「體沖和以通無」之「神明」，故能使其情感昇華至超然無累的境界。《三國志·司馬朗傳》載：「鍾會、王粲著論云：『非聖人不能致太平。』朗以爲『伊、顏之徒雖非聖人，使得數世相承，太平可致』。」〔註154〕可見其時有關於「聖人能否致太平」的爭論。亦有關於聖人優劣的論難，如《三國志·荀攸傳》注引《荀氏家傳》曰：「（荀）惲與孔

〔註152〕〔宋〕李昉：《太平御覽》卷445《人事部八六》，北京：中華書局影印宋刻本，1960年版，第2047頁。

〔註153〕〔晉〕陳壽撰，〔宋〕裴松之注：《三國志》卷28《鍾會傳》，北京：中華書局，1959年版，第795頁。

〔註154〕〔晉〕陳壽撰，〔宋〕裴松之注：《三國志》卷15《司馬朗傳》，北京：中華書局，1959年版，第468頁。

融論聖人優劣。」〔註155〕孫盛則作有《老聃非大賢論》，王坦之作《沙門不得為高士論》，對儒道釋三家所塑造出來的聖賢進行論爭。儘管其時文士口頭上仍尊崇五帝、三王、孔子，但何為真正的聖賢問題已成為魏晉南北朝文士心中的懸疑和困惑。石崇的《許巢論》、孫綽的《八賢出處論》則論述了聖賢高士立身之道與處世態度。

在品鑒人物的同時，品鑒方法亦引起魏晉南北朝文士的研究興趣，曹植、王朗皆有《相論》，盧毓有《九州人士論》，裴頠本擬作《辯才論》，未成而罹禍。另有不明撰者之《形聲論》、《通古今人物論》，就題目而言，皆為探討識鑒人物之原理的論作。嵇康與呂子互辯《明膽》之論，呂子主張明膽同氣相生，嵇康則認為明膽異氣殊用，亦含對人物品鑒方法的學理式探究。

第三節　政局之動盪與政論之增多

「論」自產生之日起，便與政治結緣。早在春秋時期，《周禮・冬官考工記》在論述「國有六職，百工與居一焉」時，即提出王公之職責在於「坐而論道」，此處所論之「道」當與政治有關。《春秋左傳・襄公三十一年》載，「鄭人遊於鄉校，以論執政。然明謂子產曰：『毀鄉校何如？』子產曰：『何為？夫人朝夕退而遊焉，以議執政之善否。其所善者，吾則行之；其所惡者，吾則改之，是吾師也。若之何毀之？』」〔註156〕可見，鄉校是鄉人參與議論朝政的場所，其「論」仍然與政治有關。《荀子・大略》提出「少不諷誦，壯不論議，雖可，未成也」〔註157〕之觀點，特別強調論議對成人之重要。此語出自《大戴禮記・曾子立事》：「其少不諷誦，其壯不論議，其老不教誨，亦可謂無業之人矣。」所謂「論議」，即論政、議政。也就是說，在經過少時的教育之後，長大後要具備從事政治活動的能力並參政論政。這幾處「論」雖不具文體意義，卻表明其所論內容與政治緊密相關。

魏晉南北朝是一個充滿了陰謀、背叛與殺戮的大動亂時代，戰禍、饑荒、瘟疫蔓延大半個中國。對統治者而言，社會的長期動盪，政局的極度不穩，來自外部的壓力甚是強大，稍有不慎，就可能落得國滅身死的下場，他們必

〔註155〕〔晉〕陳壽撰，〔宋〕裴松之注：《三國志》卷 10《荀攸傳》，北京：中華書局，1959 年版，第 321 頁。
〔註156〕楊伯峻：《春秋左傳注》，北京：中華書局，1990 年版，第 1192 頁。
〔註157〕〔清〕王先謙：《荀子集解》，北京：中華書局，1988 年版，第 509 頁。

須制定和推行一系列有利於鞏固政權、增強實力的政策和措施。在涉及國家政務決策方面，朝廷召議或群臣共商，以論辯的方式進行洽議者，亦非罕事。如西晉武帝時，朝廷召議公卿共論政道，《晉書·裴楷傳》載：

> 平吳之後，帝方修太平之化，每延公卿，與論政道。楷陳三五之風，次敘漢魏盛衰之迹。帝稱善，坐者歎服焉。〔註158〕

再如《晉書·王澄傳》載：

> 惠帝末，衍白越以澄爲荊州刺史、持節、都督，領南蠻校尉，敦爲青州。衍因問以方略，敦曰：「當臨事制變，不可豫論。」澄辭義鋒出，算略無方，一坐嗟服。〔註159〕

此乃西晉惠帝末，王衍與王澄、王敦互商方略之事。史書雖未詳載其論政之內容，但由此亦可想見其時共論政道、極談世事、互商方略爲談辯之重要內容，形之於文，則各類談政論軍、議刑論禮之論應運而生。

一、軍政之論

魏晉南北朝時期，戰亂不斷，關係國家存亡者莫過於軍政問題。因此，對軍政問題各抒己見、攻辯論難者，亦有增長之勢。政論中較有代表性的是王粲的《爵論》《儒史論》《務本論》《難鍾荀太平論》。在魏國初建，百廢俱興之時，「時舊儀廢弛，興造制度，粲恒典之」〔註160〕，王粲成爲曹魏政權興立禮儀制度的主要參與者之一。這幾篇政論文針對當時的社會問題，提出切實的政治主張。

在軍事方面，召集諸臣談論軍事、商討計策者在史書中屢屢可見。《晉書·唐彬傳》載：

> （唐彬）初爲郡門下掾，轉主簿。刺史王沈集諸參佐，盛論距吳之策，以問九郡吏。彬與譙郡主簿張惲俱陳吳有可兼之勢。沈善其對。又使彬難言吳未可伐者，而辭理皆屈。〔註161〕

〔註158〕〔唐〕房玄齡等：《晉書》卷35《裴楷傳》，北京：中華書局，1974年版，第1048～1049頁。

〔註159〕〔唐〕房玄齡等：《晉書》卷43《王澄傳》，北京：中華書局，1974年版，第1239頁。

〔註160〕〔晉〕陳壽撰，〔宋〕裴松之注：《三國志》卷21《王粲傳》，北京：中華書局，1959年版，第598頁。

〔註161〕〔唐〕房玄齡等：《晉書》卷42《唐彬傳》，北京：中華書局，1974年版，第1217頁。

王沈在晉初，不過一員刺史，並無軍事決策權，伐吳之策亦非其可左右。召集諸參佐盛論「距吳之策」，似乎只是呈口舌之辯。唐彬與張悛本主吳有可兼之勢，後被王沈說服，反過來主張吳未可伐，甚至到「辭理皆屈」的地步。此處雖然僅僅將軍事作爲談資，亦反映了當時士人對軍事的談辯興趣。

由皇帝主持的軍事談辯，則具有實際意義。《晉書》卷43《山濤傳》載：

> 吳平之後，帝詔天下罷軍役，示海內大安，州郡悉去兵，大郡置武吏百人，小郡五十人。帝嘗講武于宣武場，濤時有疾，詔乘步輦從。因與盧欽論用兵之本，以爲不宜去州郡武備，其論甚精。于時咸以濤不學孫吳，而闇與之合。帝稱之曰「天下名言也。」而不能用。〔註162〕

此乃西晉武帝親臨宣武場所主持的談座，山濤有疾而詔乘步輦從，可見其對此事的重視程度。山濤與盧欽所論用兵之本，涉及的是當時是否應去州郡武備的軍事問題，山濤之論甚精，可惜史無記載。但從武帝及諸人的評價可以看出其論述必然精深，有韜略遠謀。

關於用兵之策的論辯，史籍載之甚多，如魏文帝與賈詡「一天下，吳蜀何先」之論，王羲之與會稽王司馬昱言「殷浩不宜北伐」〔註163〕之辯，劉毅與何無忌互談「桓玄能否興復中原」〔註164〕之爭，皆將軍國之事作爲談論主題，從史籍摘出，即可視爲精彩的軍事論文。除了這種史籍記載的口頭軍事論外，亦有不少形之書面的軍事論文。如諸葛恪的《出軍論》，譙周的《仇國論》，江統的《徙戎論》，何承天的《安邊論》等，可見其時論軍議政風氣之濃。

建興元年十月，諸葛恪率眾於東興修大堤，左右結山俠築兩城，各留千人，引軍而還。魏因吳軍入其疆土，恥於受辱，命大將胡遵、諸葛誕等率軍七萬，欲攻圍兩塢，圖壞堤遏。諸葛恪興軍四萬，晨夜赴救，大敗魏軍。進封陽都侯。於是有輕敵之心，第二年，復欲出戰。諸大臣諫以勞民，恪不聽，作《出軍論》以論之。文章從大處著眼，開篇先言「王者不務兼并天下而欲

〔註162〕〔唐〕房玄齡等：《晉書》卷43《山濤傳》，北京：中華書局，1974年版，第1227頁。

〔註163〕〔唐〕房玄齡等：《晉書》卷80《王羲之傳》，北京：中華書局，1974年版，第2096頁。

〔註164〕〔唐〕房玄齡等：《晉書》卷85《何無忌傳》，北京：中華書局，1974年版，第2214頁。

垂祚後世，古今未之有也」，從反面立論，引戰國時期秦滅六國和近劉表爲曹
操所滅爲例，得出結論「有仇而長之，禍不在己，則在後人，不可不爲遠慮
也」，再以夫差不聽伍子胥之勸而最終爲越所滅爲戒，進一步說明此道理。之
後分析當今之勢，從敵方說起，「但以操時兵衆，於今適盡，而後生者未悉長
大，正是賊衰少未盛之時。加司馬懿先誅王淩，續自隕斃，其子幼弱，而專
彼大任，雖有智計之士，未得施用」，所以要趨時而動。此處，諸葛恪並沒有
分析己方之實力，忽視了吳軍剛結束大戰，尙未修養生息，爲以後的大敗埋
下禍根。爲了增強說服力，他進一步提出假設，若順衆人之情，懷偷安之計，
今不伐之，十年之後，「其衆必倍於今，而國家勁兵之地，皆已空盡，唯有此
見衆可以定事。若不早用之，端坐使老，復十數年，略當損半，而見子弟數
不足言，若賊衆一倍，而我兵損半，雖復使伊、管圖之，未可如何」，從敵我
兩方進行分析，十年之後兵力相差更爲懸殊，即使要出軍恐怕也難以取勝。
進一步強調沒有遠慮必有近憂，以遠慮之心說出兵之事。史載：「衆皆以恪此
論欲必爲之辭，然莫敢復難」，只有恪的朋友丹陽太守聶友諫恪曰：「……宜
且案兵養銳，觀釁而動。今乘此勢，欲復大出，天時未可。」〔註165〕聶友注
意到出兵時機未到，軍隊疲憊，這正是諸葛恪所忽視的。然而，「恪題論後，
爲數答友曰：『足下雖有自然之理，然未見大數。熟省此論，可以開悟矣』」，
對此論的自信溢於言表。於是一意孤行，違衆出軍，大發州郡二十萬衆，百
姓騷動，大失民心。最終兵出無功，死傷載道，百姓怨恫，遂爲孫峻所誅。

　　三國時期蜀之譙周基於其時軍旅數出，戰爭頻繁，百姓彫瘁，遂與尙書
令陳祗論其利害，作《仇國論》。文章採用主客問答的形式，假設小國因余之
國與大國肇建之國並爭於世而爲仇敵，因余之國的高賢卿問伏愚子「往古之
事能以弱勝強者，其術何如」，其目的在於爲下文所說的要攻打肇建之國張
目，試探一下伏愚子的態度。伏愚子顯然識破其目的，答以「處大無患者恒
多慢，處小有憂者恒思善；多慢則生亂，思善則生治」，舉周人以少取多、句
踐以弱斃強的例子，強調其術在於「養民」「恤衆」。高賢卿以楚漢之爭、楚
爲漢滅的史實對其進行反駁，表明自己的觀點，欲乘肇建之國有疾而斃之。
伏愚子認爲今非昔比，謂「今我與肇建皆傳國易世矣，既非秦末鼎沸之時，
實有六國並據之勢，故可爲文王，難爲漢祖」，從民勞易亂、上慢下暴的角度

〔註165〕〔晉〕陳壽撰，〔宋〕裴松之注：《三國志》，北京：中華書局，1959 年版，
　　　　第 1437 頁。

為其分析利弊，指出「如逐極武黷徵，土崩勢生，不幸遇難，雖有智者將不能謀之矣」〔註166〕。顯然，伏愚子的觀點即作者譙周的觀點，他發揚儒家民本思想，不主張勞民傷財的戰爭，這與他「研精六經，尤善書箚」〔註167〕、「以儒行見禮」〔註168〕、深受儒家思想影響密切相關。

西晉惠帝元康九年（299 年），齊萬年的反叛運動剛剛結束，時為太子洗馬的江統在此情況下提出「徙戎」的主張，作《徙戎論》。文章著重闡述了為何徙戎、如何徙戎，並對難者的疑問進行解答。在講到為何徙戎時，江統認為夷狄「言語不通，贄幣不同，法俗詭異，種類乖殊；或居絕域之外，山河之表，崎嶇川谷阻險之地，與中國壤斷土隔，不相侵涉，賦役不及，正朔不加」，而其「性氣貪婪，兇悍不仁，四夷之中，戎狄為甚。弱則畏服，強則侵叛」，所以「有道之君牧夷狄也，惟以待之有備，御之有常」。至於如何徙戎，江統講到具體的措施：一是把北地、京兆等地的羌、氐各族，遷移至其原來居住的舊地；二是為保證徙戎順利，要「廩其道路之糧，令足自致，各附本種，反其舊土，使屬國、撫夷就安集之」。這樣才能使「戎晉不雜，並得其所」，「縱有猾夏之心，風塵之警，則絕遠中國，隔閡山河，雖為寇暴，所害不廣。」其說理似乎很充分，但並不合時宜，沒有顧及具體操作上的種種困難，以及由此可能引發的後遺症。《晉書》中史臣已經指出此問題，「《徙戎》之論，實乃經國遠圖。然運距中衰，陵替有漸，假其言見用，恐速禍招怨，無救於將顛也。逮愍懷廢徙，冒禁拜辭，所謂命輕鴻毛，義貴熊掌。」〔註169〕

南朝劉宋元嘉十九年，鮮卑族拓跋氏建立的北魏南侵，宋文帝向群臣徵集威戎御遠之略，何承天上《安邊論》，陳述其安邊固守之策。在引言中概述異族入侵歷史及作論緣由，在正文提出其安邊之策，先分析漢代安邊征伐與和親二科之不可行，提出「安邊固守，於計為長」的觀點，認為只能採用「並修農戰」的方式，「堅壁清野，以俟其來，整甲繕兵，以乘其敝」，「無動眾之勞，有捍衛之實」。之後詳細解釋其提出的四條措施：「一曰移遠就近，以實

〔註166〕〔晉〕陳壽撰，〔宋〕裴松之注：《三國志》，北京：中華書局，1959 年版，第 1029 頁。

〔註167〕〔晉〕陳壽撰，〔宋〕裴松之注：《三國志》，北京：中華書局，1959 年版，第 1027 頁。

〔註168〕〔晉〕陳壽撰，〔宋〕裴松之注：《三國志》，北京：中華書局，1959 年版，第 1030 頁。

〔註169〕〔唐〕房玄齡等：《晉書》，北京：中華書局，1974 年版，第 1547 頁。

內地」；「二曰濬復城隍，以增阻防」；「三曰纂偶車牛，以飭戎械」；「四曰計丁課仗，勿使有闕」。其後進一步申論加強邊防建設、使兵強國富的重要性，指出邊防建設中亟待解決的具體問題。全文洋洋灑灑數千言，堪稱軍事戰略之宏論。

二、禮制之論

在古代，禮深入到社會的各個層面，名目繁多，《中庸》有「禮儀三百，威儀三千」之說。《尚書‧堯典》稱堯東巡守，至岱宗，曾「修五禮」，《尚書‧皋陶謨》亦有「天秩有禮，自我五禮有庸哉」之語，皆未言「五禮」究竟何指。《周禮‧春官‧大宗伯》始稱五禮為吉禮、凶禮、軍禮、賓禮、嘉禮。從《隋書‧經籍志》的《經部》著錄看，可知魏晉南北朝時期對《禮》學的重視。據統計，《隋志》指明為魏晉人所作的《禮》學著作有 53 部 311 卷，其中，專論「喪服」者達 16 部，約占三分之一強；屬「論難」體者亦不少，如陳劭的《周禮異同評》、虞喜的《周官駁難》、吳商的《禮難》、范甯的《禮雜問》等。可見，禮學乃其時熱門之論題。唐杜佑《通典》二百卷中，禮典占六十五卷（即卷 41 至卷 105），專述歷代禮學的沿革，於魏晉《禮》學論著尤多。其中專載漢魏以來有關喪服議論的內容即達二十一卷，可見魏晉南北朝喪服學之精深。

「以凶禮哀邦國之憂」，也就是說凶禮是指救患分災之禮，包括荒禮與喪禮。「與喪禮密不可分的是喪服制度，根據與死者的親疏關係，有斬衰、齊衰、大功、小功、緦麻等五種喪服，以及從三年到三月不等的服喪時間。」〔註170〕自東漢末馬融、鄭玄以來，注疏禮經之風日盛，尤以《喪服》篇最為熱門，《晉書‧禮志中》稱，「《喪服》一卷，卷不盈握，而爭說紛然」。章太炎《國學概論》亦指出：「《儀禮‧喪服》是當時所實用的，從漢末至唐末，研究的人很多並且很精。」胡培翬《儀禮正義‧喪服》引《三禮札記》曰：「《喪服》一篇，唐以前也別行於世，馬融、王肅、孔倫、陳銓、裴松之、雷次宗、蔡超、田雋之、劉道拔、周續之並專注《喪服》。」魏晉南北朝時期是宗主式宗族形態的鼎盛時期，「喪服學」熱潮興起，《隋書‧經籍志》載其時撰有喪服專著的學者甚多，如蔣琬、傅射慈、袁準、杜預、劉逵、衛瓘、賀循、劉德明、環濟、蔡

〔註170〕彭林：《中國古代禮儀文明》，北京：中華書局，2004 年版，第 26 頁。

謨、葛洪、孔衍、袁憲等。其著述之豐，令人稱奇。亦有以講授喪服而著稱者，如劉宋元嘉末年雷次宗在鍾山西岩下爲皇太子、諸王講論《喪服》經（《日知錄》卷 6「檀弓」條），北魏孝文帝曾親爲群臣講《喪服》於清徽堂（《魏書·彭城王傳》）。章太炎在《國故論衡》中指出：「經術已不行於王路，喪祭尚在，冠昏朝覲，猶弗能替舊常，故議禮之文亦獨至。陳壽、賀循、孫毓、范宣、范汪、蔡謨、徐野人、雷次宗者，蓋二戴、聞人所不能上。」〔註 171〕劉師培亦指出：「大抵析理議禮之文應以魏、晉以迄齊、梁爲法。」〔註 172〕

　　魏晉南北朝時期商権禮制之論甚爲發達，晉宋之間尤盛，但此類文章多屬議體，現存至今以論名者，如張昭《宜爲舊君諱論》、劉智《喪服釋疑論》、淳于睿《駁薛靖朝日論》、成洽《孫爲祖持重論》、吳商《難成洽孫爲祖持重論》、《駁劉表成粲論父母亡在祖後不爲祖母三年》、宣舒《申袁准從母論》、劉智《喪服釋疑論》、何琦《論前母黨服》、虞潭《公除蠟祭論》、虞喜《中山王睦立禰廟論》、蔡謨《已拜時成婦論》、《防墓論》、李瑋《宜招魂葬論孔衍》、公沙歆《宜招魂葬論》等，表現出士人對禮法的關心與探討，也說明禮制與政治的關係甚爲密切。正如劉永濟所說：「禮家於服制特重者，所以別親疏、明嫌疑，施政立法之所本原也。」〔註 173〕

　　值得關注的是，在禮制之論中，論喪服之禮者尤多。喪服爲五禮中凶禮之一端，牟潤孫在《論魏晉以來之崇尚談辯及其影響》一文中專門談及此問題，認爲「談辯經義者，《易》與《論語》、《孝經》爲盛。玄儒兼通之士，多治三禮，而尤好言喪服。喪服爲治三禮之學所當講求之一部分，自不待言。魏晉南北朝時喪服之學最爲發達，爲經學談辯中極流行之論題。」究其緣由，固然與其時重門第而喪服足以維持宗族之聯繫，爲門第中不可少之事有關，更重要的是，「講服制可以推理，可以論名分，可以講比例，爲經學上論辯佳題。魏晉以來，論辯喪服問題之文字，保存於《通典》中者猶有十五卷，皆是禮無明文，而須後人以名理討論者。討論服制不始於魏晉，而盛於魏晉談玄時者，以論名理與玄相同。桓溫聽人講《禮記》，便覺咫尺玄門，似即緣於玄禮均論名理，所爭論之問題不同，而辯論之方法與條例則一致也。」〔註 174〕

〔註 171〕章太炎：《國故論衡》，上海古籍出版社，2006 年版，第 82 頁。
〔註 172〕劉師培：《漢魏六朝專家文研究》。《中國中古文學史講義》，上海：上海古籍出版社，2000 年版，第 121 頁。
〔註 173〕劉永濟：《文心雕龍校釋》，臺北：正中書局，1948 年版，第 77 頁。
〔註 174〕牟潤孫：《注史齋叢稿》，北京：中華書局，1987 年版，第 330 頁。

也就是說，論喪服實與談玄論理相關，「儒家之制喪服，蓋自來有其條例。故論議者有所共守。人事繁複，古制多所不備，故後人可以討論」，「難者辯者皆以比例，喪服雖非法律，實爲制度，其有爭義皆以條文解釋不同耳。」〔註175〕由於喪服之古制不夠完備，而使後人有了更多探討的空間，觀點不一，論辯在所難免。

　　從魏晉南北朝留存下來的喪服之論中亦可發現其時文士辨名析理能力的增強。西晉初年，發生了「王昌前母服」之爭，事緣東漢末長沙人王毖，上計至京師，值吳魏分隔，毖妻子在吳。毖身留中原，爲魏黃門郎，更娶妻生昌及式。毖卒後，昌爲東平相。至晉太康元年，吳平時，毖前妻已卒，昌聞喪奔，乃求去官行服。當時東平王楙上臺評議此事，眾博士及諸官皆各持己見以對。據《通典》卷89載有謝衡、許猛、虞溥、秦秀、程咸、陳壽、李苞、荀勗八家之議作，針對「王昌是否當爲前母服喪三年」之事，各抒己見，分爲兩派，贊成者如謝衡、秦秀，認爲亂世流離，昌父雖再娶，卻未曾廢前妻，故二母之子日後相見，宜各相事如所生，以合孝睦之禮意；反對者如許猛、虞溥、程咸、陳壽、李苞等，認爲並尊兩嫡，乃禮之大禁，故二母子宜各服其母，王昌毋須爲前母追服。《晉書》卷二十《禮志》中篇亦載此事，參與爭論者除以上諸人外，尚有段暢、驪沖、劉智、李胤、山雄、卞粹、劉卞、汝南王亮、張惲、崔諒、荀惔、和嶠、夏侯湛、衛恒、齊王攸等十餘家。其中干寶作《王昌前母服論》，文曰：

> 禮有經有變有權，王毖之事，有爲爲之也。有不可責以始終之義，不可求以循常之文，何群議之紛錯！同產者無嫡側之別，而先生爲兄；諸侯同爵無等級之差，而先封爲長。今二妻之入，無貴賤之禮，則宜以先後爲秩，順序義也。今生而同室者寡，死而同廟者眾，及其神位，固有上下也。故《春秋》賢趙姬遭禮之變而得禮情也。且夫吉凶哀樂，動乎情者也，五禮之制，所以敘情而即事也。今二母者，本他人也，以名來親，而恩否於時，敬不及生，愛不及喪，夫何追服之道哉！張惲、劉卞，得其先後之節，齊王、衛恒，通于服絕之制，可以斷矣。朝廷於此，宜導之以趙姬，齊之以詔命，使先妻恢含容之德，後妻崇卑讓之道，室人達長少之序，百姓見變禮之中。若此，可以居生，又況於死乎！古之王者，有以師友之禮

〔註175〕牟潤孫：《注史齋叢稿》，北京：中華書局，1987年版，第331頁。

待其臣，而臣不敢自尊。今令先妻以一體接後，而後妻不敢抗，及
其子孫交相爲服，禮之善物也。然則王昌兄弟相得之日，蓋宜祫祭
二母，等其禮饋，序其先後，配以左右，兄弟肅雍，交酬奏獻，上
以恕先父之志，中以高二母之德，下以齊兄弟之好。使義風弘于王
教，慈讓洽乎急難，不亦得禮之本乎！〔註176〕

文章以通變的思想來評論王毖之事，認爲「禮有經有變有權」，舉《春秋》趙
姬之事爲據，證明「吉凶哀樂，動乎情者也，五禮之制，所以敘情而即事也」，
批評張惲、劉卞、齊王、衛恒之論失之偏頗，爲朝廷合理處理此事提出建議，
亦爲王昌兄弟相得之日該如何做予以主張。干寶此論由「後妻子應否爲前母
服喪」論及「稱情與通理」「尊經與權變」，亦即由形下事例之發端，而漸及
形上通則之考量，體現出其抽象思辨能力之強，文章稱「古之王者，有師友
之禮待其臣，而不敢自尊」，似乎亦有言外之意，而末尾稱「使義風弘於王教，
慈讓洽乎急難，不亦得禮之本乎」，亦有其深意在。聯繫其《晉紀・總論》對
西晉「風俗淫僻，恥尚失所」的批判則不難發現其借論王毖之事而抒內心憤
慨之意圖。

　　除了對喪禮的論辯外，從現存論體文看，亦有對嘉禮中的婚禮的爭議。「同
姓可否通婚」的問題，是魏晉南北朝出現的新興論題。因時局多變，避國難或
遁仇逃罪而變名易姓者漸多，同姓不婚之諱日爲人所漠視。《通典》卷六十載
晉濮陽太守劉嘏與同姓劉疇婚，司徒下太常諸博士議，非之。劉嘏爲自己辯護，
稱「今年共婚，不以損一字爲疏，增一字爲親；不以共其本爲悔，取其同者爲
吝。宜理在可通，而得明始限之別，故婚姻不疑耳」。〔註177〕又與卞壺疏，卞
壺以劉嘏書示朝賢光祿大夫荀崧，荀崧作《答卞壺論劉嘏同姓爲婚》曰：

如嘏所執，苟在限內，雖遠不可；苟在限外，不遠可通也。吾
無以異之。王伯輿，鄭玄高儁弟子也，爲子稚賓娶王處道女，當得
禮意，於時清談，盡無譏議。今難者雖苦，竟不能折其理。《春秋》
不伐有辭，謂嘏不應見責。〔註178〕

〔註176〕〔唐〕房玄齡等：《晉書》卷20《禮志中》，北京：中華書局，1974年版，第
　　　　638～639頁。
〔註177〕〔唐〕杜佑：《通典》卷60《禮二十》，北京：中華書局，1988年版，第1701
　　　　頁。
〔註178〕〔唐〕杜佑：《通典》卷60《禮二十》，北京：中華書局，1988年版，第1702
　　　　頁。

荀崧舉三國魏時王稚賓娶同姓女在當時並未有人非難為例，而現在有人難之，卻也不能折其理，從其「當得禮意」一語，可以看出當時贊成同姓可婚者似乎已採取「得意忘言」的方式作為解經釋禮的憑據。而荀崧亦不拘泥於禮文，採取變通的方式具體事例具體對待，「苟在限內，雖遠不可；苟在限外，不遠可通」，「謂嘏不應見責」。這一論題，至劉宋時期仍有人論，庾蔚之針對劉嘏所云「堯舜之婚，以正姓分絕於上」「應韓之通，以庶姓理終於下」而質疑曰：

> 嘏雖明始限之外與理終之後，皆可得通婚，而未有親疏之斷。昭穆祚胤，無代不有，若周代既遷，屬籍已息，應韓之婚，以其昭穆久遠。今所疑雖在始限之外理終之後而親未遠者，當以何斷？按《禮》云：「六代親屬竭矣」。故當宜以此為斷邪？若周室已遷，無復后稷之始祖，則當以別子及始封為判。今宗譜之始，亦可以為始祖也。古人數易姓，姓異不足明非親，故婚姻必原其姓之所出。末代不復易姓，異姓則胡越，不假復尋其由出，同姓必宜本其由。是以各從首易，不為同姓之婚。且同姓之婚，易致小人情巧，又益法令滋章。嘏在邊地，無他婚處，居今行古，致斯云耳。〔註179〕

庾蔚之首先指出劉嘏在論證同姓可婚時存在的問題，雖明始限之外與理終之後，而未有親疏之斷，之後舉史實為例，進一步強化此問題，然後從易姓與不再易姓的角度分析同姓結婚的危害，明確反對同姓結婚。

由以上分析，不難發現，魏晉南北朝時期的「禮」學熱實不遜於漢代，論議人數之多、場面之大、時間間隔之久、論辯問題之精彩，可從《晉書‧禮志》、杜佑《通典》、馬端臨《通考》、秦蕙田《五禮通考》和嚴可均《全三國六朝文》中得以窺其崖略。蓋魏晉南北朝人士對於疑難問題，每付諸談辯作論以待解決。當舊禮已漸無法規範新時代之行為舉止時，于吉、凶、軍、賓、嘉諸古禮當如何遵循，乃引發士人之熱烈討論。因此，拘守禮文的舊派與妙從禮意的新派之論爭在所難免，《世說新語‧言語》64條載：

> 劉尹與桓宣武共聽講《禮記》。桓云：「時有入心處，便覺咫尺玄門。」劉曰：「此未關至極，自是金華殿之語。」〔註180〕

〔註179〕〔唐〕杜佑：《通典》卷60《禮二十》，北京：中華書局，1988年版，第1702～1703頁。

〔註180〕〔南朝宋〕劉義慶撰，〔梁〕劉孝標注，徐震堮校箋：《世說新語校箋》，北京：中華書局，1984年版，第68頁。

聽講《禮記》猶能有「咫尺玄門」之感，其所論雖未關至極妙道，卻也不難發現其理路已非漢儒所宗，當受玄風影響。

三、肉刑之論

　　肉刑是古代酷刑之一，《書》云：「惟敬五刑，以成三德。」《易》著劓、刖、滅趾之法。這是一種依據犯罪類型及其情節輕重而對身體施以摧殘的刑罰。肉刑之爭源自西漢文帝時期，《漢書・刑法志》載：「（文帝）即位十三年，齊太倉令淳于公有罪當刑，詔獄逮繫長安。淳于公無男，有五女，當行會逮，罵其女曰：『生子不生男，緩急非有益！』其少女緹縈，自傷悲泣，乃隨其父至長安，上書曰：『妾父爲吏，齊中皆稱其廉平，今坐法當刑。妾傷夫死者不可復生，刑者不可復屬，雖後欲改過自新，其道亡繇也。妾願沒入爲官婢，以贖父刑罪，使得自新。』書奏天子，天子憐悲其意，遂下令曰：『制詔御史：蓋聞有虞氏之時，畫衣冠異章服以爲僇，而民弗犯，何治之至也！今法有肉刑三，而姦不止，其咎安在？……今人有過，教未施而刑已加焉，或欲改行爲善，而道亡繇至，朕甚憐之。夫刑至斷支體，刻肌膚，終身不息，何其刑之痛而不德也！豈稱爲民父母之意哉？」〔註181〕於是下令廢除肉刑改以他刑替代。之後，關於肉刑是否要恢復的爭論不斷，早在東漢光武帝時期已初見端倪，《後漢書・杜林傳》載：「十四年，群臣上言：『古者肉刑嚴重，則人畏法令；今憲律輕薄，故姦軌不勝。宜增科禁，以防其源』。詔下公卿。」林奏曰：「夫人情挫辱，則義節之風損；法防繁多，則苟免之行興。孔子曰：『導之以政，齊之以刑，民免而無恥。導之以德，齊之以禮，有恥且格。』古之明王，深識遠慮，動居其厚，不務多辟，周之五刑，不過三千。……臣愚以爲宜如舊制，不合翻移。」〔註182〕光武帝採納其建議，不復肉刑。

　　魏晉南北朝時期，肉刑之爭此起彼伏，高潮迭起，留存下來的既有論，又有議，以議居多。根據《晉書・刑法志》、《通典》卷168《肉刑議》及諸人傳記，製作魏晉時期肉刑之爭匯總表如下：

〔註181〕〔漢〕班固：《漢書》卷23《刑法志》，北京：中華書局，1964年版，第1097～1098頁。

〔註182〕〔南朝宋〕范曄：《後漢書》卷27《杜林傳》，北京：中華書局，1965年版，第937～938頁。

時　間	主張復肉刑者及其論作	反對復肉刑者及其論作	結　果	出　處
建安十三年	尚書令荀彧（一說大鴻臚陳紀）	少府孔融《肉刑論》（《後漢書·孔融傳》	「朝廷善之（孔融），卒不改焉」。	《三國志·魏書·陳群傳》
建安十八年以後	御史中丞陳群《復肉刑論》和相國鍾繇《復肉刑論》	奉常王脩（《晉書·刑法志》作「王修」）	「魏武帝亦難以藩國改漢朝之制，遂寢不行。」	《通典》卷168《肉刑議》《三國志·魏書·陳群傳》《三國志·魏書·鍾繇傳》
文帝曹丕即位			「詳議未定，會有軍事，復寢」	《晉書·刑法志》
明帝曹叡太和年間	太傅鍾繇	司徒王朗《反肉刑論》	「時議者百餘人，與朗同者多。帝以吳蜀未平，又寢。」	《三國志·魏書·鍾繇傳》
齊王曹方正始年間	河南尹李勝《難夏侯玄肉刑論》	征西將軍夏侯玄《反肉刑論》	「卒不能決」	《通典》卷168《肉刑議》
西晉初年武帝司馬炎太康十年	廷尉劉頌《復肉刑論》		「頻表宜復肉刑，不見省」	《晉書·刑法志》
東晉元帝司馬睿在位期間	廷尉衛展《復肉刑論》、驃騎將軍王導《復肉刑論》等	大將軍王敦等人	「（元帝）於是乃止」	《通典》卷168《肉刑議》
東晉安帝司馬德宗元興末年，桓玄輔政	著作佐郎蔡廓《肉刑論》	太尉孔琳之《反肉刑論》	「時論多與琳之同，故遂不行」	《通典》卷168《肉刑議》

　　由上表可見，肉刑之論是魏晉南北朝時期紛爭不休的重要論題，其爭論次數之多、之頻、規模之大、參與人數之眾、論辯雙方互逞口舌、迫敵立己之盛均為歷代罕見。其中夏侯玄的《肉刑論》、《答李勝難肉刑論》，寫得頗有見地。湯用彤稱其「論古無肉刑，與李勝往復，則知亦留心於法意。故夏侯太初者上接太和中名法之緒，下開正始玄理之風也。」〔註183〕評價甚為

─────────────

〔註183〕湯用彤：《魏晉玄學論稿》，上海古籍出版社，2001年版，第17頁。

公允。《通典》卷 168《刑六‧肉刑議》錄其與李勝論辯往復三個回合，附加注云：「凡往復十六，义多个載」〔註 184〕。可見其時論辯之激烈。夏侯玄本諸仁者之懷，不忍以肉刑奪人自新之意，極力反對肉刑。李勝則以刑輕不足以震懾人心，且肉刑爲三代古制，力主復刑。二者唇槍舌劍，來回往復，不相上下。每次論爭均以廢肉刑而告終，「肉刑的廢除畢竟使刑罰減輕了一些，在中國刑罰走向文明化的過程中也具有重要意義，因而是值得肯定的」〔註 185〕，「復肉刑之議的結果也正體現了漢代以後中國古代法律儒家化的這一發展趨勢」。〔註 186〕

肉刑論除了在朝廷引起爭論外，名士們甚至以此作爲品鑒人物的標準。《御覽》卷 648 引王隱《晉書》曰：

> 尚書梅陶問先祿大夫祖納：「漢文帝故當爲英雄？既除肉刑，而五六百歲無能復者。」納答曰：「諸聖製肉刑，而漢文擅除已來，無勝漢文帝者，故不能復。非聖人者無法，何足爲英雄？」於是陶不能對。〔註 187〕

由此可見肉刑之論在當時與人物品鑒相結合，成爲由肉刑論引發的附帶話題。

關於刑與禮之關係，魏晉時期亦有人進行探討，丁儀作有《刑禮論》，主張先禮而後刑，文曰：

> 天垂象，聖人則之。天之爲歲也，先春而後秋；君之爲治也，先禮而後刑。春以生長爲德，秋以殺戮爲功；禮以教訓爲美，刑以威嚴爲用。故先生而後殺，天之爲歲；先教而後罰，君之爲治也。天不以久遠更其春冬，而人也得以古今改其禮刑哉？太古之世，民故質樸，質樸之民，宜其易化。是以中古之君子，或結繩以治，或象刑惟明。夏后肉辟，民轉姦詐，刑彌滋繁，禮亦如之。由斯言之，古之刑省，禮亦宜略。今所論辨，雖出傳記之前，夫流東源不得西，景正形不得傾，自然之勢也。後世禮刑，俱失於前，先後之宜，故

〔註 184〕〔唐〕杜佑：《通典》卷 168《刑法六》，北京：中華書局，1988 年版，第 4337 頁。

〔註 185〕王政勳：《漢魏之際關於肉刑問題的辯論》，《唐都學刊》，1996 年第 3 期，第 57 頁。

〔註 186〕薛菁：《漢末魏晉復肉刑之議論析》，《東南學術》，2004 年第 3 期，第 156 頁。

〔註 187〕〔宋〕李昉：《太平御覽》卷 648《刑法部一四》，北京：中華書局影印宋刻本，1960 年版，第 2901 頁。

自有常。今夫先刑者，用其末也，曰禮禁未然之前，謂難明之禮，
古人不能行也。……上古雖質，宜所以為君，會當先別男女，定夫
婦，分土地，班食物，此先以禮也。夫婦定而後禁淫焉，萬物正而
後止竊，此後刑也。〔註188〕

文章從天垂象言起，認為聖人法天而為禮刑。天之為歲，先春而後秋，君子
治天下，則先禮而後刑。劉師培稱：「東漢論文，如延篤《仁孝》之屬，均詳
引經義，以為論斷。其有直抒己意者，自此論始。魏代名理之文，其先聲也。」
〔註189〕文章沒有引經據典，直接言理，行文順暢而頗具說服力。

四、考課之論

考課是與選舉或考覈人才有關的一種課題，與政治有直接關係。建安之
後，天下興兵，三國鼎立，士流播遷，欲徵源流，嚴行察舉，已不甚可能。
故延康元年，吏部尚書陳群以為朝廷選用不盡人才，乃倡立「九品官人之法」，
主張「州郡皆置中正，以定其選，擇州郡之賢有識鑒者為之，區別人物，第
其高下」〔註190〕。於是，吏部審核人才的權力便轉移到中正官的身上。自魏
明帝太和之後，俗用浮靡，遞相標目，各地中正兼採浮華虛譽，而少取決於
功績，吏部尚書盧毓針對這些弊端上疏曰：「古者敷奏以言，明試以功。今考
績之法久廢，而毀稱相進退；故真偽混雜也。」〔註191〕明帝遂詔令盧毓作考
課法〔註192〕。至於盧毓是否制定考課法，史籍不明。後來明帝又詔令散騎常
侍劉劭作都官考課之法，以考覈百官，《三國志·劉劭傳》載：

〔註188〕〔唐〕歐陽詢撰，汪紹楹校：《藝文類聚》卷54《刑法部》，上海：上海古籍
　　　　出版社，1982年版，第980頁。

〔註189〕劉師培：《中國中古文學史講義》，上海：上海古籍出版社，2000年版，第27
　　　　頁。

〔註190〕〔唐〕杜佑：《通典》卷14《選舉二》，北京：中華書局，1988年版，第326
　　　　頁。

〔註191〕〔唐〕杜佑：《通典》卷14《選舉二》，北京：中華書局，1988年版，第327
　　　　頁。

〔註192〕《三國志》卷22《盧毓傳》載：「時舉中書郎，詔曰：『得其人與否，在盧生
　　　　耳。選舉莫取有名，名如畫地作餅，不可啖也。』毓曰：『名不足以致異人，
　　　　而可以得常士。常士畏教慕善，然後有名，非所當疾也。愚臣既不足以識異
　　　　人，又主者正以循名案常為職，但當有以驗其後。故古者敷奏以言，明試以
　　　　功。今考績之法廢，而以毀譽相進退，故真偽渾雜，虛實相蒙。』帝納其言，
　　　　即詔作考課法。」

　　景初中，受詔作《都官考課》。劭上疏曰：「百官考課，王政之
大較，然而歷代弗務，是以治典闕而未補，能否混而相蒙。陛下以
上聖之宏略，愍王綱之弛頹，神慮內鑒，明詔外發。臣奉恩曠然，
得以啓矇，輒作《都官考課》七十二條，又作《說略》一篇。臣學
寡識淺，誠不足以宣暢聖旨，著定典制。」〔註193〕

此處劉劭所言《說略》，胡三省注曰：「說考課之大略也」〔註194〕。劉劭作《都
官考課》之後，魏明帝制下三府百僚，當時贊成者與駁難者甚多。散騎黃門
侍郎杜恕支持考課法，《三國志・杜恕傳》載其上疏曰：「今奏考功者，陳周、
漢之法爲，綴京房之本旨，可謂明考課之要矣。……臣以爲便當顯其身，用
其言，使具爲課州郡之法，法具施行，立必信之賞，施必行之罰。至於公卿
及內職大臣，亦當俱以其職考課之也。」〔註195〕態度鮮明地表達了對考課法
的支持。司空掾傅嘏則明確反對劉劭制定的考課法，《三國志・傅嘏傳》載：

　　黃初中，……時散騎常侍劉劭作考課法，事下三府。嘏難劭論
曰：「……案劭考課論，雖欲尋前代黜陟之文，然其制度略以闕
亡。……以古施今，事雜義殊，難得而通也。……夫建官均職，清
理民物，所以立本也；循名考實，糾勵成規，所以治末也。本綱末
舉而造制未呈，國略不崇而考課是先，懼不足以料賢愚之分，精幽
明之理也。……方今九州之民，爰及京城，未有六鄉之舉，其選才
之職，專任吏部。案品狀則實才未必當，任薄伐則德行未爲敘，如
此則殿最之課，未盡人才。述綜王度，敷贊國式，體深義廣，難得
而詳也。〔註196〕

針對劉劭考課論以恢復前代的黜陟法爲主的觀點，傅嘏之論受其時本末思想
的影響，指出建官均職、清理民物爲立本之大事，以循名考實、糾勵成規爲
治末之小事，明確指出古制難盛，察舉不盛，不易考課。司隸校尉崔林亦對
劉劭考課法提出批評，「以爲今之制度，不爲疏闊，惟在守一勿失而已」，「方

〔註193〕〔晉〕陳壽撰，〔宋〕裴松之注：《三國志》卷 21《劉劭傳》，北京：中華書
　　　　　局，1959 年版，第 619〜620 頁。
〔註194〕〔宋〕司馬光編著，〔元〕胡三省音注《資治通鑒》卷 73《魏紀五》，北京：
　　　　　中華書局，1956 年版，第 2327 頁。
〔註195〕〔晉〕陳壽撰，〔宋〕裴松之注：《三國志》卷 16《杜恕傳》，北京：中華書
　　　　　局，1959 年版，第 500〜501 頁。
〔註196〕〔晉〕陳壽撰，〔宋〕裴松之注：《三國志》卷 21《傅嘏傳》，北京：中華書
　　　　　局，1959 年版，第 622〜623 頁。

今軍旅，或猥或卒，備之以科條，申之以內外，增減無常，固難一矣」〔註197〕，舉「易簡」之理，謂「守一勿失」為上策。

　　魏齊王芳嘉平元年，曹爽既誅，司馬懿秉政，曾廣開言路，詳求理本，征南將軍王昶上疏陳治略五事，其二與其三涉及考課內容，「詔書褒贊。因使撰百官考課事」〔註198〕。夏侯玄則針對當時九品中正制之流弊而論道：

　　　　夫官才用人，國之柄也。故銓衡專於臺閣，上之分也，孝行存

　　乎閭巷，優劣任之鄉人，下之敘也。……奚必使中正干銓衡之機於

　　下，而執機柄者有所委仗於上，上下交侵，以生紛錯哉？〔註199〕

夏侯玄針對東漢的察舉制，提出其見解，認為大小中正只要負責考察人物的行跡，以定其高下即可。至於陞遷黜陟則當委之眾職所屬之官長，最後由吏部作出銓敘。

　　當時談論考課法流弊者甚多，因司馬氏正思謀篡竊，自然遜謝未納。至晉立國，依魏九品之制，大小中正「但能知其閥閱，非復辨其賢愚」的情形愈趨嚴重，其品第人物高下幾乎全以意定。至武帝泰始初，又議考課。傅玄、皇甫陶、劉毅、李重等皆力斥其弊，此在《晉書》諸家本傳及《通典》卷十四中皆有詳載，因其文屬上疏，此處不再贅述。

　　終魏晉之世，考課成為重要的論難話題，雖然僅傅嘏《難劉劭考課法論》以論為名，其他均為議或疏，但由此亦可見其時考課之辯的盛行。南朝劉宋之周朗、謝莊、齊之駱宰等均有疏表論及考課之法，但論難之風已漸息。綜觀這幾次考課之論難，可以發現，在個人受詔制定考課之法後，由群臣討論其能否實施，皇權並未強行推行。也正因為皇權沒有強制干涉，而使眾臣針對考課之利弊進行論難，促使論難之風盛行，使考課成為論體文的題材內容。北朝後魏孝文帝太和中下詔：「三載考績，自古通經；三考黜陟，以彰能否。今若待三考然後黜陟，可黜者不足為遲，可進者大成賒緩。」〔註200〕宣武帝時頒佈多個考課法令，高陽王雍、徐州刺史蕭寶夤等均有上表，談及考課之

〔註197〕　〔晉〕陳壽撰，〔宋〕裴松之注：《三國志》卷 24《崔林傳》，北京：中華書局，1959 年版，第 680 頁。

〔註198〕　〔晉〕陳壽撰，〔宋〕裴松之注：《三國志》卷 27《王昶傳》，北京：中華書局，1959 年版，第 749 頁。

〔註199〕　〔晉〕陳壽撰，〔宋〕裴松之注：《三國志》卷 9《夏侯玄傳》，北京：中華書局，1959 年版，第 295 頁。

〔註200〕　〔唐〕杜佑：《通典》卷 15《選舉三》，北京：中華書局，1988 年版，第 368 頁。

制。但北魏的考課令文與考格都由皇權強制推行，而不再經過群臣議論，因此，其時關於考課的論辯亦未興起。由此可見，論辯風氣是否能興起與統治者能否提供自由言論的權力密切相關，一言堂的形成是扼殺百家爭鳴的劊子手，大一統思想的統治是禁錮人們自由思想與言論的牢籠。

第四節　遊藝風俗之盛行與文藝論之初起

　　魏晉南北朝時期不僅是文學的自覺時代，也是藝術的自覺時代，琴棋書畫，高品間出。徐幹在《中論・藝紀》中指出，「藝者所以旌智飾能、統事御群也，聖人所不能已也。」〔註201〕徐幹所謂「藝」，雖仍指儒家的「六藝」，但已與東漢正統的儒家思想不同。張岱年先生在其《中國哲學大綱》中曾精闢地指出，徐幹的理論有兩個特徵，「一重藝，一貴智」，而重藝與貴智是魏晉南北朝時期具有普遍意義的風尚。其時，「重藝」主要表現爲遊藝風俗的盛行，「重智」除了政治軍事上鬥勇鬥智外，學術上則表現爲以言理爲主要特徵的論體文的繁興。在「重藝」之遊藝風俗影響下，「重智」之論體文中文藝論蓬勃發展。

一、魏晉南北朝遊藝風俗促進文藝論之興起

　　遊藝，本爲儒家教育的重要內容，是成德成仁的工具。《論語・述而》載：「子曰：『志於道，據於德，依於仁，游於藝。』」何晏《集解》曰：「志，慕也。道不可體，故志之而已。據，杖也。德有成形，故可據。依，倚也。仁者功施於人，故可倚。藝，六藝也。不足據依，故曰游。」朱熹《四書集注》疏釋孔子「游於藝」云：「遊者，玩物適情之謂。藝，則禮樂之文射御書數之法，皆至理所寓而日用之不可闕者也。朝夕遊焉以博其義理之趣，則應務有餘，而心亦無所放矣。」〔註202〕也就是說，儒家僅以遊藝爲閒暇之餘事，忌諱「玩人喪德，玩物喪志」。魏晉南北朝時期，隨著文教淪胥，儒學衰落，士人的思想從經學禁錮中解放出來，煥發出新的光彩。社會的劇烈動蕩，喪亂的痛苦與政治漩渦的殘酷，喚起了文士生命意識的覺醒。「生年不滿百，常懷

〔註201〕〔三國魏〕徐幹撰，孫啓治解詁：《中論解詁》，北京：中華書局，2014 年版，第 112 頁。
〔註202〕程樹德：《論語集釋》，北京：中華書局，1990 年版，第 443 頁。

千歲憂。晝短苦夜長，何不秉燭遊？為樂當及時，何能待來茲？」〔註203〕這種優生意識的產生，使當時社會彌漫著一種追求生命適意的遊樂熱潮。遊藝風俗的盛行，使儒家以「禮、樂、射、御、書、數」為內容的「六藝」逐漸為詩文琴棋書畫等藝術性科目所代替。余英時先生在《士與中國文化》中指出，「士之內心自覺又可由其藝術修養見之。就漢晉間史傳考之，當時士大夫最常習之藝術至少有音樂、書法及圍棋三者」。〔註204〕其時，音樂、書法、繪畫、圍棋等不僅成為文士生活內容的點綴，亦成為他們自覺的藝術追求與精神寄託的工具。

「作為『文學的自覺時代』，魏晉時期同樣可稱為音樂的自覺時代。……在我國歷史上，首次出現了一個具有自覺意識和較高藝術素養的愛樂解音的名士群體。」〔註205〕阮籍「博覽群籍，尤好《莊》《老》，嗜酒能嘯，善彈琴」〔註206〕，阮咸「妙解音律，善彈琵琶」，阮瞻「善彈琴，人聞其能，多往求聽，不問貴賤長功，皆為彈之」〔註207〕，石崇《思歸引序》亦自誇「余少有大志……出則以遊目弋釣為事，入則有琴書之娛」〔註208〕。音樂成為魏晉士人生命中的重要部分，甚至將生死與音樂融合在一起。嵇康臨行前對日影而彈琴，不為生命的結束而惋惜，卻為「《廣陵散》於今絕矣」而抱憾。顧榮生前喜歡彈琴，其好友張翰以琴聲為其送葬〔註209〕，王獻之死後，王徽之亦在其靈前彈琴祭奠〔註210〕。

〔註203〕《古詩十九首（其十五）》。〔梁〕蕭統編，〔唐〕李善注：《文選》，北京：中華書局，1977年版，第412頁。

〔註204〕余英時：《士與中國文化》，上海：上海人民出版社，1987年版，第343頁。

〔註205〕高華平：《玄學趣味》，武漢：湖北教育出版社，1996年，第103頁。

〔註206〕〔唐〕房玄齡等：《晉書》卷49《阮籍傳》，北京：中華書局，1974年版，第1359頁。

〔註207〕〔唐〕房玄齡等：《晉書》卷49《阮咸傳》，北京：中華書局，1974年版，第1363頁。

〔註208〕〔梁〕蕭統：《文選》，北京：中華書局，1977年版，第642頁。

〔註209〕《晉書》卷38《顧榮傳》載：「榮素好琴，及卒，家人常置琴於靈座。吳郡張翰哭之慟，既而上床鼓琴數曲，撫琴而歎曰：『顧彥先復能賞此不？』因又慟哭，不弔喪主而去。」〔唐〕房玄齡等：《晉書》，北京：中華書局，1974年版，第1815頁。

〔註210〕《晉書》卷80《王徽之傳》載，「未幾，獻之卒。徽之奔喪不哭，直上靈床坐，取獻之琴彈之，久而不調，歎曰：『嗚呼子敬！人琴俱亡！』因頓絕。先有背疾，遂潰裂，月餘亦卒。」〔唐〕房玄齡等：《晉書》，北京：中華書局，1974年版，第2104頁。

魏晉南北朝出現許多書法大家，如長於行書的鍾繇、胡昭等，長於草書的嵇康、衛瓘、衛恒和索靖等。衛恒《四體書勢序》曰：「上谷王次仲善隸書，始爲楷法。至靈帝好書，世多能者。而師宜官爲最，甚矜其能，每書，輒削焚其札。梁鵠乃益爲版而飲之酒，候其醉而竊其札，鵠卒以攻書至選部尚書。於是公欲爲洛陽令，鵠以爲北部尉。鵠後依劉表。及荊州平，公募求鵠，鵠懼，自縛詣門，署軍假司馬，使在祕書，以勒書自效。公嘗懸著帳中，及以釘壁玩之，謂勝宜官。」〔註211〕曹操在得到書法家梁鵠的書法後，「常以胡書懸帳中」，其喜愛之情可以窺見。《三國志・張紘傳》注引《吳書》曰：「紘既好文學，又善楷篆，與孔融書，自書。融遺紘書曰：『前勞手筆，多篆書。每舉篇見字，欣然獨笑，如復覩其人也』。」〔註212〕孔融見到張紘的篆書而「欣然獨笑」，其欣賞之意亦可想見。繪畫在魏晉時期亦很受文士青睞，出現許多著名畫家。據《歷代名畫記》載，曹髦、楊脩、桓範、徐邈、曹不興、諸葛亮、諸葛瞻、嵇康、荀勖、張墨、衛協、夏侯瞻等皆以繪畫著稱於世。

「博弈」，本指博和弈。博，許慎《說文》曰：博，局戲也。六箸十二棋也。弈，揚雄《方言》曰：圍棋，自關而東，齊、魯之間謂之弈。古時常以「博弈」連稱，亦概指其他棋藝。其起源甚早，在《論語》《孟子》中皆有涉及。韋昭《博弈論》：「今世之人，多不務經術，好玩博弈，廢事棄業，忘寢與食，窮日盡朋，繼以脂燭。」其時博弈之風盛可見一斑。曹丕《典論・自敘》曰：「余於他戲弄之事少所喜，唯彈棋略盡其巧，少爲之賦。昔京師先工有馬合鄉侯、東方安世、張公子，常恨不得與彼數子者對。」〔註213〕他們在黑白對壘的境界中顯示才藝，在尺幅棋枰上爭雄逞強，以棋「手談」「坐隱」，藝術地展現魏晉風流。三國時期吳博弈風氣之盛亦不亞於魏，諸葛瑾的次子諸葛融，在軍中冬則射獵講武，春夏則延賓高會，「每會輒歷問賓客，各言其能，乃合榻促席，量敵選對，或有博弈，或有摴蒱，投壺弓彈，部別類分，於是甘果繼進，清酒徐行，融周流觀覽，終日不倦」〔註214〕。

〔註211〕〔晉〕陳壽撰，〔宋〕裴松之注：《三國志》卷1《武帝紀》，北京：中華書局，1959年版，第31頁。

〔註212〕〔晉〕陳壽撰，〔宋〕裴松之注：《三國志》卷53《張紘傳》，北京：中華書局，1959年版，第1247頁。

〔註213〕〔清〕嚴可均：《全三國文》卷8，《全上古三代秦漢三國六朝文》，北京：中華書局，1958年版，第1097頁。

〔註214〕〔晉〕陳壽撰，〔宋〕裴松之注：《三國志》卷52《諸葛瑾傳》，北京：中華書局，1959年版，第1235頁。

　　精通多門藝術的士人在魏晉南北朝時期並不少見，曹操即精通草書與音樂，《三國志・武帝紀》裴松之注引張華《博物志》云：「漢世，安平崔瑗、瑗子寔、弘農張芝、芝弟昶並善草書，而太祖亞之。桓譚、蔡邕善音樂，馮翊山子道、王九眞、郭凱等善圍棋，太祖皆與埒能。」〔註215〕《魏略》中記載了曹植的多才多藝，「植初得淳甚喜，延入坐，不先與談。時天暑熱，植因呼常從取水自澡訖，傅粉。遂科頭拍袒，胡舞五椎鍛，跳丸擊劍，誦俳優小說數千言訖，謂淳曰：『邯鄲生何如邪？』於是乃更著衣幘，整儀容，與淳評說混元造化之端，品物區別之意，然後論羲皇以來賢聖名臣烈士優劣之差，次頌古今文章賦誄及當官政事宜所先後，又論用武行兵倚伏之勢」。〔註216〕嵇康「能屬詞，善鼓琴，工書畫，美風儀」，〔註217〕「常修養性服食之事，彈琴詠詩，自足於懷……陳說平生，濁酒一杯，彈琴一曲，志意畢矣。」〔註218〕戴逵「少博學，好談論，善屬文，能鼓琴，工書畫，其餘巧藝靡不畢綜。……性不樂當世，常以琴書自娛」〔註219〕。

　　在舉世皆沉醉歡娛遊藝之時，亦有文士不爲其所動。如葛洪「少好學，家貧，躬自伐薪以貿紙筆，夜輒寫書誦習，遂以儒學知名。性寡欲，無所愛翫，不知棋局幾道，樗蒲齒名。」〔註220〕其《抱朴子外篇・自敘》曰：「洪期於守常，不隨世變。言則率實，杜絕嘲戲，……洪體鈍性駑，寡所玩好。自總髮垂髫，又擲瓦手搏，不及兒童之群。未嘗鬥雞鶩，走狗馬。見人博戲，了不目眄。或強牽引觀之，殊不入神，有若晝睡。是以至今不知棋局上有幾道，樗蒲齒名。亦念此輩末伎，亂意思而妨日月，在位有損政事，儒者則廢講誦，凡民則忘稼穡，商人則失貨財。至於勝負未分，交爭都市，心熱於中，顏愁於外，名之爲樂，而實煎悴。喪廉恥之操，興爭競之端，相取重貨，密

〔註215〕〔晉〕陳壽撰，〔宋〕裴松之注：《三國志》卷1《武帝紀》，北京：中華書局，1959年版，第54頁。

〔註216〕〔晉〕陳壽撰，〔宋〕裴松之注：《三國志》卷21《王粲傳》，北京：中華書局，1959年版，第603頁。

〔註217〕〔唐〕張彥遠：《歷代名畫記》，上海：上海人民美術出版社，1964年版，第122頁。

〔註218〕〔唐〕房玄齡等：《晉書》卷49《嵇康傳》，北京：中華書局，1974年版，第1369～1372頁。

〔註219〕〔唐〕房玄齡等：《晉書》卷94《隱逸・戴逵傳》，北京：中華書局，1974年版，第2457頁。

〔註220〕〔唐〕房玄齡等：《晉書》卷72《葛洪傳》，北京：中華書局，1974年版，第1911頁。

結怨隙。」〔註221〕此處批判了其時社會的遊藝之風及其危害，卻也從另一個側面反映了玩樂風氣的濃厚。陶侃對博弈之類娛樂更是深惡痛絕，「諸參佐或以談戲廢事者，乃命取其酒器、蒲博之具，悉投之於江，吏將則加鞭撲，曰：『樗蒲者，牧豬奴戲耳！《老》《莊》浮華，非先王之法言，不可行也。君子當正其衣冠，攝其威儀，何有亂頭養望自謂宏達邪！』」〔註222〕葛洪、陶侃二人屬於與當時歡娛之風格格不入者，他們皆堅守儒家立場，鄙視名士放達之風，在社會風俗大勢前卻也無能為力，由此亦可見其時遊藝風氣之盛行。

隨著題材的豐富，文藝進入論體文的論述範圍。就文論而言，先秦時期，是以寄生的方式存在於文化典籍的各種文體中，並沒獲得獨立地位。至漢代，「毛詩序的批評思想和文體結構，不僅是自成一體，而且有很強的彌漫性和生長力，表明中國文論的批評文體已經由先秦的『寄生』走向了漢代的『彌漫』，並以一種旺盛的生命力成長於已有的『文體』土壤之上。」〔註223〕建安時期，曹丕《典論·論文》的出現，文學成為文士專門思考的對象。王瑤先生曰：「中國先秦兩漢，文學作品雖然很多，但專門論文的篇章卻是到魏晉才有的；在文學史或文學批評史上，魏晉都可以說是自覺時期。」〔註224〕《文心雕龍·序志》曰：「詳觀近代之論文者多矣：至於魏文述《典》，陳思序《書》，應瑒《文論》，陸機《文賦》，仲洽《流別》，宏範《翰林》，各照隅隙，鮮觀衢路。」〔註225〕此處提到的以論體寫作的文論除了曹丕的《典論·論文》外，還有應瑒的《文質論》、摯虞的《文章流別論》、李充的《翰林論》，可惜後二者已散佚，僅存輯佚數則，難窺其全貌。值得關注的是這些文論作品不僅是文學批評理論，而且其本身即為文質辯洽的文學作品。張溥《漢魏六朝百三家集·摯太常集題辭》云：「《流別》曠論，窮神盡理，劉勰《雕龍》，鍾嶸《詩品》，緣此起議，評論日多矣。」〔註226〕

除了文論，魏晉南北朝書法論、畫論、樂論、棋論等亦蓬勃發展。正始

〔註221〕王明：《抱朴子內篇校釋》，北京：中華書局，1986年版，第377頁。

〔註222〕〔唐〕房玄齡等：《晉書》卷66《陶侃傳》，北京：中華書局，1974年版，第1774頁。

〔註223〕李建中、閻霞：《從寄生到彌漫——中國文論批評文體原生形態考察》，《華中師範大學學報（人文社科版）》，2004年第5期，第98頁。

〔註224〕王瑤：《中古文學史論》，北京：北京大學出版社，1998年版，第56頁。

〔註225〕范文瀾：《文心雕龍注》，北京：人民文學出版社，1958年版，第726頁。

〔註226〕〔明〕張溥著，殷孟倫注：《漢魏六朝百三家集題辭注》，北京：人民文學出版社，1960年版，第114頁。

論辯風起，阮籍作《樂論》，夏侯玄作《辯樂論》，與之進行辯論。書畫論如鍾繇的《筆勢論》，王曠的《筆心論》，王羲之的《筆勢論》《書論》，顧愷之的《論畫》等。正面闡述遊藝之道能激發文士創作論體文的激情，而從反面對遊藝之風進行批判亦成為魏晉南北朝論體文的重要內容。三國時期魏王昶，在明帝當政期間，「昶雖在外任，心存朝廷，以為魏承秦、漢之弊，法制苛碎，不大釐改國典以準先王之風，而望治化復興，不可得也。乃著《治論》，略依古制而合於時務者二十餘篇，又著《兵書》十餘篇，言奇正之用。」〔註227〕其《治論》今已不存，《太平御覽》卷746引王昶《戲論》，不知是否是其《治論》之篇目。其論曰：

> 《禮記》有投壺之宴，《論語》稱博弈之賢，茲三戲者，君子末事，不足為也。樗蒲、彈棋，既不益人，又國有禁，皆不得為也。吾見坐圍棋而死，近事非遠。昔晉侯以投壺喪，宋公好博弈亡，豈不哀哉？諸戲中唯有射者，男子之事，在於六藝。若欲戲，唯得射而已，其餘不得為也。〔註228〕

此處王昶將投壺、博弈等與亡國喪身聯繫起來，過於誇大其嚴重性，但由此可見其時遊藝之風盛行到不得不禁的地步。

三國時期吳韋昭作《博弈論》，是一篇對博弈風俗進行批判的力作。《博弈論》作於韋昭中庶子任上。太子和「常言當世士人宜講脩術學，校習射御，以周世務，而但交游博弈以妨事業，非進取之謂。後群寮侍宴，言及博弈，以為妨事費日而無益於用，勞精損思而終無所成，非所以進德脩業，積累功緒者也」。〔註229〕當時，蔡穎也在太子之宮，其性好弈，其他人亦跟著學。太子和乃命侍坐者八人，各著論以矯之。韋昭《博弈論》遂出，後來被梁蕭統收入《文選》。此文主要用儒家建功立業的思想來論述君子理當精心於經術道義、致力於國家事業，從而達到立功揚名的目標，以勸時人不可怠惰、沉溺於博弈，將精力耗費在於國家無益的遊戲上。由於此篇切中時弊，論理透徹，長於誘導說服，因此為當時人所稱道。

〔註227〕〔晉〕陳壽撰，〔宋〕裴松之注：《三國志》卷27《王昶傳》，北京：中華書局，1959年版，第744頁。
〔註228〕〔宋〕李昉：《太平御覽》卷746《工藝部三》，北京：中華書局影印宋刻本，1960年版，第3311頁。
〔註229〕〔晉〕陳壽撰，〔宋〕裴松之注：《三國志》卷59《孫和傳》，北京：中華書局，1959年版，第1368頁。

二、文藝論促進了遊藝理論水平的提高

　　游於藝的藝術觀，在魏晉南北朝時期已擺脫漢代的教化功能，成爲借藝事以自娛的重要方式，而一旦創作出好的藝術品，則不僅自娛，也可娛人。文士思辨能力的增強，使他們在「遊」中體悟自然宇宙之理，將「藝」上陞至「理」的境界，又以此爲指導，使「藝」有了更大提高。在玄學思潮中，魏晉南北朝士人以獨特的思辨方式對遊藝進行了嶄新的、具有創造性的理論闡發與論述，使之在多層次、多向度上展開並深化。

　　魏晉書畫家不僅創作出千古流傳的傑出的書畫作品，而且還將書畫創作上陞至理論層面，寫出不少書畫論。如鍾繇的《筆勢論》，王曠的《筆心論》，王羲之的《筆勢論》《書論》，顧愷之的《論畫》等。鍾繇是著名書法家，據王羲之《題衛夫人〈筆陣圖〉後》記載，宋翼是鍾繇弟子，「先來書惡，晉太康中有人於許下破鍾繇墓，遂得《筆勢論》，翼讀之，依此法學書，名隨大振。欲眞書及行書，皆依此法。」〔註230〕可見鍾繇的《筆勢論》對指導書法所起的作用之大。王羲之的《書論》與《筆勢論》論述了書法技法的諸多方面，如論用筆則分藏鋒、側筆、結筆、翻筆、起筆、打筆等方法和筆勢，論結體則曰「二字合體，並不宜闊，重不宜長，單不宜小，復不宜大，密勝乎疏，短勝乎長」〔註231〕，論布白則曰「分間布白，遠近宜均，上下得所，自然平穩」〔註232〕，等等，其理論來源於實踐，又對實踐有很好的指導作用。

　　魏晉時期闡明樂理、品評文藝之論，有嵇康《聲無哀樂論》、阮籍《樂論》、夏侯玄《辨樂論》、劉劭《樂論》等。阮籍的《樂論》借助劉子與阮先生的對話形式而寫成，旨在回答劉子所提出的先秦儒家爲什麼說「移風易俗莫善於樂」的問題，以傳統儒家思想爲依據，展現自己的理論內容，他的思想並沒有越出傳統儒學所設定的範圍。文章重點論述了「樂」所具有的「和」、「正」、「樂」、「變」的特點，突出其自然功能與社會功能，主張以「樂」感化人的心靈，達到風俗齊一的社會效果。但在闡發「至樂無欲」時則明顯源自道家「無欲」「無爲」的主張，帶有玄學傾向。錢鍾書先生曾指出:「或又謂聆樂有二種人:聚精會神以領略樂之本體（the Music itself），是爲『聽者』;不甚解樂而善懷多感，聲激心移，追憶綿思，示意構象，觸緒動情，茫茫交集，

〔註230〕《歷代書法論文選》，上海:上海書畫出版社，1979年版，第27頁。
〔註231〕《歷代書法論文選》，上海:上海書畫出版社，1979年版，第35頁。
〔註232〕《歷代書法論文選》，上海:上海書畫出版社，1979年版，第33頁。

如潮生瀾泛，是爲『聞』者。苟驗諸文章，則謂『歷世才士』皆只是『聞』樂者，而『聽』樂自嵇康始可也。」〔註233〕嵇康的《聲無哀樂論》是一篇著名的論樂理的文章，假設「秦客」提出問題，「東野主人」進行回答，採用辯難的形式，層層深入，對聲無哀樂的問題作了系統闡述。嵇康的理論否定了儒家以《樂記》爲代表的基本文藝思想，「使音樂作爲純粹的審美對象獲得了解放性的起點」〔註234〕，在對聲與心關係的認識上，受當時玄學對言與象、象與意關係的認識的影響，認爲「心不繫於所言，言或不足以證心也」。張少康先生指出，「聲無哀樂」論的提出，「對六朝文藝創作和文藝理論批評的重心轉向如何提高文藝的形式美，是有十分重大的影響的。」〔註235〕

三、遊藝風俗與文藝論對其時審美觀念的共同規約

　　遊藝成了魏晉南北朝文士生活的重要部分，與不少歷史事件及社會活動發生著聯繫，並直接影響著士人的道德觀念、行爲準則、審美趣味乃至思想方式。魏晉南北朝遊藝風俗的盛行與文藝論的勃興有著千絲萬縷的聯繫，但作爲文化精神的產物，它們又都受社會風尚的影響，對其時審美觀念有著共同規約。

　　遊藝不僅使魏晉南北朝文士獲得一種對灑脫放逸行爲的認同感，而且使他們獲得自由騁思的心理享受。從某個角度講，這與作論可謂爲殊途同歸。沈約《棋品序》曰：「晉宋盛士，逸思爭流。」「逸」是魏晉風度的共性，在藝術上，阮籍之曠逸，嵇康之超逸在其論體文風格中有很突出的表現，嵇康之書法「龍章鳳姿」，其「對影彈琴」之風姿，何嘗不是逸的表現。主觀氣質與才性的淋漓發揮，具有神與物遊的特點。魏晉書風、畫風、棋風與文風相稱。遊之境界，使人的心靈淨化，以超脫的胸襟體味宇宙的無限。游於藝，在藝我交融中達到忘我的境界。遊於思，則在道我同在中把握道之眞諦。只有「以追光躡影之筆，寫通天盡人之懷」〔註236〕，才能超越於藝與思，進入一個人生的詩化哲學境界。

〔註233〕錢鍾書：《管錐編》，北京：中華書局，1979 年版，第 1087 頁。

〔註234〕童強：《嵇康評傳》，南京：南京大學出版社，2006 年版，第 257 頁。

〔註235〕張少康：《中國文學理論批評史（上）》，北京：北京大學出版社，2005 年版，第 160 頁。

〔註236〕〔清〕王夫之：《古詩評選》，北京：文化藝術出版社，1997 年版，第 170 頁。

　　對音樂的浸染使魏晉南北朝文士很重視音韻的作用，他們不僅重視詩歌的音律，而且在論體文中亦有表現。鄧粲《晉紀》載：「（裴）遐以辯論為業，善敘名理，辭氣清暢，泠然若琴瑟。聞其言者，知與不知，無不歎服。」〔註237〕余嘉錫先生疏曰：「晉、宋人清談，不惟善言名理，其音響輕重疾徐，皆自有一種風韻。」〔註238〕清談對口舌之妙和吐屬之美的講究直接影響到論體文對語言美質的追求。章太炎、劉師培曾多次論及正始論說文「文章之美」與清談的關係，劉永濟在《十四朝文學要略》中也說正始時期「此標新義，彼出攻難，既著篇章，更申酬對。苟片言賞會，則舉世稱奇，戰代遊談，無其盛也」〔註239〕。嵇康的論體文大部分是與人論辯的文章，文中「反正相間，主賓互應，無論何種之理，皆能曲暢旁達」〔註240〕，既具有分肌擘理的論辯智慧，也富於巧譬曲喻的語言技巧，讀這些相互論辯的文章仍能感受到當時玄學家們的口槍舌劍和文采風流。由此可見，清談不僅使文士們出言講究修辭的技巧，也使他們在創作論體文時立論注意語言節奏的和諧，行文注意語言形式的整飭，以析理之微使人歎服，也以語言之美讓人稱快。

　　技進乎藝，藝進乎道，在「游於藝」與「娛於思」之間，魏晉南北朝文士書寫了充滿美感的瀟灑篇章。遊藝以砥礪品格，涵茹性情，作論則在向靜中參妙理，培養了思辨能力與靜泰之風，二者相輔相成，相互影響，共同成就了魏晉南北朝文士獨特的文化品格。

第五節　時風之變遷與雜論之紛呈

　　雜論，是對史論、理論、政論外其他論體文的一個總稱。其內容甚為駁雜，有針砭時弊者，有談論藝術者，有研討天文者等等。由此可略窺魏晉南北朝論體文題材之豐富。

〔註237〕〔南朝宋〕劉義慶撰，〔梁〕劉孝標注，余嘉錫箋疏：《世說新語箋疏》，北京：中華書局，1993 年版，第 247 頁。

〔註238〕〔南朝宋〕劉義慶撰，〔梁〕劉孝標注，余嘉錫箋疏：《世說新語箋疏》，北京：中華書局，1993 年版，第 248 頁。

〔註239〕劉永濟：《十四朝文學要略》，哈爾濱：黑龍江人民文學出版社，1984 年版，第 144 頁。

〔註240〕劉師培：《漢魏六朝專家文研究》。劉師培：《中國中古文學史講義》，上海：上海古籍出版社，2000 年版，第 140 頁。

一、道德失範與譏彈世俗之論

　　魏晉南北朝時期，社會動亂，道德失範，奢靡、放蕩之風的形成為刺世論提供批判的對象。而儒家傳統道德觀念的打破，形成相對寬鬆的道德氛圍，其不拘禮義的言說方式和創作姿態促進了刺世論打破傳統的厚人倫、美教化的風雅傳統，形成犀利的批判鋒芒，表現出想說便說，想罵便罵的風格，譏世呵俗，火氣甚盛。

　　建安時期，論體文之創作風格沿襲漢代，重視其實用價值，因此具有嚴肅性與學理性，直斥社會黑暗者並未曾見。其時的評議家只是對曹氏父子崇法棄儒政策，貴族大夫結黨紛爭、奢侈浮華作風，略具微辭。如劉靖上疏陳述儒訓之本〔註241〕，劉廙闢斥尚名之弊〔註242〕，杜恕倡論政本節用及考課人才之道〔註243〕。至於論體文創作，王基作《世要論》以警風化之凌遲等〔註244〕，大抵皆評議時政，批評之鋒芒未為直露。曹植作《辨道論》《相論》《貪惡鳥論》與《螢火論》，對其時神仙道術、天人感應與世俗迷信進行批判。其寫作初衷主要是響應曹操的政治策略，為政治服務，因此更具科學客觀性，加之其並不擅長析名辯理，使言理埋沒於敘事中，文章的批判鋒芒並不強。正始時期的論體文，對世俗的批判隱藏在形而上的玄理中，其刺世疾邪的力度亦不夠。

　　西晉因其政權的建立借助於不義的手段，而缺乏有力的維護朝綱的思想原則，如此便決定了其依違兩可、準的無依的政風，而這樣的政風自然很容易導致政局的混亂，奢靡、結黨、士無特操就成為此時期政風的突出表現。夏侯湛的《抵疑》對朝廷群官自私世故的種種醜惡現象和陰暗的心態進行大膽的揭露和尖銳激烈的諷刺，發洩自己居下位的坎廩不平之氣，縱橫開合，敷演事理，氣韻貫通，富於氣勢。其「凌轢卿相，嘲哂豪桀」〔註245〕的文風，

〔註241〕〔晉〕陳壽撰，〔宋〕裴松之注：《三國志》卷 15《劉靖傳》，北京：中華書局，1959 年版，第 464 頁。

〔註242〕〔晉〕陳壽撰，〔宋〕裴松之注：《三國志》卷 21《劉廙傳》，北京：中華書局，1959 年版，第 615 頁。

〔註243〕〔晉〕陳壽撰，〔宋〕裴松之注：《三國志》卷 26《杜恕傳》，北京：中華書局，1959 年版，第 500 頁。

〔註244〕〔晉〕陳壽撰，〔宋〕裴松之注：《三國志》卷 27《王基傳》，北京：中華書局，1959 年版，第 751 頁。

〔註245〕〔晉〕夏侯湛：《東方朔畫贊》。〔梁〕蕭統撰，〔唐〕李善注：《文選》，北京：中華書局，1977 年版，第 668 頁。

略存嵇阮遺風而爲西晉一代所稀見。隨著寒素文士的覺醒，刺世疾邪之論大量湧現。這些諷世論政之作，直承漢末針砭時弊之精神，並加以發揚，直接抒寫憤激之情，表現了寒素文士追求功名幻想破滅後的一種心態。「寒素文士從幻想功名到憤激世事，終於從掩飾矛盾到尖銳地揭開了矛盾」，〔註246〕《晉書·惠帝紀》云：「（惠帝）及居大位，政出群下，綱紀大壞，貨賂公行，勢位之家，以貴陵物，忠賢路絕，讒邪得志，更相薦舉，天下謂之互市焉。高平王沈作《釋時論》，南陽魯褒作《錢神論》，廬江杜嵩作《任子春秋》，皆疾時之作也。」〔註247〕魯褒《錢神論》僅存司空公子對金錢功能大肆渲染的一段，而綦母先生對司空公子的批判文字卻失傳了。王沈《釋時論》其文可見，杜嵩其人不詳，《任子春秋》亦佚。除此之外，又《晉書·王沈傳》：「元康初，松滋令吳郡蔡洪字叔開，有才名，作《孤奮論》，與《釋時》意同，讀之者莫不歎息焉。」〔註248〕《孤奮論》亦佚。另外，干寶《晉紀·總論》批判西晉前期競風盛，特別指出：「悠悠風塵，皆奔競之士，列官千百，無讓賢之舉。子真著《崇讓》而莫之省，子雅製《九班》而不得用。」〔註249〕此處所說的「子真」，就是劉寔。劉寔以世多進趣，廉遜道闕，乃著《崇讓論》以矯之。干寶、王沈、劉寔均出身寒素，其論或以反爲正，隱含譏諷，或正面論證，直接揭露，文筆淋漓，語言有力，自有特色。

二、放蕩世風與針砭放蕩之論

自正始黨禍以來，天下多故，名士少有全者。嵇康、阮籍之流爲了避禍，自爲放蕩。他們蔑視名教、放任自然，彈琴詠詩，口談虛無，將《老》《莊》之思想實踐於現實中。沿至西晉，慕風逐流者更多，《晉書·光逸傳》載：「初至，屬輔之與謝鯤、阮放、畢卓、羊曼、桓彝、阮孚散髮裸裎，閉室酣飲已累日……時人謂之八達。」〔註250〕《宋書·五行志》載：「晉惠帝元康中，貴

〔註246〕錢志熙：《唐前生命觀和文學生命主題》，東方出版社1997年版，第285頁。

〔註247〕〔唐〕房玄齡等：《晉書》卷4《惠帝紀》，北京：中華書局，1974年版，第108頁。

〔註248〕〔唐〕房玄齡等：《晉書》卷92《文苑·王沈傳》，北京：中華書局，1974年版，第2383頁。

〔註249〕〔清〕嚴可均：《全晉文》卷127，《全上古三代秦漢三國六朝文》，北京：中華書局，1958年版，第2192頁。

〔註250〕〔唐〕房玄齡等：《晉書》卷49《光逸傳》，北京：中華書局，1974年版，第1385頁。

遊子弟相與爲散髮裸身之飲，對弄婢妾。逆之者傷好，非之者負譏，希世之士，恥不與焉。」〔註251〕《世說新語・德行》23 條載：「王平子、胡毋彥國諸人，皆以任放爲達，或有裸體者。」劉孝標注引王隱《晉書》：「魏末，阮籍嗜酒荒放，露頭散髮，裸袒箕踞。其後貴遊子弟阮瞻、王澄、謝鯤、胡毋輔之之徒，皆祖述於籍，謂得大道之本。故去巾幘，脫衣服，露醜惡，同禽獸。甚者名之爲通，次者名之爲達。」〔註252〕針對這種褻瀆淫邪、風俗敗壞的現象，有識之士力斥之。傅玄曾向晉武帝沉痛地表示：「虛無放誕之論盈於朝野，使天下無復清議，而亡秦之病復發於今。」〔註253〕其子傅咸亦彈劾王戎曰：「戎不仰依堯舜典謨，而驅動浮華，虧敗風俗，非徒無益，乃有大損。宜免戎官，以敦風俗。」〔註254〕裴頠針對這種口談虛無、不務正事的放蕩世風，著《崇有論》加以抨擊。干寶《晉紀・總論》云：「學者以莊老爲宗而黜六經，談者以虛薄爲辯而賤名檢，行身者以放濁爲通而狹節信，進仕者以苟得爲貴而鄙居正，當官者以望空爲高而笑勤恪。」〔註255〕亦對這種放蕩世風進行犀利批判。

西晉滅亡之後，國變之痛加深了時人對放曠之習的憤慨，進而把責任歸諸「虛談《老》《莊》」的不是。卞壼因見當時貴遊子弟多慕王澄、謝鯤的放達行爲，而在朝廷疾言厲聲曰：「悖禮傷教，罪莫斯甚！中朝傾覆，實由於此！」〔註256〕應瞻於元帝朝亦上疏曰：「元康以來，賤經尚道，以玄虛宏放爲夷達，以儒術清儉爲鄙俗。永嘉之弊，未必不由此也。」〔註257〕陶侃對此更是深惡痛絕，見參佐或有因談戲而廢事者，便立刻下令將其酒器樗蒲之具悉投於江，

〔註251〕〔梁〕沈約：《宋書》卷30《五行志》，北京：中華書局，1973年版，第883頁。

〔註252〕〔南朝宋〕劉義慶撰，〔梁〕劉孝標注，徐震堮校箋：《世說新語校箋》，北京：中華書局，1984年版，第14頁。

〔註253〕〔唐〕房玄齡等：《晉書》卷47《傅玄傳》，北京：中華書局，1974年版，第1318頁。

〔註254〕〔唐〕房玄齡等：《晉書》卷43《王戎傳》，北京：中華書局，1974年版，第1233頁。

〔註255〕〔清〕嚴可均：《全晉文》卷127，《全上古三代秦漢三國六朝文》，北京：中華書局，1958年版，第2192頁。

〔註256〕〔唐〕房玄齡等：《晉書》卷70《卞壼傳》，北京：中華書局，1974年版，第1871頁。

〔註257〕〔唐〕房玄齡等：《晉書》卷70《應詹傳》，北京：中華書局，1974年版，第1858頁。

並且大聲警告：「《老》《莊》浮華，非先王之法言，不可行也。君子當正其衣冠，攝其威儀，何有亂頭養望自謂宏達邪？」〔註258〕著論批判這種放達之風的文士亦不乏其人，如江惇在《通道崇檢論》中極力批判曰：「君子立行，應依禮而動，雖隱顯殊途，未有不傍禮教者也。若乃放達不羈，以肆縱爲貴者，非但動違禮法，亦道之所棄也。」〔註259〕亦有在經歷國破家亡之痛幡然悔悟者，如《晉書‧王衍傳》：「嗚呼！吾曹雖不如古人，向若不祖尙浮虛，戮力以匡天下，猶可不至今日。」〔註260〕劉琨《答盧諶書》云：「昔在少壯，未嘗檢括，遠慕老莊之齊物，近嘉阮生之放曠，怪厚薄何從而生，哀樂何由而至。自頃輈張，困於逆亂，國破家亡，親友凋殘；負杖行吟，則百憂俱至，塊然獨坐，則哀憤兩集。……然後知聃周之爲虛誕，嗣宗之爲妄作也。」〔註261〕二者如羅宗強先生所言，「劉琨與王衍，是在生之窮途中，帶著血淚，對於過去的反省；……在反省中都徹底否定了玄風。」〔註262〕

　　然而，晉朝批判曠風的人雖多，但抱著謝安那種「豈清談致患邪」〔註263〕觀點者亦大有人在，加之偏安政局的形成，南遷之士念念不忘正始之音〔註264〕，王導、庾亮與晉簡文帝又很提倡，清談之風在南方重又燃起煙火，放蕩之風亦重新興起。如《世說新語‧任誕》25 條注引鄧粲《晉紀》：「王導與周顗及朝士詣尙書紀瞻觀伎，瞻有愛妾，能爲新聲。顗於眾中欲通其妾，露其

〔註258〕〔唐〕房玄齡等：《晉書》卷66《陶侃傳》，北京：中華書局，1974 年版，第1774 頁。

〔註259〕〔唐〕房玄齡等：《晉書》卷56《江統傳》附《江惇傳》，北京：中華書局，1974 年版，第 1539 頁。

〔註260〕〔唐〕房玄齡等：《晉書》卷43《王衍傳》，北京：中華書局，1974 年版，第1238 頁。

〔註261〕〔清〕嚴可均：《全晉文》卷 108，《全上古三代秦漢三國六朝文》，北京：中華書局，1958 年版，第 2082 頁。

〔註262〕羅宗強：《玄學與魏晉士人心態》，杭州：浙江人民出版社，1991 年版，第 285頁。

〔註263〕《世說新語‧言語》第 70 條載：「王右軍與謝太傅共登冶城，謝悠然遠想，有高世之志。王謂謝曰：「夏禹勤王，手足胼胝；文王旰食，日不暇給。今四郊多壘，宜人人自效；而虛談廢務，浮文妨要，恐非當今所宜！「謝答曰：「秦任商鞅，二世而亡，豈清言致患邪？」」（〔南朝宋〕劉義慶撰，〔梁〕劉孝標注，徐震堮校箋：《世說新語校箋》，北京：中華書局，1984 年版，第 71 頁）。

〔註264〕《世說新語‧賞譽》云：「王敦爲大將軍，鎮豫章，衛玠避亂，從洛投敦，相見欣然，談話彌日。於時謝鯤爲長史，敦謂鯤曰：『不意永嘉之中，復聞正始之音。阿平若在，當復絕倒。』」（〔南朝宋〕劉義慶撰，〔梁〕劉孝標注，徐震堮校箋：《世說新語校箋》，北京：中華書局，1984 年版，第 247 頁）。

醜穢，顏無怍色。有司奏免顗官，詔特原之。」〔註265〕此種醜行與放蕩之風的盛行緊密相關〔註266〕。東晉范甯爲了徹底打擊放蕩世風，作《何晏王弼論》，直斥魏晉談宗，視何晏、王弼爲桀紂般亡國罪人；孫盛在《老聃非大賢論》中直接否定老子的大賢地位，王坦之的《廢莊論》將矛頭對準莊子，提出廢莊之見，以釜底抽薪之策略，從根源上加以否定，將虛無放蕩者奉行的理論駁倒。戴逵的《放達非道論》則一針見血地指出元康放蕩者只是單純地從外在形式上模倣竹林七賢，「捐本徇末」，「捨實逐聲」，猶如東施效顰，無德折巾，其結果必然是「亂德」、「亂道」，間接批評了祖述元康的江左放蕩之風。

三、隱逸之風與出處之論

在生命形態的抉擇上，受儒道思想浸染的古代士人一直處於仕與隱觀念的支配下，「既關心政治，熱心仕途，又不得不退出和躲避它這樣一種矛盾雙重性」〔註267〕。東漢後期，在宦官與外戚交替執政的情況下，政治黑暗，社會動蕩，部分士人以在朝與宦官爲伍爲恥，社會上興起隱逸之風。《後漢書‧逸民列傳序》曰：「自後帝德稍衰，邪嬖當朝，處子耿介，羞與卿相等列，至乃抗憤而不顧」〔註268〕，《荀韓鍾陳傳論》曰：「漢自中世以下，閹豎擅恣，故俗遂以遁身矯絜放言爲高。士有不談此者，則芸夫牧豎已叫呼之矣。故時政彌惛，而其風愈往。」〔註269〕在其時，士人受「危邦不入，亂邦不居；天下有道則現，無道則隱」〔註270〕思想的影響，以隱居的方式避害保身，高潔其志。然而，尚有許多士人無法擺脫日常生活狀態而歸隱山林，只能在詩文中抒寫對隱逸生活的嚮往，以期在理想與現實的矛盾中尋求一方美好自由的精神家園。仲長統的《樂志論》反映的就是這類士人的心態，論中描繪了安

〔註265〕〔南朝宋〕劉義慶撰，〔梁〕劉孝標注，徐震堮校箋：《世說新語校箋》，北京：中華書局，1984 年版，第 398 頁。
〔註266〕余嘉錫：《世說新語箋疏》第 741～742 頁，羅宗強《玄學與魏晉士人心態》第 288～290 頁，皆分析了周顗的穢行與江左放蕩之風的關係，可參看。
〔註267〕李澤厚：《美的歷程》，北京：文物出版社，1981 年，第 153 頁。
〔註268〕〔南朝宋〕范曄：《後漢書》卷 83《逸民列傳》，北京：中華書局，1965 年版，第 2757 頁。
〔註269〕〔南朝宋〕范曄：《後漢書》卷 62《荀韓鍾陳列傳》，北京：中華書局，1965 年版，第 2069 頁。
〔註270〕《論語‧憲問》。劉寶楠：《論語正義》，北京：中華書局，1990 年版，第 303 頁。

樂愉悅的生活狀態，既有富足優越的物質保障，又有逍遙自得的精神追求，人與自然和諧相融，人與人友好相交，更重要的是「不受當時之責，永保性命之期」，絕棄「帝王之門」，回歸自然本性。這種帶有浪漫詩意的生活是建立在殷實的經濟基礎之上的，無衣食之憂，而求精神之樂，顯然有別於儒家「安貧樂道」之追求。然而，誠如孟子所言，「士之仕也，猶農夫之耕也」〔註271〕，不仕之士，失去了基本的物質生活來源，其殷實富足的理想棲居只能是永遠無法實現的夢中桃源。

建安時期，隨著曹操「唯才是舉」用人政策的提出，重視才智之風在社會上蔓延，使諸多壓抑已久的士人擺脫懷才不遇的狀態，以滿腔熱情相時以立功。陳琳《應譏》有辭云：「夫世治則責人以禮，世亂則考人以功，斯各一時之宜。故有論戰陣之權于清廟之堂者，則狂矣；陳俎豆之器于城濮之墟者，則悖矣。是以達人君子必相時以立功，必揆宜以處事。」〔註272〕應瑒《釋賓》云：「聖人不違時而遯跡，賢者不背俗而遺功」〔註273〕，皆表現了積極用世，追求功業的思想。與阮應同時之人繆元有《譏許由》，把歷來讚美肯定的隱士作為譏嘲的對象，反傳統的思想甚為強烈。其文曰：

> 夫際會之間，矯時所譽，至乃抽簪散髮，背時逆命，隱于山林之中，以此自高，非以勸智能之士，入通遠之教，故譏而責之曰：「太上貴德，其次立功，世殊時異，不得而同。……今子生聖明之世，得觀雍熙之法，則當攄不朽之功，暢不羈之志，龍飛鳳起，修攝君司，佐天理物，幹成王事。……若夫世濁時昏，上無賢君，忠臣不出，小人聚群，即當撥煩理亂，跨騰風雲，光顯時主，拔濟生民，何得偃蹇，藏影蔽身。夫道不虛行，士不徒生，生則幹時，為國之楨。……生有顯功，沒有美名。人生於世，貴能立功。〔註274〕

儒家主張「達則兼濟天下，窮則獨善其身」，然而在繆元看來，人活在世應立功揚名，不論是「聖明之世」還是「世濁時昏」之時，均應佐主濟民，建功

〔註271〕〔清〕焦循：《孟子正義》，北京：中華書局，1987年版，第426頁。

〔註272〕〔清〕嚴可均：《全後漢文》卷92，《全上古三代秦漢三國六朝文》，北京：中華書局，1958年版，第972頁。

〔註273〕〔清〕嚴可均：《全後漢文》卷42，《全上古三代秦漢三國六朝文》，北京：中華書局，1958年版，第701頁。

〔註274〕〔唐〕歐陽詢撰，汪紹楹校：《藝文類聚》卷36《人部二十·隱逸上》，上海：上海古籍出版社，1982年版，第655～656頁。

立業，方不虛此生，其代表了建安士人積極入世的追求。許由背時逆命，歸隱山林之舉在其看來不合時宜、不切世用，「無功可紀，無事可論」。

建安二十三年，曹丕在《又與吳質書》中稱讚徐幹曰：「偉長獨懷文抱質，恬淡寡欲，有箕山之志，可謂彬彬君子者矣」，〔註275〕由此似乎可以探視其時出處觀的轉變。所謂「箕山之志」，指的是堯時許由「終身無經天下之色」〔註276〕，此處曹丕將徐幹比作許由，稱其恬淡寡欲，贊許之情溢於言表，較之前文麋元的《譏許由》，態度迥然不同。據《三國志・王粲傳》注引《先賢行狀》言：「幹清玄體道，六行脩備，聰識洽聞，操翰成章，輕官忽祿，不耽世榮」〔註277〕。曹丕稱許徐幹懷文抱質，恬淡寡欲，實則表達了自己對隱逸之士的讚賞態度。可見，在曹丕稱帝前夕，士風已有所轉變，七子全部去世，建安士人期望建功立業的風氣已消失殆盡，隱逸之風有所復蘇。

正始時期，王弼在《易・遯上》九爻辭「肥遯無不利」條注曰：「最處外極，無應於內，超然絕志，心無疑顧。憂患不能累，矰繳不能及，是以肥遯無不利也」。〔註278〕在他看來，超然和避患才能無不利，換言之，就是隱遁以避禍。其時，「竹林七賢」中的嵇康在其設論《卜疑》中表達了對出處問題的見解，仿屈原《卜居》，虛設宏達先生就生存困境問題向太貞父求卜，採用十四組「寧⋯⋯將⋯⋯」句式，將其產生出塵之想而又無法擺脫現實責任的矛盾、焦慮、困惑的心理狀態淋漓盡致地表現出來，堪稱一篇奇文。太史貞父認為只要滌情蕩欲、見素表璞，「內不愧心，外不負俗；交不為利，仕不謀祿」，無論出處，皆可超塵脫俗，遺忘世累。此文當作於嵇康早年，因為在《與山巨源絕交書》中已明確指出「堯、舜之君世，許由之巖棲，子房之佐漢，接輿之行歌，其揆一也。仰瞻數君，可謂能遂其志者也。故君子百行，殊塗而同致。循性而動，各附所安，故有處朝廷而不出，入山林而不反之論。」〔註279〕強調無論是出還是處，只要能順從天性，符合志向，就可殊途同致，各附

〔註275〕〔晉〕陳壽撰，〔宋〕裴松之注：《三國志》卷21《吳質傳》裴注引《魏略》曰：「建安二十三年，太子又與吳質書曰」，北京：中華書局，1959年版，第608頁。

〔註276〕許維遹：《呂氏春秋集釋》，北京：中華書局，2009年版，第616頁。

〔註277〕〔晉〕陳壽撰，〔宋〕裴松之注：《三國志》卷21《王粲傳》，北京：中華書局，1959年版，第599頁。

〔註278〕樓宇烈：《王弼集校釋》，北京：中華書局，1980年版，第384頁。

〔註279〕〔清〕嚴可均：《全三國文》卷47，《全上古三代秦漢三國六朝文》，北京：中華書局，1958年版，第1321頁下。

所安，表現出覺醒了的個體擺脫外界的束縛，對自我生命和心靈的重視。

在蜀漢衰微之際，文士郤正在《釋譏》中抒寫其明哲保身、「靜然守己而自寧」的處世態度，文曰：「若其合也，則以闇協明，進應靈符；如其違也，自我常分，退守己愚。進退任數，不矯不誣，循性樂天，夫何恨諸？」〔註280〕郤正此處強調的也是「循性樂天」，但不得已而爲之的無奈之情蘊藏其中。

魏晉之際，司馬氏出於篡奪與穩固政權的需要，對社會上有影響的名士採取殺戮和籠絡兼施的政策。隨著何晏、夏侯玄、嵇康等相繼被殺，天下名士減半。作爲聲聞遐邇的西州名士，皇甫謐成爲司馬氏籠絡的重點，從司馬昭執政的景元年間到司馬炎執政的太康年間，朝廷屢次徵他入仕，他都辭而不行。皇甫謐的《玄守論》、《釋勸論》高標老莊的歸眞返樸思想，表達了他隱居不仕的生活態度，其「持難奪之節，執不回之意」之精神與嵇康所謂「志氣所託，不可奪也」一脈相承。束皙《玄居釋》，主要表現作者不願依附權貴、甘心淡泊自守的生活態度，其崇尚個性的傾向和嵇康的《與山巨源絕交書》有些相似之處，對於西晉時期「悠悠風塵，皆奔競之士」、「託身權戚，憑勢假力」的頹喪世風有一定的譏刺意義。潘尼的《安身論》亦表現了其全身遠禍的心理，他認爲只有「安身」「愼言」「定交」「謹行」，以退爲進，才能全心養身。

值得關注的是如石崇那樣豪奢汰侈之人亦有歸隱之舉，其時隱逸流風波及之廣可想而知。其《思歸引序》云：「晚節更樂放逸，篤好林數，遂肥遯於河陽別業」。《藝文類聚》卷37載引其《許巢論》，曰：

> 客有問於余曰：「昔許由巢父，距堯之讓，逍遙頤神，竄己貴世〔註281〕。司馬遷以假託之言，必無此實，竊以爲然。」余答之曰：「是何言歟？蓋聞聖人在位，則群才必舉，官才任能，輕重允宜。大任已備，則不抑大材使居小位；小材已極其分，則不以積久而合處過材之位。然則稷播嘉穀，契敷五教，臯陶夔龍，各己授職，其聯屬之官，必得其材，則必不重載兼置，斯可知也。巢許則元愷之儔，大位已充，則宜敦廉讓以勵俗，崇無爲以化世，然後動靜之教備，隱顯之功著，故能成巍巍之化，民莫能名，將何疑焉。〔註282〕

〔註280〕〔清〕嚴可均：《全晉文》卷70，《全上古三代秦漢三國六朝文》，北京：中華書局，1958年版，第1864頁下。

〔註281〕案：「世」疑「生」之誤。

〔註282〕〔唐〕歐陽詢撰，汪紹楹校：《藝文類聚》卷37《人部二十一‧隱逸下》，上海：上海古籍出版社，1982年版，第671頁。

在傳說中，許由與巢父均是陶唐時代的逸士高人，堯讓天下，不受而隱，逍遙頤神，寶己貴生，《莊子・逍遙遊》與《讓王》篇均稱美之。石崇文中，客所難者，本在懷疑許由、巢父是否實有其人，而石崇所答，則純仿《莊子・逍遙遊》篇所謂「聖人無名」「堯治天下，天下既已治矣。……許由自無所用天下焉」之義加以駁辯，其尊隱尚退的思想色彩甚為濃厚。

與西晉文士為適應特殊的政治形勢與文化環境的需要而崇尚歸隱不同，東晉文士受玄學的影響，思想上表現出儒道融通的傾向，在對待出處問題上則認為處優出劣或出處同歸。曹毗《對儒》曰：「在儒亦儒，在道亦道，運屈則紆其清暉，時申則散其龍藻」〔註283〕，郭璞《客傲》曰：「不恢心而形遺，不外累而智喪。無巖穴而冥寂，無江湖而放浪。玄悟不以應機，洞鑒不以昭曠。不物物我我，不是是非非。忘意非我意，意得非我懷」，〔註284〕極力渲染道家遺形喪智、物我兩忘的境界，《世說新語・文學》第91條載：

> 謝萬作《八賢論》，與孫興公（綽）往反，小有利鈍。謝後出以
> 示顧君齊（夷），顧曰：「我亦作，知卿當無所名！」〔註285〕

劉孝標注引《中興書》云：

> 萬善屬文，能談論。萬集載其敘四隱四顯為《八賢》之論，謂
> 漁父、屈原、季主、賈誼、楚老、龔勝、孫登、嵇康也。其旨以處
> 者為優，出者為劣。孫綽難之，以謂體玄識遠者，出處同歸。〔註286〕

謝萬《八賢論》與孫綽《難八賢論》均已佚，但從以上資料可以看出前者認為處者優而出者劣，後者則認為出處同歸，這兩種觀點在當時具有普遍意義。《世說新語・排調》第32條載：

> 謝公始有東山之志，後嚴命屢臻，勢不獲已，始就桓公司馬。
> 于時人有餉桓公藥草，中有遠志。公取以問謝：「此藥又名小草，何

〔註283〕〔清〕嚴可均：《全晉文》卷107，《全上古三代秦漢三國六朝文》，北京：中華書局，1958年版，第2076頁上。

〔註284〕〔清〕嚴可均：《全晉文》卷121，《全上古三代秦漢三國六朝文》，北京：中華書局，1958年版，第2152頁下。

〔註285〕〔南朝宋〕劉義慶撰，〔梁〕劉孝標注，徐震堮校箋：《世說新語校箋》，北京：中華書局，1984年版，第145頁。

〔註286〕〔南朝宋〕劉義慶撰，〔梁〕劉孝標注，徐震堮校箋：《世說新語校箋》，北京：中華書局，1984年版，第145頁。

一物而有二稱？」謝未即答。時郝隆在座，應聲答曰：「此甚易解。

處則爲遠志，出則爲小草。」謝甚有愧色。〔註287〕

顯然，郝隆所持處優出劣之觀點，與謝萬相似。謝安的出處觀此處未言，謝道韞曾爲其作出解說，《世說新語・排調》注引《婦人集》載：

桓玄問王凝之妻謝氏曰：「太傅東山二十餘年，遂復不終，其理

云何？」謝答曰：「亡叔太傅先正以無用爲心，顯隱爲優劣，始末正

當動靜之異耳。」〔註288〕

謝道韞之語道出謝安對出處的看法，顯隱只是動靜之異，皆不違無用之心。由此可以看出，其時如何調和入仕與出世、做官與隱逸的矛盾成了文士大夫迫切需要解決的問題，眞正能做到出處同歸併不容易。王叔之在其《遂隱論》中談及「隱者何爲者」時，曰：「夫全樸之道，萬物一氣，三極湛然，天人無際，豈有朝野之別，隱顯之端哉？則夫隱者，於己失者也。平原既開，風流散漫，故隱者所以全其眞素，養其浩然之氣也。」〔註289〕在他看來，出處無別，隱是爲了全其眞素，養浩然之氣，是從修身的角度談的。

對於先隱而後仕的四皓，桓玄曾與殷仲堪討論過其動機與意義。桓玄在《四皓論》中稱：「此數公者，觸彼埃塵，欲以救弊。二家之中，各有其黨，奪彼與此，其讐必興。不知匹夫之志，四公何以逃其患？素履終吉，隱以保生者，其若是乎！」〔註290〕對久已隱居的四皓在呂后與惠帝兩派鬥爭激烈之時出山表示不解，殷仲堪《答桓玄四皓論》曰：

隱顯默語，非賢達之心，蓋所遇之時不同，故所乘之塗必異。

道無所屈而天下以之獲寧，仁者之心未能無感。若夫四公者，養志

巖阿，道高天下，秦網雖虐，游之而莫懼。漢祖雖雄，請之而弗顧，

徒以一理有感，汎然而應，事同賓客之禮，言無是非之對，孝惠以

之獲安，莫由報其德，如意以之定藩，無所容其怨。……天下，大

〔註287〕〔南朝宋〕劉義慶撰，〔梁〕劉孝標注，徐震堮校箋：《世說新語校箋》，北京：中華書局，1984年版，第430～431頁。

〔註288〕〔南朝宋〕劉義慶撰，〔梁〕劉孝標注，徐震堮校箋：《世說新語校箋》，北京：中華書局，1984年版，第429頁。

〔註289〕〔唐〕歐陽詢撰，汪紹楹校：《藝文類聚》卷37《人部二十一・隱逸下》，上海：上海古籍出版社，1982年版，第671頁。

〔註290〕〔唐〕房玄齡等：《晉書》卷84《殷仲堪傳》，北京：中華書局，1974年版，第2196頁。

> 器也，苟亂亡見懼，則滄海橫流。原夫若人之振策，豈爲一人之廢
> 興哉！苟可以暢其仁義，與夫伏節委質可榮可辱者，道迹懸殊，理
> 勢不同，君何疑之哉！〔註291〕

在殷仲堪看來，商山四皓無懼於秦之暴政，無屈於漢之雄風，因其道高天下。之所以在漢室危急之時出山佐政，非爲一人之廢興，而是爲解救天下於亂亡，以暢其仁義。天下興亡，匹夫有責，其出山使「道無所屈而天下以之獲寧」，與那些「伏節委質可榮可辱者」有天壤之別。殷仲堪以儒家思想闡釋四皓之出處，帶有理想主義色彩，在東晉俟時出處、守道不屈意識已漸淡薄。

　　時至南朝，朝隱成爲士人的一種處世方式，甚受社會尊崇。所謂「朝隱」，有兩層含義，「一指身在魏闕而心在江湖，意存世外，心思高邈，強調的是精神境界不同於一般士大夫；一指居身朝廷而無競心，不妄交遊，強調的是行爲方式上不同於汲汲名利、攀附權勢之輩」〔註292〕。《南齊書・高逸傳》稱其爲「仕不求聞，退不譏俗，全身幽履，服道儒門」〔註293〕，《梁書・處士傳》曰：「或託仕監門，寄臣柱下，居易而以求其志，處汙而不愧其色。此所謂大隱隱於朝市。」〔註294〕梁元帝《全德志論》云：「物我俱忘，無貶廊廟之器；動寂同遣，何累經綸之才。雖坐三槐，不妨家有三徑，接五侯，不妨門垂五柳……或出或處，並以全身爲貴，優之游之，咸以忘懷自逸。若此，眾君子可謂得之矣。」〔註295〕如此就調和了仕與隱之矛盾，朝隱使士人淡化了出仕的功利色彩，而成了高尚的、合乎自然的逍遙。

　　對「性分所至」的強調使南朝隱逸更注重個體本性的舒展，任性靈而行，而非爲避禍或厭世，這與當時社會上郭象玄學的流行有關。郭象《莊子・養生主注》稱：「天性所受，各有本分，不可逃，亦不可加。」〔註296〕《莊子・逍遙遊注》曰：「夫小大雖殊，而放於自得之場，則物任其性，事稱其能，各

〔註291〕〔唐〕房玄齡等：《晉書》卷84《殷仲堪傳》，北京：中華書局，1974年版，第2196頁。

〔註292〕胡秋銀：《南朝士人隱逸觀》，《安徽大學學報》（哲社版）》，2004年第1期，第141頁。

〔註293〕〔梁〕蕭子顯：《南齊書》卷54《高逸傳》，北京：中華書局，1972年版，第926頁。

〔註294〕〔唐〕姚思廉：《梁書》卷51《處士傳》，北京：中華書局，1973年版，第731頁。

〔註295〕〔清〕嚴可均《全梁文》卷17，《全上古三代秦漢三國六朝文》，北京：中華書局，1958年版，第3049頁。

〔註296〕郭慶藩：《莊子集釋》，北京：中華書局，1961年版，第128頁。

當其分，逍遙一也，豈容勝負於其間哉！」〔註297〕在他看來，萬物各有其性分，只有各任其性，守其本分，才能達到逍遙的境界。蕭方等的《散逸論》所秉持的就是這種人生哲學，文曰：

> 人生處世，如白駒過隙耳。一壺之酒，足以養性；一簞之食，足以怡形。生在蓬蒿，死葬溝壑，瓦棺石槨，何以異茲？吾嘗夢爲魚，因化爲鳥。當其夢也，何樂如之，及其覺也，何憂斯類，良由吾之不及魚鳥者遠矣。故魚鳥飛浮，任其志性，吾之進退，恒存掌握，舉手懼觸，搖足恐墮。若使吾終得與魚鳥同遊，則去人間如脫屣耳。〔註298〕

文章表達了對「任其志性」生活的嚮往與現實中進退受控、戰戰兢兢的痛苦，強調了養性怡形、自然自得對人的重要，與劉孝標在《山棲志》中所言「夫鳥居山上，曾巢木末；魚潛川下，窟穴沙泥，豈好異哉！蓋性然也」〔註299〕，語意相類。

　　沈約《七賢論》從多個角度對七賢隱逸的原因進行分析，認爲「嵇生是上智之人，值無妄之日，神才高傑，故爲世道所莫容」，其時與嵇康同流者咸已就戮，嵇康自是難免。如果進仕，「受禍之速，過於旋踵」，因此，「始以餌术黃精，終於假塗託化」。阮籍「才器宏廣，亦非衰世所容」，因此「毀行廢禮，以穢其德，崎嶇人世，僅然後全」。山、向五人則皆好飲酒，「止是風流器度，不爲世匠所駭。且人本含情，情性宜有所託」〔註300〕。沈約沒有過多強調志性對七賢隱居的影響，分析嵇康與阮籍隱居動因著眼於外界時局動亂，內在保身爲要，分析其餘五賢則強調興趣才性的作用。這與其在《宋書‧隱逸列傳論》中將隱者歸因於「不得已而爲之」觀點一致，「夫獨往之人，皆稟偏介之性，不能摧志屈道，借譽期通。若使值見信之主，逢時來之運，豈其放情江海，取逸丘樊，蓋不得已而然故也」。〔註301〕將隱居之因歸爲「不得

〔註297〕郭慶藩：《莊子集釋》，北京：中華書局，1961 年版，第 1 頁。

〔註298〕〔唐〕姚思廉：《梁書》卷 44《世祖二子》，北京：中華書局，1973 年版，第 619 頁。

〔註299〕〔唐〕歐陽詢撰，汪紹楹校：《藝文類聚》卷 36《人部二十‧隱逸上》，上海：上海古籍出版社，1982 年版，第 654 頁。

〔註300〕〔唐〕歐陽詢撰，汪紹楹校：《藝文類聚》卷 37《人部二十一‧隱逸下》，上海：上海古籍出版社，1982 年版，第 672 頁。

〔註301〕〔梁〕沈約：《宋書》卷 93《隱逸列傳》，北京：中華書局，1973 年版，第 2297 頁。

已」，言外之意是統治者未爲隱居之高士提供發揮才能的平臺與環境，揭示了隱士產生的社會政治根源。

　　江淹《無爲論》則反映了由仕入隱所遭受的鄙視，文章假設奕葉公子針對無爲先生「嘉遁卷迹，養德不仕」的行爲，稱其「非通天下之至理，雖江海以爲榮，實縉紳之所鄙」，無爲先生答之「吾聞大人降迹，廣樹慈悲，破生死之樊籠，登涅槃之彼岸，闡三乘以誘物，去一相以歸眞。有智者不見其去來，有心者莫知其終始。使得湛然常住，永絕殊塗，無變無遷，長袪百慮，恬然養神，以安志爲業。欲使自天祐之，吉無不利，舒卷隨取，進退自然，遁逸無悶，幽居永貞，亦何榮乎？亦何鄙乎？子其得之，吾何失之。塵內方外，於是乎著。」〔註302〕此處已融合佛道，以佛理釋隱逸，消弭榮恥，歸於無爲。

　　梁時阮孝緒著有《高隱傳》，「上自炎皇，終於天監末，斟酌分爲三品：言行超逸，名氏弗傳，爲上篇；始終不耗，姓名可錄，爲中篇；挂冠人世，栖心塵表，爲下篇。」〔註303〕其書已佚，由書名可知其當與嵇康《高士傳》、皇甫謐《高士傳》爲同一系列，爲言行超逸之士所作傳記。其《高隱傳論》曰：

> 夫至道之本，貴在無爲。聖人之迹，存乎拯弊，弊拯由迹，迹用有乖於本。本既無爲，爲非道之至。然不垂其迹，則世無以平；不究其本，則道實交喪。丘、旦將存其迹，故宜權晦其本，老、莊但明其本，亦宜深抑其迹。迹既可抑，數子所以有餘；本方見晦，尼丘是故不足。非得一之士，闚彼明智；體二之徒，獨懷鑒識。然聖已極照，反創其迹；賢未居宗，更言其本。良由迹須拯世，非聖不能；本實明理，在賢可照。若能體茲本迹，悟彼抑揚，則孔、莊之意，其過半矣。〔註304〕

此論提出「道」有「迹」「本」說，認爲儒家存其迹而權晦其本，道家明其本而深抑其迹，聖人由迹以拯世，賢者本實而明理。而正如梁武帝《逸民詩》

〔註302〕〔清〕嚴可均：《全梁文》卷39，《全上古三代秦漢三國六朝文》，北京：中華書局，1958年版，第3175頁。

〔註303〕〔唐〕李延壽：《南史》卷76《隱逸列傳》，北京：中華書局，1975年版，第1894頁。

〔註304〕〔唐〕姚思廉：《梁書》卷51《阮孝緒傳》，北京：中華書局，1973年版，第741頁。

所言:「事迹易見,理相難尋」〔註305〕,反映了南朝對眞隱心跡合一的要求。阮孝緒本人即遭受心跡難驗之懷疑,《梁書·阮孝緒傳》載:「時有善筮者張有道謂孝緒曰:『見子隱跡而心難明,自非考之龜蓍,無以驗也。』在布成遯卦後,方歎曰:「此謂『肥遯無不利』,象實應德,心跡並也。」〔註306〕由此似乎亦可得知其時定有很多心跡不合的「隱士」,沈約在《宋書·隱逸列傳序》中嚴格區分「隱」與「逸」、「身隱」與「道隱」,指出「賢人之隱,義深於自晦,荷蓧之隱,事止於違人。論迹既殊,原心亦異也」〔註307〕,強調的亦是心與跡並方爲眞隱。

北朝留下的出處論不多,史籍所見惟有《廣弘明集》卷 4 載釋彥琮《通極論》,文曰:「原夫隱顯二途,不可定榮辱,眞俗兩端,孰能判同異?所以大隱則朝市匪諠,高蹈則山林無悶。空非色外,天地自同指馬;名不義裏,肝膽可如楚越。或語或默,良踰語默之方;或有或無,信絕有無之界。若夫雲鴻震羽,孔雀謝其遠飛;淨名現疾,比丘憚其高辯。發心即是出家,何關落髮?棄俗方稱入法,豈要抽簪?此即染淨之門,權實而莫曉;倚伏之理,吉凶而未悟。遂使莊生宗齊一之論,釋子說會三之旨。大矣哉!諒爲深遠,寔難鈎致。」〔註308〕將隱顯、眞俗之別與發心棄俗統一起來,消弭二者根本差異,強調的依然是心性如一。

四、世風澆薄與倫理之論

儒家用「五倫」指代君臣、父子、夫婦、兄弟與朋友關係,《中庸》曰:「天下之達道五,所以行之者三:曰君臣也,父子也,夫婦也,昆弟也,朋友之交也」〔註309〕。其中父子、夫婦、兄弟爲家族倫理,君臣、朋友爲社會倫理。漢代統治者及其思想家總結亡秦的教訓,陸賈《新語》認爲「棄仁義

〔註305〕 〔唐〕歐陽詢:《藝文類聚》卷36《人部二十·隱逸上》,上海:上海古籍出版社,1982 年版,第 642 頁。
〔註306〕 〔唐〕姚思廉:《梁書》卷 51《阮孝緒傳》,北京:中華書局,1973 年版,第740～741 頁。
〔註307〕 〔梁〕沈約:《宋書》卷 93《隱逸列傳序》,北京:中華書局,1974 年版,第2275～2276 頁。
〔註308〕 〔梁〕僧祐、〔唐〕道宣:《弘明集·廣弘明集》,上海:上海古籍出版社,1991年版,第 117 頁。
〔註309〕 〔宋〕朱熹:《四書章句集注》,北京:中華書局,1983 年版,第 28 頁。

必敗」,「尚酷刑必亡」,「薄德者位危,去道者身亡」,賈誼認爲「違禮義」「棄倫理」「滅四維」導致秦亡,二者均強調「德治」「教化」對維護統治的重要性。漢武帝時期,董仲舒利用他的神學目的論和「陽尊陰卑」論,對「三綱五常」作論論證,爲「立名分以定尊卑」的名教確立理論依據,賦予倫理綱常神聖色彩,以達到永恒的目的。東漢時期,隨著階級矛盾的日益尖銳,統治者政治腐敗、道德墮落,其說教之虛僞性爲思想深刻的士人所認識,除了批判讖緯迷信外,亦直接懷疑其倫理綱常的神聖性,傑出思想家王充即爲其優秀代表。《論衡》認爲「禍福不在善惡,善惡之征不在禍福」,「俱行道德,禍福不均;並行仁義,利害不同」,已將「吉凶禍福」與「行之善惡」明確分離。亦將「尊貴卑賤」與「操行潔濁」分開,曰「才高行潔,不可保以必尊貴;能薄操濁,不可保以必卑賤」,相反,「忠言招患,行高招恥」,「無德受恩,無過遇禍」。如此就戳穿了董仲舒之輩使倫理綱常神聖化的虛僞面紗,否定了所謂「有德有福」、「以德配天」的謊言。

漢魏之際,舊的倫理觀念被打破,新的尚未確立。曹操曾先後頒佈三個求才令,鼓吹所謂「唯才是舉」,選拔人才不再以「忠孝」爲準繩,對由漢代沿襲下來的孝悌之風具有極大的破壞力。於是,其時士人或口談,或作論,或破,或立,試圖建立新的倫理觀念。仁孝關係問題,曾爲士人熱烈討論的問題。《太平御覽》卷419引曹植的《仁孝論》曰:

　　　且禽獸悉知愛其母,知其孝也。唯白虎、麒麟稱仁獸者,以其
　　明盛衰知治亂也。孝者施近,仁者及遠。〔註310〕

文段僅存以上幾句,難窺全貌,但可以看出曹植對仁孝所持的態度,認爲愛其母即爲孝,孝者施近,而仁則要「明盛衰知治亂」,仁者及遠,突出仁孝之不同。丁廙曾評價曹植「天性仁孝,發於自然」,由其留存下來的論亦可見其受儒家思想影響甚深。

正始時期,殘酷的社會現實使阮籍、嵇康等清醒者們對封建倫常產生懷疑,並由懷疑走向否定,他們「越名教而任自然」,鄙棄禮法,主張無君,從根本上否認了君主制存在的合理性。他們雖然沒有專門寫作論體文來闡述自己對自然的推崇與對名教的批判,但在現存作品中表現出鮮明的思想傾向。「他們既是清醒者,又是悲歎者;他們的批判是有力的、辛辣的,但他們的

〔註310〕〔宋〕李昉:《太平御覽》卷419《人事部六》,北京:中華書局影印宋刻本,1960年版,第1932頁。

理想卻是虛幻的、復古的」。〔註311〕阮籍對「禮法之士疾之若仇」，「又能爲青白眼，見禮俗之士，以白眼對之」〔註312〕，當權者視其爲「縱情背禮敗俗之人」。〔註313〕嵇康則反對「六經爲太陽，不學爲長夜」（《難自然好學論》），「非湯、武而薄周、孔」（《與山巨源絕交書》），「輕賤唐、虞而笑大禹」（《卜疑》）。他認爲人倫生於自然，曰「浩浩太素，陽曜陰凝；二儀陶化，人倫肇興」（《太師箴》），「夫元氣陶鑠，眾生稟焉」（《明膽論》），「天地合德，萬物貴生，寒暑代往，五行以成」（《聲無哀樂論》）。也就是說，宇宙來源於太素的元氣，元氣分爲陰陽，判爲天地，形成五行，化生萬物，產生人倫，如此就否定了漢儒所宣傳的天賦君權的主張。

　　道家對仁義產生的過程早有認識，《老子》38 章曰：「失道而后德，失德而後仁，失仁而後義，失義而後禮」，視仁義的產生爲人性的墮落。嵇康在《難張遼叔自然好學論》中進一步論述了「名教」產生的根源，曰：「至人不存，大道陵遲，乃始作文墨，以傳其意；區別群物，使有類族；造立仁義，以嬰其心；制其名分，以檢其外；勸學講文，以神其教」〔註314〕。聯繫阮籍在《大人先生傳》中所言：「君立而虐興，臣設而賊生。坐制禮法，束縛下民。欺愚誑拙，藏智自神」〔註315〕，可以看出二者沿著道家的邏輯線索進行深入探究，認爲「禮法」「仁義」是君主作爲「制其名分」「束縛下民」的工具與手段，人性的窒息在於「下民」的心爲君主所造立的「仁義」所束縛。以此爲出發點，阮籍進一步指出：「夫無貴則賤者不怨，無富則貧者不爭。」〔註316〕因爲有了貴賤貧富的不平等，才有了怨與爭，因爲有了怨與爭，統治者才制定了仁義與禮法。結果是「強者睽眡而凌暴，弱者憔悴而事人。假廉而成貪，內險而外仁」

〔註311〕沈善洪、王鳳賢：《中國倫理思想史（中冊）》，北京：人民出版社，2005 年版，第 68 頁。

〔註312〕〔唐〕房玄齡等：《晉書》卷 49《阮籍傳》，北京：中華書局，1974 年版，第 1361 頁。

〔註313〕〔唐〕房玄齡等：《晉書》卷 33《何曾傳》，北京：中華書局，1974 年版，第 994 頁。

〔註314〕〔清〕嚴可均：《全三國文》卷 50，《全上古三代秦漢三國六朝文》，北京：中華書局，1958 年版，第 1336 頁。

〔註315〕〔清〕嚴可均：《全三國文》卷 46，《全上古三代秦漢三國六朝文》，北京：中華書局，1958 年版，第 1315 頁。

〔註316〕〔清〕嚴可均：《全三國文》卷 46，《全上古三代秦漢三國六朝文》，北京：中華書局，1958 年版，第 1316 頁。

〔註 317〕。嵇康在《太師箴》中則指出「季世陵遲，繼體承資。憑尊恃勢，不友不師。宰割天下，以奉其私」〔註 318〕，也就是說名教之根本在於爲殘暴冷酷的君主制穿上仁義道德的外衣。其時，司馬氏的篡魏活動正在假「仁義」、「禮法」之名進行，標榜以孝治天下，以「不孝」「蔑視禮法」的罪名來誅除異己。阮籍與嵇康之論的批判鋒芒直接指向「立法之士」，揭露他們的虛僞性，爲其掀去「仁義道德」的遮羞布，使其追名逐利的眞實嘴臉暴露出來。

　　晉之建國與魏一樣，亦非正途，爲了鞏固統治，司馬氏一上臺即打出「以孝治國」的旗幟，採取了一些重振綱常的措施，以期「撥亂反正」。《晉書‧武帝紀》載，武帝泰始四年曾下詔：「士庶有好學篤道，孝悌忠信，清白異行者，舉而進之；有不孝敬於父母，不長悌於族黨，悖禮棄常，不率法令者，糾而罪之。」〔註 319〕於是，是否行孝成了士人出仕的重要標準。如陳壽，「遭父喪，有疾，使婢丸藥，客往見之，鄉黨以爲貶議。及蜀平，坐是沈滯者累年。」〔註 320〕而帝王親自講《孝經》當始自晉武帝，《世說新語‧言語》第90 條以一語帶過，曰：「孝武將講孝經，謝公兄弟與諸人私庭講習。」〔註 321〕《南朝宋會要》載之甚詳：「孝武寧康三年九月九日帝講《孝經》。僕射謝安侍坐，尚書陸納侍講，侍中卞耽執讀，黃門侍郎謝石、吏部郎袁宏執經，車武子與丹陽尹王混摘句。時論榮之。」〔註 322〕之後，帝王講《孝經》者不絕如縷，如晉穆帝，「（永和十二年）二月辛丑，帝講《孝經》」〔註 323〕，「昇平元年三月，帝講《孝經》。壬申，親釋奠於中堂。」〔註 324〕其它如晉孝武帝，宋武帝、文帝，梁武帝，北魏宣武帝、孝明帝等都曾親自講《孝經》。爲《孝

〔註 317〕〔清〕嚴可均：《全三國文》卷 46，《全上古三代秦漢三國六朝文》，北京：中華書局，1958 年版，第 1316 頁。

〔註 318〕〔清〕嚴可均：《全三國文》卷 51，《全上古三代秦漢三國六朝文》，北京：中華書局，1958 年版，第 1341 頁。

〔註 319〕〔唐〕房玄齡等：《晉書》卷 3《武帝紀》，北京：中華書局，1974 年版，第 57 頁。

〔註 320〕〔唐〕房玄齡等：《晉書》卷 82《陳壽傳》，北京：中華書局，，1974 年版，第 2137 頁。

〔註 321〕〔南朝宋〕劉義慶撰，〔梁〕劉孝標注，徐震堮校箋：《世說新語校箋》，北京：中華書局，1984 年版，第 81 頁。

〔註 322〕〔清〕朱銘盤：《南朝宋會要》，上海：上海古籍出版社，1984 年版，第 169～170 頁。

〔註 323〕〔唐〕房玄齡等：《晉書》卷 8《穆帝紀》，北京：中華書局，1974 年版，第 201 頁。

〔註 324〕王應麟：《玉海》卷 26，南京：江蘇古籍出版社，1987 年版，第 525 頁。

經》作注疏亦為帝王所熱衷，晉元帝有《孝經傳》，晉孝武帝有《總明館孝經講義》，武帝有《孝經義疏》，簡文帝有《孝經義疏》，魏孝明帝有《孝經義記》等。魏晉南北朝統治者之所以如此重視《孝經》與孝道，翻一翻《孝經》，答案就會不言自明。《廣揚名章》曰：「君子之事親孝，故忠可移於君」，《廣至德章曰》：「君子之教以孝也……教以臣，所以敬天下之為人君者也」，《聖治章》曰：「父子之道，天性也，君臣之義也。父母生之，續莫大焉。君親臨之，厚莫重焉」，《士章》曰：「故以孝事君則忠，以敬事長則順」，《事君章》曰：「君子之事上也，進思盡忠，退思補過」，諸如此類，不勝枚舉。《孝治章》總結曰：「故明王之以孝治天下也如上此。」統治者們「以孝治天下」之意至此昭然，原是因為《孝經》揭櫫了「以順移忠」（唐明皇《孝經序》）治世馭民之真諦。楊伯峻先生對此有深刻揭露，曰：「東晉孝武帝這個人，他十歲死了父親，便不哭，還說什麼『哀至便哭』。他在位時，……正是大有為之時，他卻自己飲酒好色。……東晉因之日益衰頹，以後遂一蹶不振，還宣講什麼《孝經》，作什麼《孝經講義》？由此可見，統治者之講《孝經》，為《孝經》作解說，都不過是騙人的把戲罷了。」〔註325〕儘管如此，孝悌之風的盛行對倫理綱常的維繫仍具有一定意義。如余嘉錫先生所言，「自中原雲擾，五馬南浮，雖王綱解紐，風教陵夷，而孝弟之行，獨為朝野所重。自晉至梁，撰《孝子傳》者，《隋志》八家，九十六卷；兩《唐志》又益三家，十九卷。其他傳記所載，猶復累牘連篇。倫常賴以維繫，道德由之不亡。故雖江左偏安，五朝遞嬗，猶能支拄二百七十餘年，不為胡羯所吞噬。」〔註326〕

在這種重視孝道的風氣下，仁孝先後問題仍為人們所討論，《晉書》卷 39《荀顗傳》曰：「荀顗……又與扶風王駿論仁孝孰先。」〔註327〕《晉書》卷 90 良吏《潘京傳》曰：「（潘京）為州所辟，因謁見問策，探得『不孝』字，刺史戲京曰：『辟士為不孝邪？』京舉版答曰：『今為忠臣，不得復為孝子。』其機辯皆此類。」〔註328〕此處是為了表現潘京的隨機應變能力，但亦表現出忠孝之關係。然而，兩晉南北朝並未留下關於仁孝的論體文。

〔註325〕楊伯峻：《經義淺談》，北京：中華書局，1984 年版，第 110 頁。
〔註326〕余嘉錫：《世說新語箋疏》，上海：上海古籍出版社，1996 年版，第 61 頁。
〔註327〕〔唐〕房玄齡等：《晉書》卷 39《荀顗傳》，北京：中華書局，1974 年版，第 1150 頁。
〔註328〕〔唐〕房玄齡等：《晉書》卷 90《潘京傳》，北京：中華書局，1974 年版，第 2335 頁。

　　東晉前期，政權初創，百廢待興，「論」壇亦未形成大的規模和聲勢。保存於葛洪《抱朴子》中的鮑敬言的《無君論》片段，觀點鮮明，立論大膽，是一篇討伐封建制度、批判君主神授說的戰鬥檄文，其批判的光芒，可謂前無古人，後無來者。他認為君主制是違背自然、違背人性的，「夫天地之位，二氣範物。樂陽則云飛，好陰則川處。承柔剛以率性，隨四八而化生。各附所安，本無尊卑也。」說到君主制的產生，鮑敬言認為：

　　　　夫彊者淩弱，則弱者服之矣；智者詐愚，則愚者事之矣。服之，
　　故君臣之道起焉；事之，故力寡之民制焉。然則隸屬役御，由乎爭
　　彊弱而校愚智，彼蒼天果無事也。〔註329〕

也就是說，在產生強弱智愚分化後，才有了「隸屬役御」，「君臣之道」，有了「君臣之道」後，才產生了「名教」禮制，「智用巧生，道德既衰，尊卑有序。繁陛降損益之禮，飾紱冕玄黃之服」。君主制的建立給人們帶來無盡災難，鮑敬言一針見血地指出「君臣既立，眾慝日滋」，「無道之君，無世不有」。在他看來，由於統治者壓榨剝削，百姓起義是應該的，「此皆有君之所致」。「古者無君，勝於今世」，鮑敬言主張回到「無君無臣」的原始社會，其結論未必合理，但在揭露君主制是人壓迫人的制度方面較之阮籍嵇康要尖銳得多。

　　除了對仁孝關係、君主制的論述外，朋友關係作為儒家五種倫理關係之一，亦引起了魏晉南北朝士人的關注。早在先秦典籍中就有對朋友倫理的諸多論述，如《論語》論交友標準曰：「無友不如己者。過，則勿憚改」〔註330〕，「益者三友，損者三友。友直，友諒，友多聞，益矣。友便辟，友善柔，友便佞，損矣。」〔註331〕《孟子・萬章章句下》曰：「不挾長，不挾貴，不挾兄弟而友。友也者，友其德也，不可以有挾也。」《荀子・大略》曰：「匹夫不可以不慎取友。友者，所以相友也」。《周易・繫辭下》論述了交友之原則：「君子上交不諂、下交不瀆」。可見儒家的交友之道注重道德、學問之修為。

　　魏晉南北朝之際，交友問題仍為士人所關注，儘管留存下來的交友論不多，但由此亦可窺見其時士人的交友觀。三國時期，諸葛亮作《交論》，現存文段亦為殘篇：

〔註329〕楊明照：《抱朴子外篇校箋（下）》，北京：中華書局，1997年版，第493頁。
〔註330〕楊伯峻：《論語譯注》，北京：中華書局，2006，第6頁。
〔註331〕楊伯峻：《論語譯注》，北京：中華書局，2006，第175頁。

　　　　勢力之交，難以經遠。士之相知，溫不增華，寒不改葉，能貫

四時而不衰，歷夷險而益固。〔註332〕

文段指出勢力之交難以長遠，特別強調知己之交，能夠經得起時間與災難的
考驗。《周易‧繫辭上》曰：「二人同心，其利斷金；同心之言，其臭如蘭」。
揚雄《法言‧學行》曰：「朋而不心，面朋也；友而不心，面友也。」皆強調
心交之友能夠肝膽相照、榮辱與共。諸葛亮的交友之道顯然受儒家思想的影
響。

　　正始時期，鍾會作《芻蕘論》，文亦殘，其論交友曰：

　　　　凡人之結交，誠宜盛不忘衰，達不棄窮，不疑惑於讒構，不信

受於流言，經長歷遠，久而逾固。而人多初隆而後薄，始密而終疏，

斯何故也？皆由交靜不發於神氣，道數乖而不同，權以一時之術，

取倉卒之利。有貪其財而交，有慕其勢而交，有愛其色而交。三者

既衰，疏薄由生。〔註333〕

此處，鍾會分析了凡人結交不得長久的原因在於「交情不發於神氣，道數乖
而不同」，也就是說非志同道合之交，而爲權勢利益之交，因此財盡、勢去、
色衰，則友盡。

　　以上兩個片段皆從儒家倫理的角度對交友之道進行闡述，非有感而發，
因此帶有更多理性色彩。時至南朝齊梁時期，劉孝標在漢代朱穆《絕交論》
的基礎上創作了《廣絕交論》，對當時趨利忘義、人情淡薄的世俗風氣進行犀
利批判，則更帶有個人情感。據劉璠《梁典》載：「劉峻見任昉諸子西華兄弟
等流離不能自振，生平舊交，莫有收恤。西華冬月著葛布岥練裙，陸逢峻。
峻泫然矜之，乃廣朱公叔《絕交論》」對其時趨炎附勢、人心敗壞之世風進行
猛烈抨擊，表現了劉峻骨骱耿立、憤世嫉俗之品格。文章採用主客問對結構
全篇，對「五交」「三釁」的論述尤其精彩。與《辯命論》相比，「議論縱橫，
不及《辨命》，而工細過之。撰語絕工妙，不慌不忙，逐節描寫，皆得其神，
蓋議論中之賦。亦只是平常語，但鍛鍊力到，便覺態濃而味腴」〔註334〕。如
其論「談交」曰：

〔註332〕〔清〕嚴可均：《全三國文》卷 59，《全上古三代秦漢三國六朝文》，北京：
　　　　中華書局，1958 年版，第 1375 頁。

〔註333〕〔宋〕李昉：《太平御覽》卷 406《人事部四七》，北京：中華書局影印宋刻
　　　　本，1960 年版，第 1878 頁。

〔註334〕〔清〕于光華：《評注昭明文選》，上海掃葉山房本。

陸大夫宴喜西都，郭有道人倫東國，公卿貴其藉甚，縉紳羨其
登仙。加以頷頤麌頤，涕唾流沫，騁黃馬之劇談，縱碧雞之雄辯。
敘溫郁則寒谷成暄，論嚴苦則春叢零葉。飛沈出其顧指，榮辱定其
一言。於是又有弱冠王孫，綺紈公子，道不掛於通人，聲未遒於雲
閣，攀其鱗翼，丐其餘論，附駔驥之旆端，軼歸鴻於碣石。〔註335〕

通過細節描寫，將其時談客之神態形象生動地刻畫出來，同時批判了當時王
孫公子才學淺薄、不通大道而熱衷於談論之風習，如邵子湘所言，「說盡韋世
交情，令人痛哭，令人失笑」〔註336〕。傳說當日，「到溉見其論，抵幾於地，
終身恨之」〔註337〕，其批判之鋒芒由此可見。

五、天文之學與天體之論

東漢蔡邕《表志》曰：「言天體者有三家：一曰周髀，二曰宣夜，三曰渾
天。宣夜之學絕無師法。周髀數術具存，考驗天狀，多所違失，故史官不用。
唯渾天者近得其情，今史官所用候臺銅儀，則其法也。立八尺圓體之度，而
具天地之象，以正黃道，以察發斂，以行日月，以步五緯。精微深妙，萬世
不易之道也。」〔註338〕所謂周髀，即《周髀算經》，所主為蓋天說。也就是說，
漢代之前深入論及宇宙論的基本有三家，即蓋天說、渾天說與宣夜說。無疑，
蔡邕是十分稱許渾天說的。「漢代以來，它基本上是我國正統的宇宙結構理
論」。〔註339〕「宣夜說無疑是我國歷史上最有卓見的宇宙無限思想」〔註340〕。
據《晉書·天文志》所述，主「宣夜」說者，謂天蒼然了無質，日月眾星自
然浮生於虛空之中，其行止皆須賴「氣」，所以七曜或逝或住，或順或逆，伏
見無常，進退不同。李約瑟是十分稱許這種宇宙論的。他認為：「這種宇宙觀
的開明進步，同希臘的任何說法相比，的確毫不遜色。亞里士多德和托勒密
僵硬的同心水晶球概念，曾束縛歐洲天文學思想一千多年。中國這種在無限

〔註335〕〔清〕嚴可均：《全梁文》卷 57，《全上古三代秦漢三國六朝文》，北京：中
華書局，1958 年版，第 3289 頁上。

〔註336〕〔清〕于光華：《評注昭明文選》，上海掃葉山房本。

〔註337〕〔梁〕蕭統撰，〔唐〕李善注：《文選》，北京：中華書局，1977 年版，第 1637
頁。

〔註338〕〔南朝宋〕范曄：《後漢書》《志第十天文上》，北京：中華書局，1965 年版，
第 3217 頁。

〔註339〕鄭文光：《中國天文學源流》，北京：科學出版社，1979 年版，第 194 頁。

〔註340〕鄭文光：《中國天文學源流》，北京：科學出版社，1979 年版，第 195 頁。

的空間中浮著稀疏的天體的看法，要比歐洲的水晶球概念先進得多。」〔註341〕隨著這種觀點的傳播，引起社會上某些人的擔憂和恐慌，最典型的就是杞人憂天之說〔註342〕。主「蓋天」說者，謂天似蓋笠，地似覆盤，天地各中高外下，北極之下爲天地之中，其地最高，而滂沲四隤，三光隱映，以爲晝夜。又謂天圓如張蓋，地方如棋局，天旁轉如推磨而左行，日月右行，隨天左轉，故日月實東行，而天遷之以西沒；且因天行，南高而北下，日出高故見，日入下故不見。主「渾天」說者，則謂天如雞卵，地如卵中黃，孤居於天內，天大而地小，天表裏有水，天地各乘氣而立，載水而行，周天三百六十五度四分度之一，又中分則半覆地上，半繞地下，故二十八宿半見半隱，蓋天之轉如車轂之運也。漢代即已發生蓋天與渾天之爭，王充據「蓋天」之說駁渾儀，揚雄則難蓋天八事而通渾天；鄭玄又難其二事，謂蓋天之學不能通，桓譚亦駁王充蓋天之說。

魏晉南北朝時期，三玄之學的勃興啓發了世人對天道奧理的興趣，天文之論甚爲繁盛。流傳至今的就有吳姚信《昕天論》、晉劉智《論天》、虞聳《穹天論》、虞昺《穹天論》、虞喜《安天論》、魯勝《正天論》、宋何承天《渾天象論》、徐爰《渾儀論》、祖暅《渾天論》、朱史《定天論》等。這些論文語言平實，以闡述觀點爲目的，無甚雕飾之筆。由此可見其時士人對天象之探索，已打破天人之比附，頗具科學之精神。其中，據宣夜說以駁渾天、蓋天說者，虞喜《安天論》爲代表，據渾天說以駁蓋天說者，姜岌《渾天論答難》爲代表。

虞喜《安天論》爲《太平御覽》卷二收錄，文曰：

> 言天體者三家，渾蓋之術具存，而宣夜之法絕滅，有意續之而未遑也。近見姚元道造《昕天論》，又覩族祖河間立《穹天論》，鄙意多嫌憙，以爲天高無窮，地深不測，地居卑靜之體，則天有常安

〔註341〕轉引自鄭文光：《中國天文學源流》，北京：科學出版社，1979 年版，第 195
　　　　頁。

〔註342〕東晉張湛注《列子・天瑞篇》載：杞國有人憂天地崩墜，身之所寄，廢寢食
　　　　者。又有憂彼之所憂者，因往曉之曰：「天，積氣耳，亡處亡氣，若屈伸呼吸，
　　　　終日在天中行止，奈何憂崩墜乎？」其人曰：「天果積氣，日月星宿，不當墜
　　　　耶？」曉之者曰：「日月星宿，亦積氣中之有光耀者，只使墜，亦不能有所中
　　　　傷。」其人曰：「奈地壞何？」曉者曰：「地積塊耳，充塞四虛，亡處亡塊。
　　　　若躇步跐蹈，終日在地上行走，奈何憂其壞？」其人舍然大喜，曉之者亦舍
　　　　然大喜。（楊伯峻：《列子集釋》，北京：中華書局，1979 年版，第 30～32 頁）

之象。形相覆冒，無方圓之義。渾蓋之家依《易》立說，云天運無窮，或謂渾然苞地，或謂渾然而蓋。愚謂若必天裏地似卵中黃，則地是天中一物，聖人何別爲名而配天乎？古之遺語，日月行於飛谷，謂在地中也，不聞列星復流於地；又飛谷一道，何以容此？且谷有水體，日爲火精，冰炭不共器，得無傷日之明乎？此蓋天所以爲臣難也。或難曰：「《周禮》有方圓之丘祭天地，則知乾坤有方圓體也。」答曰：「郊祭大報天而主日配，日月形圓，圓丘似之，非天體也。祭方者，別之於天。尊卑異位，何足恠哉？周髀之術，多是蓋天。蓋天雖與渾異，而星辰有常數。今陳氏見髀上觀周，因言周渾、周髀、宣夜，或人姓名，猶星家有甘石也。蓋天之體轉四方，地卑不動，天周其上，故云周髀。宣，明也；夜，幽之數；其術兼之，故云宣夜。」〔註343〕

《晉書・天文志》亦略引其說，並云：

　　　葛洪聞而譏之曰：「苟長宿不麗於天，天爲無用，便可言無，何必復云有之而不動乎？由此而談，稚川可謂知言之選也。」〔註344〕

虞喜在文中提到姚信的《昕天論》與虞聳的《穹天論》。虞聳的《穹天論》認爲「天形穹隆如雞子，幕其際，周接四海之表，浮於元氣之上。譬如覆盆以抑水，而不沒者，氣充其中故也。日繞辰極，沒西而還東，不出入地中。」〔註345〕虞聳亦用譬喻來論天體，認爲使日月星辰不墮且能東升西降者皆因氣使之然。可見他接受了元氣理論，但其學說不過是天圓地方說的補充。姚信採用「近取諸身」的方式，以人體論天體，《昕天論》曰：「今昕天之說，以爲地形立於下，天象運乎上，譬如人爲靈蟲，形最似天。今人頤前侈臨胸，而項不能覆背。近取諸身，故知天之體南低入地，北則偏高也」〔註346〕。此處他拿人的身體結構來類比「天」的結構，人的身體前後不對稱，前面下頜突出，後腦勺卻是平直的，天似乎也應當如此，南北不對稱，南低而北高。這無疑

〔註343〕〔宋〕李昉：《太平御覽》卷2《天部二》，北京：中華書局影印宋刻本，1960年版，第11頁。

〔註344〕〔唐〕房玄齡等：《晉書》卷11《天文上》，北京：中華書局，1974年版，第280頁。

〔註345〕〔唐〕房玄齡等：《晉書》卷11《天文志上》，北京：中華書局，1974年版，第280頁。

〔註346〕〔清〕嚴可均：《全三國文》卷71，《全上古三代秦漢三國六朝文》，北京：中華書局，1958年版，第1436頁上；《晉書》卷11《天文志上》，第280頁。

是「天如欹車蓋」的另一說法。而其「近取諸身」的類比，亦為「天人感應論」的變種。「天既似人，人亦似天。這種唯心論的荒誕比附，目的只在於說明：至高無上的造物主按照一定的格式創造上至宇宙下至人類的萬物——這就是昕天論之類理論的宗教神學的主旨。這與真正的科學恰好背道而馳。無怪乎昕天論對於太陽運行的全部解釋都是錯誤的了。昕天論的出現，反映了古人論天中的一條唯心主義路線。」〔註347〕

虞喜在充分肯定二者觀點的基礎上，對「渾天」「蓋天」說進行批駁。難者則主「蓋天」，舉《周禮》有「方圓之丘祭天地」之事，為天圓地方申辯。虞喜解釋道，《周禮》所謂方圓不過象徵天地尊卑有別，並非指天形本圓，地形本方。虞喜亦反「渾天」，從名實的角度提出質疑，「若天裹地似卵中黃，則地是天中物，聖人何別為名而配天乎？」也就是說，地天本為一物，沒有必要再命名為「地」。從虞喜的《安天論》中亦可發現，當時談論天體的各種說法，即使在宣夜、渾天或蓋天各派內部，觀點亦不一致。文中所說的陳氏認為周渾、周髀、宣夜為人名。虞喜對其進行一一批駁。《晉書·天文志上》云：「自虞喜、虞聳、姚信皆好奇徇異之說，非極數談天者也。」〔註348〕至於葛洪批駁之文，惜文殘難窺其要。

渾天說脫胎於蓋天說，但是它的出現並沒有立刻取代蓋天說，而是產生了長期複雜的渾、蓋之爭。《桓譚新論》中記載了其如何說服揚雄相信渾天說的：

> 後與子雲奏事，坐白虎殿廊廡下，以寒故背日曝背，有頃日光去背，不復曝焉。因以示子雲曰：「天即蓋轉，而日西行，其光影當照此廊下而稍東耳，無乃是反應渾天家法焉。」〔註349〕

揚雄被桓譚說服後，反過來擁護渾天說，提出八個問題責難蓋天說，即所謂「難蓋天八事」。三國時期王蕃、南朝祖暅、何承天等皆主渾天說，蓋天說與渾天說之爭愈發激烈，此處只以姜岌《渾天論答難》為例看一下當時天文論所具有的思辨性。其文為《開元占經》卷一載錄，文章採用論難方式對「月何以能發光」問題進行辯論，來回往復達四回合之多。文曰：

〔註347〕鄭文光：《中國天文學源流》，北京：科學出版社，1979年版，第198頁。
〔註348〕〔唐〕房玄齡等：《晉書》卷11《天文志上》，北京：中華書局，1974年版，第280頁。
〔註349〕〔宋〕李昉：《太平御覽》卷2《天部二》，北京：中華書局影印宋刻本，1960年版，第10頁。

　　或云：「火陽也，故外照；金水陰也，故內景。日爲陽精，故外照；月爲陰之宗，應內景。而月復能外照，何也？」

　　對曰：「月光者，日曜之所生，是故外景如日照也。是故瑩金澄水，得日之照，照物亦有景。」又曰：「月無盈虧，盈虧由人也。日月之形，體如圓丸，各徑千里。月體向日，常有光也。月之初生，日曜其西，人處其東，不見其光，故名曰魄。魄三日之後，漸東而南，故明生焉。八日正在南方，半之，故見弦也。望則人處日月之間，故見其圓也。假使月初生時，移人在日月之間，東向以視，則月光圓若望也。夏至之日，日入戌，月初生時，則西北近日有光。及出于寅，未盡三日，以視月，則東北近日，光不盡也。研之于心，驗之于日，月體向日有光，而言圓矣。〔註350〕

　　由姜岌的回答可以看出其時渾天論學說的進步，不但知道月光的來源爲日光的反射，而且還知道以日、月、地的關係位置解釋朔望。即所謂「月之初生，日曜其西，其東，不見其光，故名曰魄」，「望則人處日月之間，故見其圓也。」也就是以月在日與地之間爲朔，以地在日與月之間爲望，都符合今日天文學的原理。由此可見，天文論是其時論辯的重要話題，而論辯風氣的盛行反過來又推動天文思想的發展。

　　渾蓋之爭不僅是學術問題，而且還成爲政治問題。由於渾天說主張天地俱圓，又都充斥著氣體，「周旋無端」，就沒有所謂上下之別，尊卑之分。而蓋天說主張「天道曰圓，地道曰方」，天尊地卑之觀念明確，符合封建等級制度的需要，因此學術問題變成意識形態之爭，並延續多個朝代。南朝梁武帝蕭衍糾集一群儒生於長春殿，觀測天體並撰天體之義，這些人皆反對渾天說而贊成蓋天說，即天圓地方說。他們自然不是在進行天文學研究，而是在維護封建社會的秩序，由此亦可見我國古代學術研究政治化的重要特色。

〔註350〕〔清〕嚴可均：《全晉文》卷153，《全上古三代秦漢三國六朝文》，北京：中華書局，1958年版，第2348頁。

第三章　魏晉南北朝論體文之結構類型

　　「結構」一詞，本意是指工匠築室造屋所立的間架，後用來指作品內部的組織構造和總體安排。劉勰稱其爲「基構」，《文心雕龍・附會》曰：「何謂附會？謂總文理，統首尾，定與奪，合涯際，彌綸一篇，使雜而不越者也。若築室之須基構，裁衣之待縫緝矣。」〔註1〕明人王驥德在《曲律・章法》沿襲此說，並具體展開：

> 作曲，猶造宮室者然。工師之作室也，必先定規式，自前門而
> 廳，而堂，而樓，或三進，或五進，或七進，又自兩廡而及軒寮，
> 以至廩庾、庖湢，藩垣、苑榭之類，前後、左右，高低、遠近，尺
> 寸無不了然胸中，而後可施斤斫。〔註2〕

清人李漁在總結前人觀點的基礎上提出其結構理論，在《閒情偶寄・結構》中曰：

> 至於結構二字，則在引商刻羽之先，拈韻抽毫之始，如造屋之
> 賦形，當其精血初凝，胞胎未就，先爲製定全形，使點血而具五官
> 百骸之勢。倘先無成局，而由頂及踵，逐段滋生，則人之一身，當
> 有無數斷續之痕，而血氣爲之中阻矣。工師之建宅亦然，基址初平，
> 間架未立，先籌何處建廳，何方開戶，棟需何木，梁用何材，必俟
> 成局了然，始可揮斤運斧。倘造成一架，而後再籌一架，則便於前
> 者不便於後，勢必改而就之，未成先毀，猶之築捨道旁，兼數宅之

〔註 1〕 范文瀾：《文心雕龍注》，北京：人民文學出版社，1958 年版，第 650 頁。
〔註 2〕 〔明〕王驥德：《曲律》，《中國古典戲曲論著集成（四）》，北京：中國戲劇出
　　　　版社，1959 年版，第 123 頁。

　　　匠資，不足供一廳一堂之用矣。故作傳奇者，不宜卒急拈毫。袖手

　　　於前，始能疾書於後。〔註3〕

由以上資料可以看出，古人之所以以築室造屋比文章結構，其要有三：一則
強調其過程，即結構具有動態性；二則強調其順序，有先後，有主次，不是
隨意而爲，不可任意拆卸或移位；三則強調其整體之和諧，了然於胸後方可
行動，結構本身具有完整性與生命性。也就是說文章結構是「內部的組織構
造和總體安排」〔註4〕，是「作者從一定的主觀意圖和審美理想出發，將分散
的文學材料鎔鑄成一個完整的有機統一的藝術整體」，〔註5〕體現出來的是創
作者的思維方式，其形式本身即具有獨特意味。楊義先生指出，「結構是以語
言的形式展示一個特殊的世界圖式，並作爲一個完整的生命體向世界發言
的。它是一個可以進行內在分析的獨立存在，但不要誤會獨立性就是封閉性，
內在的獨立性在一定的條件下是可以和外在的開放性並存和兼容的。結構的
獨立性和完整性，不一定體現在它的封閉自足性上，而往往體現在它的開放
的吸附性上。」〔註6〕因此，對文章結構進行分析是可行的，也是有必要的。

　　文章結構之實質是作者主觀思路與事物客觀邏輯性相結合的產物，魏晉
南北朝論體文的結構類型多樣，按其形式可分爲問對型、論難型與論證型，
它們各具有怎樣的特點，表現出怎樣的思維特徵？結構是借助結構要素形成
的，魏晉南北朝論體的結構要素有哪些？作爲獨特的生命形式，魏晉南北朝
論體文的結構又具有怎樣的審美特徵？這些問題是本章要探究並試圖解決
的。

第一節　問對型論體文

　　所謂「問對」，就其廣義而言，泛指一切有問有答的文體。明代徐師曾《文
體明辨序說》「問對」條云：「按問對者，文人假設之詞也。其名既殊，其實
復異。故名實皆問者，屈平《天問》、江淹《邃古篇》之類是也；名問而實對
者，柳宗元《晉問》之類是也。其他曰難，曰論（宋劉敞有《諭客》），曰答，

〔註3〕　〔清〕李漁：《閒情偶寄》，《李漁全集（第三卷）》，杭州：浙江古籍出版社，
　　　　1987 年版，第 4 頁。
〔註4〕　童慶炳：《文學概論》，武漢：武漢大學出版社，1989 年版，第 189 頁。
〔註5〕　童慶炳：《文學概論》，武漢：武漢大學出版社，1989 年版，第 190 頁。
〔註6〕　楊義：《中國敘事學》，北京：人民出版社，1997 年版，第 41 頁。

曰應（宋柳開有《應責》），又有不同，皆問對之類也。古者君臣朋友口相問對，其詞詳見於《左傳》、《史》、《漢》諸書。後人仿之，乃設詞以見志，於是有問對之文；而反覆縱橫，眞可以舒憤鬱而通意慮，蓋文之不可闕者也。」〔註7〕在他看來，自有君臣朋友口相問對，即有了問對之文。其範圍包括甚廣，除了難、諭、答、應，還將「七體」亦歸爲「問對」之內，「七者，文章之一體也。詞雖八首，而問對凡七，故謂之七；則七者，問對之別名，而《楚辭‧七諫》之流也。」〔註8〕本文所講的問對型論體文，是就其狹義而言，僅包括設論體與對問體，不含其他諸文體。

「對問」與「設論」，是蕭統在《昭明文選》中設立的兩種文類，前者選入宋玉的《對楚王問》，後者選入東方朔的《答客難》、揚雄的《解嘲》、班固的《答賓戲》。在劉勰的《文心雕龍‧雜文》中，則將二者合於「對問」一類中，其曰：「宋玉含才，頗亦負俗，始造《對問》，以申其志，放懷寥廓，氣實使之……自《對問》已後，東方朔效而廣之，名爲《客難》。託古慰志，疏而有辨。揚雄《解嘲》，雜以諧謔，迴環自釋，頗亦爲工。班固《賓戲》，含懿采之華……原茲文之設，迺發憤以表志。身挫憑乎道勝，時屯寄於情泰，莫不淵岳其心，麟鳳其采，此立本之大要也。」〔註9〕在劉勰看來，東方朔的《答客難》、揚雄的《解嘲》、班固的《答賓戲》與宋玉的《對楚王問》乃一脈相承的「發憤以表志」之作。

後人對這一問題，既有同意蕭統之分類方法者，如明人吳納《文章辨體序說》「問對」條云：「問對體者，載昔人一時問答之辭，或設客難以著其意者也。《文選》所錄宋玉之於楚王，相如之於蜀父老，是所謂問對之辭。至若《答客難》、《解嘲》、《賓戲》等作，則皆設辭以自慰者焉」〔註10〕。尋繹其語意，則不難發現，在吳納看來，宋玉《對楚王問》與司馬相如《難蜀父老》〔註11〕皆屬對問，而《答客難》、《解嘲》、《賓戲》則爲「設辭以自慰者」，

〔註7〕　〔明〕徐師曾：《文體明辨序說》，《文章辨體序說‧文體明辨序說》，北京：人民文學出版，1962 年版，第 135 頁。

〔註8〕　〔明〕徐師曾：《文體明辨序說》，《文章辨體序說‧文體明辨序說》，北京：人民文學出版社，1962 年版，第 138 頁。

〔註9〕　范文瀾：《文心雕龍注》，北京：人民文學出版社，1958 年版，第 254～255 頁。

〔註10〕　〔明〕吳納：《文章辨體序說》，《文章辨體序說‧文體明辨序說》，北京：人民文學出版社，1962 年版，第 49 頁。

〔註11〕　司馬相如：《難蜀父老》屬難體，見傅剛《昭明文選研究》。

即蕭統所歸的「設論」。亦有贊成劉勰之見的，如清吳曾祺《文體芻言》云：「戰國之世，宋玉作《對楚王問》一篇，以抒其遭時不遇之感，其後東方曼倩、揚子雲、班孟堅之徒，皆仿而為之，《文選》因收其三篇，以其皆設為問答之詞，命之曰『設論』。惟宋玉之作，別為『對問』類。今並而為一，而益以屈平《卜居》《漁父》，東方曼倩《非有先生論》，王子淵《四子講德論》，取其體之相近故也。」〔註 12〕范文瀾《文心雕龍注・雜文篇》注文引紀評曰：「《卜居》、《漁父》已先是對問，但未標對問之名耳。」〔註 13〕吳曾祺將對問與設論「並而為一」，並且與《非有先生論》《四子講德論》相提並論，「體之相近」。

　　本文採用蕭統的分類方法，將設論體與對問體作為獨立的兩類分別進行論述，並探究其內在聯繫與區別。但值得注意的是，在《昭明文選》中，因其分類標準不統一，對問與設論不屬於論，而與論、史論為並列等級。很顯然，史論是就其題材而言，對問與設論則就其表現形式而言。因此，論實際可以包括史論、設論與對問。明代徐師曾在《文體明辨序說》中將論體文分為「八品」，即：「一曰理論，二曰政論，三曰經論，四曰史論（有評議，述贊二體），五曰文論，六曰諷論，七曰寓論，八曰設論。」〔註 14〕前五種也是著眼於題材，後三種則著眼於形式，受限於因文立類的分類標準。因此，在這裏將分類標準統一起來，設論與對問是問對型論體文的兩種結構類型，下面分別進行論述。

一、設論體

（一）「設論」為「論」：設論的文體歸屬

1.「設論為賦」辨

　　關於設論的文體歸屬，眾說紛紜。除上文所言的幾種觀點外，多將其歸入賦體，如姚鼐《古文辭類纂》即如是。當今學界，持這種觀點的學者甚多，馬積高在其《賦史》中談及漢賦的優秀作品時即列舉了東方朔的《答客難》

〔註12〕〔清〕吳曾祺：《涵芬樓文談》附錄《文體芻言》，王水照：《歷代文話》卷七，上海：復旦大學出版社，2008 年版，第 6632 頁。
〔註13〕范文瀾：《文心雕龍注》，北京：人民文學出版社，1958 年版，第 257 頁。
〔註14〕〔明〕徐師曾：《文體明辨序說》，《文章辨體序說・文體明辨序說》，北京：人民文學出版社，1962 年版，第 131 頁。

與揚雄的《解嘲》。〔註15〕高光復《賦史述略》曰：「東方朔現存之賦多爲騷體，而《答客難》則是一篇散體賦。《文選》沒有把它列入賦類，而是列入設論類，後人則常把它視爲辭賦。《古文辭類纂》即列入辭賦一類。其實，它至少應是賦的衍體。」〔註16〕曹道衡、傅春明等先生亦持此種觀點。至於爲什麼將設論文視爲辭賦，以上諸先生沒有論述，但很顯然是認爲設論的藝術風格與賦體吻合。如僅僅以此爲據，似乎缺乏足夠的說服力。

　　作爲一種主要文體，漢賦對其他各文體均有不同程度的影響。摯虞在《文章流別論》中談及頌體的生成時，曰：「揚雄《趙充國頌》，頌而似雅。傅毅《顯宗頌》，文與《周頌》相似，而雜以風雅之意。若馬融《廣成》《上林》之屬，純爲今賦之體，而謂之頌，失之遠矣。」〔註17〕也就是說馬融的《廣成》《上林》雖名爲頌，實際上仍表現出賦的特徵。其他文體，如銘、碑、論、書牘，乃至子書都不同程度的受賦體的影響，具有鋪張揚厲的風格。甚至詩，亦在手法上借鑒賦大肆鋪排的寫法，如張衡《四愁詩》。因此，如果僅僅因爲設論採用賦化手法而將其視爲賦，其說服力並不充分。

　　另一觀點是依據其體制特徵。胡大雷先生認爲「『客主以首引』影響甚大，那些不以『賦』名的『對問』『設論』之類，我們之所以也視之爲賦，首要的因素也在於它們是『客主以首』引出之的。〔註18〕」關於「客主以首引」的觀點，始見於劉勰《文心雕龍・詮賦》，曰：「然賦也者，受命於詩人，拓宇於《楚辭》也。於是荀況《禮》、《智》，宋玉《風》、《釣》，爰錫名號，與詩畫境，六義附庸，蔚成大國。遂客主以首引，極聲貌以窮文。斯蓋別詩之原始，命賦之厥初也。」〔註19〕後人多據此認爲「客主以首引」爲賦體的象徵。但「客主以首引」似乎並非賦體的專利，論體文亦有很多採用這種體制（下文有詳述）。

　　可見，依據體制與風格的相似並不能將設論歸爲賦體。就文體特徵而言，設論與賦實不相類。

〔註15〕馬積高：《賦史》，上海：上海古籍出版社，1987年版，第10頁。
〔註16〕高光復：《賦史述略》，長春：東北師範大學出版社，1987年版，第56頁。
〔註17〕〔清〕嚴可均：《全晉文》卷77，《全上古三代秦漢三國六朝文》，北京：中華書局，1958年版，第1905頁。
〔註18〕胡大雷：《「客主以首引」辨──論「客主以首引」成爲賦的文體象徵》，《銅仁學院學報》，2010年第1期，第13～17頁。
〔註19〕范文瀾：《文心雕龍注》，北京：中華書局，1958年版，第134頁。

2.「設論為論」說

章培恒、駱玉明先生著的《中國文學史新著》中認爲東方朔的《答客難》是最早的抒情散文,「這很能表明其內容特徵,特別是『慰志』之語,準確地抓住了它的抒情性;儘管其體裁屬於論說。至其文體,實爲散文,只不過有些句子押韻而已。……因此《答客難》實是一篇最早的抒情散文。」〔註20〕此處點明《答客難》屬於論說文,又稱其爲最早的抒情散文,看似矛盾,其實不然,因爲論說文並不排斥抒情。但《答客難》並不以抒情爲主,而以議論辯駁爲主,所以其屬於論體文無疑。設論文之所以屬於論體文,理由有三:

其一,名爲「論」,或稱爲「著論」,自然屬於「論」之一類。《漢書‧東方朔傳》曰:「久之,朔上書陳農戰強國之計,因自訟獨不得大官,欲求試用,其言專商鞅、韓非之語也,指意放蕩,頗復詼諧,辭數萬言,終不見用。朔因著論,設客難己,用位卑以自慰諭。」〔註21〕此處直接點出東方朔「因著論」,「論」是其文體,而「設客難己」則是其體制,「以自慰諭」是其著述目的。建安時期陳琳作《應譏》,被其時人稱爲《應機論》,據《三國志‧張紘傳》注引《吳書》曰:「紘見陳琳作《武庫賦》、《應機論》,與琳書深歎美之。」〔註22〕西晉皇甫謐作《釋勸論》,王沈作《釋時論》,直接冠以「論」名,這兩篇作品又都被認爲是《答客難》《賓戲》《解嘲》之屬。

其二,就其內容而言,設論文的主題是對社會與人生的見解。駱鴻凱指出,東方朔的《答客難》、揚雄的《解嘲》「皆就『時』字立論」。〔註23〕「漢代設論文以如何實現自我、如何面對現實爲中心議題,正是這一深刻的時代社會心理的反映,是他們清醒自覺地對自我人生的思考。」〔註24〕這種以論理爲主要內容的設論文自然與以「體物」爲主要特徵的賦大異其趣,而與以「宜理」爲主要特徵的論體文相統一。

其三,就其表達方式而言,設論文以議論辯駁爲主,與以敘述描寫爲主

〔註20〕章培恒、駱玉明:《中國文學史新著(上)》,上海:復旦大學出版社,2007年版,第179頁。

〔註21〕〔漢〕班固:《漢書》卷65《東方朔傳》,北京:中華書局,1964年版,第2863頁。

〔註22〕〔晉〕陳壽撰,〔宋〕裴松之注:《三國志》卷53《張紘傳》,北京:中華書局,1959年版,第1246頁。

〔註23〕駱鴻凱:《文選學》,北京:中華書局,1989年版,第436頁。

〔註24〕王利鎖:《漢代設論文簡議》,《河南大學學報(社會科學版)》,2005年第3期,第62頁。

要表達方式的賦不同，而論正是以議論辯駁爲主要表達方式的，儘管其不乏抒情的因子。「從士人心態來看，雖然漢代士人處於國力強盛、政治一統的社會環境中，但同戰國士人相比，他們普遍具有人生拓落之感。漢代騷體賦中所表現的漢代士人懷才不遇的心態正是這一人生拓落之感的反映。漢代設論文在深層心理意識上所表現或反映的也是漢代士人的這一心態。所不同的是，漢代設論文在表現這一心態時，不僅摻雜進了文人曠達的心理和自嘲的因素，而且還表現出清醒認知和理性思考的成分，情感的抒發是隱含在理性思考和認知之中的。但儘管如此，這種思想情愫的表達在漢代設論文中還是非常清晰明顯的。」〔註 25〕也就是說，設論中的情感是隱含在理性思辨中的。

3. 設論的文體特徵

儘管設論屬於論體文中的一分支，但又有自身的文體特徵。蔡邕《釋誨》序曰：「閒居玩古，不交當世，感東方朔《客難》及揚雄、班固、崔駰之徒，設疑以自通，乃斟群言，題其是而矯其非，作《釋誨》以戒厲云爾。」〔註 26〕明代吳納的《文章辨體序說》在論及東方朔、揚雄和班固等的作品時亦云：「至若《答客難》《解嘲》《賓戲》等作，則皆設辭以自慰者焉。」〔註 27〕清代王兆芳《文體釋》道：「設論者，設，施陳也，假也，假客問而施陳言論也。主於假人立難，自陳己志。源出《韓非子・難勢》，流有東方朔《答客難》，揚子《解嘲》《解難》，後世演者甚多，《文選》列『設論』。」〔註 28〕

總結以上三者的論述，可以發現，設論文的文體特徵主要表現在兩個方面：其一，「設疑」，也就是「設辭」「假客問」，即虛構人物進行發問，結構上爲客主問答。其二，「自通」，也即是「自慰」，「自陳己志」，即答疑釋惑，自我解嘲。二者必備，方爲設論。

（二）魏晉南北朝設論文留存情況及其主題演變

魏晉南北朝設論文完整留存下來的不多，具體情況見下表：

〔註 25〕 王利鎖：《漢代設論文簡議》，《河南大學學報（社會科學版）》，2005 年第 3 期，第 62 頁。

〔註 26〕 費振剛：《全漢賦》，北京：北京大學出版社，1993 年版，第 699 頁。

〔註 27〕 〔明〕吳納、徐師曾：《文章辨體序說・文體明辯序說》，北京：人民文學出版社，1962 年版，第 49 頁。

〔註 28〕 〔清〕王兆芳：《文體釋》。王水照：《歷代文話（第七冊）》，上海：復旦大學出版社，2007 年版，第 6316 頁。

序號	朝代	作者	作品	客與主	留存情況
1	三國魏	曹植	客問		《文心雕龍・雜文》:「至於陳思客問,辭高而理疏。」范文瀾注曰:「《文選》張景陽《雜詩》注《廣絕交論》注引陳思《辯問》,疑《客問》當作《辯問》。文佚無考。(僅存『君子隱居,以養真也,遊說之士,星流電耀』數語。」
2	三國魏	陳琳	應譏	客——余	存,見《藝文類聚》卷25
3	三國魏	應瑒	釋賓		殘,僅存三條,見《文選注》
4	三國蜀	郤正	釋譏	譏余者——余	存,《三國志・郤正傳》:「依則先儒,假文見意,號曰《釋譏》,其文繼於崔駰《達旨》〔註29〕
5	三國蜀	陳術	釋問		佚,《三國志・李撰傳》:「時又有漢中陳術,字申伯,亦博學多聞,著《釋問》七篇,《益部耆舊傳》及《志》,位歷三郡太守。」〔註30〕
6	西晉	夏侯湛	抵疑	當路子——夏侯子	存,見《晉書・夏侯湛傳》
7	西晉	傅玄	客難		殘,《全晉文》僅收其一句,「振筆若天文,運思若回雲」,出處不詳
8	西晉	皇甫謐	釋勸論	客——主	存,見《晉書・皇甫謐傳》
9	西晉	束晳	玄居釋	側者——束子	存,見《晉書・束晳傳》

〔註29〕 〔晉〕陳壽撰,〔宋〕裴松之注:《三國志》卷42《郤正傳》,北京:中華書局,1959年版,第1034頁。

〔註30〕 〔晉〕陳壽撰,〔宋〕裴松之注:《三國志》卷42《李撰傳》,北京:中華書局,1959年版,第1027頁。

序號	朝代	作者	作品	客與主	留存情況
10	西晉	王沈	釋時論	冰氏之子——東野丈人	存，見《晉書‧文苑‧王沈傳》
11	東晉	曹毗	對儒	或——曹子	存，見《晉書‧文苑‧曹毗傳》
12	東晉	郭璞	客傲	客——郭生	存，見《晉書‧郭璞傳》
13	東晉	庾敱	客咨〔註31〕		佚，見於《文心雕龍‧雜文》：「至於陳思《客問》，辭高而理疏；庾敱《客咨》，意榮而文悴。……原茲文之設，乃發憤以表志。」
14	南朝梁	徐勉	答客喻		存，見《梁書‧徐勉傳》
15	北齊	樊遜	答誨		佚，見於《北齊書‧文苑傳》：「（樊遜）常服東方朔之言『陸沉世俗，避世金馬，何必深山蒿廬之下？』遂借『陸沉公子』為主人，擬《客難》，製《答誨》以自廣。」可見樊遜《答誨》為設論體作品，但《全齊文》僅存篇名。

　　由上表可以看出，留存至今的設論文多為三國兩晉時期的作品。三國時期，隨著曹操「唯才是舉」用人政策的提出，重視才智之風在社會上蔓延。徐幹《七喻》曰：「戰國之際，（蘇）秦（張）儀之徒，智略兼人，辯利軼軌，倜儻挾義，觀釁相時。圖爵位則佩六紱，謀貨財則輸海內，一怒而諸侯懼，安居而天下憩。人主見弄於股掌之上，而莫之知惡也。」〔註32〕這與他在《中論‧智行》中反覆強調才智之重要的傾向一致，麋元有《譏許由》《弔夷齊文》把歷來讚美肯定的隱士作為譏嘲的對象，反傳統的思想甚為強烈。在這種情況下，設論文發揮其作為時代傳聲筒的功能，主題由漢代的懷才不遇，借論

〔註31〕《文心雕龍‧雜文》：「至於陳思《客問》，辭高而理疏；庾敱《客咨》，意榮而文悴。……原茲文之設，乃發憤以表志。」

〔註32〕〔宋〕李昉：《太平御覽》卷 464《人事部一〇五》，北京：中華書局，1960年版，第 2135 頁。

自通，轉變爲相時以立功。陳琳《應譏》有辭云：「夫世治責人以禮，世亂則考人以功，斯各一時之宜。故有論戰陣之權于清廟之堂者，則狂矣；陳俎豆之器于城濮之墟者，則悖矣。是以達人君子必相時以立功，必揆宜以處事。〔註33〕」應瑒《釋賓》云：「聖人不違時而遯跡，賢者不背俗而遺功」〔註34〕，表現了積極用世，追求功業的思想。然而，正當魏之文士躊躇滿志、應時立功之時，蜀之文士卻正在《釋譏》中抒寫其在蜀漢衰微之際明哲保身、「靜然守己而自寧」的處世態度，表現了三國設論文主題的複雜性。

西晉設論文依靠《晉書》傳記保存下完整的幾篇。名士皇甫謐，「時魏郡召上計掾，舉孝廉；景元初，相國闢，皆不行。其後鄉親勸令應命，謐爲《釋勸論》以通志焉」。〔註35〕《釋勸論》與東方朔《答客難》、揚雄《解嘲》、班固《賓戲》一脈相承，採用客主問答的方式，誠如張溥所言，「高才淹躓，含文寫懷，鋪張問難，聊代萱蘇……追蹤西漢，邈乎後塵矣」。〔註36〕《釋勸論》高標老莊的歸眞反撲思想，運用對比的寫法，明昧、張馳、浮沉、上下、朝野兩兩相對，又列舉歷史上有名的隱者，「皆持難奪之節，執不回之意」，表達了其對隱者立身行事的仰慕之情。夏侯湛《抵疑》作於泰始年間，假設「當路子」與「夏侯子」的問答結構全篇，表現其「才華富盛，早有名譽」而久居下位、歷年不調境遇中的抑鬱憤懣之情，對其時朝中權貴尸位素餐、不推賢進士的自私平庸進行辛辣諷刺與抨擊。王沈《釋時論》，錢鍾書認爲「即《答客難》、《賓戲》、《解嘲》之屬，而變嘻笑爲怒罵，殆亦隨時消息也」。〔註37〕文章假託東野丈人與冰氏之子的問答，對西晉元康前後門閥制度的弊端，即「世冑躡高位，英俊沉下僚」（左思《詠史》其二）的社會現實進行犀利抨擊，痛責了那些求官買職、奔集勢門、無恥鑽營的勢利小人，嘲諷了當權者貪財好利、揮霍浪費的醜惡行徑。束皙《玄居釋》，主要表現作者不願依附權貴、甘心淡泊自守的生活態度，對西晉「悠悠風塵，皆奔競之士」、「託身權戚，憑勢假力」的不良世風進行譏刺與抨擊。

〔註33〕 〔清〕嚴可均：《全後漢文》卷92，《全上古三代秦漢三國六朝文》，北京：中華書局，1958 年版，第 972 頁。

〔註34〕 〔清〕嚴可均：《全後漢文》卷42，《全上古三代秦漢三國六朝文》，北京：中華書局，1958 年版，第 701 頁。

〔註35〕 〔唐〕房玄齡等：《晉書》，北京：中華書局，1974 年版，第 1411 頁。

〔註36〕 〔明〕張溥著，殷孟倫注：《漢魏六朝百三家集題辭注》，北京：人民文學出版社，1960 年版，第 121 頁。

〔註37〕 錢鍾書：《管錐編》，北京：中華書局，1979 年版，第 1170 頁。

　　東晉設論文受玄學的影響，其主題表現出儒道融通的傾向。曹毗《對儒》曰：「在儒亦儒，在道亦道，運屈則紆其清暉，時申則散其龍藻」〔註38〕，郭璞《客傲》曰：「不恢心而形遺，不外累而智喪。無巖穴而冥寂，無江湖而放浪。玄悟不以應機，洞鑒不以昭曠。不物物我我，不是是非非。忘意非我意，意得非我懷」，〔註39〕極力渲染道家遺形喪智、物我兩忘的境界，出與處、仕與隱本無矛盾，設論文的批判主題已消解殆盡。

　　南朝設論文僅梁時徐勉的《答客喻》保存至今。《梁書・徐勉傳》載：「勉第二子俳卒，痛悼甚至，不欲久廢王務，乃為《答客喻》」〔註40〕，文章一開始亦介紹了寫作背景，抒寫其悲痛心情。之後借門人的勸慰，引出自己的回答，表達對兒子去世的惋惜哀慟之情。最後表明自己要走出悲痛，繼續修理政事的意向，「諸賢既貽格言，喻以大理，即日輟哀，命駕脩職事焉」〔註41〕。從題材看，《答客喻》是對設論文原有題材域界的拓寬，儘管其結構仍為客主問答，但仍可視為設論文之變體。

　　值得注意的是，設論集在南朝的出現。《隋書・經籍志》載：「《設論集》二卷，劉楷撰。梁有《設論集》三卷，東晉人撰；《客難集》二十卷，亡。梁有《設論連珠》十卷。」〔註42〕《舊唐書・經籍志》載：「《設論集》三卷，劉楷撰；又五卷，謝靈運撰。」〔註43〕《新唐書・藝文志》載：「劉楷《設論集》三卷；謝靈運《設論集》五卷。」〔註44〕由這三則資料可以看出，《舊唐書・經籍志》與《新唐書・藝文志》記載一致，但與《隋書・經籍志》記載有異，問題有三：其一，劉楷何人，生活於何時；其二，劉楷撰《設論集》

〔註38〕　〔清〕嚴可均：《全晉文》卷107，《全上古三代秦漢三國六朝文》，北京：中華書局，1958年版，第2076頁上。

〔註39〕　〔清〕嚴可均：《全晉文》卷121，《全上古三代秦漢三國六朝文》，北京：中華書局，1958年版，第2152頁下。

〔註40〕　〔唐〕姚思廉：《梁書》卷25《徐勉傳》，北京：中華書局，1973年版，第386頁。

〔註41〕　〔唐〕姚思廉：《梁書》卷25《徐勉傳》，北京：中華書局，1973年版，第387頁。

〔註42〕　〔唐〕魏徵：《隋書》卷35《經籍志》，北京：中華書局，1973年版，第1086～1087頁。

〔註43〕　〔後晉〕劉昫：《舊唐書》卷47《經籍志》，北京：中華書局，1975，第2078頁。

〔註44〕　〔宋〕歐陽修：《新唐書》卷60《藝文志》，北京：中華書局，1975年版，第1619頁。

是二卷還是三卷；其三，梁有《設論集》三卷與謝靈運撰《設論集》五卷是否有關係。

關於這幾個問題，清代姚振宗《〈隋書・經籍志〉考證》有所探究，先看劉楷其人，姚振宗在「《設論集》二卷劉楷撰」條對其生平考證曰：「劉楷始末未詳。案宋齊間有三劉楷，一秘書郎劉楷，爲元兇劭所殺，見《宋書・長沙景王附傳》；一大司農劉楷，爲交州刺史，見《齊書・武帝永明三年本紀》；一南中郎司馬劉楷，爲司州刺史，見永明九年本紀。」〔註45〕至於撰寫《設論集》的劉楷究竟爲哪一個，無法確定，但不管是哪一個，其生活時間大體均在宋齊期間。《設論集》究竟爲二卷還是三卷，亦無法得知。但可以確定的是《設論集》爲宋齊人編撰，當無疑問。在「梁有《設論集》三卷東晉人撰亡」條，姚振宗曰：「案兩唐志有謝靈運設論集五卷，疑即此書」〔註46〕。因無足夠的證據證明這一條，因此只能闕疑。另外，「梁有《客難集》二十卷，亡」條，姚振宗不著撰人，在聶崇岐的《補〈宋書・藝文志〉》中則著錄爲「《設論連珠集》十卷，謝靈運撰」〔註47〕，但亦無證據，不知二者是否有關係。

綜合以上所述，可以確定的是在宋齊期間劉楷撰寫了《設論集》，也就是說，雖然南朝的設論文留存下來的甚少，但《設論集》的出現，至少證明其時文士對設論體的重視。當然，這也與文集在南朝的興盛有關。

北朝設論文惟見北齊樊遜的《答誨》篇名，其文已佚。只能說在北朝依然有文士以設論文的方式抒懷達意，但對其面貌已無法得知。

（三）設論文的雙重結構及其心理意蘊

設論體的結構體制具有雙重性，從敘事策略的角度看，有賓有主，有問有答，看似與對問沒有什麼區別，實則不然，其深層邏輯結構則屬於起承轉合式，與對問明顯不同。後文有比較，此處不贅言。

就其表層結構而言，魏晉南北朝設論文中的「客」乃一符號化人物，有隱顯二義：其顯義爲功名利祿，是被主人駁斥的對象；其隱義又是主人牢騷發泄的對象。人爲矛盾的統一體，設論中的主客二分實際上表現的是作者內

〔註45〕 〔清〕姚振宗：《隋書經籍志考證》。《二十五史補編》，北京：中華書局，1955年版，第5894頁。

〔註46〕 〔清〕姚振宗：《隋書經籍志考證》。《二十五史補編》，北京：中華書局，1955年版，第5894頁。

〔註47〕 聶崇岐：《補宋書藝文志》。《二十五史補編》，北京：中華書局，1955年版，第4305頁。

心衝突的兩個方面，構成一個對立統一的整體。表面上是客難主，主答客，其實不過是作者的自問自答，表現的是其內心矛盾之糾結，借助這種迂迴的敘事策略與論辯方式，使作者的不平之氣得到宣泄，獲得內心的平靜與慰藉。主客問答的結構本身就適合抒憤與宣泄，爲自己安身立命找理由。在排遣焦慮與溝通自我的過程中，幫助自我人格意識重新正當化，是「賓」作爲文體要素的重要符號學意義。這一意義也正是儒家文章學用於修己與處世的人文學意義。這種虛實相濟的對談更能宣泄不平，起到解氣平憤的作用。夏侯湛「少爲太尉掾。泰始中，舉賢良，對策中第，拜郎中，累年不調，乃作《抵疑》以自廣。」〔註 48〕在《抵疑》中，他假設答當路子之問猛烈抨擊朝廷群官的自私世故與陰暗心態，發泄自己身居下位、才能得不到施展的抑鬱憤恨之氣。東晉曹毗，「累遷尙書郎、鎮軍大將軍從事中郎、下邳太守。以名位不至，著《對儒》以自釋。」〔註 49〕《晉書・郭璞傳》云：「璞既好卜筮，縉紳多笑之。又自以才高位卑，乃著《客傲》。」〔註 50〕其著述目的亦如此。

　　設論的深層邏輯結構爲起承轉合式，黃強先生指出，「起承轉合作爲高度抽象的結構形式，其本質特徵是圓相。取圓上任意一點作爲起點，其運行的軌道無不歷經承、轉而返合於原位。」〔註 51〕也就是說此種結構之特徵就在於其首尾呼應，渾然一體。劉熙載對此有精當論述，「起承轉合四字，起者，起下也，連合也起在內；合者，合上也，連起也合在內，中間用承用轉，皆兼顧起合也。」〔註 52〕設論文之確立始自東方朔之《答客難》，其結構即爲起承轉合式，揚雄《解嘲》沿襲此結構，但到班固《答賓戲》則將其解構。〔註 53〕魏晉南北朝設論文重構此結構，使其上承《答客難》與《解嘲》，並進一步有所發展。張溥《漢魏六朝百三家集題辭・夏侯常侍集題辭》指出，「抵疑之作，班固賓戲、蔡邕釋誨流也。高才淹躓，含文寫懷，鋪張問難，聊代萱蘇。

〔註 48〕〔唐〕房玄齡等：《晉書》卷 55《夏侯湛傳》，北京：中華書局，1974 年版，第 1491 頁。

〔註 49〕〔唐〕房玄齡等：《晉書》卷 92《曹毗傳》，北京：中華書局，1974 年版，第 2387 頁。

〔註 50〕〔唐〕房玄齡等：《晉書》卷 72《郭璞傳》，北京：中華書局，1974 年版，第 1905 頁。

〔註 51〕黃強：《論起承轉合》，《晉陽學刊》，2010 年第 3 期，第 124 頁。

〔註 52〕〔清〕劉熙載：《藝概》，上海：上海古籍出版社，1978 年版，第 177 頁。

〔註 53〕可參閱宋紅霞：《班固〈答賓戲〉對設論文體藝術的解構》，《棗莊學院學報》，2008 年第 4 期，第 23 頁。

縱觀西晉，玄居、權論、釋勸、釋時，文皆近是，追蹤西漢，邈乎後塵矣」。
〔註 54〕他指出西晉諸作「追蹤西漢」是對的，卻沒有注意到與班固《答賓戲》、
蔡邕《釋誨》在內部結構上的不同。

夏侯湛的《抵疑》之結構上承《答客難》與《解嘲》，分析如下：

起：自「當路子有疑夏侯湛者而謂之曰」至「實吾子之拙惑也」。當路子
對夏侯湛「童幼而岐嶷，弱冠而著德，少而流聲，長而垂名」，卻「官不過散
郎，舉不過賢良」的處境進行質疑。

承：自「夏侯子曰」至「何待進賢」。夏侯湛解釋自己不遇之故，這裏實
際上是在承認客難之辭所云今昔之別的前提之下承接「起」語進一步作出隱
含譏諷的解釋。言己不過是一介東野鄙人，「不識當世之便，不達朝廷之情」，
而其時國泰民安，俊才雲湧，對群公百辟、卿士常伯冷嘲熱諷，大加鞭撻。

轉：自「客曰」至「僕未以此為不肖也」。承接客之再問，答之自己並非
不願施展才華，而因為「僕以竭心思，盡才學。意無雅正可準，論無片言可
採，是以頓於鄙劣而莫之能起也」，以自嘲自諷的方式抒發其牢騷與不平。

合：自「若乃伊尹負鼎以干湯」至文末。表明自己雖不能如伊尹、呂尚、
傅說、寧戚那樣輔佐君主成就一番事業，不能如莊周、嚴君平、接輿、梅福那
樣隱居求仙，但可以如季札、揚雄、伯玉、柳下惠那樣安貧樂道，守節不阿。

劉勰在《文心雕龍・雜文》中所列的設論文，除去兩漢的作品外，魏晉
南北朝的作品只有一篇，即郭璞的《客傲》。「景純《客傲》，情見而采蔚」，
可見其對郭璞《客傲》的推崇。《客傲》的結構亦為典型的起承轉合式，略析
如下：

起：自「客傲郭生曰」至「未之聞也」。借客之問，提出「士以知名為賢」
的觀點，質疑郭生「拔文秀於叢會，蔭弱根於慶雲」卻「響不徹於一皐，價
不登乎千金」的處境。

承：自「郭生粲然而笑曰」至「安事錯薪乎」。郭生從時勢的角度談及「皇
運暫回，廓祚淮海。龍德時乘，群才雲駭」，人才薈萃，各競其用。

轉：自「且夫窟泉之潛」至「胡蝶為物化之器矣」。語意一轉，談到自己
「不恢心而形遺，不外累而智喪」「不物物我我，不是是非非。忘意非我意，
意得非我懷」的志向。

〔註 54〕〔明〕張溥著，殷孟倫注：《漢魏六朝百三家集題辭注》，北京：人民文學出
版社，1960 年版，第 121 頁。

合：自「夫欣黎黃之音者」至「吾不能幾韻於數賢，故寂然玩此員策與智骨」。表明自己的決心，不能與莊周、老萊、嚴君平、梅眞、梁鴻、焦先、阮籍、翟叟之後塵，甘願厮守在低微的職位上，「寂然玩此員策與智骨」，也就是以占卜爲生。

除了這種典範的起承轉合結構外，亦有變通式結構。如皇甫謐《釋勸論》，就將承與轉合二爲一，分爲三部分，以客問起，在主回答時一氣貫通，順勢而下，承中有轉，轉中有承，古今對比，將衰周之末貴詐賤誠，牽於權力，以利邀榮輩棄禮喪眞之舉與其時「見機者以動成，好遯者無所迫」形成鮮明對比，表明自己隱居不仕之志向。以己才不堪用，又寢疾彌年，對隱逸充滿期望結。憤世嫉俗之情淡，而隱居避世之意濃。再如束晳《玄居釋》則轉合爲一，在轉中自然結束。啓功先生曾對此有精闢論述：「凡可分爲四截的文字，常常第一截是『起』；第二截接住上句，或發揮，或補充，即具『承』的作用；第三截轉下，或反問，或另提問題，即具『轉』的作用；第四截收束，或作出答案，或給上邊作出結論，即具『合』的作用。這種四截的，可稱之爲起承轉合。」三截型的文字「開合之間有時有個轉折軸，稱之爲開承（或轉）合，也即是頭腰尾，轉折軸有時同具承而轉的作用」。〔註55〕也就是說這種起承轉合式結構是靈活多變的，根據實際情況來安排即可。

設論文的深層邏輯結構表明了設疑自通的過程，是矛盾化解、自我說服的過程。心理學認爲，議論是宣泄的重要途徑。魏晉南北朝文士在面對人生固有的煩惱和時代帶來的困惑時，追求的失落，奮鬥的挫折，懷才不遇的痛苦使他們對自我價值的期待產生強烈的落差，如何進行調節疏導和釋放，他們選擇了創作設論文。在文中通過複雜迂迴的途徑進行宣泄，借助嘲諷的語氣、幽默的手法對自己和社會進行議論，使不滿情緒得到調試，達到心理上的滿足。起承轉合的曲折，正表明其內心自通過程的複雜。

二、對問體

對問體，通常是一問一答，也有多問多答，「輒寄之賓主，假自疑以對之」，假設對方有疑惑不解的問題或對方攻擊的觀點，然後予以答疑或駁擊。這種方式由來已久，關於其起源，眾說紛紜。章學誠有言：「假設問對，《莊》、《列》

〔註55〕啓功：《有關文言文中的一些現象、困難和設想》，《漢語現象論叢》，北京：中華書局，1997年版，第44～53頁。

寓言之遺也」〔註56〕，所論雖爲賦家者流，卻也可視爲對問體之源。余嘉錫在其《古籍校讀法・明體例第二》「秦漢諸子即後世之文集設論」條中指出，宋玉之《對問》「仿《莊子》之寓言」，張立喬在其《文心雕龍注訂》中謂「《對問》一體，其源最古，《尚書》《論語》正導先河」，並認爲《文心雕龍・雜文》「宋玉……始造《對問》」的判斷是「又忽於《卜居》《漁父》之在其前也」。可見張氏把《卜居》《漁父》當作《對問》的一源頭。饒宗頤先生則進一步考證「客主」之名「原出兵家，繼乃演而爲賦體」〔註57〕。實際上，先秦文獻大量運用對問之體式，「戰國時人著書，慣用對話，近出馬王堆佚書，若伊尹、九主、十大經，無不如此，自是一時風氣使然。」〔註58〕先秦典籍，既有現實人物之對問，如《尚書》《論語》《孟子》等，亦有假設虛構人物之對問，如《莊子》《列子》等。

　　這種對問體與古希臘用對話來探討眞理的方法很相似。古希臘稱這種方法叫做辯證法（dialect）。這個詞有兩層意思：一是思維方法的批判分析，指問答法，即以問答方式進行論證的方法；一是指哲學的辯證方法，正反論證的辯證方法。它與對話（dialogue）是同源的，都有問答的意思。著名哲學家、美學家柏拉圖的著作除《申辯篇》外，都是用對話體寫成的，時間是在公元前4世紀中葉至公元前3世紀前半期。柏拉圖將其作爲一種獨立的文體形式，運用於學術討論，朱光潛在談到這一問題時，說：「在柏拉圖手裏，對話體運用得特別靈活，向來不從抽象概念出發而從具體事例出發，生動鮮明，以淺喻深，由近及遠，去僞存眞，層層深入，使人不但看到思想的最後成就或結論，而且看到活的思想的辯證發展過程。」〔註59〕此處談的雖是柏拉圖的對話體，卻道出了對話體或對問體的優勢所在，即能展示出思維發展的過程。對問體按其賓主人物之不同可分爲兩種，一種是或問式，一種是客主問對式。

（一）或問式

　　或問式論體文指的是那種以「或問」、「或曰」、「或問曰」等引出問題的

〔註56〕王重民：《校讎通義通解》，上海：上海古籍出版社，1987年版，第117頁。

〔註57〕饒宗頤：《釋主客——論文學與兵家言》，收入《文轍——文學史論集》，臺北：臺灣學生書局，1991年版，第193頁。

〔註58〕饒宗頤：《釋主客——論文學與兵家言》，收入《文轍——文學史論集》，臺北：臺灣學生書局，1991年版，第193頁。

〔註59〕〔古希臘〕柏拉圖著，朱光潛譯：《文藝對話集》，北京：人民文學出版社，1980年版，第334～335頁。

論體文，作者在撰寫文章時，問者或實有其人，但已無法確定或不便指明，其觀點又頗具代表性，因此以其問引出作者要闡述的問題。另一種情況則是問者是誰並不重要，其問題起到轉換話題的作用，引出作者的論述。

　　先秦諸子著作中已出現或問式論述，據楊伯峻先生統計，在《論語》中「或」字共出現 15 次，其中有 13 次是作爲代詞，用作主語，意思爲「有人」〔註 60〕，有的是「或曰」，有的則爲「或謂之孔子曰」。如《論語・憲問篇》曰：

　　　　或曰：「以德報怨，何如？」子曰：「何以報德？以直報怨，以
　　德報德。」〔註61〕

《八佾篇》曰：

　　　　子曰：「管仲之器小哉！」

　　　　或曰：「管仲儉乎？」曰：「管氏有三歸，官事不攝，焉得儉？」

　　　　「然則管仲知禮乎？」曰：「邦君樹塞門，管氏亦樹塞門。邦君
　　爲兩君之好，有反坫，管氏亦有反坫。管氏而知禮，孰不知禮？」

　　　　〔註62〕

此處即以「或曰」代表時人，沒有明確是誰。前者一問一答，後者則爲兩問兩答。《孟子》中亦不乏其例，如《盡心下》曰：

　　　　孟子之滕，館於上宮。有業屨於牖上，館人求之弗得。或問之
　　曰：「若是乎從者之廋也？」〔註63〕

也是以「或問」引出問題，文章重點在解答上，提問者爲誰已不重要。

　　在漢代子書中，或問式更成爲提問之常式，如揚雄《法言》通篇以「或曰」「曰」貫穿，自設問對。其《學行》篇曰：

　　　　或曰：「使我紆朱懷金，其樂可量也。」

　　　　曰：「紆朱懷金者之樂，不如顏氏子之樂。顏氏子之樂也，內；
　　紆朱懷金者之樂也，外。」

　　　　或曰：「請問屢空之內？」

〔註60〕《論語譯注》附錄《論語詞典》。楊伯峻：《論語譯注》，北京：中華書局，1980
　　　　年版，第 51 頁。
〔註61〕楊伯峻：《論語譯注》，北京：中華書局，1980 年版，第 156 頁。
〔註62〕楊伯峻：《論語譯注》，北京：中華書局，1980 年版，第 31 頁。
〔註63〕楊伯峻：《孟子譯注》，北京：中華書局，1962 年版，第 336 頁。

曰：「顏不孔，雖得天下不足以爲樂。」

「然亦有苦乎？」

曰：「顏苦孔之卓之至也。」

或人瞿然曰：「茲苦也，祇其所以爲樂也與？」

曰：「有教立道，無止仲尼；有學術業，無止顏淵。」

或曰：「立道，仲尼不可爲思矣；術業，顏淵不可爲力矣。」

曰：「未之思也，孰御焉？」〔註64〕

從以上節選的這一段可以體會揚雄《法言》之或問式風格，《漢書·揚雄傳》載其《自序》云：「雄見諸子各以其知舛馳，大氐詆訾聖人，卽爲怪迂，析辯詭辭，以撓世事，雖小辯，終破大道而或眾，使溺於所聞而不自知其非也。……故人時有問雄者，常用法應之，譔以爲十三卷，象《論語》，號曰《法言》。」〔註65〕可見其書以「或問」「曰」的方式對當時流行於世的違背儒家思想的學說進行批判，闡明自己的見解。

魏晉南北朝論體文承襲前代「或問」傳統，經常採用或問式以引出論題。如嵇康《管蔡論》曰：「或問曰：『案《記》：管蔡流言，叛戾東都。周公征討，誅以凶逆。頑惡顯著，流名千里。且明父聖兄，曾不鑒凶愚于幼稚，覺無良之子弟；而乃使理亂殷之弊民，顯榮爵于藩國；使惡積罪成，終遇禍害。于理不通，心無所安。願聞其說。』答曰：「善哉！子之問也。……。」〔註66〕此處之問，只是爲了引出作者的論述，以一問一答結構全篇。亦有多問多答的，如范縝《神滅論》，有 31 問 31 答，整篇文章以「問曰」「答曰」組成。然而，其原來的結構似乎不是對問體，梁武帝在《敕答臣下神滅論》中寫道：「位現致論，要當有體，欲談無佛，應設賓主，標其宗旨，辨其短長，來就佛理，以屈佛理，則有佛之義既蹟，神滅之論自行」。〔註67〕潘富恩先生據此推論道：「梁武帝在這裏是要范縝放棄原來的那篇《神滅論》，而且認爲，你

〔註64〕 汪榮寶：《法言義疏》，北京：中華書局，1987 年版，第 41～44 頁。

〔註65〕 〔漢〕班固：《漢書》卷 87《揚雄傳》，北京：中華書局，1964 年版，第 3580 頁。

〔註66〕 〔清〕嚴可均：《全三國文》，《全上古三代秦漢三國六朝文》，北京：中華書局，1958 年版，第 1335 頁上。

〔註67〕 〔清〕嚴可均：《全梁文》，《全上古三代秦漢三國六朝文》，北京：中華書局，1958 年版，第 2973 頁下。

范縝如果現在還要『盛稱無佛』，就應該重新寫出文章來，而且要按照有賓有主、一問一答的體裁，就佛理以屈佛理，把問題一個一個地說清楚。范縝接受了這一挑戰，很快便改寫成了更適合論戰需要的今本問答體《神滅論》，這也即是他第二次在梁武帝天監六年重新發表的《神滅論》。」〔註68〕也就是說，在當時對問體乃論體文的首選體式，時人甚為重視，范縝一開始並沒有採用這種體式，因此梁武帝敕其修改。釋家對對問體有著自覺應用，慧遠著《沙門不敬王者論》有三篇採用對問體，《沙門袒服論》、《明報應論》皆為或問式，僧肇著《般若無知論》「假致疑難以導深旨」，亦採用對問體，只是將「或問」改為「難曰」。這種體式，似乎亦受佛家講疏之影響。牟潤孫先生在《論儒釋兩家之講經與義疏》一文中指出：「釋氏之經多為問答體，為都講制之淵源，湯用彤先生已言之矣。更詳考之，釋典中之論，及經論之疏，亦多為問答體，亦由於說法時有問答辯難也。」〔註69〕梁武帝之所以敕令范縝將其論改為問答體，當與佛典經論以問答為主有關。

　　魏晉南北朝時期留存於今的或問式論體文較多，見下表：

序號	朝代	作者	作　品	人　物
1	三國魏	嵇康	管蔡論	或問曰——答曰
2	三國蜀	譙周	招魂葬論	或曰——曰
3	晉	王修	賢人論	或問——答曰
4	晉	盧欽	論徐邈	或問——答曰
5	晉	劉智	論天	或問——劉智曰
6	晉	劉智	喪服釋疑論	或問——答曰
7	晉	李充	翰林論	或問曰——答曰
8	晉	宣舒	申袁準從母論	或曰——宣舒曰
9	晉	皇甫謐	玄守論	或謂——謐曰
10	晉	皇甫謐	高士傳‧焦先論	或問皇甫謐曰——曰
11	晉	陸喜	西州清論‧較論品格篇	或問——答曰
12	晉	虞潭	公除褅祭論	有議難曰——答曰

〔註68〕潘富恩：《范縝評傳》，南京：南京大學出版社，1996年版，第53頁。
〔註69〕牟潤孫：《注史齋叢稿》，北京：中華書局，1987年版，第265頁。

序號	朝代	作者	作　品	人　物
13	晉	虞喜	安天論	或難曰——答曰
14	晉	虞喜	中山王睦立襧廟論	或難曰——答曰
15	晉	范甯	王弼何晏論	或曰——答曰
16	晉	習鑿齒	晉承漢統論	或問——答曰
17	晉	釋慧遠	沙門不敬王者論之求宗不順化、體極不兼應、形盡神不滅	問曰——答曰
18	晉	釋慧遠	沙門袒服論	或問曰——答曰
19	晉	釋慧遠	明報應論	問曰——答曰
20	晉	僧肇	般若無知論	難曰——答曰
21	晉	闕名	正誣論	誣云——正曰
22	宋	宗炳	明佛論	或問曰——答曰
23	宋	鄭鮮之	神不滅論	難曰——答曰
24	宋	顧顗	定命論	問曰——對曰
25	梁	范縝	神滅論	或問——答曰

　　或問式論體文在結構上以「或問」引出問題或轉換話題，其主要部分不在「問」，而在「對」，「問」只是起輔助作用，「對」才是文章的主體。因此，其實質是借助了對問這一文體外表而進行的思想獨白。那麼，既然是獨白，又何必採用對問的形式呢？思想獨白不一定採用這樣的形式，但採用對問必然有其獨特的效果，否則，梁武帝也沒有必要讓范縝將《神滅論》改為對問式。具體說來，這種獨白式對問體的使用至少可以產生三種基本效果：

　　其一，獨白式對問體的要旨在於思想獨白，但因其採用的對問式而使思想表述更加明白曉暢，使深刻複雜的理論深入淺出。形神關係是一個比較深奧的哲學問題，在范縝之前，慧遠、鄭鮮之等人多持形盡神不滅觀點，范縝卻主張形盡神滅，如何使自己的見解產生說服力，如前文所述，其《神滅論》開始時是專論體，後被梁武帝敕令改成對問體，更加符合當時人的心理接受模式，也使其論述更加明白易懂。如開篇曰：

　　　　或問予云：神滅，何以知其滅也？

　　答曰：神即形也，形即神也，是以形存則神存，形謝則神滅也。

　　問曰：形者無知之稱，神者有知之名，知與無知，即事有異，神之與形，理不容一，形神相即，非所聞也。

　　答曰：形者神之質，神者形之用，是則形稱其質，神言其用，形之與神，不得相異也。〔註70〕

問與答環環相扣，提出文章的兩個主要觀點，「形存則神存，形謝則神滅」，「形者神之質，神者形之用」。後文均圍繞這兩個觀點展開問答，而曹思文等人對范縝的論難亦針對此進行，下文論難型論體文有具體論述。

　　其二，對問體的採用便於轉換討論的話題，使文章容量擴大。一種思想如果以專論的形式出現，必然要考慮其邏輯關係，論題間關係及過渡，而對問則以「問」帶「答」，自然轉換論題，涉及的內容更加豐富。朱光潛先生在《談對話體》一文中指出：「對話的好處就在於它對於同一事物取各種不同的角度去看，把它的正反側各面都看出來，然後把各面不同的印象平鋪在一起，合攏起來就可以現出一副立體的活動影片。」〔註71〕將一個問題從不同的角度談，將不同的問題聯繫起來談，對問體可以自由靈活地將其貫穿起來，而沒有承接的困難，因此，其更具靈活性。

　　其三，儘管為獨白，但也有一個思想展開的過程，對問式更有利於將這一過程呈現出來。如果僅為獨白，則不利於呈現思想逐層深入、幾經矛盾波折的過程。對問則以問題牽引，將此一一展現出來，其過程較之設論文，不是內心矛盾的自我化解，而是對問題認識的逐層加深。

　　因此，或問式論體文看上去僅僅是一種起形式作用的對問文體，但只要使用得當，照樣可以產生特別意味。如此，既顯示文體本身的獨特功能，又說明文體的研究並非簡單的形式研究。

（二）客主問對式

　　客主問對式論體文指的是通過假設賓主、虛構人物進行對話，抑賓而揚主，作者的觀點往往寄寓在主的觀點中。這種結構類型顯然受到賦體的影響，

〔註70〕〔清〕嚴可均：《全梁文》卷45，《全上古三代秦漢三國六朝文》，北京：中華書局，1958年版，第3209頁下。

〔註71〕朱光潛：《朱光潛全集（第9卷）》，合肥：安徽教育出版社，1993年版，第460頁。

但與賦的體物抒情不同，以言理爲主，儘管其假設問對的體式與鋪排的寫法與賦相似。

魏晉南北朝客主問對式論體文留存情況見下表：

序號	朝代	作者	作品	人　物
1	三國魏	王粲	三輔論	湘潛先生——江濱逸老
2	三國魏	曹植	漢二祖優劣論	客——余
3	三國魏	曹植	貪惡鳥論	侍臣——王
4	三國魏	阮籍	達莊論	縉紳好事之徒——先生
5	三國魏	嵇康	聲無哀樂論	秦客——東野主人
6	三國蜀	費褘	甲乙論	甲——乙
7	三國蜀	譙周	仇國論	賢卿——伏愚子
8	西晉	石崇	許巢論	客——余
9	晉	歐陽建	言盡意論	雷同君子——違眾先生
10	晉	魯褒	錢神論	司空公子——綦母先生
11	晉	習鑿齒	周瑜魯肅論	客——主人
12	晉	戴逵	釋疑論	安處子——元明先生
13	晉	釋道恒	釋駁論	東京束教君子——西鄙傲散野人
14	宋	王叔之	遂隱論	崇退儒生——抱樸丈人
15	宋	釋慧琳	均善論	白學先生——黑學道士
16	梁	江淹	無爲論	奕葉公子——無爲先生
17	梁	劉孝標	廣絕交論	客——主人
18	陳	朱世卿	法性自然論	寓茲先生——假氏大夫
19	隋	盧思道	勞生論	客——余
20	隋	盧思道	北齊興亡論	客——主人
21	隋	常得志	兄弟論	客——陸平原
22	隋	釋眞觀	因緣無性後論	請疑公子——通敏先生

值得注意的是客主問對式論體文所具有的戲劇性，其一表現在虛構的人物上，或有名字，或直接就是客與主。有名字的往往有寓意，如王粲《三輔

論》中的「湘潛先生」與「江濱逸老」是以地理位置爲其命名，譙周的《仇國論》中的「賢卿」不賢，「伏愚子」不愚，帶有反諷意味，歐陽建的《言盡意論》中的「雷同君子」代表的是隨波逐流、人云亦云之輩，「違眾先生」則爲獨立不羈、堅持己見者，看其名字已明其身份與主張及作者的塑造意圖。

較之或問式中的人物，可以發現，或問式中的人物只是問題的提出者，無關乎個人之血肉情感，不具備個體的特質，設置的目的只是爲了搭建一個發論的舞臺。客主問對式論體文中的人物則多少帶有個性色彩，如阮籍《達莊論》中的「縉紳好事之徒」，「怒目擊勢而大言」，表現出他們的虛張聲勢，外強中乾，而「先生」則「撫琴容與，慨然而歎，俯而微笑，仰而流眄」，其淡定從容之神態在這寥寥數字中得以傳神表現。

其二，表現在人物間的衝突上。這種衝突僅僅表現在觀點的不一致上，也就是說與論難型論體文不同的是，衝突雙方在智力與知識上不屬於同一級別，因此必揚主而抑客，其結果也必然是經過主的一番言論，客心悅誠服或大敗而歸。如《達莊論》結尾曰：「于是二三子者，風搖波蕩，相視腼脈，亂次而退，躕跌失迹」〔註72〕，道恆《釋駁論》結尾曰：「於是逡巡退席，悵然自失，良久曰『聞大道之說，彌貫古今，大判因緣，窮理盡性。立理不爲當年，弘道不期一世，可謂原始會終，歸於命矣。僕實滯寢，長夜未達其旨，故每造有封。今幸聞大夫之餘論，結解疑散，豁然醒覺，若披重宵以覩朗日，發蒙蓋而悟眞慧。僕誠不敏，敬奉嘉誨矣。』」〔註73〕衝突的化解往往成爲該類論體文或隱或顯的結果。

其三，表現在情境的設置上。戲劇表演需要有場景，有舞臺，有表現的空間，客主問對式論體文有一些作品也將人物設置在特定的情境中，以突出其矛盾衝突。如魯褒的《錢神論》，作品通過虛構的情節，推出司空公子和綦母先生兩個假設的人物，以二人在京城邂逅爲紐帶，以其問答詰難的框架結構成篇。司空公子既富且貴，「盛服而遊京邑，駐駕平市里」，身爲公子而熟知經典史籍，以孔方爲家兄卻被「富貴不齒」，讚揚錢的積極意義，傾力揭露仕途官場的醜態，語言平易和雅，感情上懷有積憤而出之反語諷刺，都顯得

〔註72〕〔清〕嚴可均：《全三國文》卷45，《全上古三代秦漢三國六朝文》，北京：中華書局，1958年版，第1312頁。
〔註73〕《弘明集》卷6。〔梁〕僧祐撰、〔唐〕道宣撰《弘明集·廣弘明集》，上海：上海古籍出版社，1991年版，第37頁。

自然合理。綦母先生則空手徒行，頭髮斑白，是安貧樂道的讀書人的代表。兩人的形貌境遇，相會之地，成爲襯托論文主體的一幅合宜背景，錢幣的神奇可信力量，已隱含在此畫面中。綦母先生「欲之貴人」，卻「以清談爲筐篚，以機神爲幣帛」，於是引出司空公子「錢能通神」之宏論，洋洋灑灑，歷數金錢如何萬能，尚賢如何可笑，對其時社會上金錢權力的無限膨脹作了生動的描繪，對貨幣拜物教現象作了充分的揭露。

由以上分析可以看出，客主問對式論體文具有戲劇性，究其源，似乎不僅僅是受賦體的影響。因爲假設賓主的體式並非辭賦獨有，寓言的典型體式亦爲假設問答，這些文體之所以不約而同地採用這種體式，其中不乏戲劇的影響。「古代禮樂，本爲協和神與人、人與人的關係而製作，《儀禮》中從士冠禮、婚禮、燕禮、射禮、聘禮，到喪禮、祭禮，莫不強調賓主酬酢應答的禮儀，具有泛戲劇性質。」〔註74〕蘇瑞隆指出，「在西方文學修辭學中也有類似的技巧，所謂 prosopopoeia（虛似人物或歷史人物代言法），原來指將物體或抽象觀念擬人化，後來也泛指作家在作品中虛設一個過去的詩人來作爲他自己的代言人，西方文學最早例子是希臘文學，如柏拉圖在他的《對話》四部曲中的《克里托》（Crito），將『法律』人性化，用來與人對話，造成一種戲劇的效果與張力，給原本僵硬的對話注入生命活力，這是修辭學技巧中的妙訣。又如古希臘舉世聞名的史詩，魏吉爾（Virgil）的《伊尼德》（Aeneid），在第二章裏，詩人突然借古希臘在特洛伊城（Troy）戰死的英雄海克托（Hector）之口來敘述，使場面生動活潑。又如《奧底賽》（Odyssey）第四章中，主角奧底修斯（Odysseus）借阿奇里思（Achilles）父親的口吻來規勸阿奇里思，控制他的憤怒。這些都是有名的例子。」〔註75〕魏晉南北朝論體文家作論的目的在於闡發自己的思想，利用虛構的人物來進行辯論或對答，造成一種婉轉微妙的效果，論的主體就是一場精彩的唇槍舌戰，爲純粹理性的思想闡發增加了敘事因子與詩意想像的空間。

在客主對問式論體文中，並非所有的文章都抑客揚主，亦有例外。如費禕的《甲乙論》，據殷基《通語》載：「司馬懿誅曹爽，禕設甲乙論平其是非」

〔註74〕劉漢光：《寓言體式與戲劇的因緣試探》，《藝術百家》，2006 年第 7 期，第 32 ～35 頁。
〔註75〕〔美〕蘇瑞隆：《魏晉六朝賦中戲劇型式對話的轉變》，《文史哲》，1995 年第 3 期，第 90 頁。

〔註 76〕。文章假設甲乙二人針對司馬懿誅曹爽的事件發表了不同看法，甲以
爲「曹爽兄弟凡品庸人，苟以宗子枝屬，得蒙顧命之任，而驕奢僭逸，交非
其人，私樹朋黨，謀以亂國。懿奮誅討，一朝殄盡，此所以稱其任，副士民
之望也」，顯然認爲司馬懿誅曹爽是得人心之舉。乙則從幾個方面分析了司馬
懿之舉的不當，揭露其眞實面目在於篡權，並非眞心爲君主著想，而其殺戮
面之廣，更暴露了他的兇惡殘忍，不仁不義。對司馬懿的批判可謂尖銳犀利，
入木三分。甲乙二人之觀點是並列的，從不同的角度談論問題，有互補性，
但顯而易見的是作者贊成乙的觀點。釋慧琳的《均善論》假設白學先生與黑
學道士進行辯論，白方代表儒道，黑方代表佛教，以白方提問始，亦以其答
結，文章旨在調和三教，認爲周、孔敦俗，老、莊陶風，釋迦慈悲，三訓之
主旨皆爲勸善，三教的創始人均爲聖人。論中並沒分出賓主，但白方言辭犀
利，指責佛教的天堂地獄、因果報應均爲虛妄不實之說，流弊無窮，代表的
是慧琳的觀點，黑方則辯論軟弱，意旨乖失。身爲名僧釋道淵弟子的慧琳，
在此論中批判佛教對社會的危害，實際上屬於自揭家醜，因此引起僧眾的憤
怒，要將其驅逐出伽藍，由於文帝干預，才保住他的身份，也引發了何承天、
宗炳等人的論難。

三、設論體與對問體的聯繫與區別

　　李乃龍先生在《論〈文選〉「設論」類的文體特徵》一文中對設論與對問
進行比較，認爲「設論作爲對問的衍生文體，從兩個方面接受母體的文體特
徵：一是以問對爲結構形式，二是情感上以抒憤爲特徵。但對問體的問爲實，
設論體的問爲虛；對問是貶世，而設論是頌世；對問以楚文化爲其主要淵源，
而設論以縱橫家爲主要淵源。設論體形成了亂世才士得志和盛世才士失志的
情感模式，更爲對問體所未具。」〔註 77〕很顯然，他是著眼於《文選》中所
收錄的作品，對問指的是宋玉《對楚王問》，設論則指東方朔《答客難》、揚
雄《解嘲》與班固《答賓戲》，然而聯繫上文所論述的結構類型，設論與對問
體中的客主問對式有相似的地方，二者都是假設賓主，採用問對結構，設論

〔註76〕〔晉〕陳壽撰，〔宋〕裴松之注：《三國志》卷 44《費禕傳》，北京：中華書局，
　　　　1959 年版，第 1062 頁。
〔註77〕李乃龍：《論〈文選〉「設論」類的文體特徵》，《長江學術》，2008 年第 4 期，
　　　　第 25～32 頁。

所問爲虛，對問所問亦非全爲實，既然是借虛構人物之口發問，那麼，其問自然不能說是實。至於設論爲頌世，似乎不確，即使是頌，亦爲明褒暗貶，冷嘲熱諷，貶世才是其根本目的。

通過比較，不難發現，設論體與對問體之根本區別首先在於其創作動機不同，設論爲的是「設辭以自慰」，也就是排解內心的矛盾與焦慮，達到自通自慰的目的，其指向是朝內。對問則是假設問對，針對的是思想觀點的不一致，通過解疑以說服對方，證明自己的見解，其指向是朝外。其次，在於論證手法的不同，設論之作是基於對現實的不滿與懷才不遇的憤恨，所以更多採用古今對比的手法，通過比較古今用人環境、用人制度與人才地位之不同，來抒發內心的抑鬱不得志之情。或正話反說，如束晢《玄居釋》曰：「大晉熙隆，六合寧靜；蜂蠆止毒，熊羆輟猛；五刑勿用，八紘備整；主無驕肆之怒，臣無氂纓之請」〔註78〕，嘲諷意味寓於其中；或借古貶今，如夏侯湛《抵疑》曰：「古之君子，不知士則不明不安，是以居逸而思危，對食而肴乾。今也則否，居位者以善身爲靜，以寡交爲愼，以弱斷爲重，以怯言爲信，不知士者無公誹，不得士者不私愧」〔註79〕，今之當權者不善發現人才之昏庸不言而明；或自我解嘲，不言世道不公，而言己之無能，如夏侯湛的《抵疑》曰：「僕，東野之鄙人，頑直之陋生也。不識當世之便，不達朝廷之情，不能倚靡容悅，出入崎傾，逐巧點妍，嘔喁辯佞」，「若僕之言，皆糞土之說，消磨灰爛，垢辱招穢，適可充衛士之爨，盈埽除之器」。〔註80〕對問中雖然也有對社會不滿者，如魯褒《錢神論》，卻不是爲自己的不遇而憤慨，因此，以言理爲主，更多思辨色彩，而少泄憤之意，其嘲諷意味明顯不及設論文，情感因素亦少於設論文。再次，就其深層結構而言，設論文採用的是起承轉合式，表現了自通過程的曲折與矛盾，對問則爲縱深結構，步步深入，沿著設疑解疑的過程自然行文。

總之，設論與對問既有聯繫，又有區別，二者均屬於問對型論體文。儘管文體結構本身體現的是一種話語秩序，但其內層則是著者的思維、觀念與

〔註78〕 〔唐〕房玄齡等：《晉書》卷51《束晢傳》，北京：中華書局，1974年版，第1430頁。

〔註79〕 〔清〕嚴可均：《全晉文》卷69，《全上古三代秦漢三國六朝文》，北京：中華書局，1958年版，第1856頁上。

〔註80〕 〔清〕嚴可均：《全晉文》卷69，《全上古三代秦漢三國六朝文》，北京：中華書局，1958年版，第1855頁下。

方法等精神內涵。問對型論體文在魏晉南北朝的興盛，至少表明其時文化環境的寬鬆與文士對對話精神的重視。這種類型的論體文展示了問對的過程，問與對組成一長串連續不斷的鏈條，在問對的過程中展示了雙方思維的發展進程。

第二節　論辯型論體文

　　魏晉南北朝論辯風氣的盛行促進了論辯型論體文的發達。此類論體文按其結構大致可分兩類，一類是書信體論辯文，一類是論難體論辯文。前者採用書信的格式，針對某個特定的問題進行辯論，在雙方或多方中進行。劉永濟先生曾認為「所與往復以書疏往還，非論式」，〔註81〕實際上，這類書牘的根本內容在於論辯，正文與論辯文無異，《弘明集》與《廣弘明集》中大量論佛書牘，如按劉先生之觀點，皆要排除在論辯文外，似乎不妥。另外，這些書牘往往以自己的觀點對對方的觀點逐一批駁，有異於以議論為主要表達方式的書信。論難體論辯文，其源甚遠。劉勰《文心雕龍》將其歸為「議對」，曰：「昔管仲稱軒轅有明臺之議，則其來遠矣。洪水之難，堯咨四岳；宅揆之舉，舜疇五人。三代所興，詢及芻蕘。春秋釋宋，魯桓務議。及趙靈胡服，而季父爭論；商鞅變法，而甘龍交辨。雖憲章無算，而同異足觀。迄至有漢，始立駁議。駁者，雜也；雜議不純，故曰駁也。」〔註82〕據今人考證，《文選》有「難」體〔註83〕，以司馬相如《難蜀父老》為代表。然而，魏晉南北朝時期的論難文與司馬相如的《難蜀父老》區別甚大，傅剛先生對此亦有論述，「《文選》既標『難』類，又有選文，然而《難蜀父老》一文實不能代表漢魏六朝流傳的『難』體文章。除了它的題目與『難』相合外，其內容、結構都與其它『難』文不同。今據嚴可均《全上古三代秦漢三國六朝文》所載『難』文共110餘篇分析，沒有一篇與司馬相如如此文相類的。它們大都與經義、制度、玄學、佛學有關。形式上也並不採用問答體。……這也就說明這樣的『難』體文其時是以說理為基礎的，如此正和李充所說的『研核名理而論難生焉』的定義相符，也正是魏晉以來『論難』並提的原因。這

〔註81〕劉永濟：《文心雕龍校釋》，臺北：正中書局，1948年版，第127頁。
〔註82〕范文瀾：《文心雕龍注》，北京：中華書局，1958年版，第437頁。
〔註83〕傅剛：《論〈文選〉『難』體》，《浙江學刊》，1996年第6期，第86～89頁。

種文體的確與司馬相如文章不同。」〔註84〕傅剛先生著眼於對《難蜀父老》的分析，並沒有深入探討魏晉南北朝論難體的文體特徵及其心理意蘊，這是本文要進一步探討的。

一、書牘體

書牘是一種應用文體，自先秦，經兩漢，至魏晉南北朝而蔚為大觀。禮制、玄學、佛學內容的加入使之思辨性增強。

值得注意的是此處的書牘體論辯文並非指所有談論某個問題的書信，而是指在雙方或多方間針對某個問題進行論辯的書信。按其結構之不同，可分為兩種，一種是書論分離，即書牘與論辯文分離，書牘中交代論辯文的創作背景，對批駁對象進行簡要評價。論辯文則引對方觀點逐一批駁。有書在論前者，如釋慧通《駁顧道士夷夏論（並書）》，是針對顧歡的《夷夏論》所寫的批駁文章，從其題目即可看出其文為論，但論前有書，其書曰：「余端夏有隙，亡事忽景，披顧生之論，昭如發蒙；見辨異同之原，明是非之趣，辭豐義顯，文華情奧。每研讀忘倦，慰若萱草，真所謂洪筆之君子，有懷之作也。然則察其指歸，疑笑良多，譬猶盲子採珠，懷赤菽而反，以為獲寶。聲賓聽樂，聞驢鳴而悅，用為知音。斯蓋吾子夷夏之談，以為得理，其乖甚焉。見論引道經，益有昧如。昔老氏著述，文指五千，其餘淆雜，並淫謬之說也，而別稱道經，從何而出？既非老氏所創，盜為真典，庶更三思，儻祛其惑。」〔註85〕先對顧歡的《夷夏論》進行肯定，實際上是書牘文中常用的客套話，之後語意一轉，對其引用道經進行批駁，順勢進入論辯部分。下文逐一引用《夷夏論》中的觀點進行批駁，屬於論辯文。也有書在論後者，如劉宋時期的王弘的《與謝靈運書問辨宗論義》，開門見山地對謝靈運的《辨宗論》進行質疑：

> 論曰：由教而信，有日進之功，非漸所明，入入照之分。問曰：由教而信，而無入照之分，則是闇信聖人。若闇信聖人，理不關心，政可無非聖之尤，何由有日進之功。

> 論曰：暫者假也，真者常也，假知無常，常知無假。又曰：假

〔註84〕傅剛：《論〈文選〉『難』體》，《浙江學刊》，1996年第6期，第86～89頁。
〔註85〕〔清〕嚴可均：《全宋文》，《全上古三代秦漢三國六朝文》，北京：中華書局，1958年版，第2773頁上。

知累伏，理暫爲用，用暫在理，不恒其知。問曰：暫知爲假知者，
則非不知矣。但見理尚淺，未能常用耳。雖不得與眞知等照，然豈
無入照之分邪。若暫知未是見理，豈得云理暫爲用者，又不知以何
稱知。

　　論曰：教爲用者心日伏，伏累彌久，至於滅累。問曰：教爲用
而累伏，爲云何伏邪。若都未見理，專心聞信，當其專心，唯信而
已。謂此爲累伏者，此是慮不能竝，爲此則彼廢耳。非爲理累相權，
能使累伏也。凡厥心數，孰不皆然，如此之伏，根本末異，一倚一
伏，循環無已。雖復彌久，累何由滅。

　　弘白：一悟之談，常謂有心。但未有以折中異同之辨，故難於
厝言耳。尋覽來論，所釋良多。然猶有未好解處，試條如上。爲呼
可容此疑不？既欲使彼我意盡，覽者泠然，後對無兆，兼當造膝，
執筆增懷，眞不可言，王弘敬謂。〔註86〕

在王弘的書中先對謝靈運的《辨宗論》提出三條疑問，然後才是其書信，談
自己讀謝論的體會。這種論前書後結構的書牘體論體文較爲少見。

　　另一種是論在書中，即整篇文章是書牘，但除去開頭結尾具有書牘特徵
外，其主體部分爲論辯文。關於沙門是否應致敬王者，桓玄曾致書於王謐曰：
「沙門抗禮至尊，正自是情所不安。一代大事，宜共論盡之。今與八座書，
向已送都。今付此信，君是宜任此理者，遲聞德音。」〔註87〕王謐收到桓玄
的信後，針對這一問題，對其進行駁難，其信就是典型的論在書中，開端乃
書牘文之客套話：

　　領軍將軍、吏部尚書、中書令武岡男王謐惶恐死罪：奉誨及道
人抗禮至尊，並見與八座書，具承高旨，容音之唱，辭理兼至，近
者亦粗聞公道，未獲究盡；尋何、庾二旨，亦恨不悉。以爲二論漏
於偏見，無曉然愜心處，眞如雅誨。

之後正文進入論辯，闡釋自己的主張：

　　夫佛法之興，出自天竺，宗本幽邈，難以言辨，既涉乎教，故

〔註86〕〔清〕嚴可均：《全宋文》，《全上古三代秦漢三國六朝文》，北京：中華書局，
　　　　1958年版，第2532頁下。

〔註87〕〔清〕嚴可均：《全晉文》，《全上古三代秦漢三國六朝文》，北京：中華書局，
　　　　1958年版，第2143頁上。

可略而言耳。意以爲殊方異俗，雖所安每乖，至於君御之理，莫不
必同。今沙門雖意深於敬，不以形屈爲禮，迹充率土，而趣超方內
者矣。是以外國之君，莫不降禮，良以道在則貴，不以人爲輕重也。
尋大法宣流，爲日諒久，年逾四百，歷代有三，雖風移政易，而弘
之不異，豈不以獨絕之化有用於陶漸、清約之風，無害於隆平者乎？
故王者拱己，不悢悢於缺戶；沙門保眞，不自疑於誕世者也。承以
通生理物，存乎王者，考諸理歸，實如嘉論，三復德音，不能已已。
雖欲奉訓，言將無寄。猶以爲功高者不賞，惠深者忘謝，雖復一拜
一起，亦豈足答濟通之德哉！

此處王謐言明自己認爲沙門不應致敬王者的理由，有理有據，卻又不卑不亢，
既沒屈服於桓玄之威權，又沒放棄自己之主張。

結尾部分，仍爲書牘體例：

公眷睬末遺，猥見逮問，輒率陳愚管，不致嫌於所奉耳。願不
以人廢言。臨白反側，謐惶恐死罪。〔註88〕

由此可見書牘體論辯文論在書中之結構，首尾爲書牘體，正文以論辯爲主，
針對對方的觀點進行辯駁。

魏晉南北朝書牘體論辯文篇目：

論　方		答　方	
作者	題　目	作者	題　目
桓玄	與王謐書論沙門應致敬王者 難王謐 重難王謐 三難王謐	王謐	答桓玄書明沙門不應致敬王者 答桓玄難 重答桓玄難 三答桓玄難
桓玄	與桓謙等書論沙門應致敬王者	桓謙	答桓玄書明沙門不應致敬王者
卞壺		荀崧	答卞壺論劉胤同姓爲昏
王導		賀循	答王導書論虞廟
孔嚴	與王彪之書論蔡謨謚書	王彪之	答孔嚴論蔡謨謚書

〔註88〕〔清〕嚴可均：《全晉文》，《全上古三代秦漢三國六朝文》，北京：中華書局，
1958 年版，第 1569 頁。

論　方		答　方	
作者	題　目	作者	題　目
戴逵		范甯	難戴逵論馬鄭二義書
王珣		范甯	答王珣書論慧遠慧持孰愈
譙王		張新安	答譙王論孔釋書
何承天		裴松之	答何承天論次孫持重
何承天		司馬操	答何承天書論次孫宜持重
何承天	與宗居士書論釋慧琳白黑論 答宗居士書 答宗居士書	宗炳	答何承天書難白黑論 答何衡陽難釋白黑論
顏延之	釋何衡陽達性論 重釋何衡陽達性論 又釋何衡陽達性論	何承天	答顏永嘉 重答顏永嘉
謝靈運	辨宗論 答王衛軍書	王弘	與謝靈運書問辨宗論義 答謝靈運
顧歡	夷夏論 答袁粲駁夷夏論	袁粲	詫為道人通公駁顧歡夷夏論
		謝鎮之	與顧道士書折夷夏論 重與顧歡書
		朱昭之	與顧歡書難夷夏論
		朱廣之	咨顧歡夷夏論
		釋慧通	駁顧道士夷夏論（並書）
		釋僧愍	戎華論折顧道士夷夏論
李淼	與道高法明二法師書難佛不見形	釋道高	答李交州淼難佛不見形 道高重答李交州書
		釋法明	答李交州難佛不見形
張融	門律致書周顒等諸遊生 答周顒書並答所問	周顒	答張融書難門律 重答張融書難門律

　　書牘體論辯文具有以下特點：其一，靈活性。在交通甚不發達的魏晉南
北朝時期，相距甚遠的文士要針對某個問題進行討論，不能面談，便只能依
賴於尺牘。而造紙術的發達，使他們借助書信進行論辯成為可能，使思想交

流傳播更爲便利。鳩摩羅什的弟子僧肇曾致書慧遠門下劉遺民曰：「江山雖邈，理契即鄰。」亦可見其時文士對理之熱忱，而邈遠江山實難隔斷其對理的探問與追求，書牘談辯便成爲切磋眞理的唯一途徑。這種方式不受時空限制，其內容又可長可短，風格可文可質，一切以對理的切磋爲目的，較之清談的場面安排及儀式性質，更具自由性與靈活性。其二，針對性。書牘往來發生於理論水平相當的文士之間，有特定的內容，亦有特定的讀者，因此具有較強的針對性。他們往往具有類似的知識背景，所以不必擔心對方看不懂自己的觀點。對問題的探討較之面談可以更深入，因爲思想在行諸書面的過程中進一步系統化條理化。其三，衝突性。書牘是一種對話，但對話中又有衝突，由於雙方觀點不一致而各執一端，各抒己見，爭論不休，使之書牘往復，互相辯難，因此形成論辯。

二、論難體

論難並稱，早在東漢班固《漢書》中即已出現。《漢書》卷 66 贊曰：「至宣帝時，汝南桓寬次公治《公羊春秋》，舉爲郎，至廬江太守丞，博通善屬文，推衍鹽鐵之議，增廣條目，極其論難，著數萬言，亦欲以究治亂，成一家之法焉。」〔註89〕卷 67《朱雲傳》曰：「是時，少府五鹿充宗貴幸，爲《梁丘易》。自宣帝時善梁丘氏說，元帝好之，欲考其異同，令充宗與諸《易》家論。充宗乘貴辯口，諸儒莫能與抗，皆稱疾不敢會。有薦雲者，召入，攝齋登堂，抗首而請，音動左右。既論難，連拄五鹿君，故諸儒爲之語曰：『五鹿嶽嶽，朱雲折其角。』繇是爲博士。」〔註90〕這兩處的「論難」均言文士擅長論辯，而不具有文體意義。具文體意義者似自范曄《後漢書‧賈逵傳》始，曰：「（逵）著經傳義詁及論難百餘萬言。」其後《晉書》多有記載，如盧欽「所著詩賦論難數十篇」〔註91〕，皇甫謐「所著詩賦誄頌論難甚多」〔註92〕，虞預「所

〔註89〕〔漢〕班固：《漢書》卷 66《公孫劉田王楊蔡陳鄭傳》，北京：中華書局，1964 年版，第 2903 頁。

〔註90〕〔漢〕班固：《漢書》卷 67《朱雲傳》，北京：中華書局，1964 年版，第 2913 頁。

〔註91〕〔唐〕房玄齡等：《晉書》卷 44《盧欽傳》，北京：中華書局，1974 年版，第 1255 頁。

〔註92〕〔唐〕房玄齡等：《晉書》卷 51《皇甫謐傳》，北京：中華書局，1974 年版，第 1418 頁。

著詩賦論難數十篇」〔註93〕，孫盛「並造詩賦論難復數十篇」〔註94〕等，除了史書的記載，李充在其《翰林論》中稱：「研核名理而論難生焉」，對論難之體已有較爲明確的認識。

論與難因何而並稱？二者有什麼內在聯繫？傅剛先生在徵引數則資料之後，得出「『難』從東漢以來就已作爲獨立文體被著錄。其中多與『論』並列而稱『論難』，但也有一例稱『難論』，一例稱『駁難』，說明『難』並非依靠『論』而存在」〔註95〕的結論。但值得注意的是，就留存下來的魏晉南北朝論難文，我們不難發現，「難」實是依「論」而生，至於爲什麼將其稱爲「駁難」，是因爲「駁」與「難」屬於同義反覆，在對論的批駁中，題目可以爲「難……論」或「駁……論」，因此稱爲「駁難」。而「難論」既可以理解爲「以難爲論」，又可以理解爲「難……論」。也就是說，必須先有「論」，才有「難」。「難」與「答」「釋」皆以說理爲主，與狹義的「論」相輔相成，皆屬於廣義的「論」。至於「難」與「駁」之關係，王緯賢先生認爲，「『難』是一種特殊的反駁。假設 A 主張 P，B 反駁 A 的目的在於證明——P。難 A（即主張 P 的 A）的目的不僅要證明——P，而且要用 B 的主張 Q 來證明——P，即在反駁 A 的同時論證自己的主張 Q。『難』多爲用某一學派的主張反駁另一學派的主張。反駁可以用證明 P 事實上不成立，或斷定對 P 的邏輯論證不合邏輯，而「難」大都是用預設爲眞的觀點爲前提推證 A 的主張不成立。」〔註96〕也就是說，「難」爲「駁」之一種，「駁」可以只駁不立，但「難」必定駁中有立，以己己有之觀念批駁對方之觀念，批駁的目的是爲了進一步確立己之觀念。

論難體結構包括兩種情況：一種是一對一的駁辯，兩人針對同一主題，往返辯論。一方往往先引述對方的觀點，然後逐條批駁，並陳述自己的觀點。如夏侯玄與李勝關於肉刑的辯論，嵇康與向秀關於養生的辯論，與張邈關於自然好學的辯論，與阮侃關於宅無吉凶的辯論，慧遠與何無忌關於沙門袒服的辯論等，均採用這種方式，有的只一個回合，有的則往復論辯。另一種是

〔註93〕〔唐〕房玄齡等：《晉書》卷 82《虞預傳》，北京：中華書局，1974 年版，第2147 頁。

〔註94〕〔唐〕房玄齡等：《晉書》卷 82《孫盛傳》，北京：中華書局，1974 年版，第2148 頁。

〔註95〕傅剛：《論〈文選〉『難』體》，《浙江學刊》，1996 年第 6 期，第 86～89 頁。

〔註96〕王緯賢：《論「說」與「難」》，《湖北大學學報（哲學社會科學版）》，1996 年第 1 期，第 48～56 頁。

多對一的駁辯，一論既出，數篇競駁。如王坦之以寄殷康子書的形式對公謙之義進行討論，袁宏作《去伐論》，韓伯作《辯謙論》，對其進行質疑。戴逵作《釋疑論》後，周續之作《難釋疑論》予以反駁，戴逵又作《答周居士難釋疑論》，進行答難，慧遠作《三報論》，對其進行釋疑。

爲了進一步論述論難體結構的特點，不妨以范縝與曹思文之間圍繞形神之爭的論難爲例進行分析。

作者與篇目	引　　　　文
范縝《神滅論》	或問予云：神滅，何以知其滅也？ 答曰：神即形也，形即神也，是以形存則神存，形謝則神滅也。
曹思文《難范縝神滅論》	論曰：神即形也，形即神也，是以形存則神滅，形謝則神滅也。 難曰：形非即神也，神非即形也，是合而爲用者，而合非即矣。生則合而爲用，死則形留而神逝也。
范縝《答曹思文難神滅論》	難曰：形非即神也，神非即形也，是合而爲用者也，而合非即也？ 答曰：若合而爲用者，明不合則無用，如蚉駏相資，廢一則不可，此乃是滅神之精據，而非存神之雅決，子意本欲請戰，而定爲我援兵邪？
曹思文《重難范縝神滅論》	論曰：若合而爲用者，明不合則無用，如蚉駏相資，廢一則不可，此乃是滅神之精據，而非存神之雅決，子意本欲請戰，而定爲我援兵邪？ 難曰：蚉蚉駏驢，是合用之證耳，而非形滅神滅之據也。何以言之？蚉非驢也，驢非蚉也，今滅蚉蚉而駏驢不死，斬駏驢而蚉蚉不亡，非相即也。今引此以爲形神俱滅之精據，又爲救兵之良援，斯倒戈授人，而欲求長存也。悲夫！斯即形滅而神不滅之證一也。

以上節選的是范縝與曹思文圍繞形滅與神滅之間關係的論難，范縝主張形神合一，形滅神滅，曹思文認爲形滅神不滅，二者均採用「假喻達旨」的論辯方法。因爲是論難，所以在闡述自己觀點前，都先徵引對方觀點，樹立批駁的靶子，然後以此爲起點進行論述。論難體通篇是由多組「論曰——難曰」組成，在縱向上體現的是步步追問，層層回答，是思維的逐層展開。在橫向上則體如貫珠，在論證和論據的邏輯分析上，「詞句連續，互相發明，若珠之排也」〔註97〕，別具特色。魏晉南北朝時期論難文甚多，見下表：

〔註97〕〔唐〕歐陽詢：《藝文類聚》卷57，上海：上海古籍出版社，1965年版，第1039頁。

論　　方		難　　方	
作者	題　　目	作者	題　　目
鍾荀	太平論	王粲	難鍾荀太平論
阮籍	樂論	夏侯玄	辨樂論
夏侯玄	肉刑論 答李勝難肉刑論	李勝	難夏侯太初肉刑論
嵇康	養生論 答向秀難嵇叔夜養生論	向秀	難嵇叔夜養生論
張邈	自然好學論	嵇康	難張遼叔自然好學論
張邈	宅無吉凶攝生論 釋嵇叔夜宅無吉凶攝生論	嵇康	難張遼叔宅無吉凶攝生論 答張遼叔宅無吉凶攝生論
何晏	文已佚	王弼	難聖人無喜怒哀樂論
鍾會	易無互體論（文已佚）	荀顗	難鍾會易無互體論（文已佚）
夏侯玄 王衍	本無論 難崇有論	裴頠	崇有論
劉劭	文已佚	傅嘏	難劉劭考課論
夏侯玄	文已佚	何晏	與夏侯太初難蔣濟叔嫂無服論
薛靖	文已佚	淳于睿	駁薛靖朝日論
謝萬	八賢論（文已佚）	孫綽	難謝萬八賢論
成洽	孫爲祖持重論	吳商	難成洽孫爲祖持重論
劉表 成粲	文已佚	吳商	駁劉表成粲論父母亡在祖後不爲 祖母三年
桓玄	四皓論	殷仲堪	答桓玄四皓論
慧遠	沙門袒服論 答何無忌難沙門袒服論	何無忌	難釋慧遠沙門袒服論
戴逵	釋疑論 答周居士難釋疑論	周續之	難釋疑論
孔衍	不宜招魂葬論（文已佚）	李瑋	宜招魂葬論難孔衍
范甯	論喪遇閏（文已佚）	鄭襲	難范甯論喪遇閏
姜岌	渾天論 渾天論答難	佚名	文已佚

論　　　方		難　　　方	
作者	題　　目	作者	題　　目
沈約	均聖論 答陶居士難	陶弘景	難鎮軍均聖論
范縝	神滅論 答曹思文難神滅論	曹思文 沈約 鄭鮮之	難范縝神滅論 重難范縝神滅論 難范縝神滅論 不滅論
假託 張融	三破論	劉勰 釋僧順	滅惑論 釋三破論
朱世卿	法性自然論	釋眞觀	因緣無性論

　　由上表可見魏晉南北朝時期論難文之繁盛，文士們既與自己政治思想傾向不同的人辯，也常與自己政治態度相近且思辨水平相當的知己辯。辯論爲的是「辨正然否，窮于有數，追于無形，迹堅求通，鉤深取極」，所以「義貴圓通，辭忌枝碎，必使心與理合，彌縫莫見其隙；辭共心密，敵人不知所乘」〔註98〕，在交鋒中達到提高思辨能力的目的。

　　論難體以辯證思維爲思想基礎。「所謂辯證思維，其核心在於辯證二字，其含義就是進行交談、論戰，且特指古代哲學家在辯論時揭露和克服對方觀點中的矛盾與弱點以取得勝利的藝術」。〔註99〕「辯證」一詞，從其字面義不難看出其強調的是由「辯」而「證」，通過辯論達到論證眞理的目的。辯論雙方並不知道他們的辯論將在何處結束，因而具有互相激發、共同開掘的特點，具有互動性。缺乏思想過程與思想遞進的論辯是對辯證思維的一種曲解。因此，在論難文中我們能夠發現其時文士各持己見，針鋒相對的思維交鋒。說服對方固然重要，而在論辯過程中發現自己見解的偏頗也很重要。因此，就其深層認識論方法而言，論難是以二元對立統一爲認識原則的。

　　論難體的文體特徵主要有以下幾點：其一，衝突激烈。書信體論辯文之衝突尚具有切磋的意味，其目的在於共同探討，論難體的雙方所持觀點則相去甚遠，甚至是相反的，且各自有其支撐自身觀點的一整套理論和論據，於

〔註98〕范文瀾：《文心雕龍注》，北京：人民文學出版社，1958 年版，第 328 頁。
〔註99〕蔣原倫、潘凱雄：《文學批評與文體》，北京：北京師範大學出版社，2006 年版，第 207 頁。

是，互不相讓，各展神通，充分論證自己的觀點，試圖說服對方。其結果可能是以一方敗北而告終，也可能是經過論辯後，雙方旗鼓相當，互不相讓，依然各持己見，但由於政治勢力的參與而強迫一方偃旗息鼓。還以范縝《神滅論》爲例，其發表，給當時在思想領域內占統治地位、被統治者封爲國教的佛教唯心主義以迎頭痛擊，使那些宣揚神不滅的僧侶貴族非常震驚，特別是蕭衍，更是氣急敗壞，惱羞成怒，給范縝加上「妄作異端」、「違經背親」的罪名，使論難不再繼續。

其二，論難過程具有重要意義。如果將論難置於博弈論視角下，我們會發現，論難其實是一種博弈（game），一種「零和博弈」。所謂「零和博弈」，指「在博弈的每一個結局中，兩個局中人的盈利之和恰好等於零。凡具有這一特性的兩人博弈統稱爲兩人零和博弈」。〔註100〕也就是說不管博弈的最終結局如何，兩人零和博弈中的兩個局中人總有一方贏，而另一方輸，且輸贏數量相等。這是博弈論中一個比較極端的情況。依據這個原理，在論辯中，參與雙方或多方爲戰勝對方而採用不同的策略，尋找對方的漏洞，論證自己的觀點，最後必然以一方勝利一方失敗爲結局。〔註101〕論難過程是給出理由的過程，而論難文可以看成其論辯過程的記錄，因此，論難的過程較之論點或結論本身更具意義。因雙方所持觀點的不同，誰都想令對方屈服，因此，其論難的過程就格外重要。在這個過程中，雙方的智慧與才華得到激發，展現無遺。對讀者而言，領略到的是一場水平相當的智慧盛宴，思維碰撞的火花在其筆下燃燒，比簡單的結論更給人快感。嵇康作《養生論》後，其知己好友向秀欲發康之高旨，故意集合時下人的觀點而作《難養生論》，嵇康作《答向秀難養生論》，激情四溢，妙語連珠，在論辯的過程中奇思妙想接踵而至。

其三，創作論難文的諸方文士須在思想上達到同一高度，其論辯才會是在同一級別的角逐。從某種角度看，論難也是一种競技。競技雙方必須是同樣重量級的才具有可比性。如果水平相差懸殊，就會出現一邊倒的現象，失去競技的意義。因此，作爲論難大家的嵇康，在其時，向秀、張邈都曾與其針對某個問題進行論難，水平大致相當，才產生優秀的論難作品。而在范縝《神滅論》發表後，蕭衍曾指令掌管全國佛教事務的大僧法雲寫了一封《與

〔註100〕施錫銓：《博弈論》，上海：上海財經大學出版社，2000年版，第12頁。
〔註101〕可參閱潘天群：《論辯博弈與不一致性意見的消除》，《哲學研究》，2007年第12期，第102～106頁。

王公朝貴書》，糾集六十四人，寫出反駁《神滅論》的文章七十五篇。但值得一觀的不過是上文所引的曹思文的兩篇論難文，其最後也不得不對梁武帝說：「思文情思愚淺，無以折其鋒銳。」范縝在高壓和圍攻面前毫不退縮，沉著應戰，「辯摧眾口，日服千人。」其論難水平實超出時人太多，沒有旗鼓相當的對手，也就促使其無法對神滅問題進行更加深入的探討。由此可見，對手水平的高低對論難的高下有重要作用。較之先秦諸子百家爭鳴，不難發現，魏晉南北朝論難文士對彼此互不關聯的極情闡發少了，而對彼此論說的邏輯關係的關注則明顯增多。所以，論難的實質不在自通式的自我滿足，而在由自通到通人，由自服到服人，因此更加強調雙方的互動與互促。

第三節　論證型論體文

論證型論體文，即採用專論的方式證明論點，重在「論」，而非「辯」。因此其結構構成決定於論點出現的位置及證明論點的方式。論點有時出現於篇首，有時出現於篇末，清代吳曾祺《涵芬樓文談·明法第八》指出：「或舉一篇作意而點明於發端之數語，或合通體大旨而結穴於最後一言。」〔註102〕劉熙載《藝概·文概》指出還有論點在文中者，「揭全文之旨，或在篇首，或在篇中，或在篇末。」根據論點出現的情況把論證型論體文分為四種：證明式、歸結式、闡述式與分論式。之所以沒有採用演繹與歸納等邏輯學概念進行分類，是基於魏晉南北朝論體文的存在事實，如果生硬地將其冠以西方邏輯學的名字，反而不易凸顯它們自身的特點。

一、證明式論證結構

採用證明式論證結構的論體文，其基本特點是開宗明義，將論點置於篇首，下文作者用論據加以證明，就其因果關係而言，屬於由果求因。李康《運命論》即採用這種結構，開篇提出論點：「夫治亂，運也；窮達，命也；貴賤，時也。」邵子湘亦指出：「運從乎世，命繫乎身，皆以時為消息，此通篇骨子，開口便揭出。」下文採用正反對比、舉歷史事實來證明這一觀點，其整體結構為起承轉合式，圓合周密。

〔註102〕〔清〕吳曾祺：《涵芬樓文談》。王水照：《歷代文話（第七冊）》，上海：復旦
　　　大學出版社，2007 年版，第 6587 頁。

起：提出論點「夫治亂，運也；窮達，命也；貴賤，時也」，然後從君臣相遇親和不疑的角度進一步申論，「授之者天也，告之者神也，成之者運也」。

承：採用正反對比的論證方式，舉例論證興主與亂亡皆在運命。又以孔子生不逢時，運衰命蹇，難所作爲爲例進一步深化論點「治亂，運也；窮達，命也；貴賤，時也」。

轉：語意轉折，聖人尙需樂天知命，那麼，立德者不須於外，是以安命自守，窮達如一。

合：總結全篇，深化主旨，人生在世需明哲保身，燕翼子孫。

整篇文章閎暢頓折，奇氣噴薄，又即束即起，圓融一體。論點在開端，頗爲醒目，將一篇提起，正如陸機《文賦》所言「立片言以居要，乃一篇之警策」。再如嵇康《養生論》亦是將論點置於篇首，文前有序，列舉當時的兩種觀點，「世或有謂神仙可以學得，不死可以力致者；或云上壽百二十，古今所同，過此以往，莫非妖妄者。此皆兩失其情，請試粗論之。」正文首先提出論點，「夫神仙雖不目見，然記籍所載，前史所傳，較而論之，其有必矣。似特受異氣，稟之自然，非積學所能致也。至於導養得理，以盡性命，上獲千餘歲，下可數百年，可有之耳。而世皆不精，故莫能得之。」〔註103〕點明神仙縱出自然，而養生可學乃一篇之大旨。下文圍繞節情慾以養性，節飲食以養身二意一串寫下，或分或合，筆勢連綿不斷，旁引曲證，剖析殆盡，筆力暢達。其他諸如劉寔《崇讓論》、張載《榷論》、潘尼《安身論》等採用的均是論點在開頭的證明式結構。

除了論點在開頭可以採用證明式結構外，也有論點在中間的論體文亦採用這一結構，其開端論述只是起到引出論點的作用。如曹羲的《至公論》開端樹立批駁的靶子，「夫世人所謂掩惡揚善者，君子之大義；保明同好者，朋友之至交。斯言之作，蓋閭閻之日談，所以救愛憎之相謗，崇居厚之大分耳，非篤正之至理，折中之公議也。」之後從善惡不分與朋友雷同兩方面進行批駁，引史實爲例，然後以設論提出論點，「亦豈無慈愛骨肉之心、愍恤同生之仁哉？夫至公者，天之經也，地之義也，理之要也，人之用也」〔註104〕，下

〔註103〕〔清〕嚴可均：《全三國文》卷 48，《全上古三代秦漢三國六朝文》，北京：中華書局，1958 年版，第 1324 頁。

〔註104〕〔清〕嚴可均：《全三國文》卷 20，《全上古三代秦漢三國六朝文》，北京：中華書局，1958 年版，第 1163 頁。

文舉舜、鯀與禹的例子論證至公無私之重要。諸葛恪的《出軍論》亦是論點在中，第一段從大處著眼，「夫天無二日，土無二王，王者不務兼并天下而欲垂祚後世，古今未之有也」，從反面立論，引戰國時期秦滅六國與近時劉表爲曹操所滅爲例，得出結論，「有釁而長之，禍不在己，則在後人，不可不爲遠慮也」，以夫差不聽伍子胥之勸而終爲越所滅爲戒，進一步說明此理。再分析當今之形勢，從敵方說起，之後提出文章論點，「當今伐之，是其厄會。聖人急於趨時，誠謂今日」〔註 105〕。下文分析今出軍之原因，不出軍之後果，著眼敵我雙方，以遠慮之心說出軍之事。

論點在篇首者，開門見山，往往有石破驚天之效果，下文或舉例，或對比，或徵引，所有論證皆圍繞論點進行，其結構或起承轉合，或層層遞進，論證嚴密而結構圓融。論點在文中者，前文鋪墊蓄意，層層剝離，山回路轉引出論點，下文繼續論證，使文意曲折，結構跌宕。這兩種均爲證明式論證結構，又以前者居多，不僅立論文多採用這種方式，駁論文亦可先破後立，將論點置於篇首。

二、歸結式論證結構

需要說明的是，此處所言的歸結式論證，並非邏輯學上的歸納推理。「邏輯學上的歸納推理，是羅列許多性質形態相同的事物，經過歸納，得出結論，是量的集中，而所謂歸納式論證（應該叫歸結式論證），是由舉例、說理、比喻等等不同性質、形態的事實，經過抽象概括得出結論。它不是量的集中，而是質的飛躍。」〔註 106〕魏晉南北朝論體文中有一部分文章在結構上採用歸結式，也就是先述論據，後出論點，在思維方向上是由已知到未知。

孫執升在評價《過秦論》時曰：「古文有問口即提出主意，後乃層折瀾翻者，逐客書是也。有全篇不點主意，層次敲擊，至末方跌出者，此論是也，前段敘事，妙於用實，實處氣勁，後段議論，妙於用虛，虛處神遠，格律精整，使讀者有一唱三歎之致，勢如長河巨浪，洶洶崩屋，當其紆折停頓，又若回風生紫瀾，文事之壯觀也。」〔註 107〕此處孫氏分析了《過秦論》的結構特點，

〔註 105〕〔晉〕陳壽撰，〔宋〕裴松之注：《三國志》卷 64《諸葛恪傳》，北京：中華書局，1959 年版，第 1436 頁。
〔註 106〕周明：《中國古代散文藝術》，南京：江蘇教育出版社，1994 年版，第 251 頁。
〔註 107〕于光華：《評注昭明文選》卷 51《論一》，上海掃葉山房本。

指出其主意在文末產生的效果。魏晉南北朝時期有幾篇規擬《過秦論》的論體文，駱鴻凱指出：「《過秦》三篇爲論文之宗，覆燾無窮。文士著論則效最工者，有士衡《辨亡》與曹冏《六代論》，干寶《晉紀‧總論》諸篇。《辨亡》命意用筆遣辭，全規《過秦》，模擬之迹尤顯然明白」〔註108〕。所言三篇史論皆魏晉時期的史論名篇，在結構上亦受《過秦論》的影響，採用篇末歸結式。

《辯亡論》分上下兩篇，上篇從東吳創立基業始，論其抗拒魏蜀，至其走向衰落，以「彼此之化殊，授任之才異也」結，此句又有啓下作用，引出下篇歷敘孫權之用人，及即位後體國經邦之具，貶以蜀魏，在最後一段言地利之不足恃，而歸本於人和，此乃全篇之歸結。文曰：

> 夫四州之氓，非無眾也；大江之南，非乏俊也；山川之險，易守也；勁利之器，易用也；先政之業，易循也。功不興而禍遘者，何哉？所以用之者失也。故先王達經國之長規，審存亡之至數；恭己以安百姓，敦惠以致人和；寬沖以誘俊乂之謀，慈和以結士民之愛。是以其安也，則黎元與之同慶；及其危也，則兆庶與之共患。安與眾同慶，則其危不可得也；危與下同患，則其難不足卹也。夫然，故能保其社稷，而固其土宇，《麥秀》無悲殷之思，《黍離》無愍周之感矣。〔註109〕

陸機將人和提升到決定國家存亡的高度，深得守國之良策，暗咎孫皓，抒其亡國之痛。劉師培先生甚至懷疑陸機創作此論是先有了主旨篇法，再將事實填入結構框架中，他指出，「陸士衡文可就《辯亡論》以考其謀篇之術。此論上下兩篇，意思相連，而重要結論皆在下篇末段，蓋必先定主旨篇法，而後將事實填入，此所謂先案後斷法也。」〔註110〕由此可見，《辯亡論》最後一段對全篇的歸結作用，是在對前述史實概括總結的基礎上，將其上陞到理論層次，推出新的結論，作爲吳之世臣，不得不爲其諱惡，對孫皓兇暴驕矜、不納忠言、濫殺無辜、守業無道、治國無方的指責皆蘊含在這一結語中。前人曾認爲陸機《辯亡論》之主題在於頌揚父祖功業，但就其結構而言，卻旨在「辯亡」，辯吳亡之原因在於「用之者失也」。

〔註108〕駱鴻凱：《文選學》，北京：中華書局，1937年版，第393頁。
〔註109〕〔清〕嚴可均：《全晉文》，《全上古三代秦漢三國六朝文》，北京：中華書局，1958年版，第2024頁。
〔註110〕劉師培：《漢魏六朝專家文研究》，《中國中古文學史講義》，上海：上海古籍出版社，2000年版，第129頁。

　　曹冏《六代論》縱論六代之興衰，開篇先聲奪人，「昔夏、殷、周歷世數十，而秦二世而亡。何則？三代之君，與天下共其民，故天下同其憂；秦王獨制其民，故傾危而莫救。」看似文章的論點，其實不然。下文論周封建之得，秦封建之失，漢之禍亂乃封建踰制，非封建之制不善，論武帝後封建之衰，遂有王莽之篡，論後漢不重封建之失，論魏封建虛設，抑制宗親之失，以封建之得失貫穿全文，最後一段借種樹為喻，歸結救危亡之計在於加強封建親親之道，固本強宗。文曰：「夫泉竭則流涸，根朽則葉枯。枝繁者蔭根，條落者本孤。……譬之種樹，久則深固其本根，茂盛其枝葉。若造次徙于山林之中，植于宮闕之下，雖壅之以黑墳，煖之以春日，猶不救于枯槁，而何暇繁育哉？夫樹猶親戚，土猶士民，建置不久，則輕下慢上，平居猶懼其離叛，危急將若之何？是以聖王安而不逸，以慮危也；存而設備，以懼亡也。故疾風卒至，而無摧拔之憂；天下有變，而無傾危之患矣。」〔註111〕此言封建同姓貴於其未危未亂使之深根固本，成不拔之基，然後在傾危之時能屏藩王，室若危亂已迫，則亦不及。其為文之意圖於此昭然。

　　通過分析，不難發現，歸結式論證結構具有以下特點：

　　首先，依據過去推斷未來，依據個別、特殊推斷一般、普遍，依據已觀察到的事實推斷尚未觀察到的原理，因此歸結式論證結構是由過去、現在推斷未來，其結論所包含的內容已遠遠超過前提所包含的內容，因此其更有利於借古鑒今，在史論中運用地特別多。

　　其次，歸結式論證結構中所進行的推理過程是否合理與其前提、結論是否正確，不可能從命題之間的形式蘊涵關係的有效性與完全性來加以判定。以《六代論》為例，曹冏所推導出的結論救危亡之計在於加強封建親親之道，必須從歷史的實踐出發來檢驗其前提與結論的客觀性。「六代短長之運實其樹德厚薄處致然，豈係宗室之封不封哉。若魏之欺孤滅寡孤媚以得天下，其數必促之，即宗室子弟遍中外，恐無救其敗亡也，曹冏之慮亦左矣。」〔註112〕

〔註111〕〔清〕嚴可均：《全三國文》，《全上古三代秦漢三國六朝文》，北京：中華書局，1958 年版，第 1162 頁。
〔註112〕〔清〕于光華：《評注昭明文選》卷 52，上海掃葉山房本。

三、闡述式論證結構

證明式論證結構是由未知到已知，篇首之論點是否正確尚未得知，需要在下文中一一進行證明，而闡述式論證結構則是由已知到已知，也就是說在文首提出論點，是基於歷史理性之思考，是已經確定不疑的，下文進行分項闡述，並非證明，由總到分，使之條理清晰，更加深入。何承天的《安邊論》就採用這種結構，論文前半部分論述了漢代安邊的兩條措施，即「武夫盡征伐之謀，儒生講和親之約」，然後分析這兩條措施的利弊，在此基礎上提出全文論點，「安邊固守，於計為長」，之後提出安邊的四條措施，「一曰移遠就近，二曰濬復城隍，三曰纂偶車牛，四曰計丁課仗。」再對這四條措施進行詳細闡釋。因此這種結構與證明式是有別的。在編年體史論中多用闡述式論證結構，如荀悅《漢紀·高祖皇帝紀》論曰：

> 夫立策決勝之術，其要有三：一曰形，二曰勢，三曰情。形者，言其大體得失之數也；勢者，言其臨時之宜也，進退之機也；情者，言其心志可否之意也。故策同事等而功殊者何？三術不同也。初，張耳、陳餘說陳涉以復六國，自為樹黨；酈生亦說漢王。所以說者同而得失異者，陳涉之起也，天下皆欲亡秦；而楚、漢之分未有所定，時天下未必欲亡項也。且項羽率從六國攻滅強秦之時，勢則不能矣。故立六國，於陳涉所謂多己之黨而益秦之敵也。且陳涉未能專天下之地也，所謂取非其有以與人，行虛惠而獲實福也。立六國，于漢王所謂割己之有以資敵，設虛名而受實禍也。此同事而異形也。及宋義待秦、趙之斃，與昔卞莊刺虎同說者也。施之戰國之時，鄰國相攻，無臨時之急，則可也。戰國之立，其日久矣，一戰勝敗，未必以存亡也。其勢非能急於亡敵國也，進乘利，退自保，故累力待時，乘敵之斃，其勢然也。今楚、趙所起，其與秦勢不並立，安危之機，呼吸成變，進則成功，退則受禍。此同事而異勢者也。伐趙之役，韓信軍于泜水之上，而趙不能敗。彭城之難，漢王戰于濉水之上，士卒皆赴入濉水，而楚兵大勝。何則？趙兵出國迎戰，見可而進，知難而退，懷內顧之心，無必死之計；韓信軍孤在水上，士卒必死，無有二心，此信之所以勝也。漢王深入敵國，飲酒高會，士卒逸豫，戰心不固；楚以強大之威而喪其國都，項羽自外而入，士卒皆有憤激之氣，救敗赴亡之急，以決一旦之命，此漢之所以敗

也。且韓信選精兵以守，而趙以內顧之士攻之；項羽選精兵以攻，
而漢以怠惰之卒應之。此同事而異情者也。故曰權不可預設，變不
可先圖，與時遷移，應物變化，設策之機也。〔註113〕

此段議論是荀悅就高祖皇帝紀三年冬韓信伐趙置之死地而後生，酈食其勸劉
邦稱帝而張良認爲不可的史實而發，先提出論點「夫立策決勝之術，其要有
三：一曰形，二曰勢，三曰情」，然後解釋三者含義，再結合史蹟闡述「同事
而異形」「同事而異勢」「同事而異情」三種情況，最後得出結論「權不可預
設，變不可先圖，與時遷移，應物變化，設策之機也」。採用總分總的結構方
式，闡述深入，結構圓融，渾然一體。

袁宏《後漢紀》史論中亦不乏闡述式論證結構之例，如《孝桓皇帝紀下
卷》史論曰：

夫人生合天地之道，感於事動，性之用也。故動用萬方，參差
百品，莫不順乎道，本乎情性者也。是以爲道者清淨無爲，少思少
欲，沖其心而守之，雖爵以萬乘，養以天下，不榮也。爲德者言而
不華，默而有信，推誠而行之，不愧於鬼神，而況於天下乎！爲仁
者博施兼愛，崇善濟物，得其志而中心傾之，然忘己以爲千載一時
也。爲義者潔軌跡，崇名教，遇其節而明之，雖殺身糜軀，猶未悔
也。故因其所弘則謂之風，節其所託則謂之流，自風而觀則同異之
趣可得而見，以流而尋則好惡之心於是乎區別。是以古先哲王必節
順群風而導物爲流之途，而各使自盡其業，故能班敍萬物之才，以
成務經綸王略直道而行者也。〔註114〕

先提出論點「動用萬方，參差百品，莫不順乎道，本乎情性者也」，然後分「爲
道者」「爲德者」「爲仁者」「爲義者」四類人分別闡述其本乎性情而動的情況，
在此基礎上得出結論，觀其風而知其志趣，觀其流而明其好惡，而先哲之王
使之各盡其業，各逞其才，以成王道，亦爲總分總闡釋式結構。

爲什麼在史論中較多運用闡述式論證結構呢？因其論點是以史實爲基
礎，經過抽象歸納提出的，是經過歷史檢驗的，因此，無需再去證明，而要

〔註113〕〔漢〕荀悅：《漢紀》卷2《高祖皇帝紀》，北京：中華書局，2002年版，第
　　　　　26頁。
〔註114〕〔晉〕袁宏：《後漢紀》卷22《孝桓皇帝紀》，北京：中華書局，2002年版，
　　　　　第432頁。

進一步闡述，其思維過程是由已知到已知。闡述式論證所建構的理論預設具有這樣的特點：首先，理論的建構是以簡化的方式來突出史實的某一方面，從中抽繹出某種具有普遍意義的理論，從而縮短從史實中獲取理論的過程，使之略去次要的無關的情節，使思維集中在抽繹出的理論上。因此，在面對不同的史實時，往往會抽繹出形似的理論，所以其理好似久已蘊藏在作者心中，只是遇到合適的機會將其發表出來而已。其來源於史實，又具有超越的品格，昇華爲具有普遍意義的眞理。其次，在進行理論預設時，往往打破時空障礙與主體能力的限制，把握歷史發展的某種內在機制，再現微觀或宏觀層面上的種種特徵。也就是說著史者發揮其特有的抽象能力與想像能力，將從外界獲得的信息重新加以組合，從而形成對特有史實的新的認識。因此，不同的史學家面對同樣的史實會抽繹出不同的見解，會對其做出不同的解釋。如同對漢章帝的評論，薛瑩《後漢記・章帝紀》贊曰：

> 章帝以繼世承平，天下無事，敬奉神明，友於兄弟，息省徭賦，綏靜北民，除苛法，躅禁錮，抑有仁賢之風矣，是以陰陽協和而百姓安樂，眾瑞並集，不可勝載，考之圖籍，有徵云爾。〔註115〕

袁宏《後漢紀・孝章皇帝紀》論曰：

> 章帝尊禮父兄，敦厚親戚，發自中心，非由外入者也。雖三代之道，亦何以過乎！嘗試言之曰：夫不足則相資，相資則見足，見足則無求，無求則相疎，常人之性也。何以知其然乎？夫終朝之飯，糟糠不飽，壺飧之饋，必習其鄰人者，甘所不足也。貴爲王侯，富有國家，聲色之娛，而忘其親戚者，安其餘也。故處不足，則壺飧豆羹不忘其鄰人；安其有餘，徒鈞天廣樂必遺其親戚，其勢然也。故親戚之弊常在於富貴，不在於貧賤，其可知矣。……故欲不滿而和愛生，情意交而恩義著也。嗚呼，有國有家者，可不親乎！〔註116〕

范曄《後漢書・肅宗孝章帝紀》論曰：

> 魏文帝稱「明帝察察，章帝長者」。章帝素知人厭明帝苛切，事從寬厚。感陳寵之義，除慘獄之科。深元元之愛，著胎養之令。奉承明德太后，盡心孝道。割裂名都，以崇建周親。平徭簡賦，而人

〔註115〕周天遊：《八家後漢書輯注》，上海：上海古籍出版社，1986年版，第287頁。
〔註116〕〔晉〕袁宏：《後漢紀》卷11《孝章皇帝紀》，北京：中華書局，2002年版，第219～220頁。

賴其慶。又體之以忠恕，文之以禮樂。故乃蕃輔克諧，群后德讓。
謂之長者，不亦宜乎！在位十三年，郡國所上符瑞，合於圖書者數
百千所。烏呼懋哉！〔註117〕

通過比較，不難發現，三者均對章帝尊禮父兄，盡心孝道，友愛親戚，平徭
簡賦予以肯定。針對章帝在位期間出現的諸多符瑞，薛瑩認爲此乃其具仁賢
之風，而使陰陽協和、百姓安樂的結果，顯然持讚賞態度。范曄則在論末總
括其在位十三年所上符瑞百千所，以一「懋」字微言見義，猶言何如此之多
也，暗含對章帝當政期間上下鋪張祥瑞之弊的批判之意。袁宏則以論章帝敦
厚親戚爲契機大論親戚之道，發表其「欲不滿而和愛生，情意交而恩義著」
的觀點。三者面對同樣的評論對象，卻生發出不同的見解，可見其借古人之
酒杯澆自己之塊壘的主觀意圖，受限於自己所處的時代、文化背景與個人的
經歷、識見、情感等因素。

四、分論式論證結構

分論式論證結構，論點分散，似乎只有分論點而找不到中心論點，其實
文章的中心論點體現於全篇，幾個分論點在精神上是向一點集中的。

慧遠的《沙門不敬王者論》即採用這種結構，文前有序，先追溯關於沙
門是否應禮敬王者之爭的歷史，後交代論文寫作的背景及意圖，面對桓玄的
強勢壓迫，慧遠認識到佛法面臨「斯乃交喪之所由，千載之否運，深懼大法
之將淪，感前事之不忘，故著五論，究敘微意」。文有五篇，曰《在家一》、《出
家二》、《求宗不順化三》、《體極不兼應四》、《形盡神不滅五》，看似獨立成篇，
其實有內在聯繫，以「沙門不敬王者」爲其主旨，《高僧傳・慧遠傳》對五篇
之大義有簡略介紹，從中可見其內在關聯，曰：「一曰在家：謂在家奉法，則
是順化之民，情未變俗，迹同方內，故有天屬之愛，奉主之禮，禮敬有本，
遂因之以成教。二曰出家：謂出家者能遁世以求其志，變俗以達其道。變俗
則服章不得與世典同禮，遁世則宜高尚其迹。大德故能拯溺俗於沈流，拔玄
根於重劫。遠通三乘之津，近開天人之路。如今一夫全德，則道洽六親，澤
流天下。雖不處王侯之位，固已協契皇極，在宥生民矣。是故內乖天屬之重，

〔註117〕〔南朝宋〕范曄：《後漢書》卷 3《肅宗孝章帝紀》，北京：中華書局，1965
年版，第 159 頁。

而不逆其孝；外闕奉主之恭，而不失其敬也。三曰求宗不順化：謂反本求宗者，不以生累其神，超落塵封者，不以情累其生。不以情累其生，則其生可滅；不以生累其神，則其神可冥。冥神絕境，故謂之泥洹。故沙門雖抗禮萬乘，高尚其事，不爵王侯，而沾其惠者也。四曰體極不兼應：謂如來之與周孔，發致雖殊，潛相影響；出處咸異，終期必同。故雖曰道殊，所歸一也。不兼應者，物不能兼受也。五曰形盡神不滅：謂識神馳騖，隨行東西也。此是論之大意。自是沙門得全方外之迹矣。」〔註118〕慧遠分析了沙門在家與出家的不同，在家自然應守俗禮，出家則與世俗脫離，雖然外缺對君主的恭敬，實際上內心仍然不失其敬。因爲慧遠的這一論作，而使沙門得到不致敬王者的優待，其論可謂功莫大焉。這種結構看似零散，實則有內在主旨統領全文，因此分而不散，渾然一體。

　　以上對魏晉南北朝論證型論體文進行分類，並闡述其特點，由此可以發現，較之問對型、論難型論體文，論證型論體文之結構更嚴謹，體現了創作者思維之縝密。其推出並證明論點的方式與結構全篇的藝術，對於今天我們的論體文創作仍有啓發意義。

第四節　結構要素

　　關於文章結構要素的論述，劉勰《文心雕龍‧熔裁》與《附會》多有涉及，引述如下：

劉勰《文心雕龍‧熔裁》曰：

　　　情理設位，文采行乎其中。剛柔以立本，變通以趨時。……是以草創鴻筆，先標三準：履端於始，則設情以位體；舉正於中，則酌事以取類；歸餘於終，則撮辭以舉要。然後舒華布實，獻替節文，繩墨以外，美材既斲，故能首尾圓合，條貫統序。〔註119〕

《文心雕龍‧附會》曰：

　　　何謂附會？謂總文理，統首尾，定與奪，合涯際，彌綸一篇，使雜而不越者也。若築室之須基構，裁衣之待縫緝矣。……凡大體

〔註118〕〔梁〕慧皎撰，湯用彤校注：《高僧傳》，北京：中華書局，1992年版，第220頁。

〔註119〕范文瀾：《文心雕龍注》，北京：人民文學出版社，1958年版，第543頁。

文章，類多枝派，整派者依源，理枝者循幹，是以附辭會義，務總
綱領，驅萬塗於同歸，貞百慮於一致。使眾理雖繁，而無倒置之乖，
群言雖多，而無棼絲之亂；扶陽而出條，順陰而藏跡，首尾周密，
表裏一體，此附會之術也。夫畫者謹髮而易貌，射者儀毫而失牆，
銳精細巧，必疎體統。故宜詘寸以信尺，枉尺以直尋，棄偏善之巧，
學具美之績，此命篇之經略也。〔註120〕

此處雖非專言論體文之結構要素，但毫無疑問包含著論體文。可以提煉出三
組結構要素：「情理設位」「先標三準」「統首尾」所言乃順序性要素；「條貫」
「縫緝」「合涯際」「圓合」所言乃聯結性要素；「剛柔相濟」「舒華布實」「定
與奪」是對比性要素。三者相互貫通，互動互補，共同構成文章結構，使之
層次分明，組合嚴密，參差變化，波瀾曲折。

一、順序性結構要素

　　客觀事物都是按照一定順序組合排列的，文章結構的搭建亦有賴於順
序性要素。材料與觀點的雜亂無章，必然無法形成條理清晰的論體文。宋
代陳傅良在《止齋論決》中指出：「凡爲論，未舉筆之前，而一篇之規模已
備於胸中，凡結尾，當如何反覆，如何議論，已寓深意於論首。故一論之
意，首尾貫穿，無闕斷處，文有餘而意不盡。」〔註121〕他強調作論之前要
對論之結構有宏觀把握，要做到首尾貫穿，無闕斷處。也就是說，既要做
到「言有意」，又要做到「言有序」。劉勰所謂「體必鱗次」，即指文章之結
構需層次分明，排列有序。清代陳澧在其《東塾集‧覆黃芑香書》中有詳
細論述：

倫者，今日老生常談，所謂層次也；脊者，所謂主意也。夫人
必其心有意，而後其口有言，有言而其手書之於紙上，則爲文。無
意則無言，更安得有文哉！有意矣，而或不止一意，則必有所主，
猶人身不止一骨，而脊骨爲之主，此所謂有脊也。意不止一意，而
言之何者當先，何者當後，則必有倫次。既止有一意，而一言不能
盡意，則其淺深本末又必有倫次，而後此一意可明也。〔註122〕

〔註120〕范文瀾：《文心雕龍注》，北京：人民文學出版社，1958年版，第650頁。
〔註121〕〔宋〕陳傅良：《止齋論祖》，四庫全書存目叢書本。
〔註122〕〔清〕陳澧：《東塾集》，臺北：文海出版社，1970年版，第266～267頁。

此言以意為文章主線，一切材料皆為了突出主旨。對論體文而言，其意即貫穿全文之理。在言理的過程中，需要貫之以一定的順序。

一線穿珠式是魏晉南北朝論體文常用的結構順序，其「線」即文章之意，其「珠」則指文章或層層深入或九曲連環的每一環節。清代唐彪「文章諸法」之「分總」曰：

> 時藝有從一意中推出第二層，又從二層中推出第三層者，此名一層進一層。如……古文中有一層推出三四層者。蘇子瞻之《勢論》《王者不治夷狄論》是也。此其法不在能進而在能留。能一層留一層，斯能一層進一層也。此決人所不易知，亦能文者所不肯與人言者也。〔註123〕

此為層層推進穿珠式，其特點是作為論據的材料之間不是並列關係，其先後順序不能顛倒，它們前後意理綰聯，或順接，或逆接，一步步向前推進。這種結構順序在證明式結構、歸結式結構中用的較多。

在問對型論體文中，其問，不管是或問，還是客問，皆為貫穿全文的「線」，其答則為一粒粒「珠子」，其間也有層層推進的，也有九曲連環的，甚至也有穿成珠花的，變化多樣。如設論體，其表層結構為假設賓主問對式，但其深層結構則為起承轉合式，董玄宰在《文決》中論「轉」曰：「文章之妙全在轉處。轉則不窮，轉則不板。如遊名山，至山窮水盡處，以為觀止矣。俄而懸崖穿徑，忽又別出境界，則眼目大快。武夷九曲，遇絕則生。若千里江陵直下奔迅，便無轉勢矣。文章隨題敷衍，開口即竭，須於言盡語絕之時，別行一路。」〔註124〕余元熹評《聲無哀樂論》曰：「以無礙辨才，發聲律妙理，迴旋開合，層折不窮。如遊武夷三十六峰，愈轉愈妙，使人樂而忘倦」，〔註125〕著眼於其結構之迴環曲折，開合有度。

雙鏈並行式結構順序指的是一個論點，兩條線索，相互交織，錯綜複雜。德國學者瓦格納將這種結構稱為「鏈體結構」，並指出「鏈體結構以一個二元的修辭部分開頭。這一修辭部分沿著並置的互補性對立面展開，通過有關它

〔註123〕〔清〕唐彪：《讀書作文法》。王水照：《歷代文話（第四冊）》，上海：復旦大學出版社，2007 年版，第 3492 頁。

〔註124〕轉引自〔日〕齋藤正謙：《拙堂續文話》，載王水照、吳鴻春編選《日本學者中國文章學論著選》，上海古籍出版社，1994 年版，第 111 頁。

〔註125〕戴明揚：《嵇康集校注》，北京：人民文學出版社，1962 年版，第 230 頁。

們的陳述的對偶指出它們相似的結構，並且達到一般性的結論」。〔註 126〕這種結構在魏晉南北朝論體文中多有運用，如嵇康《釋私論》曰：

夫稱君子者，

A1 心無措乎是非，	B1 而行不違乎道者也。
何以言之？	
A2 夫氣靜神虛者，心不存於矜尚；	B2 體亮心達者，情不繫於所欲。
A3 矜尚不存乎心，	B3 情不繫於所欲，
故能越名教而任自然；	故能審貴賤而通物情。
B4 物情順通，故大道無違；	A4 越名任心，故是非無措也。

是故

A5 言君子則以無措爲主，	B5 言小人則以匿情爲非，
以通物爲美；	以違道爲闕。〔註 127〕

文段第一句提出論點，君子要具備兩方面素質，「心無措乎是非」，「行不違乎道」，之後以此爲雙鏈之始，分別論述，即 A1——A2——A3——A4 與 B1——B2——B3——B4，值得注意的是雙鏈並非至始至終爲並列結構，而是有交叉，A3——B3 之後變爲 B4——A4，出現變化，使之不單調。最後以「是故」引出結論，照應開頭。

再如慧遠《沙門不敬王者論》其五《形盡神不滅》曰：

神也者，圓應無生，妙盡無名，

A1 感物而動，	B1 假數而行。
A2 感物而非物，故物化而不滅；	B2 假數而非數，故數盡而不窮。
A3 有情則可以物感，	B3 有識則可以數求。
B4 數有精粗，故其性各異；	A4 智有明闇，故其照不同。

推此而論，則知化以情感，神以化傳，情爲化之母，神爲情之根。

〔註 128〕

〔註 126〕〔德〕瓦格納：《王弼〈老子注〉研究》，南京：江蘇人民出版社，2008 年版，第 108 頁。
〔註 127〕戴明揚：《嵇康集校注》，北京：人民文學出版社，1962 年版，第 234 頁。
〔註 128〕〔清〕嚴可均：《全晉文》，《全上古三代秦漢三國六朝文》，北京：中華書局，1958 年版，第 2395 頁。

此結構與上文有相似之處，但在結論部分將雙鏈合一，歸結到「神」上。

鏈體結構開啓了一種空間化地組織陳述的方式，A1——B1，A2——B2，A3——B3，A4——B4，A5——B5 是平行結構，A1——A2——A3——A4——A5，B1——B2——B3——B4——B5 則爲垂直結構，在 A 與 B 的核心觀念之間具有互補對立的關係，二者縱橫交錯構成一個完整渾融的整體。這種結構順序打破了常規的線性結構，旨在建構複雜的高度立體化和形式化的結構，其運用使魏晉南北朝論體文的結構更加謹嚴，富有縝密的邏輯美與整齊的建築美。

二、聯結性結構要素

在順序性結構要素將論體文的結構順序確定後，聯結性結構要素則聯句成段，聯段成章。聯結的方式有兩種，或是直接的聯結，古人稱爲「過文」，強調其過渡性的價值；或是間接性的聯結，古人稱爲前後「伏應」或首尾「呼應」，強調它們間的互文性或互動性的價值。

先談直接聯結，唐彪《讀書作文譜》有「過文」法，曰：「過文乃文章筋節所在，已發之意賴此收成，未發之意，賴此開啓。此處聯絡，最宜得法。或作波瀾，用數語轉折而下。或止用一二語，直捷而渡，反正長短，皆所不拘。總要迅疾矯健，有兔起鶻落之勢方佳也。不然，雖前後文極精工，亦減色矣。」〔註129〕呂祖謙曰：「看論須先看立意，然後看過接處。論題若玩熟，當別立新意說，作論要首尾相應，及過處有血脈。論不要似義，方要活法圓轉，論之段片或多，必須一開一合，方有收拾。論之繳結處須要著些精神，要斬截。論之轉換處須是有力，不假助語而自接連者爲上。若他人所詳者我略，他人所略者我詳。」〔註130〕此乃經驗之談，然而要在創作中做到卻又不易。

虛詞常常成爲直接聯結的標誌。劉師培指出：「古人文章之轉折最應研究，第在魏晉前後其法即不相同。大抵魏晉以後之文，凡兩段相接處皆有轉折之跡可尋，而漢人之文，不論有韻無韻，皆能轉折自然，不著痕跡。……然自魏晉以後，文章之轉折，雖名手如陸士衡亦輒用虛字以明層次。」〔註131〕

〔註129〕〔清〕唐彪：《讀書作文法》。王水照：《歷代文話（第四冊）》，上海：復旦大學出版社，2007 年版，第 3535 頁。

〔註130〕〔宋〕魏天應：《論學繩尺》，文淵閣四庫全書本。

〔註131〕劉師培：《漢魏六朝專家文研究》。《中國中古文學史講義》，上海：上海古籍出版社，2000 年版，第 130～132 頁。

陸機是運用虛詞進行結構聯結的高手，以其《五等論》為例，文曰：

> 漢矯秦枉，大啓侯王，境土踰溢，不遵舊典。故賈生憂其危，朝錯痛其亂。是以諸侯阻其國家之富，憑其士民之力，勢足者反疾，土狹者逆遲。六臣犯其弱綱，七子衝其漏網；皇祖夷於黥徒，西京病於東帝。是蓋過正之災，而非建侯之累也。然呂氏之難，朝士外顧；宋昌策漢，必稱諸侯。〔註 132〕

以「故」「是以」「是」「而」「然」聯結，使其文在濃墨重彩中時有疏朗勁利之氣產生，邏輯嚴密，一波三折，此自得益於虛詞之聯結。

范曄《後漢書》傳論亦常用虛詞聯結，《後漢書‧袁術傳》論曰：

> 天命符驗，可得而見，未可得而言也。然大致受大福者，歸於信順乎！夫事不以順，雖彊力廣謀，不能得也。謀不可得之事，日失忠信，變詐妄生矣。況復苟肆行之，其以欺天乎！雖假符僭稱，歸將安所容哉！〔註 133〕

文段以關聯詞聯結句意，或轉折、或順承、或推移、或過渡，使文脈曲折，使情感在波瀾起伏中漸次升騰。

間接性結構聯結則主要是首尾呼應與前後伏應。元人倪士毅《作文要決》云：「要是下筆之時，說得首尾照應，串得針線細密，步步思量主意，句句排得明緊，教他讀去順溜。又大概文字全在呼喚，有時數句全在數個字挑剔得好，須是十倍精神，自此之外，又有一項法度：一篇之中，凡有改段接頭處，當教他轉得全不費力，而又有新體，此雖小節，亦看人手段。」〔註 134〕首尾呼應，方使文章圓合一體。劉師培評嵇康之論曰：「觀其《養生論》、《聲無哀樂論》等篇，持論連貫，條理秩然，非特文自彼作，意亦由其自創。其獨到之處一在條理分明，二在用心細密，三在首尾相應。果能得其胎息，則文無往而不達，理雖深而可顯。」〔註 135〕此處特別指出嵇康之論首尾呼應的特點，其《養生論》開頭云：「夫神仙雖不目見，然記籍所載，前史所傳，較而論之，其有必矣。」結尾曰：「若此以往，恕可與羨

〔註 132〕〔南朝梁〕蕭統：《文選》，北京：中華書局，1977 年版，第 744～745 頁。
〔註 133〕〔南朝宋〕范曄：《後漢書》卷 75《袁術傳》，北京：中華書局，1965 年版，第 2444 頁。
〔註 134〕〔元〕倪士毅：《作文要訣》，文淵閣四庫全書本。
〔註 135〕劉師培：《漢魏六朝專家文研究》，《中國中古文學史講義》，上海：上海古籍出版社，2000 年版，第 124 頁。

門比壽，王喬爭年，何爲其無有哉？」〔註136〕羨門與王喬均爲得道成仙之人，照應開頭神仙可學。首尾呼應在其他人的論作中亦爲常見，如韋昭《博弈論》開頭曰：「蓋君子恥當年而功不立，疾末世而名不稱，故曰：『學如不及，猶恐失之。』」結尾曰：「假令世士移博弈之力，用之於《詩》、《書》，是有顏、閔之志也；用之於智計，是有良、平之思也；用之於資貨，是有猗頓之富也；用之於射御，是有將帥之備也。如此，則功名立而鄙賤遠也。」〔註137〕首尾均扣到「功名」上，難怪方伯海謂：「功名二字，是篇中眼目。」〔註138〕

　　前後伏應以自然無痕爲高妙。唐彪曰：「若周、秦、漢古文，其照應有異，多在閒處點染，不即不離之間，超脫變化。雖然，若時藝又不可以周秦古文之法律之。」〔註139〕方東樹言：「譬名手作畫，無不交代蹊徑道路明白者。然既要清楚交代，又不許挨順平鋪直敘，駘蹇冗絮緩弱。漢魏人大抵皆草蛇灰線，神化不測，不令人見。苟尋繹而通之，無不血脈貫注，生氣天成如鑄，不容毫分移動。昔人譬之無縫天衣。又曰：『美人細意熨貼平，裁縫滅盡針線跡。』此非解六經秦漢人文法，不能悟入。」〔註140〕所謂「草蛇灰線」，多指敘事技法，注此寫彼，伏脈千里，使行文有波瀾，有懸念，增加文章結構的變化。在魏晉南北朝論體文中亦不乏此類寫法。嵇康《養生論》其主旨爲神仙縱出自然，養生可學，全文圍繞節情慾以養性，節飲食以養身，二意一串寫下，或分或合，筆勢連屬不斷。文曰「故脩性以保神，安心以全身，愛憎不棲於情，憂喜不留於意，泊然無感，而體氣和平」，留下伏線，後文承此而來，曰：「夫悠悠者既以未效不求，而求者以不專喪業，偏恃者以不兼無功，追術者以小道自溺，凡若此類，故欲之者萬無一能成也。善養生者，則不然矣。清虛靜泰，少私寡欲，知名位之傷德，故忽而不營，非欲而彊禁也。識厚味之害性，故棄而弗顧，非貪而後抑也。外物以累心不存，神氣以醇白獨著，曠然無憂患，寂然無思慮。又守之以一，養之以和，和理日濟，同乎大順。然後蒸以靈芝，潤以醴泉，

〔註136〕〔南朝梁〕蕭統：《文選》，北京：中華書局，1977 年版，第 730 頁。
〔註137〕〔南朝梁〕蕭統：《文選》，北京：中華書局，1977 年版，第 726 頁。
〔註138〕于光華：《評注昭明文選》，上海掃葉山房本。
〔註139〕〔清〕唐彪：《讀書作文法》。王水照：《歷代文話（第四冊）》，上海：復旦大學出版社，2007 年版，第 3487 頁。
〔註140〕〔清〕方東樹：《昭昧詹言》，北京：人民文學出版社，1961 年，第 27 頁。

晞以朝陽，綏以五弦，無爲自得，體妙心玄，忘歡而後樂足，遺生而後身存。」〔註141〕先言不善養生者，之後自然過渡到善養生者，對前面所言「修性以保神，安心以全身」進一步申論，分兩個方面論述，一則「清虛靜泰」，二則「少私寡欲」，前者養其內，後者養其外。如此自然能夠達到養生的目的，聯結自然，而伏脈千里，誠如林紓所言：「無意閱過，當是閒筆，後經點眼，才知是有用者。武林九溪十八澗之水，何嘗一派現出溪光？偶經一處，駭爲明漪絕底，然實不知泉脈之所自來；及見細草纖綿中，根下伏流，靜細無聲，方覺前溪實與此溪相續。可見用伏筆，是陽斷而陰聯，不是伏下此一處，便拋卻去經營彼處。」〔註142〕

三、對比性結構要素

「當結構排列爲一定的順序，並聯結成爲一個整體的時候，它的另一個問題是以對比或比例的原則，加強自身的節奏感、韻律感，給結構增加富有魅力的生命形式。」〔註143〕魏晉南北朝論體文對比性結構要素主要包括詳略、抑揚、頓挫、開合等。

劉勰所言的「定與奪」是指文章結構中用事的取捨與行文的疏密，也就是詳與略。毛穉黃謂：「詳略者，題入手，裁之以識，洞見鉅細。鉅詳細略，尤細者去之，無煩涉筆。又或略其鉅，詳其細，瑣瑣而不厭。恒情熟徑，我其捨之，斯神化之境矣。」〔註144〕柴虎臣稱：「詳略者，要審題之輕重爲之。題理輕者宜略，重者宜詳。」〔註145〕也就是說要根據主旨的表達決定行文的詳略疏密。陸機的《辯亡論》中，赤壁破曹是江東興亡所繫，陸機寫道：

> 魏氏嘗藉戰勝之威，率百萬之師，浮鄧塞之舟，下漢陰之眾，
>
> 羽楫萬計，龍躍順流，銳師千旅，武步原隰，謀臣盈室，武將連衡，

〔註141〕〔南朝梁〕蕭統：《文選》，北京：中華書局，1977年版，第729頁。
〔註142〕〔清〕劉大櫆、吳德旋、林紓：《論文偶記‧初月樓古文緒論‧春覺齋論文》，北京：人民文學出版社，1959年版，第118頁。
〔註143〕楊義：《中國敘事學》，北京：人民出版社，1997年版，第71頁。
〔註144〕〔清〕唐彪：《讀書作文譜》卷7。王水照：《歷代文話（第四冊）》，上海：復旦大學出版社，2007年版，第3483頁。
〔註145〕〔清〕唐彪：《讀書作文譜》卷7。王水照：《歷代文話（第四冊）》，上海：復旦大學出版社，2007年版，第3483頁。

> 喟然有吞江滸之志，壹宇宙之氣。而周瑜驅我偏師，黜之赤壁，喪
> 旗亂轍，僅而獲免，收跡遠遁。〔註146〕

以濃墨重彩寫魏軍之氣勢，頗多誇張之辭，寫吳軍卻惜墨如金，抓住「喪旗亂轍」這一細節，便將魏軍兵敗後逃跑的狼狽情景再現眼前。詳略之安排凸顯了作者之用意，前面大肆渲染魏之兵多將廣，原是爲寫吳鋪墊，如此強盛之軍爲吳之「偏師」擊得落花流水，不必正面寫吳之強，一「僅」一「遠」，吳軍之精銳英勇顯現畢盡。

　　關於抑揚，劉熙載在《藝概・經義概》中將其細分爲四，曰：「抑揚之法有四：曰：欲抑先揚，欲揚先抑，欲抑先抑，欲揚先揚。沉鬱頓挫，必於是得之。」〔註147〕唐彪論抑揚法曰：「凡文欲發揚，先以數語束抑，令其氣收斂，筆情屈曲，故謂之抑。抑後隨以數語振發，乃謂之揚。使文章有氣有勢，光焰逼人。此法文中用之極多，最爲緊要。」〔註148〕所謂頓挫，唐彪稱其「文章無一氣直行之理。一氣直行則不但無飛動之致，而且難生發。故必用一二語頓之，以作起勢；或用一二語挫之，以作止勢，而後可施開拓轉折之意，此文章所以貴乎頓挫也。」〔註149〕也就是說，抑揚與頓挫實無二義，二者皆可從對立之中生出新意，使文章結構形成波瀾起伏之勢。魏禧在《日錄論文》中指出：「文之感慨痛快淋漓馳騁者，必須往而復還。往而不還則勢直氣泄，語盡味止。往而復還，則生顧盼，此嗚咽頓挫所從出也。」〔註150〕范曄《後漢書・明帝紀論》曰：

> 明帝善刑理，法令分明。日晏坐朝，幽枉必達。內外無倖曲之
> 私，在上無矜大之色。斷獄得情，號居前代十二。故後之言事者，
> 莫不先建武、永平之政。而鍾離意、宋均之徒，常以察慧爲言，夫
> 豈弘人之度未優乎？〔註151〕

〔註146〕〔唐〕房玄齡等：《晉書》卷54《陸機傳》，北京：中華書局，1974年版，第1469頁。

〔註147〕〔清〕劉熙載：《藝概》，上海古籍出版社，1978年版，第181頁。

〔註148〕〔清〕唐彪：《讀書作文法》。王水照：《歷代文話（第四冊）》，上海：復旦大學出版社，2007年版，第3489頁。

〔註149〕〔清〕唐彪：《讀書作文法》。王水照：《歷代文話（第四冊）》，上海：復旦大學出版社，2007年版，第3489頁。

〔註150〕〔清〕魏禧：《日錄論文》，載張潮、張漸輯《昭代叢書》，世楷堂本乙集。

〔註151〕〔南朝宋〕范曄：《後漢書》卷2《顯宗孝明帝紀》，北京：中華書局，1965年版，第124頁。

論只就「善刑理」一事言之，正可見出明帝之爲「明」處，然筆鋒一轉，借鍾離意、宋均等言微以見意，便成欲抑先揚之結構，將己之褒貶含蓄帶出。

再如被鍾惺稱之爲「餘波淋漓，更頓挫有風度」〔註152〕的《竇憲傳論》，曰：

> 衛青、霍去病資強漢之衆，連年以事匈奴，國耗太半矣，而猾虜未之勝，後世猶傳其良將，豈非以身名自終邪！竇憲率羌胡邊雜之師，一舉而空朔庭，至乃追奔稽落之表，飲馬比鞮之曲，銘石負鼎，薦告清廟。列其功庸，兼茂於前多矣，而後世莫稱者，章末釁以降其實也。是以下流，君子所甚惡焉。夫二三子得之不過房幃之閒，非復搜揚仄陋，選舉而登也。當青病奴僕之時，實將軍念咎之日，乃庸力之不暇，思鳴之無晨，何意裂膏腴，享崇號乎？東方朔稱「用之則爲虎，不用則爲鼠」，信矣。以此言之，士有懷琬琰以就煨塵者，亦何可支哉！〔註153〕

欲論竇憲功高蓋世而後世莫稱，卻先從衛青、霍去病連年征匈奴未勝卻世傳其良將說起，使之形成對比之勢，再合論其三者相似之處，皆緣椒房帷幄之恩，將其上陸至身爲臣子「用之則爲虎，不用則爲鼠」的悲哀。結構安排抑揚頓挫，波瀾起伏，其間潛滋暗湧著對現實用人制度不公的不滿與無奈。

關於文章結構之開合，黃庭堅《答洪駒父第二書》曰：「凡作一文，皆須有宗有趣，始終關鍵，有開有闔，如四瀆雖納百川，或彙而爲廣澤，汪洋千里，要自發源注海耳。」〔註154〕王葆心在《古文辭通義・文之做法十三》曰：「筆尚變化，似無成法可拘。然陰陽闔闢，造化之機，爲文之道亦豈外是？故雖筆之變化無常，而有一定之開合。其曰斷、曰續、曰縱、曰擒者，皆得統名之開合。故以一篇之開合言之，或一段反一段正，一段虛一段實，此開合之大者，則局爲之也。以一段之開合言之，或時而斷時而續，時而縱時而擒，此開合之小者，則筆爲之也。筆之所以妙者，惟在熟於開合，使斷續縱擒無不知志而已。蓋有斷與縱者以離而遠之；有續與擒者以收而近之，此之

〔註152〕〔明〕沈國元：《二十一史論贊》卷5，明崇禎十年（1637）大來堂刻本。

〔註153〕〔南朝宋〕范曄：《後漢書》卷23《竇融列傳》，北京：中華書局，1965年版，第820～821頁。

〔註154〕〔宋〕黃庭堅：《豫章黃先生文集》卷19，《四部叢刊》本。

謂善於用筆。」〔註 155〕也就是說,文章結構之開合包含正反、虛實、斷續、擒縱等,開合使文章結構錯綜變化,搖曳多姿。

所謂正反,就是使矛盾的雙方相反相成,各自得到強化,重點在強化現實存在的一面。在魏晉南北朝論體文中常採用這種結構安排,如鮑敬言在《無君論》中將「曩古之世,無君無臣」理想的社會與「智用巧生,道德既衰」的社會進行對比,君主制度的罪惡乃社會黑暗的根源,其道理不言而明。干寶《晉紀‧總論》中將晉之興與衰對比,突出其衰如山崩,將周與晉對比,探究其衰亡之緣由。以正反對比結構全篇,作為本朝臣子的干寶不必明言晉之所以衰而其因自明。歷史人物論中亦不乏此例,尤其是人物比較論,通常就是以正反對比結構全篇。曹植的《周成、漢昭論》、《漢二祖優劣論》均如是,如前者曰:

> 周公以天下初定,武王既終,而成王尚幼,未能定南面之事,是以推己忠誠,稱制假號。二弟流言,邵公疑之,發金滕之匱,然後用寤,亦未決也。至於昭帝所以不疑於霍光,亦緣武帝有遺詔于光。使光若周公踐天子之位,行周公之事,吾恐叛者非徒二弟,疑者非徒邵公也。且賢者固不能知聖賢,自其宜耳。昭帝固可不疑霍光,成王自可疑周公也。若以昭帝勝成王,霍光當踰周公耶?若以堯舜為成王,湯禹作管蔡、邵公,周公之不疑,必也。〔註 156〕

文僅存這一段,從用人不疑的角度,認為漢昭優於周成,將二者進行對比,再易位假設之,結論自具說服力。

就虛實而言,在論體文中,唐彪《讀書作文譜》有言,「非實,不足以闡發義理;非虛,不足以搖曳神情。故虛實常宜相濟也」〔註 157〕。在具體運用上,既可以「實者虛之,虛者實之」,又可以「以虛運實」,「以實為虛」,使文章或結實,或空靈,相互融合,達到滿幅皆筆跡,到處卻又不見筆痕,但覺一片靈氣,浮動於紙上的境界。范曄《後漢書》史論頗多虛實結合的佳作,如《東平憲王傳論》,沈國元稱其「文不必務為深奇,只一開合反覆間,若有

〔註 155〕王葆心:《古文辭通義》。王水照:《歷代文話(第八冊)》,上海:復旦大學出版社,2007 年版,第 7489～7490 頁。
〔註 156〕〔清〕嚴可均:《全三國文》卷 18,《全上古三代秦漢三國六朝文》,北京:中華書局,1958 年版,第 1149 頁上。
〔註 157〕〔清〕唐彪:《讀書作文法》。王水照:《歷代文話(第四冊)》,上海:復旦大學出版社,2007 年版,第 3480 頁。

華嶽峙其前，九曲繞其後，引人諦視不已。蓋神理優爲之也。」〔註158〕論曰：

> 孔子稱「貧而無諂，富而無驕，未若貧而樂，富而好禮者也」。
> 若東平憲王，可謂好禮者也。若其辭至戚，去母后，豈欲苟立名行
> 而忘親遺義哉！蓋位疑則隙生，累近則喪大，斯蓋明哲之所爲歎息。
> 嗚呼！遠隙以全忠，釋累以成孝，夫豈憲王之志哉？〔註159〕

先引孔子之語，樹立評價的標準，然後直接點出東平憲王爲好禮者。此爲實寫。之後針對東平憲王的具體事蹟，發表議論，並上陞至事理的高度，稱「位疑則隙生，累近則喪大」，此爲虛，在虛實之間，慨歎遠隙以全忠、釋累以成孝之難。虛實結合，使文章既建立在史實基礎上，又具有理論意義，在實在中充滿靈氣。

斷續指的是筆斷而意連，即前文所說的伏脈，魏禧在《魏叔子日錄·雜說》中指出：「語不倫而意屬者，闢如復岡斷嶺，望之各成一山，察之皆有脊脈相連。意不屬而節屬者，闢如一林亂石，原無脈絡，而高下疏密，天然位置，可入畫圖。」〔註160〕他特別強調了語與意之間的關係。擒縱則指筆勢之收斂與宕開，二者相反相成，變化多端。

除了上文所言的對比性結構要素外，魏晉南北朝論體文中亦存在其他兩極對立的結構要素，如正反、起伏、張弛、順逆等，實際上這體現了其時文士的思維方式不是單相的，而是雙構的，「有民族的集體潛意識和思維模式存焉」〔註161〕。從《周易》的「一陰一陽之謂道」，到《道德經》的「有無相生，難易相成，長短相較，高下相傾」，無不表現出這種雙構思維的存在。這種思維方式深刻影響著文章結構，「它們以結構之技呼應著結構之道，以結構之形暗示著結構之神，或者說它們的結構本身也是帶有雙構性的，以顯層的技巧性結構蘊含著深層的哲理性結構，反過來又以深層的哲理性結構貫通著顯性的技巧性結構。」〔註162〕這種結構具有動態性，當相反的兩極聚會到一起時，必然在矛盾碰撞中相互深化，使結構的活力被激發，發揮其對世界意義的把握作用。另外，在兩極對立共構中，只要寫了其中一極，即使不寫另一極，

〔註158〕〔明〕沈國元：《二十一史論贊》卷5，明崇禎十年（1637）大來堂刻本。
〔註159〕〔南朝宋〕范曄：《後漢書》卷42《東平憲王傳》，北京：中華書局，1965年版，第1442頁。
〔註160〕〔清〕魏禧：《魏叔子文集》，北京：中華書局，2003年版，第1124頁。
〔註161〕楊義：《中國敘事學》，北京：人民出版社，1997年版，第46頁。
〔註162〕楊義：《中國敘事學》，北京：人民出版社，1997年版，第47頁。

讀者也會在心中為其填白，這就是格式塔心理學所言的「完型」，一方面是因為讀者思維習慣中的雙構之存在，另一方面則是因為這種結構本身產生以一呼二或以二應一的功能。

第五節　論體文結構之美學特徵

在古人看來，圓，是一切形狀中最美的，其圓滿無缺，渾然一體，往復循環，運轉不居，體現了天之道。《易·說》卦曰：「乾為天，為圓。」圓者，圓也。《呂氏春秋·圓道》云：「天道圓」，也即天道圓也。清代張英《聰訓齋語》卷上對圓之美有精要論述：「天體至圓，故生其中者，無一不肖其體。……凡天地自然而生皆圓。其方者，皆人力所為。蓋稟天之性者，無一不具天之體。萬物做到極精妙者，無有不圓。聖人之至德，古今之至文、法帖，以及一藝一術，必極圓而後登峰造極。」〔註163〕也就是說圓之境界乃萬物極精妙之境界，藝文登峰造極之境界。論，作為魏晉南北朝文之大宗，其結構體現出其時文士的思維方式、心理結構與美學宗尚。對圓境的追求，使魏晉南北朝論體文結構具有圓通、圓融、圓活之美。

一、圓通：意脈貫通之美

魏晉南北朝文士對圓境有深刻體認，據周波先生統計，劉勰在《文心雕龍》中有 16 篇涉及「圓」字，共 18 例，直接用以評詩論文的有 16 例〔註164〕。劉勰在談及論體文時，特別指出「故義貴圓通，辭忌枝碎」，〔註165〕其著眼於論所研精之理要自圓其說，滴水不漏。《文心雕龍·熔裁》又云：「首尾圓合，條貫統序」，〔註166〕此處之圓合乃就文章結構而言，圓則暢通，圓則多變。福唐李先生《論家指要》「論間架」云：「間架布置，前後證據，須要明整潔淨，卻不要似策文。策文方，論文圓；策文直，論文峻；策文易，論文險。相對句多，非格也。」〔註167〕陳國俊亦云：「論似卵，卵本圓，故論亦要圓，圓則

〔註163〕〔清〕張英：《聰訓齋語》卷四十五，四庫全書本。

〔註164〕周波：《論「圓美」的美學內涵》，《山東師範大學學報（人文社會科學版）》，2004 年第 5 期，第 36 頁。

〔註165〕范文瀾：《文心雕龍注》，北京：人民文學出版社，1958 年版，第 328 頁。

〔註166〕范文瀾：《文心雕龍注》，北京：人民文學出版社，1958 年版，第 543 頁。

〔註167〕〔宋〕魏天應編選，林子長箋解：《論學繩尺·論決》引福唐李先生語，文淵閣《四庫全書》本。

有首尾。」〔註168〕皆從結構佈局的角度談論之貴圓，圓則意味著論本身變化多端，跌宕多姿。

在古人看來，結構僅僅是文章的外表，是由文章的骨骼支撐起來的骨架，意脈才是蘊藏於文章內層的經脈。清人方東樹《昭昧詹言》謂：「章法，形骸也；脈，所以細束形骸者也。章法在外可見，脈不可見。氣脈之精妙，是爲神至矣。」王夫之《船山遺書・夕堂永日緒論外編》曰：「謂之脈者，如人身之有十二脈，發於趾端，藏於肌肉之中，督任衝帶，互相爲宅，縈繞周回，微動而流轉不窮，合爲一人之生理。」意脈對詩文之重要由此可見。如果意脈不通則文體板滯，毫無生氣，《文心雕龍・附會》曰：「若統緒失宗，辭味必亂；義脈不流，則偏枯文體。」〔註169〕此處的「義脈」即「意脈」。《文心雕龍・章句》又曰：「啓行之辭，逆萌中篇之意；絕筆之言，追媵前句之旨。故能外文綺交，內義脈注，跗萼相銜，首尾一體。」〔註170〕可見劉勰對文章結構之首尾呼應與意脈貫通之重視。在他看來，結構與意脈互爲表裏，相互制約，二者缺一不可。文章主旨依靠意脈演進的連續性和邏輯性，實現其在結構各個部分中的組織力量。

對於以「宜理」爲文體特徵的論體文而言，文之「意」即要體悟傳達的「理」。劉師培先生指出，「嵇康之文雖長，而不失於繁冗者，由其以意爲主，以文傳意耳。意思與辭采相輔而行，故讀之不至昏睡。若無新意，徒衍長篇，鮮不令人掩卷憒憒者。」〔註171〕嵇康之論以意新而著稱，其《養生論》句句出於己心，《聲無哀樂論》亦能發前人所未發，《管蔡論》更以振聾發聵之音爲管蔡翻案。其論不管採用何種結構類型，對問也好，論難也好，專論也罷，均層次謹嚴，以意脈潛流貫注其中，使之行所不得不行，止所不得不止，而起伏照應，承接轉換，自神明變化於其中。其《養生論》爲《昭明文選》所收錄，楊慎評曰：「微論旨言，展析雋永，其局致尤爲獨操。」〔註172〕陳明卿謂：「不勦丹方氣訣餘沫，特以解悟爲文，清通暢適。」〔註173〕前者著眼於其

〔註168〕〔宋〕魏天應編選，林子長箋解：《論學繩尺・論訣》引陳國俊語，文淵閣《四庫全書》本。
〔註169〕范文瀾：《文心雕龍注》，北京：人民文學出版社，1958年版，第651頁。
〔註170〕范文瀾：《文心雕龍注》，北京：人民出版社，1958年版，第570～571頁。
〔註171〕劉師培：《漢魏六朝專家文》。《中國中古文學史講義》，上海：上海古籍出版社，2000年版，第157頁。
〔註172〕戴明揚：《嵇康集校注》，北京：人民文學出版社，1962年版，第159頁。
〔註173〕戴明揚：《嵇康集校注》，北京：人民文學出版社，1962年版，第160頁。

局致之獨特，後者著眼於其意脈之清通。鍾惺評《釋私論》曰：「旨議清通」，〔註174〕則兼論其意旨與意脈清晰而暢通。通過以上諸人的評論，我們不難看出嵇康之論不僅文意新穎，而且結構層折不窮，意脈貫通而氣勢斐然。在嵇康看來，論理自當以通爲要，其《管蔡論》曰：「若此，三聖所用信良，周公之誅得宜，管蔡之心見理。爾乃大義得通，外內兼敘，無相伐復者；則時論亦得釋然而大解也。」〔註175〕大義得通，方能令對方心悅誠服。嵇康的理論主張與其創作互相啓發，皆體現了其意通文通之思想。由此可見，論之意旨、意脈與結構是相輔相成的，皆以通爲要。清代詩人何紹基《與汪菊士論詩》曰：「落筆要面面圓，字字圓。所謂『圓』者，非專講格調也，一在理，一在氣。理何以圓？文以載道，或大悖於理，或微礙於理，便於理不圓。……氣何以圓？用筆如鑄元精，耿耿貫當中，直起直落可也，旁起旁落可也，千回萬折可也，一戛即止可也，氣貫其中則圓。」〔註176〕此乃論詩，移之論論亦甚爲恰當。理通即圓，氣貫其中，則意脈貫通。

　　欲使論之意脈前後貫通，渾然成圓，需運以伏筆。唐彪在《讀書作文譜》中稱：「如一篇文中所載不止一事與一意，或此一事一意，不能於篇首即見，而見於中幅，或見於後幅，作者恐後突然而出，嫌於無根，則於篇首預伏一二句，以爲張本，則中後文章皆有脈絡。」〔註177〕干寶《晉紀總論》中靈活運用伏筆，達到伏脈千里、褒貶自現的效果。其文曰：

> 風俗淫僻，恥尚失所，學者以《莊》、《老》爲宗，而黜《六經》，
> 談者以虛薄爲辯，而賤名儉，行身者以放濁爲通，而狹節信，進仕
> 者以苟得爲貴，而鄙居正，當官者以望空爲高，而笑勤恪。是以目
> 三公以蕭杌之稱，標上議以虛談之名……其婦女莊櫛織紝，皆取成
> 於婢僕，未嘗知女工絲枲之業，中饋酒食之事也。先時而婚，任情
> 而動，故皆不恥淫逸之過，不拘妬忌之惡。有逆于舅姑，有反易剛
> 柔，有殺戮妾媵，有黷亂上下，父兄弗之罪也，天下莫之非也。……
>
> 故觀阮籍之行，而覺禮教崩弛之所由；察庾純、賈充之事，而
> 見師尹之多僻。考平吳之功，知將帥之不讓；思郭欽之謀，而悟戎

〔註174〕戴明揚：《嵇康集校注》，北京：人民文學出版社，1962年版，第243頁。
〔註175〕戴明揚：《嵇康集校注》，北京：人民文學出版社，1962年版，第248頁。
〔註176〕〔清〕何紹基：《與汪菊士論詩》，《東萊草堂文鈔》卷五，續修四庫全書本。
〔註177〕〔清〕唐彪：《讀書作文法》。王水照：《歷代文話（第四冊）》，上海：復旦大學出版社，2007年版，第3490頁。

狄之有釁。……故賈后肆虐於六宮，韓午助亂於外內，其所由來者
漸矣，豈特繫一婦人之惡乎？〔註178〕

前文概言晉之風俗頹敗，沒有列舉事例，伏下脈絡，之後暫且將此放下，而
映帶周事比較論述晉之弊政。後文則將其未盡之意痛切言之，舉其人其事以
實之，使之文脈再現，達到筆斷意連的效果。前文言婦女閨風之衰，實爲後
文言賈后肆虐於六宮伏案，既表現出其時民間與宮廷風氣同惡，又不將晉之
衰亡繫於賈后一人之上，打破儒家「哲夫成城，哲婦傾城；懿厥哲婦，爲梟
爲鴟。婦有長舌，維厲之階。亂匪降自天，生自婦人」〔註179〕之觀點，達到
林紓所言的「蓋一脈陰引而下，不必在求顯，東雲出鱗，西雲露爪，使人捫
捉，亦足見文心之幻」〔註180〕的效果

二、圓融：自然渾融之美

　　文章結構是一種生命形式，與生命體有相似之處。關於這一點，中西學者
均有論述。劉勰曾以人體比文章，將文章看成有機整體，《文心雕龍·附會》
曰：「夫才量學文，宜正體制：必以情志爲神明，事義爲骨髓，辭采爲肌膚，
宮商爲聲氣」〔註181〕。柏拉圖《斐德諾篇》專論文章之結構，「每篇文章的結
構應該像一個有生命的東西，有它所特有的那種身體，有頭尾，有中段，有四
肢，部分和部分、部分和全體都要各得其所，完全調和。」〔註182〕蘇珊·朗
格則將其擴展至藝術品的結構，曰：「你愈是深入地研究藝術品的結構，你就
會愈加清楚地發現藝術結構與生命結構的相似之處，這裏所說的生命結構包括
著從低級生物的生命結構到人類情感和人類本性這樣一些高級複雜的生命結
構（情感和人性正是那些最高級的藝術所傳達的意義）。正是由於這兩種結構
之間的相似性，才使得一幅畫，一支歌或一首詩與一件普通的事物區別開來——
——使它們看上去像是一種生命形式……。」〔註183〕他們均強調了文章結構的

〔註178〕〔南朝梁〕蕭統：《文選》，北京：中華書局，1977年版，第692～694頁。
〔註179〕〔清〕王先謙：《詩三家義集疏》，北京：中華書局，1987年版，第991頁。
〔註180〕林紓：《春覺齋論文》，北京：人民文學出版社，1998年版，第117～118頁。
〔註181〕范文瀾：《文心雕龍注》，北京：人民文學出版社，1958年版，第650頁。
〔註182〕〔希臘〕柏拉圖著，朱光潛編譯：《文藝對話集》，北京：人民文學出版社，
　　　　1963年版，第150頁。
〔註183〕〔美〕蘇珊·朗格：《藝術問題》，北京：中國社會科學出版社，1983年版，
　　　　第55頁。

整體性與不可割裂性。論之結構是一個有機整體，意脈的流動決定於意之變化，結構之形成又順意脈之流動，或伏，或應，或斷，或續。魏晉南北朝論作更多自然天成，較少人為雕琢，有生氣有活力，因此更具自然渾融之美。

所謂自然，指順天性而行，不去刻意雕琢。張耒在《賀方回樂府序》中說：「文章之於人，有滿心而發，肆口而成，不待思慮而工，不待雕琢而麗者，皆天理之自然，而情性之道也。」〔註184〕李贄《焚書・讀律膚說》曰：「所謂自然者，非有意味自然而遂以為自然也。若有意為自然，則與矯強何異。故自然之道，未易言也。」〔註185〕正始玄學的代表人物何晏，其論辯被時人劉玢稱為「清若金水，鬱若山林」〔註186〕，頗具自然之美。其《無名論》曰：

> 為民所譽，則有名者也；無譽，無名者也。若夫聖人，名無名，譽無譽，謂無名為道，無譽為大。則夫無名者，可以言有名矣，無譽者，可以言有譽矣。然與夫可譽可名者，豈同用哉？此比於無所有，故皆有所有矣。而於有所有之中，當與無所有相從，而與夫有所有者不同。同類無遠而相應，異類無近而不相違。譬如陰中之陽，陽中之陰，各以物類自相求從。夏日為陽，而夕夜遠與冬日共為陰；冬日為陰，而朝晝遠與夏日同為陽，皆異於近而同於遠也。詳此異同者，而後無名之論可知矣。〔註187〕

文章以明理達意為準繩，不呈才，不顯學，全用素樸之詞，對偶亦不工整精緻，無雕琢之跡，讀來甚為順暢，心氣平和，從容不迫，自有一種簡約朗暢、質樸疏宕之美，給人「清水出芙蓉，天然去雕飾」之感，同專事藻飾、過重詞采之風迥異。

圓則渾融，郭紹虞《詩品集解》云：「何謂『渾』，全也，渾成自然也。」陳善《捫虱新話》云：「桓溫見八陣圖，曰：『此常山蛇勢也。擊其首則尾應，擊其尾則首應，擊其中則首尾俱應。』予謂此非特兵法，亦文章法也。文章亦應婉轉回覆，首尾俱應，乃為盡善。」〔註188〕文章首尾呼應，上下勾連，

〔註184〕〔宋〕張耒：《賀方回樂府序》。《張右史文集》卷51，《四部叢刊》本。
〔註185〕〔明〕李贄：《焚書》，北京：中華書局，1975年版，第133頁。
〔註186〕〔晉〕陳壽撰，〔宋〕裴松之注：《三國志》，北京：中華書局，1959年版，第823頁。
〔註187〕〔晉〕張湛注：《列子》，上海：上海書店，1986年版，第28頁。
〔註188〕〔宋〕陳善：《捫虱新話》。《宋詩話全編（第六冊）》，南京：江蘇古籍出版社，1998年版，第5574頁。

層層照應，擊其首則尾應，擊其尾則首應，擊其中則首尾俱應，起訖爲一，生氣流貫，就構成渾然一體的圓融之境。宋代吳鎰言「論體有七：……五，結上生下，其勢如貫珠；六，首尾相應，其勢如擊蛇」〔註189〕浦起龍稱陸機《五等論》曰：「駢儷體難不在詳贍，而在縱控。難更不在縱控，而在渾成。讀此文，逐節看其縱控，全體看其渾成。」〔註190〕文章論述了五等之制的歷史淵源、重要作用、利弊得失。秦漢或廢五等封侯，或封侯而不遵古制，造成嚴重後果，通過周漢歷史之對比，五等制與郡守制之對比，再上陞到人情、事理、體制之理，論五等諸侯之是，牧守郡縣之非，文章波瀾起伏而不散漫。黃侃先生認爲「此文運思命筆，至爲綿密，而氣體仍不失純厚，蓋得力於《國語》」〔註191〕，道出此文渾然一體、議論明快、運思縝密之特點。

三、圓活：圓轉靈動之美

圓則轉，轉則活。韓康伯曰：「圓者，運轉不窮。」《文心雕龍·定勢》稱：「圓者規體，其勢也自轉；方者矩形，其勢也自安。」〔註192〕古人推崇文章之結構要圓活婉曲、抑揚變化，謝枋得在《文章軌範》中指出：「議論精明而斷制，文勢圓活而婉曲，有抑揚，有頓挫，有擒縱。場屋程文論，當用此樣文法。」〔註193〕又曰：「凡議論好事，須要一段歹說。凡議論一段不好事，須要一段好說。文勢亦圓活，義理亦精微，意味亦悠長。」〔註194〕此處講的是如何使文勢圓活，實際上蘊含著論者對圓活之美的欣賞與自覺追求。

圓活首先表現爲一種動態的過程之美。魏晉南北朝論體文之結構雖可分爲問對型、論難型與論證型，但其均展現了作論者思維的展開過程，「任何結構如果包容著生命投入，都不應該視爲凝止的，而應該是帶動態性的。尋找『結構』一詞在詞源上的動詞性，實際上乃是尋找結構的生命過程和生命形

〔註189〕〔宋〕魏天應編選，林子長箋解：《論學繩尺·論決》引吳鎰語，文淵閣《四庫全書》本。

〔註190〕駱鴻凱：《文選學》，臺北：漢京文化事業有限公司，1982 年版，第 399 頁。

〔註191〕駱鴻凱：《文選學》，臺北：漢京文化事業有限公司，1982 年版，第 399 頁。

〔註192〕范文瀾：《文心雕龍注》，北京：人民文學出版社，1958 年版，第 530 頁。

〔註193〕〔宋〕謝枋得：《文章規範評文》。王水照：《歷代文話（第一冊）》，上海：復旦大學出版社，2007 年版，第 1042 頁。

〔註194〕〔明〕唐順之：《荊川稗編·文章雜論》。王水照：《歷代文話（第二冊）》，上海：復旦大學出版社，2007 年版，第 1773 頁。

態。」〔註195〕問對型論體文與論辯型論體文最易展現思維過程。著名哲學家、美學家柏拉圖的著作除《申辯篇》外，都是用對話體寫成的。朱光潛在談到這一問題時，說：「在柏拉圖手裏，對話體運用得特別靈活，向來不從抽象概念出發而從具體事例出發，生動鮮明，以淺喻深，由近及遠，去偽存眞，層層深入，使人不但看到思想的最後成就或結論，而且看到活的思想的辯證發展過程。」〔註196〕此處談的雖是柏拉圖的對話體，卻道出了對話體或問答體的優勢所在，即能展示出思維發展的過程。嵇康的《聲無哀樂論》以秦客與東野主人的對話而展開，展現出二者探討音樂問題的整個過程，這本身就體現出「結構」的過程性與動態性。東野主人的音樂修爲甚高，這是毋庸置疑的，而能與之對話的秦客，其音樂修爲亦與之相稱。二者的探討主要圍繞音樂的本體與本質、音樂鑒賞中的聲、情關係、音樂的功能等問題順次展開，層層深入，其反覆辯難的核心問題集中於聲與情的關係。然而，對這一問題的討論並沒有隨著《聲無哀樂論》的結束而結束，在戴明揚校注的《嵇康集校注》中收入了黃道周與曹宗璠對此問題的質疑。黃道周曰：「聲猶臭矣。聲之有哀樂，猶臭之有甘苦。臭不無甘苦，何云聲遂無哀樂也。夫味以甘苦爲主，然而中苦者不甘。聲以哀樂爲主，然而中哀者不樂。」〔註197〕之後引述嵇康觀點，逐一進行批駁。曹宗璠曰：「嵇氏著《聲無哀樂論》，其言甚辨，能逆折難者之喙。而義有未全，終未厭余心也。請循其本：『吹萬不同，使其自已。咸其自取，怒者其誰耶？』此嵇氏所宗也……」〔註198〕。由此可見其論辯過程的開放性，同代可辯，異代亦可辯。隨著對話的展開，其思維過程得以展現。儘管有時候對話方的意見存在分歧甚至尖銳對立，其對話的過程未必走向一致，但卻可以發現他們的觀點中各有合理的一面，彼此之間也並非毫無關聯，實際上對話的過程展現出的是一種互補的格局。這也是問對型與論難型論體文結構所特有的優勢，使讀者對討論的問題獲得的不是結論，而是思維展開的過程，在意見紛呈中構成互補的契機，從而對這一問題有更加完整、全面和公正的瞭解，甚至可以順其勢而續之，繼續探討與論辯。論

〔註195〕楊義：《中國敘事學》，北京：人民出版社，1997年版，第35～36頁。
〔註196〕〔古希臘〕柏拉圖著，朱光潛譯《文藝對話集》，北京：人民文學出版社，1980年版，第334～335頁。
〔註197〕戴明揚：《嵇康集校注》，北京：人民文學出版社，1962年版，第225頁。
〔註198〕戴明揚：《嵇康集校注》，北京：人民文學出版社，1962年版，第230頁。

證型論體文雖沒有以對話的形式出現，卻也在展示自己的思維過程，由已知到未知的推論，由已知到已知的闡釋，均需採用各種論證方法對其進行論證，論證的過程即是思維的展示過程。

其次，圓活還表現爲一種變化之美。圓則多動，動則多變。圓轉靈動，變化萬千。《文心雕龍・通變》曰：「文律運周，日新其業。變則其久，通則不乏。」〔註199〕蕭子顯《南齊書・文學傳論》曰：「習玩爲理，事久則瀆，在乎文章，彌患凡舊，若無新變，不能代雄。」〔註200〕呂本中《夏均父集序》曰：「學詩當識活法。所謂活法者，規矩備具而能出於規矩之外，變化不測而亦不背於規矩也。是道也，蓋有定法而無定法，無定法而有定法，知是者則可以與語活法矣。謝玄暉有言：『好詩流轉圓美如彈丸。』此眞活法也。」〔註201〕文章體制形式的變化是必然的，文體的創新發展是必然的。明代李東陽《麓堂詩話》曰：「律詩起承轉合不爲無法，但不可泥，泥於法而爲之，則撐拄對待，四方八角，無圓活生動之意。」〔註202〕也就是說作律詩不可局限於起承轉合的結構，拘泥於此則失之圓活生動。作詩如此，作論亦如此，「變」是保持文學生命力的不二法門。誠如楊義先生所言，「靈性乃是創作結構『活法』的精神樞紐，它提供點醒和超越固有法則的心理契機。作爲作者對敘事作品的生命投入，靈性包含著他體驗和感覺世界的獨特方式，他的審美個性和創造精神。『活法』之活，在於不受傳統惰性所拘而投入生命精華，於同中見異，定式處知變通，組合時別出機杼。作者通過活用結構，把自己生命轉化爲敘事生命，這是『活法』的本義所在。」〔註203〕此處所言雖爲敘事性作品之結構「活法」，但對論體文結構亦有啓發意義。魏晉南北朝論家在作論時往往不拘泥於一種結構類型，而對各種類型自由運用，且常常兩種或三種結構類型相結合，如慧遠的《沙門不敬王者論》，其《在家一》《出家二》運用的是闡述體論證結構，提出論點然後進行闡述，《求宗不順化三》《體極不兼應四》《形盡神不滅五》均爲對問體，有問有對，就整篇而觀，則爲分論體。再如僧肇的《涅槃無名論》通篇運用對問體，但又分成「九折十演」，串聯成篇，又爲

〔註199〕范文瀾：《文心雕龍注》，北京：人民文學出版社，1958年版，第521頁。
〔註200〕〔梁〕蕭子顯：《南齊書》卷52《文學傳》，北京：中華書局，1972年版，第908頁。
〔註201〕丁福保：《歷代詩話續編》，北京：中華書局，1983年版，第485頁。
〔註202〕〔明〕李東陽：《麓堂詩話》，北京：中華書局，1985年版，第7頁。
〔註203〕楊義：《中國敘事學》，北京：人民出版社，1997年版，第112頁。

分論體。除了分論體與其他體式結合使用，亦有論證體與對問體相結合者，如江統《徙戎論》、宗炳《明佛論》均爲先論證自己的觀點，然後以對問的方式進行答疑。由此可見，魏晉南北朝論體文的結構是靈活多變的，將其分爲幾種類型，是爲了從結構中探究其時文士的思維結構與文體的結構意味。

論體文結構本身更爲內在地包含著作者對世界意義的理解，「結構之所以能夠被攜帶著作者靈性的內容進行活性處理，全然在於結構本身就是一個具有巨大的文化意義可容量和隱喻功能的構成」〔註204〕問對型與論難型論體文之所以在魏晉南北朝時期更加興盛，很重要的一點就是其時文士對平等對話精神的自覺追求，因此這種結構類型就內化爲其文化哲學的模式化展示物。漢代以來，人們頭腦中的「唯我獨尊」「大一統」「定於一尊」等觀念實際上是阻礙對話精神產生的。而魏晉南北朝時期儒學獨尊局面的打破，使人們的思維從經學禁錮下解放出來，才萌生了對平等對話精神的渴望，表現在論體文結構上就是問對體的大量湧現。在各種論難型文章中，如果能以對話精神進行觀照，則不難發現其在互相論難、攻訐、排斥、勢不兩立中所蘊含的互補的契機。

清代許奉恩《文品》有「圓轉」一品，曰：「舟行九嶷，逐水看山。擢捩委宛，緣曲循灣。層冰馳轂，平阪跳丸。風搏柳絮，露走荷盤。轆轤無滯，妙捷轉環。蚌珠孕月，八面團團。」〔註205〕以詩意的語言對「圓轉」之美進行描繪，魏晉南北朝論體文結構之圓轉亦與此有相通之處。清代況周頤《蕙風詞話》卷一云：「詞中轉折宜圓。筆圓，下乘也。意圓，中乘也。神圓，上乘也。」〔註206〕對魏晉南北朝論體文而言，筆圓、意圓、神圓相融合，方能達到圓通、圓融、圓活的圓美境界。

〔註204〕楊義：《中國敘事學》，北京：人民出版社，1997年版，第114頁。
〔註205〕郭紹虞：《詩品集解・續詩品注》，北京：人民文學出版社，1963年版，第124～125頁。
〔註206〕〔清〕況周頤：《蕙風詞話》，北京：人民出版社，1960年版，第5頁。

－219－